Hudibras

ヒューディブラス

サミュエル・バトラー(著)
飯沼万里子・三浦伊都枝・高谷修(編集)
東中稜代(解説)
バトラー研究会(訳)

Samuel Butler

松籟社

ウィリアム・ホガース『ヒューディブラス』口絵

目次

サミュエル・バトラーについて

吉村　伸夫

サミュエル・バトラーと聞けば『エリウォン』の作者を思う人が多いだろうが、ここに訳出した『ヒューディブラス』の同姓同名の作者も、英文学ではなかなかに有名である。人と作品を簡単に紹介しておこう。

バトラーは、一六一三年ウスターシャーの農家に生まれ、同地のキングズ・スクールで教育を受けた。大学には行かず、十代後半から秘書職を生業とし、様々な貴顕や有力者に仕えた。内戦から王政復古という時代に青壮年期を過ごしたわけで、作中に露骨に現れる懐疑主義や人間不信に、そのことが無関係なはずはあるまい。なかんずく彼の嫌悪と軽蔑を買ったのは、権力を獲得してゆくピューリタンたちの偽善的側面らしい。主人公はじめ登場人物は、それを体現しているわけである。

執筆は一六五八年頃かららしい。ピューリタンを徹底的に戯画化嘲笑するものだから、出版は王政復古後で、全三部のうち第一部は六二年に、第二部は六三年に出版された。時代が求めていたものなので爆発的な成功を収め、バトラーは一躍有名人となった。六八年になっても、俗物ピープスは食事を共にして喜んでいる。七〇年から七四年にはバッキンガム公の秘書までした。この頃がバトラーの絶頂期だろう。

第一部、第二部は読書家ならぬチャールズ二世までが愛読したので、当時の慣わしとして、バトラーは王の好意を相当に期待したらしい。その期待は七七年にやっと年金百ポンドというかたちで実現するが、既に貧窮をかこつ身になっていた彼にとっては遅きに失した。ちなみに同じ頃のドライデンの年金が三百ポンド。それも不十分だったようだし、この種の支払いは滞るのが常だった。バトラーは後になって更に二十ポンドを王から恵まれたりするが、一六八〇年に貧窮のうちに死んでしまう。七八年に『ヒューディブラス』第三部を出したが、力の衰えを示すだけ、と評された。思えば地味に、そして確実に一生を送るはずの人だったが、束の間味わった名声に道を誤ったようでもある。

この作品は諷刺の技法として、あたかも英雄の偉業を描く体で小人の非俗な所業を描いている。その点では擬似《モック》英雄《ヒロイック》詩に違いないが、極端な誇張や粗野な表現や茶番仕立てに溢れ返っている点などに留意すれば、ハイエット(1)にならってバーレスクに近く分類しておくのが妥当ではあるまいか。原文といわゆる英雄対句《ヒロイック・カプレット》を茶化したような、躓きながら走るが如き四歩格で、二行ずつの押韻もふざけた感じの乱れが多い。モック・ヒロイックという名称は、たとえばポープの『髪の掠奪』などに取っておきたいような気がする。

注

(1) ギルバート・ハイエット（Gilbert Highet, 1906-78）*The Classical Tradition : Greek and Roman Influences on Western Literature*, 1949.
邦訳に『西洋文学における古典の伝統』上・下、柳沼重剛訳、筑摩叢書（一四一・一四二）がある。

『ヒューディブラス』解説

東中　稜代

サミュエル・バトラー（一六一三―八〇）について、ジョンソン博士は『詩人伝』の中で、「この朦朧とした霧の中にバトラーの人生は過ぎた、彼の母国語が滅びるまではその名が消えることのない男の人生は」(1)と言っている。人生についてはよく分からないが、彼は第一級の詩人だということである。バトラーの生涯について頼りになるのは、歴史家のアントニー・ア・ウッドの手になる、『オックスフォード伝記辞書』(2)で、これはバトラーの知己であったジョン・オーブリ（一六二六―九七）の『略伝』(3)中の、バトラーについての部分を踏襲したものである。『略伝』は著名人の伝記を集めたもので、ウッドの求めに応じて書かれた。後に追加されたバトラーに関する伝記的史料もあるが、基本的な史料はオーブリに負うところが大きい。もっとも彼がバトラーに割いたのはわずか二ページ程である。

バトラーはウスター近郊のストレンシャムという村で生まれ、一六一三年二月一四日（グレゴリオ暦）に洗礼を受けている。父は農夫で、サミュエルは八人の兄弟姉妹の五番目の子供だった。父は息子をウスターのキングズ・スクールへ送る余裕はあったが、サミュエルが大学に在籍した記録はない。仕事としては、何人かの有力者に仕えたが、その中にベッドフォードのケント伯爵夫人エリザベス・グレイがおり、彼女の館の書庫が自由に使えた。彼女の執事であった、法律家・古物研究家のジョン・セルドンの知遇も得た。また厳格なピューリタンであったベッドフォードのサー・サミュエル・ルークにも雇われた。この時にピューリタニズムを間近で観察する機会があったと思われる。王政復古後に第二代カーベリ伯爵リチャード・ヴォーンの秘書となり、ラドロー城で執事も務めた。さらにグレイ法学院との関係もあった。この事実は、『ヒューディブラス』において法律用語がよく使われることに関係がありそうである。一六七〇年までに、戯曲『リハーサル』を書いた第二代バッキンガム公爵に仕え、彼に従ってフランスにも行っている。オーブリには「財産家の未亡人と結婚した」との記録もある。バトラーの葬儀に出たオーブリはこう記す、「彼は一六八〇年九月二五日に肺の疾患で死んだ。そして二七日にコヴェント・ガーデンの墓地に彼の意向で埋葬された。二五名程の知人が葬儀に来た。わたしは年輩者の一人だったので、棺を担ぐのを手伝った」と。

全三部からなる『ヒューディブラス』は、第一部が一六六二年に出版され、第二部は一六六三年、第三部は一六七七年に出た。日記作家で有名なサミュエル・ピープスは出版と同時に、第一部と第二部を購入している。この作品はすぐにロンドンでもっとも有名な本となり、チャールズ二世や宮廷人、学者や紳士に好んで読まれた。しかし金銭的な恩恵は少なく、一六七七年に百ポンドの年金と同額の贈物が出たくらいである。バトラーには『ヒューディブラス』以外の主なものに、設立したばかりの王立協会を諷刺した『月世界の象』（一六七六）や『詩と散文の真正遺稿集』（一七五九、死後出版）などがあり、後者には散文による有名な人物評、『性格描写』が含まれている。

作品の時代背景は主に清教徒革命時代と共和国時代（一六四二年〜一六六〇年）、そして王政復古（一六六〇年）以降の時代である。英国国教会は一六六〇年に復活され、王立協会は一六六二年に設立される。アール・マイナーによれば、バトラーは政治的宗教的状況を、歴史的現実として明瞭に具体的に詩に描きはしないが遠まわしに言及することによって、概ねそれを取り扱っているとする。例えば、一六四〇年代の混乱状態を指すのに、「内乱の嵐」

(この詩の冒頭にある言葉)という表現が使われ、熊いじめを敵視するのは娯楽を禁止した議会の禁止令を指すゆえだと説明する。その他、長老派と独立派の対立、チャールズ一世死刑執行後の独立派による実権掌握、長期議会、共和国と王立協会の設立、残余議会のこと、そして長老派の巻き返しなど、重要な政治的宗教的事件は分かるように扱われているとする。(4)

マイナーによれば、第一部第一篇〜第二部第一篇は一六四〇年代、第二篇第二部〜第三部第一篇は一六五〇年代、第三部第二篇は過渡期、第三部第三篇は一六六〇年代を扱っている。またマイナーはこの詩は三日間の出来事を扱い、一日目は第一部(第一〜三篇)と二部(第一篇)、二日目は第二部(第二〜三篇と脱線部分)と第三部(第一篇と二篇、脱線部分)、三日目は第三部第三篇とヒューディブラスから貴婦人への英雄的書簡および貴婦人のヒューディブラスへの書簡を扱うと、詳しい分析を行っているが、(5)登場人物はひたすら自己の意見を述べることに執着するゆえに、読者は時間の経過はあまり意識しないとも言っている。(6)

『ヒューディブラス』は全体で一万一千行を優に超える長編諷刺詩である。バトラーが使った詩形は弱強四歩格で、二行ずつが韻を踏む閉鎖連句(closed couplet)である。英詩では一行十音節の場合が多いが、この詩は一行八音節なので展開は早く、リズムよく展開してゆく。バトラーを好んだバイロンは「この詩の作者は我われのカプレットの終りの二本の足を/切り落とした最初の人であろう」(『ホラティウスの指針』)(7)と言っている。

『ヒューディブラス』というタイトルはスペンサーの『妖精の女王』に登場するマイナーな人物、ヒューディブラスに由来する。スペンサーは彼をこう紹介する、「この男は、賢明な所業によるよりは、剛力にものをいわせ、理性は無鉄砲さに踏みつけられており、気むずかしいふさぎの虫の方が勇気に勝り、輝く武具に身を包んでいるのも、実際よりは恐ろしく見せようとの魂胆からであった」(『妖精の女王』第二巻第二篇一七連)。(8)邦訳のこの連の注にはこの名が「性急」を意味するとある。このようにスペンサーはヒューディブラスを否定的な人物に描き、それがバトラーのヒューディブラスにも反映されている。

『ヒューディブラス』は諷刺詩で、いわゆる擬似英雄《モック・ヒロイック》詩的な箇所も多い。従って、ドライデンの『マック・フレクノー』(*Mac Fleknoe*)やポープの『ダンシアッド』(*The Dunciad*)と同列に位置するものと言える。ヒューディブラスは武者修行の騎士で、従者にラルフォーを従えている。それはドン・キホーテにサンチョ・パンサが付き従うのと同じである。もっともジョンソン博士によれば、セルバンテスはドン・キホーテをとても優しく扱うが、バトラーはいかなる情けもヒューディブラスにかけない。(9) 彼は嘲笑の対象である。一見、騎士の扱いを受けているが、実際は、ヒューディブラスは長老派に属し、ラルフォーは独立派の信者である。彼らは時に助け合うが、ほとんどは激しい論争に終始する。

簡単にプロットを説明すると、ヒューディブラスとラルフォーは熊いじめの一団に出会い、彼らと戦い、ヴァイオリン弾きのクロウデロをさらし台に架ける。しかし仲間が戻ってきて、トララ(女性)がヒューディブラスを打ち負かし、彼とラルフォーをさらし台に据える。この知らせを聞いて、未亡人が登場する。ヒューディブラスは数年間、彼女に言い寄っていたがうまくいかない。二人は議論するが、最終的には彼女は言う、ヒューディブラスが自分自身に鞭を当てるという条件でさらし台から出してやると。ヒューディブラスとラルフォーが解放された時、ヒューディブラスは様々な言い訳をして鞭打ちを避けようとする。事実、この詩は彼およびラルフォーが自らの立場を正当化するための屁理屈のような論理から成り立っていると言ってもよい。

熊いじめの次にヒューディブラスとラルフォーはスキミントンに出会い、戦いの後、逃げる。スキミントンとは、「昔のイングランドの田舎で行われた風習。女房を寝取られた夫、女房の尻に敷かれた夫、不貞の妻、夫を虐待する妻、妻を虐待する夫など社会道徳の違反者を、その「罪人」の仮装者を仕立てて大勢ではやしたてる嘲笑行列」(研究社『英和大辞典』)である。今ではもう見られないが、因みに、文学上で有名なスキミントンはトマス・ハーディの『カスタブリッジの市長』（一八八四）に出てくる。この詩の主な事件（アクション）は熊いじめとスキミントンの二つである。

次にヒューディブラスは占星術師のシドロフェルに会いに行く。目的はあの未亡人への求愛について聞くためである。結局、彼らは喧嘩し、ヒューディブラスはシドロフェルを強打して逃走する。この占星術師は王立協会を表し、バトラーの諷刺の対象になっている。ヒューディブラスは未亡人の館を訪れるが、彼女は、彼の関心が自分の財産であることをお見通しである。この後、ナレーターによるピューリタニズムと王政復古についての長い脱線がある。この詩の最後の部分はヒューディブラスと未亡人の間で交わされる書簡からなり、彼の屁理屈は完膚なきまでに彼女に嘲笑され、彼女は女が男を支配すべきだと明言する。ある意味では彼女はフェミニズムを展開すると言える。以上がこの作品の大意である。

次に『ヒューディブラス』の主な文学的特徴について述べる。まず驚かされるのは、バトラーの扱う事柄の多種多様さである。古今東西あらゆるものが扱われる。天が下、森羅万象がこの詩の扱う対象になる。博覧強記という言葉はバトラーにぴったりである。この点で、彼は『憂鬱の解剖』（*The Anatomy of Melancholy*）を書いたロバート・バートン[10]に匹敵するのではないか。やや愛国的すぎる感はあるが、ジョンソン博士は言う、「もしフランス人がラブレーの知識を自慢するなら、我々はバトラーで彼らに立ち向かうことを恐れる必要はない」と。[11]イアン・ジャックも広範な知識を有したラブレーとバトラーを同列に論じる。[12]言及という観点から見ると、バトラーの引き出しは底が知れない。冒頭（一～四五〇）にヒューディブラスの紹介があるが、そこでバトラーが触れている主な事柄を列挙すると、スペンサーの『妖精の女王』、スペインの騎士道物語、モンテーニュの『随想録』、『聖書』、ギリシャ神話、アリストテレス、『アエネーイス』、清教徒革命時代の群小詩人、セルバンテス『ドン・キホーテ』、クロムウェル、シーザー、デモステネス、一六世紀の天文学者ティコ・ブラーエ、スコラ哲学者、ピタゴラス、マホメット、ボローニャの解剖学者等々になる。こればかりではなく、人間にかかわる事柄は些細なことでも触れる。例えば卑近な食べ物については、肉入りパイ、プラムのお粥、ミルクプディング、乳漿、酪乳、パン、チーズ、ブラックプディング、チーズやベーコンなどが出てくる。この点ではスペンサーやミルトンとは大違いである。バトラーは人間の日常生活の細部に拘り、無限の興味を示す。バイロンが『ドン・ジュアン』は「人間の事柄と行為」（'Human things and acts,' 十四巻十三連）を扱うと言うが、バトラーも同じである。全編を通じてバトラーのこの姿勢は変わらない。

さて、バトラーの基本的姿勢は経験主義的なもので、実用的で合理的で有用なものを信じ、誤謬や迷信を嫌った。また彼は偽善を嫌った。スコラ哲学も古代の哲学も新しい科学も疑った。王立協会にはスウィフトと同じく強く反対している。当然、清教徒たちの独善性や王政復古が招来した放縦も受け付けなかった。彼は神意の作った「自然」を大事にし、それは世界に一種の調和を与えていると考えた。つまり彼の考え方は一八世紀的な自然（nature）を大事にする考えに近かった。それに引き換え、人間には不合理な力、激情があり、それが誤謬や迷信を生むと考えた。宗教についてはピューリタニズムのみならずカトリシズムをも疑った。彼がこの作品でしたことは、些細なことに執着する人間の愚かしさを諷刺することであり、そのために、登場人物たちに際限なく喋らせ、手の込んだレトリックを弄させるという手段をとって、彼一流の諷刺詩を書いた。つまり、大袈裟な修辞を使って、小事の価値を落とすというやり方である。バトラーの使ったのは擬似英雄詩の文体である。本来はギリシャ・ローマの神話や叙事詩に登場する英雄たちにふさわしい文体だが、それがヒューディブラスたちを描くのに使われ、またヒューディブラス自身もそのような文体を使う。当然、文体と伝えられる内容、その文体を使う人間との間には大きな落差が生じる。格調高い文体と現実の人間の正体の間に大きな乖離ができるのである。その落差が文学的な興味をそそるのである。擬似英雄詩は滑稽な英雄詩となるのである。

この詩の擬似英雄詩たる所以を、第一部第二篇の熊いじめの段を例にあげて説明する。

「アクションよりも喋りの方が多い」[13]とジョンソン博士が評するこの詩においては、熊いじめは貴重なアクション場面でンの場面である。熊いじめの面白さは擬似英雄詩的であり、また叙事詩のカタログを踏襲していることである。ホメーロスは『イリアス』において、トロイとの戦争に集結する将軍たちの派遣隊を詳しく一隊ずつ説明していくが、バトラーのカタログ（リスト）は、コミック・エピックよろしく滑稽である。第二篇の梗概には熊いじめの連中は「敵の勇士の人物列伝」となっているが、彼らは、格調高い言語で描写されているが、実際は熊いじめを楽しむ普通の庶民である。バトラーは一人ずつ説明を加えていく。まず「血に飢えた烏合の衆のその先頭に立つ者は／老練な切れ者クロウデロ…この戦場で響く楽器は軋《きし》るヴァイオリン」（一〇五－一三）という訳で、彼はヴァイオリン弾きである。「続くは勇敢なるオーシン」で、「抜け目なく働き武名も高い／優れた指導者　厳しく強く／熊の戦士の先導役」（二四七－五〇）という具合である。オーシンとは「熊使い」の意味である。ここでもローマの神話をヒューディブラスは持ち込む、「ロムルスを狼が育てたように／オーシンを熊が育てた　乳こそやらぬが／幾多の血みどろの戦いに出て／彼を養ってくれたのだ」となる。次には人間ならぬ「熊のブルーイン」が登場する。「貫き通せぬ粗い毛皮の／戦闘用の外套を着て／まるでインディオの王でもあるように／鼻に飾りをはめていた」（三五三－五六）とある。次にトールゴルが登場する。イタリア語で「喉のかっ切り屋」という意味で、牛たちの殺し屋である。エピック風に書かれると、「まるで勇者ガイの再来で　たくさんの猪や／名ある大黒牛を打ち負かした…かのアイアースや大胆なドン・キホーテよりたくさんの／羊勢と戦ったこともある」（三〇五－一〇）となる。「というのも彼こそは半神たちや英雄の／いとも気高い天与の仕事／殺しと頭のぶちのめしを生業としていたからだ」（三二一－二二）。次にマニャーノ（錠掛け屋の意）は仕事上道具を入れる皮袋をもっていたが、「その皮は真鍮の鎧の前にアイアースが／かざした七重の皮の楯に劣らぬ分厚いもの」（三三七－三八）とエピック調である。

バトラーは女性のトララを登場させる。マニャーノの愛する女である。スペルは Trulla だが英語の trull は売春婦を意味する。彼女は「アマゾンの女傑ペンテシレイアより／烈しく武器を振り回した」（三七七‐七八）。次はサードン（ラテン語の cerdo は特に靴職人を表す）の登場で、「親指黒い」（四二一）彼の先祖は（靴作りだから）ギリシャ戦争で立派な靴を作ったとのこと。そして最後にはコウロン（ラテン語で colonus は農夫の意）が登場する。彼は叙事詩の英雄らしくこう描写される、「逞しいこの男はヘラクレスにも劣ることなく／厩《うまや》の掃除が巧みであり／また彼に負けぬ立派な牛追い」（四五七‐五九）。ヘラクレスの一二の難行の五番目は三千頭の牛が閉じ込められた牛舎の掃除だった。以上、カタログを取り上げたが、いかにバトラーが物知りで、滑稽で、英雄詩をうまく利用して高度な笑いをとろうとしているのが分かる。ギリシャ・ローマの神々や英雄が次々と言及されている。

以上のカタログの説明でも明らかなように、バトラーは言語に無限の興味を抱いていた。その著『オーガスタン時代の諷刺』の中で一章を設けてバトラーについて論じたイアン・ジャックは、「彼（バトラー）がフォリー・ブリッジで船頭たちの悪態をロバート・バートンと一緒に聴いて夕方を過ごすのを想像するに難くない」と言っている。[14] バートンがもう一人の言葉の魔術師であることはすでに述べた。またバトラーは、擬似英雄詩体とともに、非常にこなれた口語体を使っている。ふたたびジョンソンの言葉を借りれば、「その詩句は早く、活気があり、口語体であり、言葉の卑俗性と感情の軽率さに適合している」となる。[15] ワイルダーズは「バトラーの言語の飾らない口語体は彼の実用的な現実的な見解を表す道具である」と言う。[16] さらに攻撃するピューリタンや政治家や科学者が仲間内で使う言葉を、彼が熟知していると看破し、全体的にはバトラーはごく日常的な素朴な言葉と衒学的な学問的な言語を用いて、『ヒューディブラス』を書いたとする。

先にこの詩は二行連句（押韻）を用いていると述べたが、バトラーは特にコミックな韻を頻繁に使う。そうすることによって、単に滑稽であるばかりではなく、扱う対象の価値を落とすこともできる。これはこの詩の全編を通じて言えることだが、ここではいくつかの例を挙げるに留める。例えばReligion/widgeon（I, i, 229）というのがある。'widgeon'はアヒルまたは阿呆を意味し、宗教と阿呆が韻を踏むことになる。またsaint/disdain't（I, i, 1011）という韻にある'saint'は、この当時ピューリタンを指したが、これが「軽蔑するの意の'disdain't'と韻を踏む。この語は'disdain it'を縮小した形である。'disdain'はもとより、'it'の縮小形を用いることによって、軽侮の感じが強くなる。ヒューディブラスは長老派（Presbyter）だが、これが動物の毛を意味する'fur'とかその複数形Presbytersが'curs'（野犬）と韻を踏まされる。一方独立派について言えば、'Independent/an end on't'となり、不規則だが三重韻であり、しかも'an end on't'と三つの単語（最後は'on it'の縮小形）と韻を踏まされている。句の意味は「その最後」であり、独立派の権威は地に落とされる。'Philosopher/gloss over'の韻については、'gloss over'には「曲げて解釈する」という意味があるので、哲学者の権威は丸つぶれである。

　時に、バトラーは英語とラテン語を押韻させることもある。ヒューディブラスはシーザーでさえ自分のように、一日に二度勝利を収めなかったと、彼の有名な言葉、「来た、見た、勝った（Veni, vidi, vici）」を使って大言壮語する、'As I have done, that can say, Twice I/In one day, *Veni, vidi, vici.*'（I, iii, 735-36）、つまり「すなわちおれは一日に二度／我レ来タリ見タリ勝チタリと言えるのだ」と見栄をきる。'Twice I/*vici*'が押韻だが、ラテン語の発音の「ウィーキー」は'Twice I'に合わせて、読者は「ヴァイサイ」と発音することを強いられる。少なくともどう発音すべきか思案させられる。バトラーは読者を困らせ面白がらせる。そこに遊びが生まれる。またヒューディブラスが求愛する未亡人はこんな押韻を使う、'[She] Us'd him so like a base Rascallion,/That old Pyg-(what d'y' call him?) malion/That cut his Mistress out of stone./Had not so hard-a-hearted one.'（I, iii, 327-30、「女は彼を虫けら扱い／あの古のピッグ――（はて　そうそう）マリオンは／石で愛人刻みあげたが　その石像も／これほど固い心を持っていなかった」）。未亡人のヒューディブラスに対する辛辣な態度は、Rascallion/Pyg...malionという韻が言い得ている。'Pyg'

は'pig'（豚）を意味し、彼女はヒューディブラスに使いたかったから、わざわざ'Pygmalion'を二つに割ったのである。因みに'Ass/Hudibras'という韻もある。我らがヒーローは'Ass'の意味するロバ・阿呆と韻を踏まされている。ほんの数例をここでは挙げたが、本文にはこのような滑稽な韻が無数にあり、この面もこの詩を読む大きな楽しみの一つである。また一般的にバトラーは女性韻を頻繁に使う。普通、英詩では行の最後は弱強のアクセントの二つの音節で終わる。女性韻では強弱となる。このように女性韻や二重の音節からなる韻を使うと、英語では滑稽な効果が生まれる。日本語訳では、バトラーの面目躍如である、このような言葉の魔術師的な面を伝えられないのはまことに残念である。

いずれにしろ、バトラーは大事些事に拘わらず、彼の有していた知識学問を最大限に、自由に用いて人間を描写した。時代は清教徒革命と王政復古の頃で、これらの時代のことは勿論伝えているが、それ以上にいつの時代にも共通する人間の有り様を伝えている。登場人物は人に好かれる理想的な人物ではないが、人間の負の部分があからさまにされ、諷刺詩のいい題材となっている。彼が諷刺する時に模範の基準になったのは理性であった。このことが彼を懐疑主義者、悲観主義者にした。彼はまた、時に擬似英雄詩体を用いることで、ギリシャ・ローマの神話、文学の知識を十二分に活用し、見事なパロディを作った。またテンポのいい一行八音節の詩形を用い、また滑稽な押韻をあちこちに配置することで、諷刺のさびを利かせている。この解説を二人の碩学の言葉で締め括りたい。アール・マイナーは『ヒューディブラス』を、「ひどい、ひどい偉大な詩」(17)と呼び、イアン・ジャックは、「英語で書かれた偉大な滑稽詩の一つ」(18)と称えた。

注

（1）Samuel Johnson (1709-84)：『著名な詩人の生涯』(*Lives of the Most Eminent English Poets; with Critical Observations on their Works*, ed. Roger Lonsdale, II, 4, Oxford: Clarendon Press, 2006.)

（2）Anthony à Wood (1632-95)：イギリスの好古家・歴史家。オックスフォードの著作家と主教を扱った『オックスフォード伝記辞書』(*Athenae Oxonienses*, 2 vols,1691-2) がある。

（3）John Aubrey (1626-97)：『略伝』(*Brief Lives*, ed. Richard Barber, Suffork: The Boydell Press, 1982.)

（4）Earl Miner: *The Restoration Mode from Milton to Dryden* (Princeton: Princeton University Press, 1974), pp. 168-70.

（5）Miner, *op. cit.*, pp. 163-65.

（6）Miner, *op. cit.*, pp. 170-71.

（7）George Gordon Byron (1788-1824)：『ホラティウスの指針』(*Hints from Horace*, 399-400 in *Lord Byron: The Complete Poetical Works*, ed. Jerome J. McGann an Barry Weller, 7 vols, I (Oxford: Clarendon Press, 1980-93.)

（8）Edmund Spenser: *The Faerie Queene* in *The Poetical Works of Edmund Spenser*, ed. with critical notes with J.C.Smith and E.De Selincourt (London: Oxford University Press, 1912, rpt. 1960), II, ii, 17). 日本語訳は『スペンサー　妖精の女王』和田勇一監修・校訂熊本大学スペンサー研究会訳、昭和四四年七月、株式会社文理）第二巻第二篇一七連）一六九－一七一。

（9）Johnson, *op. cit.*, p. 5.

（10）Robert Burton (1577- 1640):『憂鬱の解剖』*The Anatomy of Melancholy*, introduction by Hobrook Jackson, 3 vols, (London: J.M.Dent and Sons, 1932, rpt. 1961).

（11）Johnson, *op. cit.*, p.7.

（12）Ian Jack, *Augustan Satire: Intention and Idiom in English Poetry 1660-1750*, Oxford: Oxford University Press, 1952, p. 19.

（13）Johnson, *op. cit.*, p. 11.

（14）Jack, *op. cit.*, p. 26.

（15）Johnson, *op. cit.*, p. 10.

(16) Wilders, *op. cit.*, xl.

(17) Earl Miner, *op. cit.*, p. 183.　原語では 'a terrible, terrible great poem'

(18) Jack, *op. cit.*, p. 42.　原語では 'one of the greatest comic poems in the language'

サミュエル・バトラー関連年譜

一六一三年
　二月一四日　サミュエル・バトラー、ウスターシャーのストレンシャム（Strensham）にて洗礼を受ける。父サミュエルと母メアリーの第五子（八人兄弟）。
一六二二年
　二月八日　ジェイムズ一世、議会を解散する。
一六二五年
　一月一八日　チャールズ一世第一回議会。
一六二六年
　二月六日　チャールズ一世第二回議会。
一六二八年
　三月一七日　チャールズ一世第三回議会。クロムウェル議員となる。
一六二九年
　三月二日　第三回議会解散。以降議会は開かれず。

一六三〇年
　五月二九日　チャールズ二世生まれる。
一六三三年
　八月一四日　ジェイムズ二世生まれる。
一六三四年
　一〇月二〇日　チャールズ一世、船舶税を課す。
一六三八年
　九月一六日　ルイ一四世生まれる。
一六四〇年
　四月一三日　短期議会開催、三週間で解散。
　八月三〇日　スコットランド軍ニューカースルに侵攻。
　一一月三〇日　長期議会、召集される。以後クロムウェルにより解散されるまで一三年間開かれる。
一六四一年
　七月　星室裁判所、高等宗務裁判所廃止。
一六四二年
　八月二二日　チャールズ一世、ノッティンガムで挙兵。
　一〇月二三日　エッジヒル（Edgehill）の戦い。
一六四三年
　スコットランドと「厳粛同盟」Solemn League and Covenants を締結。
　五月一三日　王党派軍はグランサム（Grantham）の戦いでクロムウェルに敗れる。

一六四四年
七月二日　王党派軍はマーストン・ムア（Marston Moor）の戦いでクロムウェルに敗れる。
一六四五年
四月三日　貴族院は辞退条例（Self-Denying Ordinance）を可決する。
六月一四日　王党派軍はネイスビー（Naseby）の戦いでクロムウェルに敗れる。
一六四六年
五月五日　ニューアークにおいて、チャールズ一世はスコットランド軍に降伏する。
一六四九年
一月三〇日　チャールズ一世、処刑される。
一六五一年
九月三日　クロムウェル、ウスター（Worcester）の戦いで王党派軍を撃破する。チャールズはフランスに亡命する。
一六五二年
五月　英蘭戦争起こる。
一六五三年
四月二〇日　クロムウェル長期議会を解散する。
一二月一六日　クロムウェル護国卿（Lord High Protector）となる。
一六五四年
九月三日　第一回護国卿議会。
一六五六年
九月一七日　第二回護国卿議会。

一六五八年
　九月三日　オリヴァー・クロムウェル死去。息子リチャード・クロムウェル護国卿となる。
一六五九年
　四月二二日　リチャード・クロムウェル第三回護国卿議会を解散する。
　五月七日　残余議会、召集。
　五月二五日　リチャード・クロムウェル辞任。
　一〇月一二日　残余議会、軍隊により解散させられる。
　バトラーは *Mola Asinaria* 出版。
一六六〇年
　二月一一日　最後の長期議会始まる。
　三月一六日　長期議会解散。
　五月二九日　チャールズ二世、ロンドンに入る。
一六六一年
　バトラー、ラドロー城にてリチャード・ヴォーン（Richard Vaughn）に執事として仕える。
一六六二年
　王立協会、チャールズ二世より設立勅許状を受ける。
　一一月一一日　『ヒューディブラス』第一部出版認可。
　一二月二六日　サミュエル・ピープス『ヒューディブラス』初版を購入する。（初版のタイトルページには一六六三年とある。）
『ヒューディブラス』は好評で、一年以内に、五つの認可版と四つの海賊版が出版される。また偽作の「第二部」

は四版を重ねる。

一六六三年
一一月五日　『ヒューディブラス 第二部』出版認可。

一六六五年
九月一七日　ペスト襲来する。

一六六六年
九月二日〜六日　ロンドン大火。

一六七〇年
バトラー、フランスにおいてバッキンガム公ジョージ・ヴィリアーズ（George Villiers）の側近となる。

一六七一年
バッキンガム公『舞台稽古』（*The Rehearsal*）上演。

一六七二年
三月一五日　カトリック教徒と非国教徒に対して寛容令発布。

一六七三年
バトラー、バッキンガム公がケンブリッジ大学総長在職中、彼の秘書として雇用される。

一六七四年
『ヒューディブラス』第一部第二部合本版（バトラーの改訂と注付き）出版。初めて「ヒューディブラスからシドロフェルへの英雄的書簡」を収録。

一六七七年
トマス・ライマー（Thomas Rymer）『前時代の悲劇』出版。

八月二二日　『ヒューディブラス 第三部かつ最終部』出版業者登録簿に登録される。
一一月　バトラー、王より百ポンドの下賜金と、同額の年金の授与を受ける。（但し支払いは翌年九月）。
一一月四日　オレンジ公ウィリアム、ヨーク公ジェイムズの娘メアリーと結婚する。

一六七八年
八月一三日　カトリック陰謀事件。

一六八〇年
バトラー、オウィディウス『変身物語』の一編「キュディッペからアコンティウス」を英訳。
九月二五日　バトラー、コヴェント・ガーデンにて死去。二日後、コヴェント・ガーデンのセント・ポール教会の墓地に埋葬される。

ヒューディブラス

第一部

『ヒューディブラス』1726 年版口絵（ホガース画）

第一篇

梗概

サー・ヒューディブラス(1)の
類稀なる真価をはじめ
武器と出で立ち出陣の様
馬と彼の美質の描写
熊とヴァイオリンの冒険談が
歌われるのだが中断される

内乱の嵐(2)が初めて吹き荒れて
訳も分からぬいがみ合い
流行《はやり》文句の疑惑と恐怖で
皆争いに駆り立てられ
酔払いや気違いに似て
何も分からず喧嘩して
女郎の身持ちや貞女めかした
「宗教」の操まで保証した時
耳長族(3)に囲まれて福音吹聴する者が
戦闘合図のラッパを吹いて

（1）ヒューディブラスという名は、エドマンド・スペンサーの『妖精の女王』二巻二章一七連からとられた。

（2）清教徒革命のこと。

（3）ピューリタンは長い耳をしていると言われた。長い耳には驢馬《ろば》、すなわち阿呆の意がある。

太鼓の代わりに説教壇を
撥《ばち》ではなくて拳で叩けば
我らが騎士は故郷を後にし
連隊長としていざ出陣

彼の姿を見るだけで
騎士の鑑《かがみ》を見る思い
騎士道以外のものに対して
頑固な膝は決して曲げぬ
唯一黙従したことは「閣下」を騎士に取り立てた
肩胛骨への王の一撃
決闘　勅命　国の内外いずれを問わず
彼の右には出る者なし
立派な判事　立派な騎士で
敵をやっつけまた法廷にも引き出した
いずれの場合も見事な腕の冴えを見せ
和戦両用の構えがあった
（かくして水陸両棲の鼠は陸に上がっても
水の中でも平気の平左）
知恵と力のどちらが多いか
そこが作者の思案のしどころ
前者を取る者　後者と言う者
侃々諤々《かんかんがくがく》騒いでみても
違いはあまりに微々たるもので
脳の重さは勇気より芥《け》子《し》粒《つぶ》分だけ重かった
そこで悪《わる》が用いる道具
阿呆とこいつを呼ぶ者もいた
猫とふざけるモンテーニュは
猫に阿呆と思われたと愚痴をこぼすが[4]
ヒューディブラスならなお阿呆
賭けてもいいと言う者もいた
（ところでこの名は勇気ある我らの騎士が
どの挑戦状にも記したもの）
彼についてのこの説はまったくの見当違い
そんな男でないことは自明の理というものだ
本当のところは賢いお人で
知恵の枯渇を忌み嫌い
使用するのを嫌がった
祝祭日を除いたら
人が晴着を着ぬように

いつもは知恵を身につけぬだけ
それに周知の事実だが　豚がキーキー啼くごとく
楽々ギリシアの言葉を喋り
ピーピーと黒歌鳥が鳴くごとく
苦もなくラテン語を操った
両方の言葉の知識が豊富ゆえ
乏しい者には惜しまず与え
皆目分からぬ多くの者には
たっぷり教えてやるのだった
ヘブライの言葉の語根は不毛の土地で
もっともすくすく育つものだが(5)
彼には語根がありすぎて
割礼人だと思われるほど
熱心な多くのキリスト教徒たちには
よくあることで　きっとこいつもそうだった

論理学の批評にかけては名うての達人
特に分析論理の名人だった
南西と南の間に横たわる髪の毛一本に
至るまで　識別分割はお手のもの
ある立場に立って論じて反駁
立場を替えてまた反駁
人馬ならずと論理の力で
その証明を企てた
ノスリは鶏にあらずとか
貴族は　梟《ふくろう》　参事会員は仔羊で
土地委員と管財人は深山烏《みやまがらす》
判事は鵞鳥《がちょう》であるなどと　その証明を試みた
論争をして借金すると
推論を用いて返済した
これらすべてを論理形式きちんと踏まえ
三段論法使ってやった

口を開くと修辞学
きまって比喩が飛び出した

(4)『随想録』二巻一二章参照。
(5) ヘブライ語は人間の最初の自然言語であり、人間社会から離れて育った者はヘブライ語を自然に喋る、とする学者たちを皮肉ったもの。

中断したり咳き込むと
決まり文句を口にして
咳した訳を解き明かす
さもなけりゃもっとも上手に喋っても
人並みと思われるのが関の山
何故ならば修辞学者の法則は
すべて修辞の道具の呼称を
教えるためにあるからだ
彼が普通に話をしても
声は堂々と響きわたる
バベルの乱れたピジン英語で
知ったか振りの好むもの
つぎはぎだらけでちぐはぐで
ちんどん屋の服のよう
ギリシア語ラテン語を裁断し　仕立て上がったエ
　ゲレス語
裏地はシュスでも表はファスチャン
三つの言葉を一度に話す
妙ちきりんなごった混ぜ
こいつの戯言《たわごと》三人の
バベルの土方のがなり合い
あるいはケルベロスの三つの頭が
一斉に三つの言葉を喋るよう
蓄えた有象無象のボキャブラリー
ポンポンポンと打ちまくる
言葉の突撃支援のための
補給は莫大無尽蔵
なぜならほとんど頭を使わず
新語を次々偽造するから
あれほど下品で耳障りな語は
口にする者まずあるまい
大きな声でまくしたてると
無知蒙昧なる者は慣用語でも聞く思い
いにしえのその癖あった雄弁家
熱弁振るうその時は小石を口に頬張った(6)
自分の物の言い方に我らが騎士が気付いていたら
きっとこの手を使っただろう
数学とても大したものだ
ティコ・ブラーエやエラ・パテル(7)を凌駕する

ビールのジョッキは
幾何学で
パンやバターは三角法で
寸法目方をたちまち割り出し
時計の打つ時刻まで賢くも
代数学で言い当てた(8)

さてまた明敏な哲学者
原典注釈すべてを読んで
難解至極な著者の言でも
懐疑主義者の問いかけでも
何であれすべて受け売りで解き明かす
「何故」には必ず「何故なら」と受け
言葉を弄して能う限りは
四〇人の学者よりも物知りだ
解き明かしの手順はひとつ覚えでも
機会があれば引用をする
当否のほどなどお構いなしに
語ってみたり朗唱したり
対象にピッタリし過ぎたその見解は
自分でもどちらが対象どちらが見解と言いかねた
どころか始終取り違えたが
これは昔の大先生方も同じこと
何でも本質を削り出し
抽象名辞で本性理解
抽象の世界へ存在や本質が
亡者たちの霊魂よろしく飛んで行き
北方で凍て固まった声のように
真実が姿を成してお目見えだ
形而上的才知の飛翔の限り
あれはこれだと理解した
スコラ神学もよく出来て
あの「不倒博士」(9)にもヒケは取らぬ

(6) デモステネスは口に小石を頬張って発音の欠陥を直した（原註）。
(7) 前者はデンマークの著名な天文学者（一五四六〜一六〇一）。後者は一六世紀英国の暦の著者。
(8) 治安判事の職務には量目検査も含まれた。

唯名論に実在論　究めた深さを言うならば
すべての博士を越えている
玄妙な手さばきで綯《な》う論理の縄も
丈夫なことは砂の縄
精緻な蜘蛛の巣も織りなすが　こいつは
空っぽで貸しに出される部屋のような
月が満ちれば空ろになってしまう頭に
丁度似合うやつ
また深遠微妙な疑問を出して
あっという間に解きもした
これではまるで「神学」が
掻いて欲しくて痒がったようなもの
または大道の薬売り
深い懐疑で自分を傷つけ
刺したりするのも　どれほど容易く
信仰の傷が癒えるか見せるため
だが辛い経験で我々は
必ず跡が残ると分かった(10)
楽園がどこにあるかも知っていて
どの方向か示せたし
気が向けば証明もした
月の層より下だとか下でなければ上だとか
また脇腹の隠れ場からイブが出たとき
アダムはどんな夢を見たかとか
悪魔が彼女を誘惑したとき
高地ドイツ語の通訳が居たのかどうか
また両人に臍《へそ》が有ったか無かったか
誰が最初に音楽を鍛えられるようにしたかとか(11)
堕罪のときにあの蛇は　蹄の足を
持っていたのか足無しだったか
こんな事柄一切合切注釈解説ないままで
直ちに解いたが　言葉遣いのふさわしさは
丁度人が口を出し半可通で喋っても
どれも的外れというときのよう

宗教とても
学問才知にお似合いの
純正至極の長老派(12)
教会の戦士と誰もが認める放浪の
激越な騎士たちの屈強な群れ

その一員が彼だった
連中は矛槍と銃という聖句の上に
信仰打ち立て
議論なら何であろうと
無謬の砲列で片付ける
おのが教義こそ正統と示すには
いかにも使徒らしく叩く殴るでやってのけ
炎と剣と荒廃とを　神の御旨に叶う
徹底した改革と呼称する
これは不断に推進すべきもの
いつでも途上で終わりなどない
これでは宗教がただ
手直しのためにあるようなもの
さて彼の宗派の熱誠は
奇妙な倒錯した憎悪に存した
どっちを向いても喧嘩ばかり
いつも何かとアラ探し
狂った犬や病んだ猿より
気難しくて意地悪でそしてその上癇症《かんしょう》だ
他の人たちが正しく守る安息日も
わざわざ誤って守ろうと気を遣う
自分が犯しそうにない罪はこきおろし
犯しそうな罪には目をつむる
神を敬うのさえ悪意故かというほどに
それほどいつもひねくれていて反逆的だ
同じことでも憎んでみたり
別のときには欲しがったりで
自由意志を否定はするが
それしか認めぬこともある
それは彼らにあってこその敬虔で

(9) 著名な神学者であるヘイルズのアレキサンダー（一一七五?～一二四五）のこと。
(10) 内戦という現実の惨事とその後遺症。
(11) 音楽はピタゴラスが発明したと言われるが、彼は金床を打つハンマーの響きから音階を見出したのである（原註）。
(12) 長老派はカルヴァン派の本流。厳格な組織を持ち、内戦当初は議会側主柱のひとつだった。後に更に急進的な諸派に圧倒されるが、ここでは、戦闘的ピューリタンの代名詞である。

他人にあっては罪となるのだ
一番のお気に入りが得られぬ場合は
ケチをつけるのが常套で
肉入りパイと口論するし
最愛の友たるプラムのお粥は軽侮する
肥えた豚やら鵞鳥と対立
鼻声[13]でカスタードを冒瀆だ
この猛烈宗教の使徒たちは
マホメットの使徒と同じく驢馬と鴨[14]
その二者に我らが騎士の才知気性は
天性しっかりと結ばれていた
あたかも彼の良心のお墨付を
偽善と戯言が得たようだった

生まれつきと教養はまずこんなもの
だが述べたのは内面で外から見てのことではない
そいつを次に述べるから
各々《おのおの》方よお聞きあれ

黄褐色の顎髭は知恵と顔の
どちらにとっても良い飾り
形と色とはタイルにそっくり
ちょっと見ただけでは騙される
上半分は薄黄色
下半分は橙《だいだい》色に灰色混じる
この毛むくじゃらの彗星は
王杖王冠が没落するのを告げていた
また灰色先細のその形は
政府衰微の時代を表す
象形文字の鍬形は
自分と国との墓穴が掘られることを告げていた
丁度サムソンの巻毛のように[15]
風の歎きの日に備えて伸びていた
とはいえ社会瓦解のそのときは
自らも失せることになっていた
修道団のように誓いも堅く
聖なる秩序で生えていて
戒律は荒縄巻いた道士なみ
むっつりとして厳格だ
迫害殉教にも決然と

耐えるが定め
激怒した国家の憎しみと仕返しに
真正面から立ち向かう
それを恐れぬ証の髭ゆえ
引っ張られ引き裂かれ
赤熱の鉄に責められ罵られ
唾されようと殉教しようと心構えは十分だ(16)
かくの如きが何するものぞ
王ある限り確固と立つべし
だが国のよろめくその秋は
国の崩壊願っての供犠として
生命を奪う鋼におのれを委ね
墜ち失せるはずになっていた
この生命の糸を運命の女神姉妹が
頬髭とよじり合わせていたのだが
あまりしっかりとやったので
生死を問わず両者の運命を裂くことなどは「時」
　にもできない
失せるときには一蓮托生
「時」の錆び鎌がひと薙《な》ぎにする
あの博識のタリアコティウス(17)が
従僕のむっくりとした尻から付け鼻を
切り取ったときもこんなふう
出所の尻以上には長生きできず
尻の寿命が尽きた途端に

---

(13) これは、ピューリタンが鼻にかかった声で説教したことへの揶揄である。

(14) マホメットはよくなれた鳩を飼っていて、この鳩はいつも彼の耳から穀粒をついばんでいた。これは、この鳩があたかも彼に囁いて霊感を与えているかに思わせるためだった。また、彼の驢馬は彼ととても親しかったので、マホメット教徒たちはその驢馬が彼を天国へと乗せて行ったあとも、また彼を連れ帰るため、そこに彼と一緒に留まっていると信じている（原註）。バトラーはこの鳩をわざと鴫にしてある。

(15) 『士師記』一三章一六節参照。

(16) 髭の日常的手入れを拷問用語で言っている。

(17) 史上初めて形成外科を施術した、ボローニャの解剖学教授ガスパール・クリアコッツォ（一五四五～九九）のこと。

鼻も共鳴　欠け落ちた
さて彼の背だ　いや荷物と言おう
おのが重荷に屈したという風情
まるでアエネーアースが炎の中を
父君背負って行くときのよう(18)
我らが騎士はそんな荷物を
つまり尻をば背中に負っていた
それに尻繋《しりがい》が無かったので
ほとんど頭より上に出る
前にはしかし釣り合い取って
同じ大きさの腹が出る
それをいつも一杯にしておこうと
特段の配慮があったが食事は質素
ミルクプディング　乳漿《にゅうしょう》　酪乳
農家でよく出るようなもの
他にも食い物はあるのだが　それについては
食糧入れるズボンの話をほどなくするので
そのときくわしく語るとしよう
糧食をその戸棚に蓄えてあったのだ

胴着はしっかりとした黄色の揉み皮
剣は駄目だが棒なら通さぬ
何しろ打ち傷以外には怖いものがない彼に
うってつけのものだった

さてまた彼の半ズボン　皺のよった羊毛で
これをはいてブリンの攻略(19)
ハリー王(20)にもよく知られ
王がはいたと書く者もいるほど
ズボンの裏につけてある
多量の官給パン　チーズ
それにしつこいブラック・プディング(21)
血を見て喜ぶ兵士の食べ物
前にも言ったがいつでも彼は
ズボンに食糧入れていて
これを知った鼠と二十日鼠
官給食品を奇襲した
食糧庫のどちらかに
彼が知らずに手を差し込むと

勇敢な鼠は防戦し
敵を傷つけ血を流させて
強襲されるか叩き出されるときまでは
けっして去らない角面堡
いにしえの遍歴の騎士は
飲食せずと書く者あり[22]
広い砂漠や荒れた野を
はるばる越えて行くときに
地上はおろか地中にも
食べる物とて何もない
野で草でも食う以外には
騎士の食事の記録なし
それ故自信ありげに書く者あり
騎士には戦闘以外の肚《はら》はなしと
がそれは大間違い　大広間でアーサーが
ファージンゲールよろしく円卓身につけ
シャツを前後にぶらさげて
家来たちが食事した
もっともそれはテーブルでなく
巨大に膨らんだ半ズボンとも言う
そこに王は自分らが
食えるだけの食糧を入れ
剣や棍棒わきにおき
みんなで食べた朝餉《あさげ》昼餉《ひるげ》
だが脱線はこれ位

---

(18)『アエネーイス』二巻七〇五―七二九行参照。
(19) ブリンはヘンリー八世が攻囲したブーローニュと王の第二妃アン・ブリンとをかけている。王は肥っていたので大きな半ズボンをはいていた。
(20) ヘンリー八世（一四九一～一五四七）のこと。
(21) 血とスエット（牛、羊などの腎臓、腰部の堅い脂肪肉）から作るソーセージの一種。血が含まれているので『レビ記』一七章一〇節により、これを食べることは禁じられていた。厳格なピューリタンはそれを守った。
(22)「歴史も少ない数ではないが、どれをみても、遍歴の騎士があり合わせでない物を、かれらのために催される盛大な宴会以外の場所で食った記述は見たことがなく、そのほかの日はさばさばとして、きれいなものよ」（『ドン・キホーテ』正篇（一）二の巻第十、永田寛定訳）

忘れてならないのは本論で
脱線は脱線のうまい作家にまかせて
元の話に戻るとしよう
強力な剣は脇腹の
大胆な心臓近くに差されていた
篭型の柄には肉汁が入り
戦いにも食事にも役に立つ
柄の中で鉛を溶かして弾丸つくり
敵も撃ったが若鶏も撃った
鶏には強い恨みがあったので
降参しても容赦はしない
鋭い刃のトレドの懐刀[23]
戦わないので錆びてしまい
切り刻む相手がないので
腐食してしまったのだ
剣の納まる平和な鞘は
刃の遺恨を感じていた
鞘の先から二つかみほど
男らしい刃が食いつぶしていた
顔を見せたくないごとく

刀身隠すは真っ平ごめん
令状　召喚状　逮捕状と
何度もやった必死の執行
肩を叩いて逮捕する
「尻」執達吏[24]よりも勇ましかった
しばしば剣は土地を手に入れ
人を捕まえ　また逃走させた

この剣には騎士見習いの短剣が付き
年のわりには小振りだが
これが剣に仕える様は
小人が騎士に仕えるよう
それは重宝な短剣で
戦や仕事に役立った
人を刺したり頭を割ったり
木皿をこすりパンを切り
チーズやベーコンを火であぶり
鼠取りの餌にするのも嫌がらない
靴は磨くし地面には
韮《にら》や玉ねぎなどを植えたもの

かつては酒造りの見習いで(25)
他にもいろいろ苦労した
だが近頃酒造りと縁切りしたのは
その他大勢と同じ理由だ

鞍の前輪の革袋には
古い拳銃二丁が納まる
それとてズボンに入りきらない
余った食糧仲間と一緒
拳銃いつでもきびしい任務
毎晩歩哨に立っていた
二本足と四本足の敵から
半ズボンの食糧庫を守るため

かく防備を固めた騎士殿は
平和な故郷からいざ出陣
だがまずは敏捷にきびきびと
またがったり愛馬の馬上
ついている鐙《あぶみ》は一つだけ
向こう側の短いやつで
必死に足指かけようと
ひどい骨折り大騒ぎ
何度も身体を持ち上げて
やっと届いた鞍の端
そこから鞍に飛び乗ると
精力　体力　熱意をこめすぎ
危うく向こうへ落ちかかる
しかし尻尾とたてがみを
手綱代りにしっかと摑み
やっとのことで身を立て直す

乗馬の話をするからは

(23) スペインの都市。利剣の製造で有名。
(24) いつも負債者の後を追い、後ろから逮捕するので「尻」執達吏と呼ばれた。また、肩を叩いて捕まえるのが常だった。
(25) オリヴァー・クロムウェル（一五九九～一六五八）またはその両親が酒造業に関係していたことは、敵方の宣伝屋やバラッドの作者によってしばしば歌われた。しかしその証拠はない。

話を先に進める前に
われらが間抜けな武人の馬のこと
当然ながら言っておこう
大きな奴で頑丈で
口に挽き割り　両眼に角膜斑
いや大抵の人が言うごとく
一つ眼としよう　眼は無いという説もあるのだが
耐久力のある馬で
歩の進め方は威風堂々
拍車かけられ笞打たれても　笞刑をうける
スペイン人同様跳んだり走ったりしなかった[26]
とはいえ気持がはやるので　地に触れるのを
嘆くがごとく跳ねたもの
噂によればシーザーの馬は
足と足指にマメがあり[27]
蹄の柔軟性は半分以下で
こんなに優しく地を踏まない
シーザーの馬が膝折り曲げて（と書く者もいる）
おのが主人を乗せたように[28]
ヒューディブラスを降ろすため
（有名な話だが）この馬もよくしゃがんだもの
背中の皮のすりむき具合
ことさら言わずと知れたこと
背当てに隠れてよく見えず　同じく
ひどくすりむけた騎士の尻にも隠れてた
両脇腹の肋骨は　馬が自分で耕した
鋤《す》き跡みたいに突き出して
鞍敷のふちの下側に
肋骨ごとに溝が掘れ
引きずる尻尾は泥の中
柔らかい脇腹蹴られ
拍車をかけられたそのときは
乗り手に泥をはねかける
ヒューディブラスの拍車は一つ
賢明な彼は知っていた
馬の片脇腹を走らせたなら
残った脇腹も尻込みはせぬと

彼の従者はラーフという名
共に冒険求めて歩く

（勿体つけて語り手は
ラルフォーとも呼んでいた
我らも韻の許す範囲で
ラルフォーと呼ぶ
というのも韻律は　見事に詩文を繰って
船の進路の操縦士）
知恵と勇気を等しく持って
生まれた時から仕立屋稼業
強いテュロスの女王様[29]　巧みに革を切り刻み
広い土地を巻き上げた
綺麗な城も付け足して
世継ぎに遺した即ちそれがラーフの先祖
この先祖から生まれたのが脚を組んだ騎士たち[30]で
彼らは大いに忠実で
人食い人種と戦ってその勇名は轟《とどろ》いた
貴賤を問わず相手を倒した
頑強なるこの従者
トロイの騎士と同様に地獄に降りた[31]
金枝みたいな嘘の手形ではなくて
本物の金の鎖を持っていた
知識は我らが騎士に遅れをとらず
ただその種類が異なった
他人と違うやり方で手に入れたこの「贈り物」
「新しい光」[32]と呼ぶ人もある
それは自由な学問で
勤勉も努力も頭脳も不必要

(26) 笞刑を受けたスペイン人が、笞を逃れるために走ったりせず堂々と歩いたという話。
(27) シーザーの馬の蹄は足指のように先が分かれていたという。
(28) バトラーはシーザーの愛馬とアレキサンダー大王の愛馬ブーケファルスとを混同している。
(29) 『アエネーイス』一巻三六七〜三六八行参照。
(30) 十字軍騎士の墓には脚を交差させた図柄が描かれていたと言われている。また仕立屋はあぐらをかいて仕事をした。
(31) アエネーアスが地獄に降りる時、通行証として金枝を携えていた。仕立屋は彼らがくすねた物を貯えておく所を地獄と呼ぶ（原註）。
(32) 「霊感」を意味する言葉。『コリント人への第一の手紙』一二章一節及び四節参照。

彼の知恵は神威の印
途中で砕けて壊れていた
丁度「愛を込めて」と刻印の
九ペンス銀貨[33]のような捩《ねじ》れ具合
彼はそれを調べもしない
というのも批判や欠点捜しは大嫌い
議論の場では
大風呂敷を広げないのは賢明だ
ただ同然で手中にすれば
分け与える際には気前がいい
自分の懐が少しも痛まぬ贈り物
聖者は時には気前がいいもの　この贈り物に依っ
て
お燈明の光をば長持ちさせる工夫をこらし
エヘンと言ったり咳払い
深い神秘も易々解いた
その有様は針の穴を糸が通るがごとし
この連中はまるで浮浪者
けっして道から外れない
この「新しい光」で何を言おうと

自分たちはいつも正しいと信じている
それは霊の暗い行燈《あんどん》
所有者以外には誰にも見えぬ
魂を生業とする人の詐欺の道具となるために
上から下って来た光
これはまた「愚直の火」で人を欺して
水の中や溝の中へと落とし込む
汚い池で深々と浸らせて
キリスト教の深さを測らせ
野鳥のように飛び込み救済を求めさせ
再生を漁《すなど》らすのだ
この光　霊感を与え
聖人の鼻に作用して　バグパイプのように
鼻にかかった声で空虚な魂を喋らせる
通話管あるいは神託の囁き穴にも似て
魂を盗み聞きする人以外には
とても聞こえる物ではない
それはまたアポロか好意のある詩神が
群小詩人に詩を吹き込んで
それを彼らがリードやバグパイプで

二番煎じで一句一句復唱する様に似ている
かくしてラーフは三脚四脚[34]の御神託
またいにしえの杯[35]や近代の椅子のごとく
無謬となった
無意識で即座に真実を語り得た
神秘学　魔法に呪い札にカバラにと
深く精《くわ》しく通じていた
その古来の伝統は
アダムの最初の緑のズボン[36]にまでも遡る
霊やイデアやアトムなど
また星の影響についても炯眼の士
「未知の分野《テラ・インコグニタ》」も
まるで既知の世界のように語り得た
深遠な神秘哲学者で
野蛮なアイルランド人　またアグリッパ卿[37]のよう
に
深い学識　堅固な嘘で名をなした
アンソロポソフォス[38]もフラッド[39]も
ヤコブ・ベーメ[40]もよく理解していた

魔除け呪文を知ってはいたが
効果もなければ害もなし
薔薇十字会[41]の教義に通じ

---

(33) 九ペンス銀貨は曲げられて愛の印として恋人に贈られた。
(34) デルポイの神官は神託の聞こえる穴の上の三脚の椅子に座っていた。四脚の椅子とはローマ法皇の聖座宣言の時の椅子。
(35) ヨセフの杯。『創世記』四四章五節参照。
(36) ジュネーブ版聖書『創世記』三章七節には、「アダムとイブは無花果の葉を縫い合わせてズボンを作った」とあった。
(37) ハインリッヒ・コーネリウス・アグリッパ（一四八六〜一五三五）。神秘哲学者、カバラ学者。
(38) トマス・ヴォーン（一六二二〜六六）のこと。詩人ヘンリー・ヴォーンの双子の弟。
(39) ロバート・フラッド（一五七四〜一六三七）。英国の医者、神秘学者。
(40) ヤコブ・ベーメ（一五七五〜一六二四）。ドイツの哲学者、神秘学者、錬金術師。
(41) 十五世紀にクリスティアン・ローゼンクロイツという人物によって組織されたと言われている教団。

「ヴェレ・アデプトゥス」[42]の称号を持っていた
鳥が言葉を解する程度に
彼は鳥の会話を理解した[43]
思惟と言葉が反するような
最も精妙な鸚鵡《おうむ》の言葉も易々と理解
だから鸚鵡が「お縄」だの「歩け　悪党　歩け」
　と叫ぶと
誰を指しているのかすぐに分かった
人を賢くするという
数字を物の中から取り出し
水のように瓶の中に入れていた
というのも翳《かす》み目に垂らしてみれば
昼には半盲の梟《ふくろう》のように
真暗闇にも目が見えた
このお蔭によって（と彼は言うが）
「第一質料」[44]を裸のままに見たという
それが「形」の衣を着ける前
赤裸々に見たという
「渾沌」もまた見たという
すっかり見たというのだが　でなけりゃ彼は嘘つきだ
「渾沌」といってもバーソロミューの市で
グロート銀貨を支払えば
見せてくれるような厚紙細工のものじゃない
正真正銘の「渾沌」で　そこから「宗教改革」が
　やって来た
二人とも実の従兄で
群衆を誘う術には長けていた
しかしまた「宗教改革」よりも
人形劇が早かったと言う人もいる
彼は何が起こるか予言したが
結果を見てのうえだった
偉人の死亡に身体の異常
病気　戦争　洪水も同じこと
これらの事を日蝕もなく
恐ろしげな彗星も関係なしに
「内なる光」で予言した
これは容易に理解できるやり方だ
他人の偽証を我と我が身に引き受ける
偽証の騎士殿のごとくに

占星術を施す手間も省略し
幸運な着想のみで行なった
星が下界の人間の悪事に係るかのように
悪魔のように人間を
悪事に走らせ裏切る事を
占星術師はお見通し
彼らは黄道帯を探索し
誰が下方で盗みを働いたか知ろうとし
金星や月を捜索し
誰が指貫やスプーンをくすねたか
星は告白しなくとも
その表情で推測した
そしてまた誰が盗み誰が故買し
胡散臭い表情が何の予兆となるかをしたり顔で述
　べたてた
火星も同様尋問し
その表情で上着を盗んだ奴を探った
水星にも告白を強要し
自身で教えた盗人[45]を密告させた
彼らが惑星の骨相から
人の運命を見通したのは
医者の処方を薬代わりに
飲み込んだ人のようなもの
出生時星位を捏造し
星の位置から推測し
あたかも人の誕生の日時を知るように
正確に何が起こるか予言した
星の脈拍看て取って
瘧《おこり》　咳　カタルを見出した
そしてどんな星の配座が
羊の腐敗病　豚の疥癬の予兆となるかを述べ立て
た
人にあっては何が痒みを引き起し治すのか

(42) 神秘哲学者の多くは錬金術師でもあった。「アデプト」とはその秘儀に達した人に与えられる称号。
(43) 薔薇十字会会員は鳥や獣の言葉を理解すると考えられていた。
(44) 普遍的に存在する物質。神秘学の教義によればこれから万物が造られた。
(45) 火星と水星は盗人に影響を与えるとされた。

貴賤を問わずどうして女房を寝取られるのか
損をしたり得したり　また人の生死も何故なのか
更に偉人阿呆悪党の生まれる理由も言いあてた
ただし賢くなる方法は別のこと
このことだけは（人の言うには）
星も占星術師も手が出ない
それはまったくその通り
これをラルフォーは知っていた
別のやり方をしたのだが　それについては今見た
　通り

このように練達の従者は
天賦の才と知識袋を備え　抜け目のなさは恐ろし
　いほど
いかに忠実な従者と騎士といえども
この両人以上の相性の良さは見られない
その武器と出で立ちも
美徳　資質　英知同様　まさに御両人にお似合い
武勇においても仲良く肩を並べ
城門からいざ出陣
馬上で揺られて数マイル
だが運命は意地悪く豹変し
哀れ御両人危険と遭遇
さてそのことを語るとしよう
まことに大胆不敵な
手柄話のその前に
学識ある詩人を真似て
詩神の助けを祈願しよう
そんなことはぺてん師が使い魔[46]の力を頼むよりも
愚かなことだと批評家たちは言うけれど
詩神であれ使い魔であれ　どちらでも構いはしな
　い
所詮はどちらも似た様なもの
我らが目的にふさわしい方を取って
詩神に呼び掛けるとしよう

ビールや胸くそ悪い酒によって
ウィーザーズ[47]とプリン[48]とヴィカーズ[49]に霊感を与え
さらに自然にも運勢にも逆らって
無理矢理に書かせた汝　詩神よ

当世の才人たちのひねくれた書き物や
へそ曲がりの作品に見られるような
虚栄　世評　欠乏それに
無知の輩の見せる驚嘆
自身あるいは機知請け合いの友人によって
書かれた著者への賛辞
月桂樹と意地悪な詩行を載せた
巻頭を飾る肖像画への渇望
これらはすべてパルナソス山に今も残り
へぼ詩を書く気を起こさせるものなのだが
こうしたもので運命を屁とも思わない詩人を作り
更にたとえちんぷんかんぷんな
言葉であろうとも
翻訳術を教え込まれる汝詩神よ
このたびだけは助け給え
二度と手をわずらわせはしないから
西の方に町がある
住人にはよく知られた町
したがってこれ以上述べる必要はない
読むのは住人にまかせておこう
ここで語ることが分かってもらえようともらえま
　いと
簡潔こそが肝心要
市の立つ日に
この町へ人々は行って
調子っぱずれのヴァイオリンや耳障りな小太鼓に
　合わせ
心浮き浮き体を動かす
だが今やげに恐ろしい楽しみが
村の連中を寄せ集める

---

(46) 魔法使いや魔女などに付きまとい、用足しをすると想像された魔物。
(47) ジョージ・ウィザーズ(一五八八～一六六七)。ピューリタン詩人、パンフレット作者。
(48) ウィリアム・プリン（一六〇〇～六九）。ピューリタンのパンフレット作者。仕事をしながらビールを飲む習慣があった。
(49) ジョン・ヴィカーズ（一五八〇?～一六五二）。長老派の群小詩人。

これは昔ながらの気晴らしで
物知り顔の肉屋どもが　熊いじめ[50]と呼ぶ
大胆不敵な出し物で
いにしえの英雄たちが称賛した
文士連が主張するには
その起源はイストミア祭[51]かネメア祭[52]
またある者はその起源は
北の天球に括りつけられ
極の周囲に円を描く熊だと言う
そういえば杭に繋がれ
鎖の端でくるくる回り
野次馬どもの怒号にも負けない熊はこれにそっく
　りだ
熊の名の下に重々しく
（人間を不名誉な危害から守るため
決闘の掟に則って）
なんぴとたりと熊の杭から四十フィート以内に
近寄ることはまかりならぬ
という御触れが出される
どんな無鉄砲な連中が

愚かな危険に身を晒《さら》そうと
傷を負ったり　不具になろうとも
そんな怪我は名誉の足しにもなりはしない
勝利を収めた熊は
面目にかけても交戦中
おのれの陣地を一歩も譲らず
追って来る者があっても何者か気にもかけない
そ奴らを痛い目に会わせて
おのれの立場を守る覚悟だと　思い知らせてやる
　つもりでいる
（てんやわんやの乱闘騒ぎに
危険を避けるは土台無理な話だが）
常に武勲に付き物の
あれこれの危険を防ぎ
犬と熊の間の平和を保つため
騎士殿は迂回して戦場に赴くこととする
良心からも任務からも
そうせざるを得ないと考えたからだ[53]
そこで彼は従者に向かいこう語る

「我らは平巡査よりも知力に優れ
位の高い市民[54]の知恵を持つ
したがって裁きの席に着く時は
権力の灯台から夜警のように
前兆となる災いを
下卑た下級役人よりも
先の先まで見通さなければならない
犬と熊とが論争するとの
噂を聞いた
近ごろは喧嘩のことを論争と言う
この両者の区別は付け難い
(口論がたまたまある所に
喧嘩も『一緒ニアルカラ』だが)
『我々ニツイテ言エバ』
キリスト教徒の血を流さずに
懇請と親切による調停で
争いに終止符を打ち
戦わずして血腥《ちなまぐさ》い決闘を
収められるかどうかやってみるのがよいと考えた
我々の特権　我々の生活
法律　宗教　我々の妻　これらをすべて一時《いっとき》に
誓約[55]と大義のためならば
賭けるだけのことはある
だがこのような争いに我々ばかりか犬と熊も
加わらなければならないのか
イエズス会[56]がこの確執を生み落とし

---

(50) 十六、七世紀に英国で流行した、繋いだ熊に猛犬をけしかける娯楽。熊のかわりに牛を使う場合もあった。

(51) 古代ギリシアのコリント地峡(イストミア)における大競技祭。

(52) ネメア(ギリシア南東部)のゼウスの神殿で催された古代ギリシアの大競技祭。

(53) ピューリタンは勢力を得る以前、熊いじめは残酷であり、熊闘技場で悪徳がはびこるとの理由で非難した。一六四二年議会で違法とした。

(54) 市長など執政官のこと。

(55) 一六四三年イングランドとスコットランドの間で交されたもの。

(56) 議会は、イエズス会が既成の宗教、政権をくつがえそうとしており、チャールズ一世に影響を与えているとしばしば非難した。

邪《よこしま》な助言が養い育てる
（すべての鼻が嗅ぎつけるわけではないが）
権謀術数の企みがある
殴り合い爪立て合って
同胞を互いにいがみ合わせ
信頼し　好意を抱き合う人たちの
仲を裂こうとする深謀遠慮
犬や蛇以上に我々を憎む
敵がごまんといるというのに
我々同士が理由もなしに
いがみ合ってはいないだろうか
血腥い態いじめには
何か隠された企みがある
仲間を自由自在に操る聖徒のやり口を
知っている者には明らかなこと
これが偽りの予言であればと思うのだが
天賦の才なり腕力を用い
我々が未然に防がなければ
きっと何か災いが巻き起こるだろう
どのような企み　利害から

獣と獣が戦い合わなければならないのか
この戦いは大義のためでもなく
脆弱な特権[57]　基本となる法律のためでもなく
完全な改革のためでもなく
誓約や言明[58]のためでもなく
良心の自由のためでもなく
上下両院の決定のためでもなく
教会のためでもなく　自ら手中に収めようとする
教会の領地のためでもなく
王を誑《たぶら》かす邪な助言者どもを
法に照らして処断するためでもなく
我々人間の崇拝の的であった獣が
逆に我々人間を崇拝するためでもない
エジプト人は犬[59]を崇めて
信仰の故に激烈な戦争をしたものだ
鼠を崇めて[60]そのために
殉教死する者がいれば
白象　猿の歯　霊験ありと
信じて護るはインド人
自分の神のためならば徹底抗戦

死をも厭わぬ輩は多い
それに比べて獣はといえば
人間を祀って戦うような　そんな阿呆はいはしな
い
獣なら　人間もおのれもよく弁《わきま》えて
そんな愚行に走らぬ知恵を持つ
獣に狂気を吹き込む者は
誰あろう人間という煽動者
邪悪の病毒垂らし込むのは
人の行為という手本
いにしえの哲学者たち[61]はいみじくも宣《のたも》うた
「人と付き合う獣は
人に似てくる　その証拠に
牝豚　牡犬は一年中が繁殖期」
お説のとおりで獣が互いに戦うことも
人を手本に倣って覚える
時は皇帝ネロの時代に
異教徒がキリスト教徒を滅ぼすために
熊の皮に縫い込めて
それに犬をけしかけたとある
この俗悪な反キリスト教的見世物の
まことにこれが始まりだった」
これに答えてラルフォー曰く
「論点は明々白々と思われます
すなわちそれは中身も呼び名も法律違反の
反キリスト教的見世物なのです
まず『熊いじめ』という呼び名は
俗臭芬々《ふんぷん》　人が造り上げたもの

---

(57) 国王チャールズ一世に対する議会の特権。
(58) 一六四一年、軍の陰謀の噂が流れた後、両院の議員たちは真に改革されたプロテスタントの宗教と議会の力と特権を守ることを誓う。
(59) アヌビス神。オシリスの子で頭がジャッカル。死者の案内人でミイラ作りの神。
(60) エジプト人はナイル河岸に住むマングースの一種を崇めると言われていた。
(61) クセノフォンの「覚書」一巻四章一二節でソクラテスは、動物と違い人間には定まった生殖期がないと述べている。

聖書のどこを探してみても
そんな言葉は見当たりません[62]
故に違法で罪ということ
さて次にその見世物の中身とて同じこと
何とも怪しげな『集会』[63]で
『地方・代表者・全国集会』[64]などと同様
聖書で立証するのは無理です
すべて神ならぬ人がめぐらす蜘蛛の巣にすぎない
加えてこれは偶像崇拝
人が自分の発明物を
崇めて邪教に迷う時
犬　熊　それが何であろうと
ダゴン[65]を神にするに等しい
偶像崇拝異教徒の行為」

「あやしいぞ」とヒューディブラス
「ラルフォー　お前のは似非《えせ》論法
持ち出す命題がお前の言うよう
杓子定規に適うとしても
（『熊いじめ』は神の掟によって[66]
『大会』[67]よりは合法らしい
こいつをお前は否定する
それに異存はないのだが）
そこに誤謬があるわけだ
ずる賢くも『類似』によって
詭弁を弄して双方が
違法だと言うのなら頷けない」

「『熊いじめ』が」とラルフォー
「福音書の時代にあったことと
地方会議や教区会議と同じく合法であることの
これら二点は疑わしい
熊いじめと会議は親類で
罪はもとよりすべての点で酷似しており
それらの不正で量らぬかぎり
一つの袋に入れて揺すって
突然取り出してもどちらがどうとは見分けがつか
　ない
どちらがよけいひどいのか
見当をつけるのは易しいが

どちらとも言わないでおきましょう」
ヒューディブラスこれを受けて
「口数多いが真理は突けない
諺《ことわざ》に言う針小棒大　豆一粒を馳走と言うのと同
　じこと
葱《ねぎ》をキャベツに仕立てるということだ
火照《ほて》った頭が無い知恵絞って
稔り出してもせいぜい逆説
一体全体『大会』と『熊』の
どこに同類項があると言うのだ
教会論議と『熊いじめ』とに
どんな関係があると言うのだ
正しい比較というものは
常に同類に関してなされるものだ
どういう『類』がぴったりと
この双方を含むのか
『動物』を持ち出すのなら我々だって
これら同様　熊で通るのは当然のこと
種族は違っているけれど
我々だって立派な動物
だがラルフォーよ　この問題を議論するには
時も所も今は不適じゃ
戦場今や間近に迫り　戦の場での我々は
別の種類の議論に適う
言葉ではなく行動で
世間に証を立てねばならない
その議論　論証に
言葉は不要　実行あるのみ

(62) ピューリタン神学者に見られる厳密なファンダメンタリズムを諷刺している。
(63) ラルフォーは、長老派の「集会」による教会管理を非難している。
(64) 長老派の「地方集会」は州内の代表者会議、「代表者集会」は聖職者と近所の有力役員の会議、「全国集会」はいくつかの地方集会の代表者会議。
(65) ペリシテ人の半人半魚の主神。『士師記』一六章二三節参照。ピューリタンには偶像崇拝の代名詞。
(66) 長老派の神学者たちがよく使った言い回し。
(67) 数地方合同の会議。中会と全国総会の中間。

それも生半《なまなか》のことでなく
我々の地位と世評にふさわしい
またすべての神の子[68]が期待する
武勲指揮振り　何としてでも見せねばならない
我々が成功に謗《そし》られ抹消されないかぎり
その期待が裏切られることはないだろう
人の知恵や最も確かな射手の手も
成功という的必ず射止められるものではない
我々は船を漕ぐだけで　その舵を
操っているのは運命の女神
成功の暁に　もっともらしい口実をもうけ
褒むべき功を無に帰するのはよくあること
偉業というもの必ずしも
壮大強固な決意から産まれぬ
勇壮無比の試みも
相応の勲《いさおし》をもたらさぬことがある
時には失敗　その代わりに
運と臆病が跡を継いで成功だ
とはいえ我らの武勇の企て
常に我らに味方をしてきた

その数も種類も豊富で
他人を真似る必要はない
だがこの地へと攻め入ったのは
我らが最初というわけでもない
北の地方でその昔
武勇の騎士が熊と戦い　熊を射止めて
ヴァイオリン弾きに傷を負わせた[69]
この二つこそ我らが熱意の目ざすところだ
この偉業を試みて　勝利を手にし
同様の世評と栄誉を得るのが願い
『外国《とつくに》に剛勇無比のマムルークあり[70]……』と
歌にうたわれるマムルーク
我らはしばしば彼になぞらえられてきた
人物才能押し出しと鬚《ひげ》
どちらも強者の名も高く
同じ旗印掲げて戦ってきた
彼は今回のような企てに
しばしば成功して名誉を得たのだ
我々も　彼同様の固い決意で
この進撃に必ず成功してみせよう

名誉など　やもめ女を落とすと同じだ
素早く攻撃攻めたてる
堂々と進み押しに押すのだ
生娘相手のじっくり型では成功しない」
こう言って我が騎士たちはフリギアの
戦士(71)が昔したようにトロイの馬ならぬ彼らの馬を
錆びた剣で叩いたけれど
木馬同様ピクリとも動かない
それどころか空っぽの胃袋から
がらんどう木馬と同じ唸り声を立て
腹立ちまぎれに尾を振り回し
爆風もろとも尻で答えた
このように我らが見たのは　鉄の武装で
共和国という馬に跨《またが》る人物(72)
彼が蹴りたて拍車をかければかけるほど
膨れっ面のやくざ牝馬は　頑と動かぬ

---

(68) ピューリタン特有の表現。同じ派の仲間を意味する。
(69) ピューリタン議会が「熊いじめ」を禁じた結果ピューリタン将校が熊を殺したこともあった。
(70) 白人奴隷兵部隊の一員。一二五四年にエジプト王位を奪った。
(71) トロイの神官ラオコーン。『アエネーイス』二巻五〇～五三行参照。
(72) オリヴァー・クロムウェルを指しているのであろう。

第二篇

第一部　第二篇

梗概

敵の勇士の人物列伝
そして彼らの性格描写
ヒューディブラスはまず弁舌で
次には剣で勝負を挑む
トールゴル(1)に会って熊退治
のちヴァイオリン弾きをひっ捕らえ
魔法の城へと連れて行き
木製の檻の中に閉じ込める

古代の賢い哲学者(2)を
じっくり読んだアレキサンダー・ロス(3)は
この世の二つの成分は
争いと愛だと証明した
騎士物語《ロマンス》がまさにそのとおり
騎士物語といえば戦いと愛の他には何もない
この詩は愛には縁がないが

（1）トールゴルは、イタリア語で「喉のかっ切り屋」という意味。屠殺を生業としている。

（2）ギリシアの哲学者、エンペドクレス（前四九〇?～前四三〇?）は物質を構成する四元素を動かすのは「愛」と「争い」だと考えた。

（3）神学や歴史の書物を書いた作家（一五九〇～一六五四）。

戦の方は目白押し
傷つけられた大義のために
正義の戦を挑むのだが
作家たちにも咎《とが》はある
響きの良い名を現代の
騎士連中の手本にして
戦場でも喧嘩騒ぎでも真似させる
（中には街路を打ち毀《こわ》し
宮殿を建てた輩もいる）(4)
彼らは何人殺そうと
母親であれ妻であれ
子供であろうと　歯牙にもかけぬ
当たる所敵なしの勇士になるため
いろんな種類の勇気をこねあげ　仕立屋が
九人がかりでなれる程度の一人前にやっとなる(5)
かくして野蛮なタタール人は
知勇に優れた男を見ると
殺してその知恵　その美貌
精神までも受け継ごうとする
他人を滅ぼしたその分だけ
楽しもうとでも言わんばかり
大男が戦いで殺されるとは一大事
袈裟《けさ》懸《が》けに切られ　幹竹《からたけ》割《わ》りにされ
頭まで叩き割られてしまうとは
こんな不幸を招いたのも
背が高くかつ骨太いゆえ
睾丸のためにビーバーが殺されるのと同じこと(6)
けれども我らの役割は
起こった事実を曲げずに語る
騎士殿にも熊にも味方はしたいが
まず何よりも真実の味方
どちらの側にも加担しないが
当然の分は尽くすつもり
決して嘘を水増しして
騎士の巨人退治など語ったりはせぬ覚悟
これだけ申し上げればもう十分
終った所からさあ続けよう

二人は前進　しかし作者は
ペイスかトロットか決めかねている(7)

（つまり側対歩と言うべきか
跑足《だくあし》と言うべきなのか）
それはさておき先へ急ごう
二人はどんどん進むのだから
実は天から啓示を受けて
跑足だと分かったけれど
そんなことなどどうでもよい　今や彼らは
生きている機械に笞をくれたのだ
動物などというものは
回した独楽　打ったボールに他ならず(8)
馬は幾何学で作られた単なる機械と学者は言う
生命を持たぬ機械から馬が作り出せるなら
ペンギンという言葉からウェールズ人のアメリカ
　発見(9)
などという説もまかり通る
それはさておき　語りかけていた話に戻ると
生ける機械に笞打って一寸も停まらずひたすらに
運命の戦場へ到着する
敵(10)はたまたま野営の最中
これこそすさまじいファルサロスの野(11)
猛牛どもの戦闘が行われることになっていた
人間の方もそれぞれの援軍となって荒々しく
兄弟を助けにやって来る
戦場を我が物にするのはどちらかと

（4）エドワード六世の摂政サマセット公（一五〇六？～五二）が教会や附属の建物を毀し、サマセット・ハウスを建てたことへの言及。
（5）仕立屋のひ弱さを皮肉った諺。
（6）かつて薬として使われた海狸香はビーバーの睾丸から抽出された。
（7）ペイス（側対歩）は片側の前後両脚を同時に上げて進む馬の歩法。トロット（跑足）は対角線にあたる前足と後足を交互に上げて進む馬の歩法。
（8）デカルト、ホッブズ等による動物を主体的生命体ではなく物質的運動体とする見方への言及。
（9）アメリカは十二世紀にウェールズ人によって発見されたという説があり、その根拠は「ペンギン」という語がウェールズ、アメリカ両地で使われているということであった。
（10）熊いじめの一座。
（11）前四八年、ポンペイウスがシーザーに敗れた古代ギリシアの地。

馬上から騎士は物見する
我が現代の才人たちが
いにしえの賢人たちに肩車され[12]
ずっと遠くまで見るように　この騎士も
老いぼれ馬に跨ればはるか遠くまで見えたのだ
けれども敵の形勢すべてを
見て取るためには十分ではない
そこで大胆な従者に命令　前進して
敵の本隊をよく見よと
相手の動きを知ったなら
こちらの対応も決まるというもの
騎士の方は逸《はや》る馬をしばし抑え
戦闘態勢整えて
二種類の金属である剣と楯とを用意した
一方は打撃を与え　他方は身を守るもの
内には勇気　外には武器
打って出ようか　受けて立とうか
死の弾込めたピストルを
生命を繋ぐ食物の中から取り出し準備する
火薬を詰めたその次は　力まかせに
抜けぬ鞘から剣を抜こうと大奮闘
何度も何度も引っ張った揚句
刃こぼれのある剣を引き抜く
ついで全身武者震い　しっかり鎧に包まれた
我が身が武勇を奮えるか　ちゃんと確かめたその上で
向こう見ずにも片足を
鐙にかけて立ち上がり　ぐるりとあたりを見回した
血を呼ぶ男　まさに彗星
風雲の接近告げる狼火《のろし》かと見える
従者は彼の馬にも似合わぬ
すごい速度で前へと進む
戻る速度はなおすごい
それもそのはず　敵の隊列を見つけたのだから
前衛　中衛　両翼　後衛
備え　整え　敵は近づく
血に飢えた烏合の衆のその先頭に立つ者は
老練な切れ者クロウデロ[13]

戦場に響くラッパや太鼓は
兵士の力を奮い起こし
ビールを酢にする雷の如く[14]
武勇の刃を研ぎすます
（響くラッパ　轟く太鼓　それらを聞けば
戦意奮わぬ者はない）
この戦場で響く楽器は軋《きし》るヴァイオリン
首のところに斜めに当てる
絞首刑人が親友に
致命的な輪を掛けるのもまさにその個所
それというのも政治家は　他の連中を待たせてお
　いて
友をすぐさま楽にしてやり　大恩恵を施すのだ
クロウデロがヴァイオリンを弾くその様子
弦に乗せてる縮んだ耳は　臓物料理で煮込まれた
豚の腸と耳さながらだ　腸というやつよく言われ
　るが
煮る前ならば　楽器にも　腸詰作りにもよい材料
腸を使えば　弦でも管でもお手の物
どんな種類の流行歌《はやりうた》でも楽しめる
クロウデロの白髪の鬚はふさふさ長く
その鬚でもって弓を張る
馬の尻尾は軽蔑しており
顎に生える自家製のものを愛用
四つ足の詩人ケイローン[15]は
鬚も尻尾も備えていたが
作家たちの言うのには
鬚の方を利用した
スタフォードシャーでは生まれによらず

（12）アレキサンダー・ロス（註3参照）への言及。サー・ウォルター・ローリーの『世界史』の要約本を出し、序文でローリーを遠くまで見える巨人に譬え、自分はその肩に乗る小人だが、さらに遠くまで見えるかもしれないと言っている。
（13）ヴァイオリン弾き。ヴァイオリンを意味する Crowd からこう名づけられている。
（14）酒類は雷によって変質すると考えられた。
（15）アキレスを教育した賢明なケンタウロス（半人半馬の怪物）。

徳があれば芸人でさえ偉くなれるという話
吟遊詩人の王様を牛が選び出すのだそうだ[16]
最も大胆不敵な者こそ　支配者となって当たり前
（かつてペルシアで嘶《いなな》く馬が
王を宣したのと同じ[17]）
クロウデロも王冠を目ざし勝負に挑んだこともあ
る
武運拙く打ち負かされて
ひどく負傷し　足は折れ
副官の名は得たけれど樫の義足のお世話になった
向こう脛を切り取られたからには
膝には義足の支えが必要
残る足より褒め称えられ
残る足より若くはあるが　常に一歩先んずる[18]

続くは勇敢なるオーシン[19]
抜け目なく働き武名も高い
優れた指導者　厳しく強く
熊の戦士の先導役で
先に鉄を被せた警棒を持ち
試合場へと戦士を導く
足取り重々しく　歩みは堂々
顔は真面目でいかめしい
その様ペギューの皇帝[20]並みで
スペイン大公ドン・ディエゴ[21]さながら
知識も豊富な指導者で
攻めも退きもよく心得て
熊を無茶苦茶けしかけ
また引き離す潮時を知っている
法律屋とてこの程度　被告の熊と原告の犬が
あっさり片を付けたりせぬよう
敵方事実誤認一覧表・判決破棄請求・異議申し立
てなどで
待ったをかけるのは　杖で抑え尻尾を引っ張るよ
うなもの
双方に一息つかせた後でまた
ワッとけしかけ　かからせる
ロムルスを狼が育てたように
オーシンを熊が育てた　乳こそやらぬが
幾多の血みどろの戦いに出て

彼を養ってくれたのだ
育ったのは躾《しつけ》も規律もないところ
「パリスの庭」(22)なる練兵場
当今　庭には雑草が育つが
かつては練兵の庭(23)で兵士が育った
そこで遂にガニ股の政治屋どもが
新発明を特許にされたしと
アポロの神に願い出た
古い仕掛けの思いつきで
公の庭(24)の雑草を
一挙に引き抜き
薬草ばかり残す算段
「友人たちよ　そんなことはできまいに」と太陽
　の君
「できまいですと?」と政治屋ども「できますと
　も
しかもお聞きくだされば容易いことだとおっしゃ
　いましょう」
「しからば申せ」とアポロ神
「軍鼓を打てば雑草どもはついて参ります」
「太鼓とは（とアポロ神）けだし
気の利いた発明で巧みなうえに目新しい
だが朕は人の声や
まともな楽器の担当で

---

(16) スタフォードシャーのタトベリーにおいて、吟遊詩人や辻音楽師が集まり、自分たちの王を選ぶ行事があった。牛の競争は翌日に行われ、実際は王選びには関係はなかった。
(17) ヘロドトスによると、ペルシアで七人の王子が王位を争った時、夜明けに全員馬に乗って集合、最初に嘶いた馬に乗った者が王位に就いた。
(18) 義足の人は第一歩を義足の方から踏み出す。
(19) 熊使い。イタリア語の orso（熊）から。
(20) ペギューはビルマの地名。エリザベス朝時代の旅行者は、ペギュー王の富、権力、残酷な振るまいの話を持ち帰った。
(21) 当時スペイン人を指すのによく使われた名。
(22) 「パリスの庭」は、テムズ河南岸のサザークにあった熊（牛）いじめ場。
(23) 練兵場のことを「ミリタリーガーデン」と呼んだ。
(24) 国家を庭に譬えている。

こんなかまびすしいのは職分でない
通すべき係りは悪魔が長だ
一件が太鼓のことなら
コッカイ・カイン・ギイン・ショキ[25]と署名をくれ
　よう
彼奴《きやつ》のところに申し込め　さすればすぐにも
手数料欲しさに処理してくれよう」
政治屋どもはそうしたのだが結果は惨憺
雑草が庭に生い育つままにしておく方がましだっ
　た
だが閑話休題
オーシンのことに戻ろう
いろんな書き手がこんなにしょっちゅう
闘士なら必ず備えているとしてきたものを
彼はどの戦士よりも持っていた
としておくのが妥当だろうが
かくも大胆に士官と兵士の二役を
演じた者はかつてない
彼の先祖の名声と由緒は
高貴なうえにたいしたもので
天界の祖からの直系を
その身に伝える者なのだ
古代の英雄の真似などはせぬ
というのもこの連中は卑しい出自を隠そうと
（出生すら不確かなうえ
庶出で世に出たのを心得ているので）
ゼウスや好色の神々を持ち出しては
おのが母親にくっつけて
そこから勇者の一族が生まれたことにしたからだ
（これについてはホメロスが最初の諷刺をやって
　いる）
北空のアークトフィラクス[26]が
疑いもなく祖であって
偉大な父祖たちがここから生まれ
いつの時代にも同じ名だった
彼はまた医学に通暁
珍しい魔法の粉が詰まった小袋を
いつも携え　その効能は
九マイル向こうの傷にも命中してふさぐほど
技の巧みな錬金術師が銭かけて

腐った杭から精製したもの
偽医者の調剤よりは
霊験あらたか
そんな薬でも専門家がプロメテウスの熱[27]を用いて
いかさま治療のため錬金術的に作り出したもの
もしろくでなしどもが他人の戸口で
大だの小だの垂れたときには
物知りが書くところでは　真っ赤に焼けた焼き串を
知恵に従いブツに当てれば
汚物から悪さをしてのけた器官へと
苦痛が移るとか　この粉薬が効いたのも原理は同じ
焼き串が苦痛をなすと同じほど確実に
こいつの治療効果は満点

有能なるオーシンはこのように
学識でも熊いじめの指揮ぶりでも
比類ないほど優れていた　その昔
詩人たちの王ホメロスがすでに歌っていた通り
五十人の戦士より
ひとりの巧みな医師がまし
この男もおのが医術で
剣の一撃に負けぬ殺しがやれたのだ

次に進み出たのはいなせな熊のブルーイン
恐ろしくも厳しい顔つきで
サラセン人のように荒々しい
いやマホメット直系のトルコ人のようだった[28]
貫き通せぬ粗い毛皮の
戦闘用の外套を着て
まるでインディオの王でもあるように
鼻に飾りをはめていた

(25) 下院の名で発布法令などに署名をした下院書記を、軍鼓の響きに似せている。
(26) 星座の御者座のこと。大熊座の尻尾につく。
(27) 太陽熱のこと。錬金術的表現。
(28) トルコ人は一般に容姿が良いが、マホメットの血をひく者たちは醜いと言われていた。

頸の周りには三重の首鎧
三枚張りの皮の標的より頑丈だ
武器は　紋章学用語では色違イ舌型と言い
無学な連中が鋭い牙と呼ぶ奴だ
肉食獣は歯が剣で
闘争の場ではそれで戦う
逆に人間の戦士は剣が獣の歯のようなもの
それでもって食事をするのだ
彼を養育したのはコサックたち
ロシア生まれともモスクワっ子とも呼ばれる連中
彼らのことは旅行記で読むのだが
連中は当地ではページを埋め
彼地ではおのが死体で
堀を埋める役に立つ[29]
スクリマンスキーというのが従兄弟にあたるドイ
　ツ熊
こいつとは　仕事も一緒　鼠で腹膨らますのも一
　緒
そんな餌にありつけなければ爪でも嘗めて
前足枕に宿営だ

肉を食うには　同郷のフン族たちなら
おのが尻とあったかい馬の背の間で
じっくり温め
おのれの鞍を食うことになる次第だが
彼の好みはその半分もやかましくなく
手に入るなら生で食う
旅行家ルブラン[30]よりもなお広く
あちこちの国を彼は旅した
このルブランによると彼はインドで
貴族の婦人と契りを結んで
この世で最も頑健な一族を
生ませたということだ
トールゴルとオーシンの間ではこの熊のため
何度も戦いがあった
同胞救助の栄冠求めて
双方が力を尽くし
片やおのが熊を守らんとし
片やおのが犬を助けて戦う
周りの者や信者仲間の激励と流血にそれぞれが
力をいや増しにしたものだ

だが牛たちには殺し屋で仇敵のトールゴルも
ブルーインには殴られっ放し
その打撃はきつくて重く
まるで貸したのが高利つきで返ってきたよう

しかしトールゴルは不屈の勇士で
戦いの数より負け数が多いほど
辛い仕事や汗みずくの苦労なら慣れたもの
獣脂に光るところなぞ古代の勝者さながらだ
彼の鋭利な刃は随分多くの
未亡人や父無し子を作ってきたし
まるで勇者ガイ[31]の再来で　たくさんの猪や
名ある大黒牛を打ち負かした
たとえガイその人でも戦いでトールゴルと競ったら
この猪や牛と同じ運命になったろう
かのアイアース[32]や大胆なドン・キホーテよりたくさんの
羊勢と戦ったこともある
また前には翼　後ろには棘を持つ
恐ろしい蛇ども[33]も随分とやっつけた
これはまるで詩人たちの言う　はるか昔の
ジョージ・セント・ジョージ卿[34]の竜退治さながらだ
どのような武器軍略や病にしても
いや魔法使いさながらの医者にせよ
命取りの薬をたっぷり蓄えてはいても
（そういう薬を摂れば誰でもすぐに死ぬのだが）
天国地獄への移住団をトールゴルほど

（29）十七世紀のある旅行記に、トルコ帝国のある部族が戦死体を城攻めに利用する話がある。
（30）『世界漫遊記』（一六四八）を著わしたフランス人旅行家。
（31）民話などで有名な、ウォリックのガイという力持ちのこと。
（32）アイアース（トロイ戦争時のギリシア軍の英雄）の真鍮の楯は雄牛の皮で七重に裏打ちされていた。
（33）アブやハエのこと。
（34）英国の守護聖人の聖ジョージ（龍退治の姿で表現される）と、実在の軍人の名をかけてある。

多く送り込んだ者はない
というのも彼こそは半神たちや英雄の
いとも気高い天与の仕事
殺しと頭のぶちのめしを生業としていたからだ
彼らはみんなこの仕事に就くべく生いたったのだ
　が
他の仕事と同じこと　堂々と大規模にやる者は栄
　誉を受け
ちびっとやる者は卑しめられる
してのけたことで前者が凱旋の馬に乗っても
後者は市中引き回しの二輪馬車
というのもかくも神聖な仕事をかくもヘマにやり
冒瀆の罪を犯したためだ

勇敢なマニャーノ[35]が次に登場
武名聞こえたマニャーノが
だが歌によればオーシンとの戦いでは
得することはなかった　とのこと
それでも森の猪のごとく獰猛で
そいつの毛皮を背に着けていた[36]

その皮は真鍮の鎧の前にアイアースが
かざした七重の皮の楯に劣らぬ分厚いもの
だが武器を持つマニャーノの怒れる拳の前には
真鍮も抗するすべを知らなかった
いかに堅固な鉄でさえ彼の攻撃受けたなら
貫かれるのが落ちだった

真鍮の頭を作った者[37]に似て
彼は魔術に探く通じ
イングランドのマーリン[38]のように
護身の魔法に通暁していた
だが「篩《ふるい》と鋏《はさみ》」の占い[39]よりも
占星術に長けていた
悪魔が坑夫になるように
体の色を変化させたが[40]　それはあたかも
偽善者が見かけはまことの聖人に
鳥が鳥に似るようなもの

手早く人を殺すため考案された
戦いの道具の作り手で

喇叭《らっぱ》銃と大砲の軽野砲の
発明者にして製造者
トランペットやティンパニーも
彼の発明になるものだった
穴を拵《こしら》えまたふさぐのを
初めて教えたのもこの男
鉄の穂先の槍を持ち
片一方で突き刺してもう一方で強打した
二つの力を合わせた時には
敵に尻　見せることをば蔑んだ

愛した女は輝くトララ(41)　彼女の騎士の
ぴかぴかの甲冑よりも輝くトララ　フランスの
ジャンヌ・ダルクやイギリスのモール(42)に劣らず
猛々しくて丈高い大胆不敵な女豪傑
息もつかせぬ危険の中を
終始一貫　彼に従い
彼が乗り出すあらゆる冒険　また彼自身をも
決して見放すことはなく
城壁の突破や防御壁の急襲では
危険と戦闘を共にした
略奪や兵舎の攻撃に当たっては
類稀なる勇気を見せて
アマゾンの女傑ペンテシレイア(43)より
烈しく武器を振り回した
批評家(44)はそこで「恥知らず奴が！」と喚き出し

(35) イタリア語で magnano は錠前屋の意。ここでは、実在した鋳掛け屋がモデルになっている。
(36) 鋳掛け屋は道具を入れた皮袋を背負っていた。
(37) ロジャー・ベーコン（一二一四？〜九四）は話のできる真鍮の頭を作ったという。
(38) 『イングランドの予言者マーリン』（一六四四）を書いた占星術師、ウィリアム・リリー（一六〇二〜八一）のこと。
(39) 犯人を見分けるための占いの方法。
(40) 悪魔の色は黒だとされていた。
(41) 英語で trull は売春婦の意。
(42) 当時のバラッドに登場した女傑のメアリー・アンプリーのことか。
(43) トロイ戦争時にはプリアモス側について戦ったアマゾン族の女王。

なべて哲学者たちを歯牙にもかけぬ
我々作者を非難する
（哲学者たちは熊を除けば
強い雌はいないと考え[45]
戦う女を嫌うあまり
最強の女傑が誓う時にも
ヘラクレスの名を使わせないのだ[46]）
しかるに我々作者ときたら
作品中のか弱い女性に
ターマガント[47]やトルコ人よろしく戦わせ
慎みという女の生来の武器を捨てさせて
馬に跨らせ槍試合をさせ
大胆なタレストリス[48]や強いアルミーダ[49]
そしてまたゴンディバートの奥方[50]に
なるはずだった女のように
戦場で抜き身の剣を揮わせる
（幸い彼は田舎娘を選んだが）
批評家は言う　かかることは
ミステークにしてナンセンス
政府にとって由々しい結果を生むだけだ
散文で政府の維持はできないし[51]
「自然」を素っ裸にしてみても[52]
こんなものは見つからない　と
そうかもしれぬがトララについての
ありそうにもないことは見た者に証言をさせ
同じく有効なことなのだが
活字にもして公表させよう
我々の言葉をそれでも信じないなら
記録を頼んで立証しよう

さて次に進み出たのは正しい[53]サードン[54]
武勇にかけては一族随一
偉大なサードンはヘラクレスに似て
歌に名高い　悪を修繕する男
低い者を助け起こし強きを挫き
弱き者の味方となった
詩神の不滅の書の中でその名に出会わない者は
真の本読みとは言いかねる
手にする武器は恐ろしくまた鋭くて
ギリシアの騎士[55]の楯より硬い

牛皮の楯を貫き
切り刻むのだった
この騎士と親指黒い[56]彼の先祖は
十年戦争の戦友同士
なぜならギリシア軍が長い年月
トロイの都市のすぐ外で悶々として待機した時
またホメロスが書くようにギリシア軍が
武勇に劣らず底の丈夫な靴ゆえ名を馳せていた時
彼らが誉れを獲得したのは
そんな靴　作った彼の先祖のお蔭
サードンが時代遅れになるまでは
「宗教改革」の腹心の友
そして新たに歪んだ「法」を直す者
一つの穴を直すのに三つの穴を拵えた
学ある彼はノートを取って
書き移し集めて訳し引用した
だが彼の才能の最たるものは
説教あるいは論争で　秘密礼拝集会では
牡羊や牡牛のように勇猛果敢
倦むこと知らず激しく議論を振り回した

---

(44) 女性に勇気はふさわしくないとアリストテレスは言う。『詩論』一五章参照。
(45) プリニウスは豹と熊を除けば雄の方が雌よりも強いと言う。『博物誌』四〇章参照。
(46) バトラーの原註はマクロビウス（四～五世紀）の言とするが、アウルス・ゲリウス（二世紀頃）が正しい。
(47) 中世のイスラム教徒が崇拝した荒々しい神。
(48) アマゾン族の女王の一人。
(49) タッソー『解放されたエルサレム』中の魔女。
(50) ウィリアム・ダヴェナント（一六〇六～六六）の叙事詩『ゴンディバート』（一六五〇）の主人公は初めは王位継承者に、次に田舎娘に恋した。
(51) 『ゴンディバート』の序文によれば、政府の助力になるものとして、宗教、軍備、政策、法律の他に、詩が必要とされる。
(52) 『ゴンディバート』の後書きには、「この詩では『自然』を素っ裸にして、完全な姿をした徳で、ふたたび彼女を包む」とある。
(53) 原語の upright は「正しい」という意味の他に、左右両方の足に合う靴をも指す。
(54) ラテン語の cerdo は特に靴職人を指す。
(55) 前出、アイアースのこと。
(56) 靴職人の親指は黒い。

牡羊や牡牛にも似て論争者たちは
頭に生える武器を使って争うものだ

大胆な戦士コウロン[57]が最後に登場
星回りゆえ戦うことが運命だった
馬を見事に乗りこなしたが
残酷至極　良心のひとかけらもなし
その昔ケンタウロスや　歪曲されて
他の騎士について言われたことが
この男にも当てはまる
すなわち彼とその馬は一心同体
一つの霊が　同じ活力　憤激　憤怒が
人と馬に生気を与えた
だが粗野なのは人間の方
常に冷酷だったのも彼の方
だがこの馬は人肉を食う[58]
その名知られた奴だった　人肉食うとは
変わった馬だが　ああ　悲しいかな！
それは事実かもしれぬ「肉ハ草ナリ」[59]と言うでは
ないか

逞しいこの男はヘラクレスにも劣ることなく
厩《うまや》の掃除が巧みであり[60]
また彼に負けぬ立派な牛追い[61]
また牛や豚についての批評家だった
母親すなわち大地の女神[62]の胎《はら》を
切り裂いたのも　自分自身と
自分よりは少し優しい馬のために
糧秣を彼女が与えてくれなかったから
彼と馬とどちらの方が由緒正しい家柄なのか
それが問題だったのだが
とうとう古物研究家たちは
（目の玉が飛び出るほどに
目を凝らし）　蘊蓄傾け
馬の方に軍配を上げ
さらに馬ばかりではなく牛までも
いや豚までがより古い家柄であると証明した
その訳は人がまだ一塊の土だった時
獣は地上を占有していたからだ

主たるこれらのお偉方

それぞれ部隊の指揮を取り
戦士を率い　怒りと武具を身に付けて
今や遅しと戦う用意
数さえ知れぬ烏合の衆が
周囲の国から召集された
西や東の半球の
遠方の村や州から
風習や言葉も神もそれぞれ違う
異郷の教区や地方から
人と犬がやって来た
見物のため　また名誉名声得るために
さて今や　死の戦場に　闘牛場に
敵対者たちが入場し
血が流されようとしたその時に
攻撃せんと武器を取り　従者を従え
ヒューディブラスが急ぎ近づき
まず馬上から次のように話しかけた

「諸君何たる激怒　激情で
かくも恐ろしいことをする
何たる狂乱　逆上で
無駄に血を流すのか
昂《たかぶ》るヴァイズ[63]の連中は戦利品を誇り
——の亡霊[64]は仇も討ってもらえずさまよってい
るというのに
君たちは勝ち目もない無駄な喧嘩で

(57) ラテン語の colonus は農夫の意。
(58) 馬に人間を食わせたトラキアの王ディオメデスはヘラクレスに殺され、自分も馬の餌食となる。
(59) 『イザヤ書』四〇章六節参照。
(60) ヘラクレスの五番目の難行を指す。三千頭の牛が閉じ込められた牛舎を掃除した。
(61) 七番目の難行では、クレタ島を荒廃させた雄牛を生け捕りにしてペロポネソスに連れて来た。四番目の難行では猪を殺した。
(62) 古代ローマの大地神。ギリシアではガイア。
(63) ウィルトシャー州ディヴァイジズはかつてドゥ・ヴァイズ、またはザ・ヴァイズと呼ばれた。R・ホプトン卿率いる王党軍は、一六四三年、この付近でW・ウォラー卿の軍を破った。
(64) 伏せ字の人物はおそらく前註のウォーラー。

ヒューディブラスの最初の冒険

血を流そうと決心しているが
同じ流血の危険を冒せば
どれほどの町や要塞を征服できることだろう
聖徒たちが内輪もめで血の中を転げ回り
大義は眠らせておいてよいのだろうか
我らがそのために戦い大胆に誓った
あの大義を棄ててしまってよいのだろうか
よいとすれば今だに喧嘩は
誓言罵りで始まるのだから
かの厳粛同盟は
単なるこん畜生式のほらに見えるだろう
また同盟を受け入れ戦った我らにしても
喧嘩好きな酔漢同様下劣に見えるだろう
王権は支持するにしても
個人としての王は敵として我らが戦う場合に
これが神と宗教支持のためなら
戦わないという者もいる
熊いじめを認めれば
改革は何の役に立つというのか
注ぎ込んだ血と財産は
投げ棄てられて何の役にも立たなくなるのだ
これが改革の原型である
あの抗議[65]の結果なのか
この抗議は両院があの六人議員の反抗[66]を
支持すると決めた時
すべての聖徒たちで後に殉教者となった者たちが
婚礼客のリボンのように帽子に付けたものだった
彼らはこんなことのためにあれほど熱心にまた
　騒々しく
野次馬たちを集めてきたのか
そして町中の声を合わせて
主教制廃止と叫ばせたのか
議員たちが合図をすると
彼らは宮殿を取り囲んで

(65) 抗議は一六四一年下院で作成され、ただちに印刷されて全国に配布された。
(66) 一六四二年チャールズ一世は、キンボルトン卿と五人の下院議員を、大逆罪のかどで自ら出かけて逮捕しようとしたが失敗した。

（月に一度絞首台を囲むように）
声を合わせて恐ろしい叫び声を上げたのだった
鋳掛け屋はやかんの修理をする代わりに
教会規律を解決せよと叫び
動物去勢業者は猫の去勢をするために
角笛を吹くこともなく改革だと叫んだのだ
牡蠣《かき》売り女は貝の蓋を閉め
とぼとぼ歩いて主教反対と叫び
鼠取り販売人は節約型燭台(67)を脇において
邪悪な枢密顧問官反対を唱えたのだ
仕立屋は古布を放ったらかして
教会をひっくり返してつぎを当てようとした
プディング・パイとジンジャー・ブレッド
と言わないで同盟と言う者もいたし
箒《ほうき》　古長靴　古短靴はいかがと言わずに
下院を粛正せよと叫ぶ者　また
野菜はいかがと言わないで
福音説教の聖職をと言う者もいたのだ
スーツにコートにマントの古着と言う代わりに
袈裟・祈禱書反対と言う者もいた

種々の階層で不思議に気持ちが調和して
向かった先は改革であった
それなのにこれがすべてだと言うのか
あの前進が向かった先はこれだったのだろうか
こんなことのために公債は若い道楽者の相続人み
　たいに
あらゆる種類の商品を掻き集め
赤字になって帳簿に載り
道楽息子同様文無しになったのだろうか
こんなことのために聖徒たちは金器銀器を持って
　群がったのか
来るのが遅すぎたようではあったけれど
というのは大義には金器銀器が必要だと彼らが
　思った時
出さなくてよい者は喜んだのだった
こんなことのためにしびん　鉢　典礼用葡萄酒入
　れから
広口コップ　茶碗　深皿も
彼らは騎兵と竜騎兵を鋳造し
槍とマスケット銃に化かしてしまったのか

指抜き　太針　スプーンなども
炉に入れられた途端
撒かれた大蛇の歯さながらに
生きた人間として動き出したが(68)　それもこのため
　だったのか
結局　大義は兄弟たちが捧げた
金器銀器ばかりとなり
ヘブライの仔牛の如く神に捧げられ
聖徒たちはひれ伏しそれを拝んだのだ(69)
——と邪悪な者たちは言っているが
君たちは仔牛よりもなお汚れた(70)
犬と熊を追いかけ回し
この嘲笑を裏書きするのか
こんなことのために力強き説教者は口を動かし
体力も肺の力も使い果たし
福音説教牧師の権限内の
公正不正双方の手段を使い果たしたのだろうか
インド人が飼い馴らした雌象を使って
雄象をうまく誘い込むように
彼らが巧みな口調を考案してご婦人を獲得し
ご婦人の力で殿方を獲得したのもこのためなのか
このため彼らは神の摂理に向かってなすべきこと
　を命じ
誰を避けて誰を信用せよと言ったのか
彼らが敵のもくろみを暴きたて
裏をかくのに最も巧い方法を考え出し
摂理が行われるべき方法を規定し　他に教会発展
　の道はなし
と言ったのもこんなことのためなのか
急使を立てて最新のニュースを天に送り
うまくいってもいかなくても彼らは
祈りを捧げたがそれも同じ目的だったのか
その祈りは請願というよりも建議と提議のようで
　あった
（ほれ　あの軍隊が生みの親の

(67) 鼠捕り販売人は節約型燭台も売った。
(68)『変身物語』三巻九五～一一四行参照。
(69)『出エジプト記』三二章参照。
(70)『レビ記』一一章二六節参照。

議会に提出したような[71]
その中で彼らは自由に告白するだろう
初め同様に改革が
うまく前進しなければ
黙認しないしまたできないと
教会と国家に火をつけて
彼らの熱意同様明るく燃やすのだと
もっとも聖徒たちはその熱意のことで大騒ぎした
　のだが
これらすべては熊いじめのためだったのか

議会は請願を作成し
委託事項のようにして
後で必ず返すから
馬と人を徴収せよと命令をつけて
すべての大きな都市と町の
シンパ連中に送り届けた
それで大勢の者たちが何マイルもの道のりを
列をなして雄々しく駆けたのだ
彼らは帽子に書類を挟んでいたので
晒し台へ行くように見えたのだ
このような経過と努力が
ありとあらゆる人々により
チカライッパイなされたのも
大義に仕えるためだったのか
今やすべてはそれなのに
内輪もめのために放棄されるのだろうか
同盟を支持し誓った我らは
我勝ちにと
改革のために走り出し
熊いじめに特免を与えるのだろうか
独立派[72]は何と言って喜び
王党派は何と言うだろう　スナワチ
我ら一人一人はベストを尽くして
他の者を呪い偽証を立て
遅れた者は鬼に食われろと言ったと言うだろう
この競走ではビリの方が勝ちそうだけれど
教会・国家改革の我らのやり方は
気まぐれだと王党派は言うだろう
なぜなら　未知未見の

教会規律を承諾することは
行動は先　理解は後ということに
他ならないではないか
この改革を
外国の最善のモデルである
改革教会に従って
推進すると誓ったのは
何も分かりもせず方法もまるで知らずに
誓ったことになりはしまいか
三人寄れば教会をどこに建て
またどのようにと議論して意見が分かれる
これではまさにエトセトラ付きで誓った者[73]と
まったく同じだ　あるいは
最後の血一滴まで戦うと
かたく誓ったフランス同盟[74]と同じではないか
些細な罪が大犯罪となる
福音が幅を利かす現代よりも
ベドラム[75]にふさわしいほど気が狂うまで
人々を向こう見ずにさせておけば
これらの非難は我らの大義と
わざ[76]の上に降りかかるだろう
しかし我らは邪悪な醜聞を
阻止しなければならぬ
王と議会の名において
わしは命ずる　争いをやめよ
兄弟たち同胞たちの間では
反目することまかりならぬ
すぐにここから立ち退いて

(71) 一六四七年未払給与の支払いと将来の徴兵免除を求め、議会軍は議会に請願を提出した。
(72) 内戦途中から議会派の主導権を握ったピューリタンの一派。
(73) 一六四〇年カンタベリー主教会議で聖職者たちは「大主教、主教、地方監督、大執事など（エトセトラ）による教会政治の変革に同意しない」と誓わされた。
(74) 一五七六年フランスでユグノーに対抗してカトリック教徒が結んだ同盟。
(75) ロンドンの有名な精神病院。
(76) 「わざ……」はピューリタンの用語で、改革の断行を意味する。

銘々の宿に戻るのだ
だがそのためにはまずヴァイオリン弾きを
犯罪人として　引き渡せ
首謀者にして煽動者
邪悪な楽器の創造者にして演奏者
奏でる曲は俗悪で
友人の間に不協和音を奏でおる
奴と邪悪な音色の楽器
それを奏でること自体不法である
双方とも当然のことながら
（即座に）罰するべきである
絶対にそうするぞ　わしに逆らう奴がおれば
喜んで相手になってやる
そうなればやり方はあるのだ
力によって粉砕してやる」
こう言うと言葉通りに実行しようと
騎士は素早く刀に手を掛けた
トールゴルは燃える胸の内に
逆巻く怒りを抑えていたが

今や大釜の炎のように
赤く激しく燃え盛った
かくして次の様に罵った
「この豚にわく蛆虫野郎
雌牛にくっつく尻肉野郎
残余議会[77]の寄生虫め
お前は粗末な行李《こうり》を肩にして
古鉄や荷物を積んで
お前の骨と皮の駄馬は
あそこに立ち止まり屁をひったが
よくもまあ厚かましくも
我らに立ち向かえたものだ
でしゃばり野郎め
他に仕事があるだろう
そうすりゃ殴られることもなく
無事に自惚れておれるだろう
猫さながらに啼きたてる
ご同輩に喧嘩はないのか
気違い野郎と間違い野郎が
難問を抱えてはいないのか

陸の聖徒と水の聖徒[78]の間には
論争は起こってはいないのか
お前の身に危害が及ばずに
しゃしゃり出られる所はないのか
おせっかいの種がないために
我らの間に割り込んで
我らの勝負の邪魔立てし
楽しみを台無しにする気なのか
犯罪者に　娼婦に　スリに
押し込み強盗はいないのか
お前がぶらぶらしていられない
豚の盗難　鴨の略奪はないのか
お前が法を持ち出して
骨身も惜しまず悪を懲らしめるような
ついでにお前が恥をかく
密造酒屋や垣根の破壊はないのか
お前にやっつけ仕事をあてがって
得々として没収　競売[79]という
仕事をさせようと
委員会は決めたはず

神の名前と熱意により
すべての党派と共和国を騙すはずではなかったの
か
お前はもといた所に戻った方が
はるかに良いというものだ
あるいはお前を遠くへ追いやり
こちらに来させぬ方が良い
だがお前のおつむに
脳味噌があるならば
そして石や棍棒で
痛い目に合いたくないならば
ブルブル震えて去るがよい
留まれば決して只では済まないぞ」
これに対して騎士は怒り高じて

(77)「牛の尻肉」(rump)と「残余議会」をかける。
(78) 長老派と再洗礼派のこと。
(79) 一六四三年の布告により、委員会は王党派の滞納者の土地を差し押さえることができた。その資産は議会軍のために競売に付された。

手は振り上げ目はつり上げて
三度頑丈な腹を叩けば
そこから次のような言葉が飛び出した
「わしが騎士となったのは
腹心の剣と拍車を携えて　名誉と名声を求めるため
このようにせいぜい牛しか相手にできぬ
お前如きの挑戦を受けはせぬ
お前が仔牛を膨らませ　上物に見せて売るやり方で
その身を誇りで膨らまそうとも
また　腐肉を上肉と欺く
お前の詐欺　偽りの術を使おうとも
また　痩せた家畜の老衰死を
自然死に見せかけようとも
豚の壊疽をそうとは見せぬ
魔法をお前が使おうとも
また　去勢牛でも歯が立たない
ご自慢の腕力を持っていようとも
（もっとも　お前は命を薙ぎ倒す
庖丁　ナイフ　斧で武装はしているが）
正義の裁きと
民事軍事のために
わしが揮うこの剣からは
お前は逃れることはできないぞ
また　お前が胃袋から
汲み上げ投げかけた毒の言葉は
根も葉もないが
復讐せずにおくものか
その言葉をもう一度腐った肉さながらに
飲み込ませ　痛い目に合わせてやるぞ
青い籠手と白い草摺りと
腰には丸い鈍い短剣といった程度の男のくせに
ヨブやグリゼルダ(80)でさえ不機嫌にするほどの
苦蓬《にがよもぎ》よりも苦い言葉で
こんなにも偉い騎士に挑んだことが
かつてあったとでも言うのか
犬は舌で傷を癒すが
お前には手で傷を摩《さす》らせよう」

こう言うと彼はすぐさま怒りに燃え
革ケースの中で待機中のピストルを摑み
撃鉄を起こし　トールゴルの
頭蓋に向けて狙いをつけた
そして「命はないぞ　雌牛も雄牛も
二度と殺戮させないぞ」と宣《のたま》わった
しかしパラス[81]が
撃鉄とバネの間に錆として
ゴルゴンの楯を挟んだために
撃鉄は木に変じたかのよう
この間トールゴルは気力回復
ゴツゴツした棍棒で応戦する
騎士は錆びたピストルを
楯に用いて対抗する
しかしピストルはこんな闘いには
まったく不慣れで思わずたじろぎ
主人の手からこぼれ落ち
こっぴどく叩かれ落ちて気絶した
そこでヒューディブラスは電光石火の早業で
剣を抜いた　もっともその前に
トールゴルは頭に二発　背中に二発
ヒューディブラスにお見舞いした
しかし彼は錆色の剣を抜いて
その骨肉の敵　棍棒に
多くの傷を負わせつつ
勇猛果敢に振り回した
腹心の棍棒は
死ぬは必定の強打にも応戦し
主人を屠殺人から守りつつ
またそれ相応に仕返しもした
剣は棍棒よりも強いもの
（と人は思うのだが）そうではなかった
両者は正しく均衡し
どちらが勇猛かは分からない
というのも棍棒は光栄にも鉄閣下に応戦し

(80)「グリゼルダ」の話はチョーサーの「学僧の話」にもある。

(81) パラス・アテーネーはゴルゴン・メドゥサの頭を楯に取りつけて運んだ。それを見た者は石に化した。

手のつけられぬほど猛り狂った
剣は擦り傷・切り傷を与えたが
棍棒はそれ以上の負傷を剣に与えた
今や二人の騎士は息を切らし
死を追いかけるのに疲労した
皆は驚嘆し立ったまま
どちらが勝つか殺すかとじっと見守る
これに気づいたヒューディブラスは
勝てないことに苛立って
全身全霊を込めて
必死の一撃をお見舞いした
しかしトールゴルはこの一撃から
極めて巧みに身をかわした
もしもこれを食らっていれば
身体は真っ二つになったは必定

一方　天下無双のコウロンが
友の助太刀するのだと襲いかかったその時に
ラーフが彼を迎え撃ち　たちまち
二人の間には　熾烈な戦い始まった

振りかざされた剣と棍棒
棍棒は殴打を　剣は流血を呼ぶ
バシッ　バシッ　バン　バンと鳴り響くのは
野生リンゴの木の棒切れと古色蒼然たる光り物
形勢が一体どちらに傾くのやら
どこの誰にも見当もつかない戦いだった
しかしとうとうマニャーノが　多くの男を
向こうに回し　たった二人が示した武勇を
嫉妬して　頭を絞り奸策弄し　力が決して
成し得ぬことを見事やってのけたのだ
つまり　不毛の荒地に薊《あざみ》があるのを
いかなる因果か見た彼は
すぐさま自分の太刀を抜き
薊を根こそぎ刈り取って
鋲より鋭いその棘を　従者の馬の
尻尾の下に叩きつけたという次第[82]
猛り狂ったその四つ足は　臀部への
反則攻撃にただちに怒り心頭
後足蹴り上げ　暴れ出す
まるですっかり常軌を逸し

傷と　燃える痛みと　疼く箇所から
身を振りほどこうとする様子
だが　実際に振りほどいたものはといえば
背中の従者の軍用行李と包みだけ
焼けつく尻のまま　馬はなおもあたりを盲進し
我らが闘士の愛馬にドスンと一発体当たり
当たられた馬はヨロリ　騎士はズルリ
斜めに馬の脇腹に座っているという有様
今し方間一髪で必殺の一撃を免れていた
トールゴルは　これを見て
起死回生の好機到来とばかりに大反撃
身の丈の三倍も騎士放り上げ　その脳味噌を
（もしあればの話だが）叩き出そうと
手近にある彼の足をむんずと摑《つか》み
渾身の力を込めて投げ上げたという次第
しかし常に丈夫《ますらお》を愛するマルスの神が
ころ合い時に彼を助けにやって来て
彼の下にあの熊を運び込んでくれたのだ
その熊の柔らかい毛皮でできた外套の上に
騎士はもんどりうって落下した
友愛の情篤いその敷物が　地面の打撲と
真っ逆様の騎士の負傷を防いでくれた
あたかも壁と強烈な大砲弾の衝撃の
間に立った羽毛ベッドのようであった
かのサンチョが毛布の上に落ちた時
擦り傷ひとつしなかったように(83)　我らが騎士も
肉においては怪我はなし　彼の剛毅な精神が
この屈辱に耐えられなかったというだけのこと
もっと驚いたのは熊の方
騎士に乗られ叩き伏せられたものだから
その鼻を縛《いまし》めから振りほどこうと
唸り　吼《ほ》えたて　跳ね回る
熊の怒りは燃え上がり　煮えたぎり
死の顎からは泡が四方に飛び散った
憤怒のために身をよじるその姿は
紋章官もとても思いつかぬもの
先程落ちてきた騎士の衝撃から

(82)『ドン・キホーテ』続編六一章参照。
(83) 同書正編三巻一七章参照。

救ってやった大地を裂き　荒れ狂い　暴れ回る
そしてまた　彼の受けた攻撃は武勇の掟に
悖《もと》ったものだから　その分一層困惑した
なぜならば　熊は常に人間を我が友とし
犬こそが自分の敵だと信じていた
その犬でさえ　先程味方が落ちてきて
与えたような痛手を自分に与えたことはない
幾多の戦で身を磨り減らし
心血注いで仕えてきた人間どもが
このように人道に外れた仕打ちをするとは
まさに断腸の思いであり
武人にはあるまじき仕打ちと思われた
それ故　熊はお役目をさっさと放棄してしまい
身体を強く振り動かすと　ついに彼の鼻先は
輪と縄の束縛から逃れて自由になった
拘束はもはやないと感じると
敵がもっとも密なる場所に突進し
驚愕する者どもの間を走り抜けた
ある者を踏み躙《にじ》り　ある者を投げ飛ばしたが
捕虜にはしない　熊が息せき切ったのは
攻め込んできたあの騎士から逃げるため
群集を慌てさせ恐れさせ追いかけながら
自分自身慌て恐れて逃げていたというわけだ
慌てて熊が逃げていく　人間様もご同様
人はこちらに　恐怖の主はあちらにと

戦場にとどまったのはクロウデロ
彼だけが一所懸命持ち場を死守
叩き伏せられ　ヴァイオリンと彼の身体の
片側を支える足をひどく傷つけられたが
足といっても骨ではなくて
もっと上等な　木でできた足のこと
ヒューディブラスが落下の恐怖と
怪我の心配で　小便ちびって　気を失って
丸太のように長々と　地面の上に
くたばっている姿を見つけたクロウデロ
踵のところでポッキリ折れて横にある
自分の義足に急いで手を伸ばし
思わぬ好機を利用して　騎士に一撃加えるため
素早く義足を取り上げた

義足と尻を支えにし　立ち上がり
敵と戦い始めたという次第
彼とヴァイオリンがこうむった
すべての痛手の原因の張本人であるこいつ奴《め》に
熊いじめの集まりと自分の臑《すね》を
滅茶苦茶にした復讐をしてやると誓いながら
しかしながら　ラルフォーが（今まさに
ドサリと馬から落ちた衝撃から
彼は復活を成し遂げており
尻を挫いてはいたが　両の足で立っていた）
あたりを見回し　この吟遊詩人が
恍惚とした騎士に襲いかかるのを見た
ラルフォーは自分の短剣を拾い上げた　それは
（倒壊する家から鼠が逃げ出すように[84]）
彼が落馬した時　逃げ出して
戦いの激しさから身を隠していたものだ
そして彼は　逸る気持ちと血気に駆られ
騎士を乱打から救おうと飛びかかっていった
しかし　彼が目的を果たす前に　騎士の脳天に
義足が二度三度お見舞いされていた

そして今　再び義足が振りかざされた
ラルフォーが割って入ったのはその時だ
彼はその一撃を腕で止め
さらなる痛手から騎士を守った
怒りに力を倍加させ　従者がドッと体重を
義足にかけたものだから
義足が倒れ　クロウデロも転倒だ
ああ　かつては義足が支えてくれたのに
従者は素早く駆け寄って　雄々しき足で
クロウデロの胴を踏みしめ
かくの如く言ったのだ「貴様（罪の餓鬼め）
貴様とあの有象無象の輩とが
戦において我々に太刀打ちできようなどと
夢想させたはいかなる救いなき狂気ぞ
重ねて言う　貴様の如きご立派な畜生風情が
如何にして武勲と御紋と名誉に勝てようか

（84）E・トップセルの『四つ足動物の歴史』（一六〇七）やF・ベーコンの『随筆集』（一六一二年版）に言及されている俗説。

ヒューディブラス様と拙者に挑むとは何事か
たとえ貴様の四肢が樫の精髄であったとし
貴様のまともな方の足が木の方の如く
打撃を受けても大丈夫であったとしてもだ
笞打ち用の柱そして牢獄が目にもの言わせること
　もなく
貴様の皮膚が笞にそぎ落とされることもなく
貴様の踵が鉄製の枷《かせ》に縛られることもない
などと高を括っているのだな
よし今からたっぷりと……しかしまず
ヒューディブラス様のご様子を見てみよう」
こう言って　優しく従者は騎士を抱き起こし
上半身を真っ直ぐに　尻を下に坐らせた
転落による昏睡から騎士を目覚めさせるため
従者は彼の鼻をつまみ　内に宿る精気を
甦らせようとするかのように
優しくバシンと彼の胸を平手打ち
精気は声上げ覚醒し　内なる部屋から
人体の窓とも言うべき眼に飛び上がり
開き窓たる瞼をそっと優しく押し広げ
少し驚き　じっとあたりを見回した
ラルフォーはこれ見て大いに喜び
騎士にかく語りかけた　彼は言った
鼻をつまんだそのままで「偉大なる殿
自己滅却の無私なる[85]征服者よ
古今東西　教会のために戦ったいかなる者にも
引けを取らぬ崇高にして勇ましく偉大なる殿よ
今肝要なることは殿ご自身がなされたことを
とくとご覧遊ばすことでございます
それは勝利でございます　殿の九仞《きゅうじん》の功に
恐れをなし敵は逃げていきました
残るは一人クロウデロ　こ奴のために殿は
宿願の大義を果たされました
こ奴は殿のお足元に召し捕ってございます
殿のお気の済むままに
生かすなり　殺すなり　売り飛ばすなり
絞首台送りなり　牢獄送りなり　ご自由に
殿の目くばせおひとつで
生かすも殺すも決まります
こ奴のヴァイオリンは殿の正当な戦利品

教会への奉仕によって獲得されました
有象無象の生死は
殿の審判に委ねられております
成功が勝利者に　当然の名誉を与えなくとも
神の摂理が正誤の別の
強い論拠とならなくとも
神の命令も確証とならず
『所有』すら単なる言葉にすぎないにしろ
神の権利は太鼓判
神の御手になる『良い物』に
悪人奴《め》らは権利はなく　力によって奪われていても
財産は聖徒に属するもの(86)
悪人奴らが所有するのは実に不当
贅沢品だって取られっぱなし
犬に馬に娼婦にさいころ
どんちゃん騒ぎに酒盛りダンス　そしてあれこれお楽しみ
ヒモに阿呆にチンドン屋　それに加えて幇間《たいこもち》
これらはすべて聖徒のもの
持つべきものを持ったなら　当然楽しむはずのもの
我らが奴らから頂戴するのは
本来我らの所有物
我らこそ変わることなき真の地主
奴らは我らの小作人　どう扱おうとこちらの勝手」
この言葉を聞き騎士殿は
目も覚め　徐々に勇気も戻り
ぐるりとあたりを見回して
残る敵は一人と知ると
そばに落ちていた武器を取り上げ

(85) 原文は self-denying。一六四五年の the Self-Denying Ordinance（辞退条例）への揶揄。議員に軍務から退くことを勧告する「辞退条例」は、クロムウェルらが和平派議員を軍から追放するために提案した。

(86) ピューリタンは土地所有制度に反対し、神の被創造物は彼ら聖徒に所属すると主張した。

逃げてしまった連中の分も　クロウデロに
思い知らすぞと誓いつつ
地面から身を起こそうとした
ラルフォーはぐっと落着き払い
騎士の怒りをやんわり抑え　次のように言葉を継いだ
「殿よ　あなたの雄々しい士気は
猛り過ぎておりますぞ
こんな野郎は絞首刑人の手にかかるのがふさわしく
殿手ずからの処刑という
名誉はあまりにもったいない　この私は　勲《いさおし》も
名前もはるかに劣りますが
抵当《かた》に取られた死体並みの野郎を斬る気にはなりません
ヴァイオリンやケースにも当たる気など起こしません
熱意に駆られて獲得された　この栄光を
平静に戻られてから汚されますか
勝利を収めたその剣で

ヴァイオリンも　約束も潰されますか
この私も戦って敵を破り　命乞いを
する者どもを赦しました　それもあなたの御名のため
偉大な指揮者は兵士の立てた
手柄も我が物と誇るもの
殺す力がある時に生命を救ってやってこそ
望んでおられるより以上に殿の力を表わします
身勝手としか見えかねない　剣を揮いたいという
御気持ちを　なにとぞ抑えてくださいませ
こ奴は生きておればこそ
力を恐れもしましょうが
死んでしまえば怖がりますまい
そうなれば殿は案山子《かかし》も同然
殿ではなくて　死こそがこ奴の征服者
この恐怖からこ奴めを解き放ってしまうのですから
こ奴が生きていれば危険が生じ
死ねば殿の名誉となるなら
お気の済むようになさるのが

それこそご器量　それこそ名誉
けれども殿ともあろうお方が　松葉杖を欲しがっ
　たり
怖がったりなさっては　武勇の瑕《きず》ともなりましょ
　う
偉大な征服者というものは敵を殺してしまわずに
凱旋行列の先頭に立たせて栄光を高めるもの
征服者の額を飾る月桂冠は　死んだ枝からではな
　くて
生きた枝　生きた敵から捥ぎ取るべきで
五体満足でない者を殺して得られる名誉など
どう頑張っても半端なもの
こ奴の片足はすでに殺され
残る他方も殿の手を煩わすほどの価値はなく
そんな名誉は片側分だけ　殿の騎士号叙勲の折に
御上《おかみ》の剣が殿の肩の一方を打ったのと同じ
それなら　こ奴めを捕虜として
生かしておくのが最良の策
十分に縄目の恥を味わわせたうえ
法廷の場に引き出しましょう
裁判においてこ奴めが　不敵な智将と見られれば
自ら危険を招くでしょうし
嫌な面《つら》だと思われたり　鬚が気に喰わぬと言われ
　たり
それとも彼の死ぬことが復讐になると考えられ
うまく恐怖を生じさせ　利用できると見なされた
　なら
それこそ神の思し召し　万一慈悲を与えられても
お好きな時にこ奴めを縛り首にできる[87]のが
殿の御力ではございませんか
我らの偉大な征服者[88]もこういうことをやりました
誰のことかはお分かりでしょう
我らの同志のほとんどはこれを正義と認めていま
　す

(87) 内戦時の裁判では、慈悲によって助命が保証されていたのに、死刑が執行された例があった。
(88) クロムウェルを指す。一六四九年、アイルランドのドローエダの戦闘において助命嘆願を認めておいて、町を占領した後で住民を虐殺した。

中にはこれを天啓と考えている者もいるはずです
言葉や約束は　征服者を縛るものではありますが
サムソンにとっての手枷[89]にすぎず
自らの命令と助言によって身に付けたとて
たちまち破られてしまうのです
それというのも　もし我々が戦の掟に従って
大義のために戦おうとも
正しいと見なされることしかやらなくとも
大義そのものが抜け落ちて　粉々に砕けてしまう
　のです
以上のことは殿様と私だけの秘密です
意地悪な奴や気弱な奴には
今私の述べました『完璧な真理』というものは
注意の上にも注意して伝えなくてはなりません」
以上のように言われてみると　騎士の怒りも収
　まって
ぽつぽつ落着きを取り戻す
従者の助言が気に入って
提案どおりになされるべきだと決意する

そこで従者に命令し
クロウデロの手を後手に　尻の上で縛らせた
義足についても本来の
場所と役目に戻したが
まずその前に二度と逆らわず
武器も向けぬと無理矢理に誓わせた
すごい早さでラルフォーは仕事をさっさと片付け
て
クロウデロをしっかりと縛り上げると
縄の端を　騎士に持たせて意気揚々と
彼の剣が捕らえた者を連れて行かせるようにして
一方馬も探し出し
今後の役に立てるため摑まえ連れて戻ってきた
馬に跨り堂々と　従者は先頭切って行く
ヴァイオリンとそのケース
赤く錆びた剣の先に　戦利品として引っ掛けて
ちょうど梶棒を担ぐように　肩に担いで運んで行
く
騎士殿の方も馬に乗り　従者の後からついて行く

そばにクロウデロを引き連れて
クロウデロが遅れると　潮と風とに逆らって
船を曳く時やるように　ぐいと彼を引っ張った
こうして彼らは厳粛に先へ先へと進んで行った
その町並を通り抜けると
町のはずれに一つの古い
城(90)があって　四方八方を
見渡していたが　この建物の
建造に　石や煉瓦は使われず
隅から隅まで木造で　霊験あらたかな魔法の呪文
　で
難攻不落となっている
鉄の横木も城門も
落し格子も　閂《かんぬき》も鎖も鉄格子もないのだが
一旦閉じ込められたなら　どんな人でも出られな
　い
この牢は三インチ四方もない狭さ
屋根もあまりに低すぎて　とても立ってはいられ
　ない
横になるか座るしか術はない
まったくひどい代物で　そこに入った者は皆
ふくらはぎを固定され　足はまったく動かせない
霊妙そのものの空気と風の
壁にぐるりと囲まれて　魔法の円に閉じ込められ
　る
町の首長の力によって自由の身にされるまで
どんな人も打ち破れない
ここに来た大胆な騎士と
勇敢な従者は城壁の外側で
馬を降りる　その傍らにあるものは
手だけを拘束する牢獄(91)で
不思議な魔力を持っていて　手を縛りつけ
その他の部分は自由にさせて
体は這いずり回れても
鉄の枷にはさまれた手はしっかりと囚われている
悪魔払いをするために　手首に

(89)『士師記』一七章二一節参照。
(90)この城は晒し台を暗示している。
(91)笞打ち刑の時に罪人を縛りつける柱を暗示。

ヒューディブラスの勝利

下っ端役人が輪をはめたその途端
体は殴られ笞で打たれ
時速二十マイルものスピードで
魔女の御する早馬になったように感じるが
実は一歩もその場から踏み出してさえいないのだ
このてっぺんに尖塔があって
騎士は従者に　その上に
ヴァイオリンとケースとを
戦勝記念碑のやり方で飾るようにと命令下す
次いで彼らは落し戸を開け
放り込むぞとクロウデロを脅かす
哀れっぽい顔のクロウデロ
悲しげな場所にいる隠者さながら
彼らは惨めなこの男と　その生き残りの片足を
牢屋の中に閉じ込める
しかし騒動を引き起こし　騎士の頭を打ちのめした
もう片一方の足は　自由の身として釈放する
まさに魔物　怪しげな犯罪者ではあるものの
外国人という理由で　無罪放免となる次第(92)
彼の同僚はといえば　悪いことなどしていないのに
かえってそのため牢屋入り
正義の女神はこのように　犯罪に目を瞑り
無実につまずきよろめくものだ

(92) 内戦時、王党派に加わったイタリア人が外国人ゆえに死刑執行を猶予された例があった。

第三篇

第一部　第三篇

梗概

四散した群衆が参集し
砦[1]を包囲する　騎士は反撃するが
囚われの身となる　魔法のかかった砦を
群衆は強襲　占領
クロウデロを解放し　代わりに従者を閉じ込める
いや従者よりヒューディブラスが先だった

ああ　なんという危険が冷たい剣を
振り回す者を取り巻くことか[2]
なんとひどい不幸不運が不意を襲って
騎士をどこまでもつけ回すことか
運命の女神は微笑浮かべ
色目を使うがそれも束の間
栄光の絶頂を極めた瞬間
あっという間のどんでん返し
このことは「たとえ一日たりとも」[3]
という歌で誰の唇にものぼるほど
自分の勝利を微塵も疑わず

（1）処刑の晒し台のこと。一部二篇一一三二～四行参照。
（2）『妖精の女王』一巻八章一篇一～二行のパロディー。
（3）英国の詩人、作曲家のトマス・キャンピオン（一五六七～一六二〇）作とされる詩の出だし。

敵の全軍を敗走させた
と思ったヒューディブラスは
勝ち誇って意気揚々
これだけの働きをしたのだから
教会で感謝の祈りを捧げてくれるだろうし[4]
自分の気概と勇敢さを
説教師が一席ぶってくれて
新聞[5]の不滅の頁には
不朽の名声の記録が残ると考えた
だがそうは問屋がおろさない
次の悲運が待ちうける
くるくる回る回り木戸より戦時の運命の女神の方
が
より移り気と思い知る

さて先般　臆病な群衆は
打ち負かされて散り散りばらばら
騎士と熊の血みどろの戦から
恐怖にかられて逃げていたが
（犬ども[6]だけは例外であさましくも
騎士の勝利に目をつけて
血と汗をかけた名誉の横取りを
企んで一歩も退かなかった）
見渡せばあたり一面
征服者も被征服者も姿は見えず
そこで再び気を取り直し回れ右
あくまでこの戦に屈しない決心
さて背後から敵の犬に襲われて
半ば敗れた熊は
多勢に無勢で
無事に退却出来ないと見て
勇敢な大将のように回れ右
だが持ちこたえられそうにないと機敏に判断
運を天にまかせ驕る敵に急に立ち向かう
と見せては逃げ　また立ち向かい
続いて退却
やっと地の利を得たと見て
敵をくいとめようと勇敢に前進
その後すぐさま逃げを打つ
ありとあらゆる技　勇士と策士の

ありとあらゆる策略を試みる
犬どもの必死の追撃をものともせず
熊は何とか有利な立場で戦い
勇み立つ敵の前進を阻もうと
ついにとうとう隘路を見付ける
渾身の力をふりしぼり熊は勇敢に突進し
しばらくの間　敵の全軍を後込《しりご》みさせる
だが敵勢は膨らむ一方
ついに追い詰められたと悟る
好運へと脱出できる
いかなる逃げ道もままならず
熊は降参するよりは
戦場で名誉の死を遂げて
できうる限り破格の値段で
自分の毛皮と死体を売る覚悟
この覚悟を　すぐさま
熊は実行に移し
大軍勢となった敵の間に
勇猛果敢に打って出る
だがこれほど膨れ上がった敵勢に
孤立無援の武勇が一体何の役に立とう
だが熊は奮闘する
こんなに勝ち目の無い所で信じ難い健闘振り
だが多勢に無勢
神様でもなきゃ勝目はない
一隊と戦っている間に
背後を突然塞がれて
一騎当千の活躍や
退却の余地も消え失せる
というのもマスティフ犬が襲撃し
殴り合い摑《つか》み合おうとやって来たのだ
これに対し熊は雄々しく振る舞った
前に右足踏み込んで
身を起こし　他の誰よりも

（4）戦勝とか大義に適う事が起こると議会は教会で特別に感謝の祈りを捧げさせた。
（5）日刊の議会御用新聞。
（6）独立教会主義者に対する長老派の指導者の不平への言及。

背の高いことを示してみせる
これは敵に恥辱と妬みをかきたてた
その結果　熊は戦士の大軍と
先般同様勇敢に戦って
頑強に抵抗するしかなく
恥とならない条件の下でも　武器を捨て
屈服することを潔しとしない
敵は怒りに駆られ　ある者は背後から
またある者はところかまわず攻撃する
とうとう熊は倒れる　だが倒れながらも戦い
倒れてもなお激しく抵抗する
ウィドリントンが両足を切断されてもなお戦った
　と
悲しい歌[7]にあるように
ああ　だがすべては徒労に終り
当然熊は殺されただろう
トララとサードンが折も良く
急いで熊を救いに来なかったならば
パルティア人[8]の射た遠矢のように
足の軽いトララは

（すっくと穂の立つ麦畑を
倒さぬほどに身軽[9]でもなく　またある者が言うよ
　うに
箒の柄に油[10]を塗って飛ぶ
魔女よりも速く
水の上を走れるほどでもなかったが）
軍勢の先頭にまじって立ち
打ち負かされた熊を憐れみ
血みどろの戦を傍観している
サードンに呼びかける
（トララは言う）「まだグズグズしているね
勇敢なブルーインがたった一人で多勢に
惨めに打ち負かされるのを見ているの
何とも見事な働きぶりだよ
聞いただけでは信じられない
彼を奪い返さないと
恥をかくのは私たちだよ」
（サードンは言う）「おまえに加勢し彼を救い出す
ために

思い切ってこの身を賭けよう
とはいえすぐさま取りかからねば
我らの助力も手遅れとなる
勇敢なブルーインは命乞いなど一笑に付す
それゆえに長くは持ちこたえられまい」
こう言うと　敵を一掃するために
二人は頭上で武器を振り回し
力を合わせ猛然と襲いかかる
すると驚いた敵勢は
再び尻尾を巻いて一目散に逃げ始める
まるで悪魔に追いかけられているように
その間に二人がブルーインに近づくと
彼はまさに瀕死の状態
二人は攻撃をやめない敵を急襲する
マスティフ犬らがその顎をゆるめるまで
まずはトララが棒で抑え次いでサードンが尻尾を
　引っ張る
ああ　だが二人が最善をつくしても
打ち負かされた熊の姿は
血まみれの満身創痍
池の中に浸されたアキレスは
再洗礼を受けて不死身となった
異教の踵[11]を除いては　全身くまなく
死をもたらす剣も通さなくなったのだが
そのように　我らが勇者熊の腕は
頭部を除いては全身をくまなく守った
つまり熊は交戦中　頭と耳は守り切れず
皮一片をなくしてしまった

(7) チェビーチェイスのバラッド（一三八八年イングランド軍がスコットランド軍に破れたオッタバーンの戦を主題とする英国の古い民謡）への言及。
(8) カスピ海南東にあった古代国家。
(9) 『アエネーイス』七巻八〇八～一一行のカミラの描写。
(10) 魔女は新生児の肉から取った魔法の油を塗った箒に乗って飛ぶと信じられていた。
(11) アキレスが生まれた時、母親のテティスが彼を不死身にするためにステュクスの水に浸したことと再洗礼派を掛けている。その時掴んだ踵が水にぬれなかったので異教と言ったのである。

かつてオーストリアの大公[12]は
（ダカトン銀貨[13]に刻まれていた）片耳を
戦争中に付け根からそぎ取られた
同様にブルーインも片耳をなくし
晒し台にかけられたばかりの公証人[14]のように
あるいは耳に割礼をされ
最近矯正を受けた同志たち[15]のように
残ったもう片方の耳を強く引っ張られる
けれども優しいトララは
熊の鼻輪に紐を結び
熊を従え歩き出す
物書きたちが書くように[16]
涼しい木陰の薔薇で飾った草の茵《しとね》に
この古兵《ふるつわもの》を連れて行く
恋人たちがよく寝そべっては夢を見た
優しく囁く流れのほとり
そこに熊を落ち着かせ
敵の追撃から守ってやる
無いものといえば歌と
枝にかかるテオルボ[17]だけ
すばらしい音を奏で　その調べは
強く引っ張られた耳の痛みを和らげたろうに
トララとサードンは立ち上がり隊列組んで行進する
偉大な熊使いと他の仲間を捜し求めて
というのもオーシンは（彼の名声
果敢に陣地を守るがゆえで
追撃よりは踏み留まって戦うのが得手[18]
足はそれほど速くなかった）
長くは足並揃えていられず
敵の追跡続ける同僚に
はるかに遅れをとってしまった
手飼いの熊が追い詰められるのを目の当たりにして
息は絶えだえ勇気も挫けた
卑怯にも相手は数を頼んでの攻撃
熊は武勇に遅れをとったのではなく
衆を頼りの臆病者らに攻められて今にも倒れんばかり

オーシンは憤激　悲嘆の大狂乱
勇者ヘラクレスがヒューラースを失った[19]時と同じ様
　子で
彼の悲しい嘆きの言葉を
谷間谷間に復唱させた
胸を打ち髪掻き乱して
親友の熊を喪う痛手を訴えた
そこへ谺《こだま》が空ろな洞《ほら》から
憂愁の叫び繰り返す
愁いに沈んだその調子
へボ詩人の書くベタ足詩より数倍も上
お涙頂戴のへボ詩の中では
谺は問いかけに答えてみたり
とうてい理に合わぬ証言をさせられ
それも自身の与《あず》かり知らぬ事ばかり
そして言うだけ言わされたあげく
恋人の気紛れというオチになる
オーシンは言う「おおひどいブルーインよ
お前は逃げてこの俺は…」――「破滅《ルーイン》よ」と谺
「恐怖に襲われたぐらいでは　お前は一歩も引か

---

(12) 枢機卿、トレドの大司教であるアルバート大公。戦争で耳に負傷する。

(13) ヴェニスの銀貨。その片面に大きな麦の穂（ear）を持つ聖ユスティーナが刻まれていた。またダカトンはダカットの半分で、かつて一ダカット貨幣が半分に切られて使用されていたことへの言及という解釈もある。オーストリア大公とは無関係。

(14) エリザベス一世時代の法令により、公文書を偽造した者は晒し台にかけられ両耳をそぎ落とされる刑罰を受けた。

(15) リンカン法学院の法廷弁護士ウィリアム・プリン、医師のジョン・バストウィック、ロンドンの牧師、説教師のヘンリー・バートンへの言及。風紀紊乱のかどで晒し台にかけられ両耳をそぎ落とされた。

(16) 『アエネーイス』一巻六九一～四行参照。なおここからの数行は当時のロマンス作家に対するからかい。

(17) 変形のリュートで二つの糸座を持ち、一七世紀頃使用された。

(18) アイアースの描写と同じ。『イーリアス』一一巻三二四～五行参照。

(19) ヘラクレスの遠征に同行したヒュラースは、彼に魅せられた妖精達に泉に引き込まれてしまう。ウァレリウス・フラクス『アルゴナウテース』三巻五九三～五九七行参照。

ぬはず」
（訝の言葉は）「恥知らず」
「お前の味方の俺がいるではないか
それなのに不屈のお前が何を恐がる
この骨がガタガタと鳴り　この頭が
お前の喧嘩で血を流したのも度々のこと
俺がそれを嫌がったり恨んだりした事などないぞ
大事なお前のためだから」――「しーっ　うるさ
いぞ」
「連中の非難の的になりたいのか
敵に背中を向けるとは」――「へん知るものか」
「一度はお前が負かした奴ら　それなのに
こうも意気地なく逃げ出して」――「黙れと言う
のに」
「だが何の恨みがあって俺からまでも
まるでお前の敵からのように逃げるのか
さてはまた俺のことなど念頭に無く
お前に尽くした事など忘れても
羞恥心と名誉心とがありさえすれば
あのように敵に背中を向けはするまい

すべて自分の名誉のため　そのため
誰だって自らの血を流すのだ」――「黒い腸詰」[20]
ここに至って彼の嘆きは怒りに変わり
雄々しいはらわた煮えくり返る
悲哀に代わって復讐と憤怒を求める強い気持が
今や激しく燃え始めたのだ
オーシンは彼の不幸の張本人を
同じ目に合わせると誓う
奴らの骨と肉とでもってその償いをさせてやる
彼と熊とが嘗めた苦痛の埋め合わせをだ
こう決意　決意と同じ素早さと
怒りにかられて行動開始
ブルーインの捜索は
もうすっかり打っちゃって
捜す相手はヒューディブラス
どこに居ようと見つけだす
奴に命があればだが　どこに潜んでいようとも
狩り出して見せると誓いを立てた
意を固めての冒険に出て

二百ヤードも進んだろうか
折りも折り出くわしたのは例の仲間ら
ヒューディブラスに打ち負かされたばかりの連中
名誉　復讐　侮辱に羞恥が
等しく彼らの胸を焦がしていた
仲間のうちには勇猛マニャーノ
ヒューディブラスの敵トールゴル
サードン　コウロンといずれも稀な
屈強　不屈の戦士たち
彼らに向かってオーシンは言う

「あのくだらぬロバ野郎
低能　やくざなヒューディブラスと
阿呆に輪をかけた悪党のラルフォーが
鼻息荒く威張り散らして我らに与えた
この侮辱を飼い慣らされた家畜同様
意気地なく耐えるだけ　それでいいのか
これではまるで正々堂々戦って我らを負かしたよ
　うではないか
おめおめとこんな侮辱に屈したなどとは
俺さまなら言わせはしない
俺が敵に背を向けたのも敵を恐れたからではなく
親友の熊を喪うまいと思ってのこと
ところがどうやらお別れのようだ
あいつが戦で負った重傷
致命傷になるかならぬか
練達の俺でも予見は不可能
あいつの命運　俺にはわからん
ローマの坊主の親玉にも皆目何もわかるまい
だがこの凶運の大元を見つけだすことさえ
できるなら（いや必ずや捜し出す
どこに密かに潜んでいても）
奴らがやってのけた事　必ず後悔させてやる
悪魔の鬚をひっぱるほうがましだったと
思い知らせずにおくものか」

(20) ブラックプディング。一部一篇三一三行の註参照。自らの血を流して作るソーセージはオーシンの言う名誉のパロディであろうか。

「気高いオーシンよ」とサードンが言う
「お前様は言われるようになさる理由が大いにおありだ
ここに居る我々とても同じこと
お前様と熊だけじゃない
他の連中のことはさておき　この俺は
もしこの小枝が帆の索を
支えるほどの丈夫な木ならば
こっぴどくやっつけてやる　あのよぼよぼのやくざ犬
それともう一匹の雑種の姐虫ラルフォーも
あいつめ犬にかわって我々みんなに刃向かいおった
お前様の熊は安全　危機は脱した
とはいえ耳も無くなる苛められよう　重態だ
俺とトララがやっとのことで
あわやのところから救い出した
見事に奴を助け出し
安全な場所に置いてきた
奴はそこで休ませときゃよい　だが俺たちがぐずぐずしていて
悪い奴らに逃げられてはならん」
これを聞くなり狙いは一つ
皆の力をひとつに合わせることに決め
ヒューディブラスを捜し出すため
すぐさま行進に移る
さてここでしばらく彼らを措いて
勝利の騎士に何が起きたか語るとしよう
先頃彼と別れた時にはクロウデロをしっかと牢に閉じ込めて
彼は勝利の騎士だった
勝利を示す月桂冠は彼の額に乗せられて
ひときわ青く茂っているよう
冠《かむり》も重く　討伐の労に疲れ果て
彼は手近の城中へ
引きあげていた
身体を休めて手当てをするため
栄光の傷のひとつひとつに薬をつけて

戦で受けた赤傷　黒傷　青傷の
ひどい痛みを和らげるため
名誉の打撲傷のそれぞれに
腕きき産婆の手当てを受けて
身を横たえていざ休息

ところが手当ての効もなし　身体の内に
もっとひどい命取りの傷があった
他でもないキューピッドの矢の傷
愛の神は「寡婦給与」に足場を定め
（というのもあらゆる愛の戦闘で
財産ほど力を発揮するものはないと知っていたか
ら）
弓を一杯に引き絞り狙いを定め
騎士をめがけて矢を放った
矢は脇腹をひょうとかすめ
内臓に擦過傷を負わせたのだ
だが求婚が無駄とわかって月日も経って
彼の痛手を時が少しは癒していた
と言うのもかの傲慢な女を求めて
彼の心は腹の中で石炭のように燃えていたが
（その腹が女のために頻々《ひんぴん》と
痛み　癪《しゃく》にも悩まされ
砂糖で包んだ下し薬と蟻の卵[21]を飲んだは良いが
ほとんど足が立たない有様）
女は彼を虫けら扱い
あの古のピッグ――（はて　そうそう）マリオン[22]
は
石で愛人刻み上げたが　その石像も
これほど固い心を持ってはいなかった
女にはジャジャ馬の悪癖数知れず
人を振り落とし蹴飛ばす驃馬よりひどい
中でもとりわけ根性曲りの気紛れがひとつ
奇妙なほどに気狂いじみた傲慢なむら気
この女　自分を侮辱し憎む男しか愛せない

(21) 強壮効果があるとされていた。
(22) ピグマリオンは自分の彫った像と恋に落ちたといわれる。ここでは勿論ピッグに別の意味を効かしている。

憎まれるほど愛しさ募るという具合
これぞ女性の玄妙な謎
「もし愛したら　愛していないとはどういうこと」
　というわけ
ことほどさように相手に戦意のない場合にしか
臆病者は決して腕力を振るわない
またある種の病魔によくあるように
取り憑くのは健康な者だけ
女の心を捉えたければ魔法使いの呪文のように
裏っかえしにやらねばならない
求めることができないものを手に入れるのは
騎士にとっては並大抵の事じゃない
愛しているのに態度で示すことはできない
彼女に悟らせないことが　すなわち彼の深い愛情[23]
まるで悪辣卑劣漢が罪を犯してのひき回し
馬上の顔は馬の尻向き[24]
あるいは船のとも櫂か　愛したいのに
そっぽを向いて反対の方向へ動いてゆく
タンブラー犬[25]にも似通って
獲物を騙し全く別なものに見せかけて
穴兎をつかまえる
騎士の求婚はこれらと同じこと
だがことごとく骨折り損　彼女の鋭い鼻先は
彼の目論見素早く嗅ぎつけ
すさまじい侮辱でお返し　その非道さは
名誉を尊ぶ人ならば　とうてい耐えることなどで
　きない
でも彼はよく耐えた　だがついに
性悪女から受けた苦悩を
耐えて胃に痙攣をひきおこし
女の侮辱の与える苦痛が
不動の後悔の念に変わって
ついに求婚をやめる決心
女と縁を切ってしまうか
さしあたり女の見えるところへ行かぬと決めた
こう決意して数カ月
いやもっと続いたことであったろう
運命により彼が女の近くに運ばれ
成し遂げたばかりの成功が
彼の想いを沸き立たせ

絶たれた望みへの扉を開くことにならなかったら
今や武運の波に乗り　恋人までも
勝ち取れるように思われた
新たに勝ち得た彼の武勲と名誉とが
今度は物を言うと見た
こう考えると口には涎
女を口説く甘い想いに誘われた

彼はひそかに考えた
「敵を破った雄々しさが
彼女の心を動かし　敵に対してと同様に
彼女を屈服させられるかも知れない
愛がなにものにも負けず
徳がいかなる非道にも耐えうるものなら
愛　徳いずれも持つ者に
敢えてできないことはない
そのうえ勇気と知恵も十分
その二つが加わればきっと上首尾
勇気は囮《おとり》　知恵は罠
そこへしばしばかかるのは女たち
ではヒューディブラスよ　おまえは何故
征服者となるのを恐れるのか
運は勇者を助けるもの
臆病者なら負け戦
だから手に入れた武勇の誉れ
湯気が立つほど新しい間に
彼女を口説き落とすのだ
後の事など運任せ」

打ち身や蚤《のみ》のためよりも
そんな思いで騎士殿は眠れなかった

(23) 直訳すると「彼女の無知が彼の献身」となる。「無知は信仰の母」という諺とカトリックが母国語の聖書や祈禱書の使用を禁じていたことへの揶揄。

(24) ラルフォーとヒューディブラスはこの格好で足枷のところへ連れて行かれる。一部三篇九六三～四行参照。

(25) 狩りの時、ぐるぐると身体を回転させて目をくらませ突然獲物に襲いかかる。タンブラーにはまた詐欺師の意味もある。

まるで梟が蔵の中で
ネズ公のこっそり穀物に近付くのを見て
じっと動かず青い目を閉じ
狸寝入りで待ち構え　とうとうそばに
哀れな獲物を認めるや
ぱっと飛び出し襲うように
寡婦《やもめ》の心我がものにするため
やおら寝床からとび起き
慌ててしゃがれ声で言う
「急げラーフ　馬に乗れ」
まさにその時　ヒューディブラスを
探していた面々は
行軍急ぎ　彼が一息入れていた
砦めがけてやってきて
周辺の目抜き通りを
くまなく占領してしまう

しばらく連中は手を差し控え
どこを攻めるか敵陣の下検分
次に会議を召集し　包囲攻撃または猛襲
敵を搦捕《からめと》るためにいずれがよいか協議の末
強襲猛攻を
かけることが決められる
こうと決まれば正々堂々
砦を攻めるため今やどっと押し寄せる
ときにこちらはヒューディブラス
迫る猛攻つゆ知らず
また冒険に乗り出そうと
武器を取れ　と大声でラーフに向かい呼びかける
幸運の女神か悪天使か
あるいは彼の守護神の御加護があって
首尾よく武器を手に取るか
あるいは全く不覚にも危ない目に陥るか
それとも今しがた得たばかりの
勝ちの誉れを汚すことになるのか
または寝床で仮眠中恥ずかしながら敵どもに
襲われ人の噂になるかもしれない
そこのところは深遠な学問やってる先生に
その解釈をお任せしよう

騎士とラーフはそれぞれに
自分の馬に跨がって
戦場目指し打って出ようと
裏門を大きく開けた途端
敵に遭遇　敵どもは隊列整え
二人に対し戦いを挑む構え
さすがの騎士も不意を打たれ
思いもよらない有様に吃驚仰天
体に受けた傷の痛さを
彼はまたもや感じ始めた
しかしいつもの勇気を想い起こし
たちまち恐れは憤怒に早変わりする
彼はこう言う「卑怯な敵め
たった今許してやったのに　見よ　そこに
列を連《つ》らねてお出ましじゃ
さっきの恐怖を忘れたと見える
我らがさっき勝ち取った勝利の誉れ
再び取れとの天の思召し
ならばその命に従おうではないか
運命に身を任せるのが我らの定めだ
頭数では　さっき鎮圧した敵と
今度の奴らも似たようなもの
我らが勇ましく刀を揮い
勝ちをおさめたその時に
まるで猫を見て逃げ惑う
鼠さながらずらかった
あの敵どもに違いない　そうとわかれば
輝く刃を頭上から
またもやかざして威《おど》してやろう
たちまち奴らは先と同様恐れだすぞ
恐れは瘧だ　気紛れに人に取り付き
去るかと思えば　またもどってくる
奴らにまたしても一発お見舞いだ
さっきのように痛いのをな
いざ勇敢に敵どもめがけ攻撃開始
きっと我らの勝ち戦だ」

こう言ってヒューディブラスは勇気を煽り立てる
　　ため
恋人の名を呼びかける

次に再びピストルの撃鉄を起こし
真っ赤に錆びた刀を引き抜く
ラーフを前衛に立たせておいて
主力は自分が引き受けるぞと後ろに陣取る
それは老練な兵がよく用いる手
次に拍車で馬の腹をしきりに蹴りつけ
踵から踵へ直々伝達
馬に歩調を合わさせる

一方敵も相変わらずの勇み振りで
一戦交えようと進み出る
今や双方至近距離まで近付いて
白兵戦となる気配
先ずはオーシン　ラーフめがけて
石を投げつける　その石は
アイネーアスの尻をめがけディオメデスが投げつ
　けて
怪我をさせた奴ほどでかくはないが[26]
狙い違わず当たれば敵をあの世へ
行かせるほどの大きさだ

あの世というのは天国かそれとも地獄かいずれに
　せよ
再洗礼派の聖徒なら死後に必ず行けるところ
事態は険悪　大胆な従者も恐れをなし
数歩後じさり
そこへヒューディブラス進み出てきて
怖じけづいたラーフを激励する
勢いづいた敵どもの狙うところは
焦らし作戦と見てとって　そうはさせじと
入り乱れての白兵戦も辞さない覚悟で
敵の間近へぐっと近づき
敵の標的とならぬよう
迂回しながら進んで行く
だが胸と胸突き合わす程に近くへ寄るまでは
接近戦で敵どもを攻撃する時
古の練達の兵がしたように
ピストル撃つのは慎重にぐっとこらえる
あっぱれ兵の名に恥じず大胆な騎士は
戦いのこの手順をしっかり守る
その時幸運の女神は（いつものように）気紛れに

なり
ちょっかい出して敵どもの手助けをする
それもそのはず　親友を
しくじらせるのはこの女将《おかみ》にとって大きな恥
コウロンは石を一つ選び　うまく相手に
狙いを定め恰幅のいい
おなかにドスンと撃ち当てた
その勢いで騎士は危うく落馬しかけて
武器と手綱を落としたが
必死に乗馬のたてがみをつかみ
落馬するまいと踏ん張った　さながら鷲鳥が
こときれる時鈎爪をぐっと握り締めるように
騎士は銃に爪をかけ
引き金をぐいと引き
一発バーンとぶっ放す　いかに武勇に誉れある
恐れ知らずのヒューディブラスも
思いがけない時に勝ちを
おさめるのだけは運任せ
この場がまさにそれ　敵を目がけて
あてずっぽうに　撃った弾が
トールゴルの上着を貫き　肩をかすめ
さらに飛び過ぎマニャーノの
真鍮の鎖帷子に突き刺さる
たちまち彼は　「医者だ医者だ」と大声上げて
もんどり打って倒れながら
「人殺し　人殺し　人殺しだ」と喚きたてた
この大声に一軍全員吃驚仰天
もしこの時　騎士が手から武器を放さず
戦いを挑んでいたなら
またもや彼の勝利となり
ラーフさえ打って出ていれば
きっとこちらに軍配が上がっていたはず
しかしラーフはご主人の
怪我の手当が気にかかり
連中が思わずひるんだ
せっかくの好機を取り逃がす
その時ラーフはサードンと接近戦の真最中

(26)『イーリアス』五巻三〇二～三〇七行参照。

死に物狂いの戦いに
いずれが勝つか誰にも分らぬ
際どい勝負であったのだ
やがて息つく暇もない殺戮の技に
兵たちは疲れ果てしばしの休戦に合意して
次の戦いの準備をする
騎士の方もその敵方も
蒙った痛手のせいで
相手に対する憤りを忘れる
そこでラーフは一目散にヒューディブラスへと駆
　け寄った
サードンもまたマニャーノへ
そして各々力強く心を込めた激励で
味方の面々を懸命に勇気づける
「しっかりして下さい　殿様」　ラーフは言った
「復讐心と名誉心　その双方の力を借り
士気を高めて今一度突撃なさい
敵どもは散り散りになって逃げ出しました
勝利の機会をうまく摑み
敵をやっつける心得がおありなら
奴らが一撃を食らった今こそ好機
我々に向かって来る勇気はありますまい
その反対に　カラスどもが火薬の臭い嗅ぎ付けて
飛び去るように[27]　恐るべき勇士からは逃げるで
　しょう
三たび奴らは殿の剣が頭上高く
振り回されるのを見て　三たび逃げ去ったのです
今は怖えひるんでいる奴らが
士気を再び奮い立たせるのを　殿が放っておかれ
　たら
勝ちを得るのに今までよりも
辛い勝負をしなければならなくなるでしょう」
勇敢な従者はこう語る　だがそのことを
ヒューディブラスは素っ気なく聞き流す
彼の頭はラーフの熱弁よりは
さきほど受けた強打のことで一杯だった
その熱弁にヒューディブラスは答えて
「おまえの忠告は遅かった　運命は酷いもの
わしの傷から流れ出て
ズボンの中で固まった血糊から察するに

もはや絶体絶命
死期も近いと思われる
剛毅と智力のいずれをもっても
事をおこせる状態ではない
幸運の女神が不機嫌になり始めたわ
わしの士気を弱めおって
怪我や打撲の一つや二つで
意気阻喪するわしではないが
命が縮まるのは御免蒙る
わしの傷が命取りとならず
名誉ある退却をするために
まだ十分な余裕があるなら
逃げるのが最善策だ　だがもし敵が
逃げる我らを発見し
残された武器を見つけたら
面目もつぶれ危険でもある　そんなことになるく
　らいなら
わしは勇敢に立ち上がり足場をかため
決して臆病者でないのを見せてくれるわ
勇気溢れる退却に
勝る気高い手柄はない
走って逃げていく者こそ
ともかく敵より先んずるからだ」

騎士の言葉を聞いた従者は
骨ばった馬から機敏に飛び降り
強い騎士が不覚にも
落とした武器を掴もうとした
武器は見つかり本来の持ち主の
ヒューディブラスに戻されると
元気な従者は力一杯
急ぎふたたび乗馬の準備
三度上ろうと努めたが
重い尻が災いして
三度後ろへ引き戻された　そしてとうとう
都合よく高くなったところを見つけ
はやる獣をそこへ導き

(27) 当時収穫時のカラスよけに火薬が使われた。

よい位置につけ勢いよく
ふたたびよじ上ろうとした
さてオーシンはトールゴルの
血だらけの肩の負傷に
プロメテウスの薬[28]をつけ終わり
一瞬のうちにマニャーノを
倒した弾を探していたが
ちょうどその時　前述の強い従者が
馬に乗ろうとするのを見ると
治療をやめて武器を取り
大胆不敵　大声をあげ
「今はぐずぐずする時ではない
敵は態勢整えはじめた
傷のない全き者は飛びかかれ
後は運を天にまかそう」

こう言うと稲妻のごとく
怒り狂い急ぎ攻撃へと向かい
敵が馬の背に乗る前に
襲いかかろうと試みた

ラルフォーは馬に飛び乗って
勢いあまり斜めになってしがみつき
鞍に戻り右足で跨ごうとして
体をばたつかせている最中
その時オーシンは突進し　馬と人に
強烈な一撃を食らわしたので
吃驚仰天　獣は狂ったように
暴れ出し強い従者を袋のように
また猛きリチャード王[29]さながらに
背中に乗せて走り出した
とうとう彼は振り落とされて
ひどい打撲傷を受けて失神
一方騎士はいつもの武勇の
残り火をかきたて始めた
彼はズボンに手を突っ込んで
目と鼻の両方を使い
傷から流れ出るものは
血ではなくて黄胆汁だと知った[30]
これと従者の不運のことで
侮蔑の怒りに燃えた騎士は

勇敢にも立ち向かい
もう一つのピストルを引き抜いて
半ば撃鉄を起こしたが
まさにその時サードンが逞しい棍棒で
すさまじい一撃を腕に見舞った
ピストルは落ちサードンは命拾い
そこで　大胆にも押し進み
馬から騎士を引きずりおろそうとした
騎士に残されたのは剣だけだったが
もしオーシンの邪魔がなければ
その剣でサードンの頭を真二つ
少なくとも手足の一本は切り落としただろう
オーシンは槍で騎士の
反対側から手足を打った
だが　時化《しけ》に遭い相刃向かう風に
揺られ痛みつけられ
翻弄されてどちらを向けばよいものか
分からない船さながらに
二人の敵に騎士は挟まれ
どちらが相手か分からぬ有様
オーシンはついにヒューディブラスをめがけ
槍をもって突撃したが　恨めしくも偶然に
打ちのめされたのはサードンで
気を失って地面に延びた
そこで騎士は元気を出して
鐙の上に身を起こし
「勝利！」と叫ぶ　「そのままでいろ
死出の旅の道連れに
すぐもう一人をやっつけてやろう
だが　しばしは休んで一息いれよう」
一息入れるのも悪くはなかった　それというのも

---

(28) プロメテウスは人間に薬の知識を与えた。アイスキュロス『縛られたプロメーテウス』（呉茂一訳）四八〇～四八二行参照。

(29) 戦場で殺されたリチャード三世（一四五二～八五）は、衣服を剥され、裸で馬の背に乗せられた。

(30) 中世の医学でかんしゃくや腹立ちを起こすと考えられた体液。黄色（yellow bile）の液ということで、ヒューディブラスが恐怖で小便をもらしたことを意味する。

オーシンはサードンに与えた傷を心配し
彼の知識で痛みを和らげ
治療しようと走りよった
その間に騎士はぐるっと旋回し
息をつきその次に困惑した敵を
大いに悩ましてやるための
有利な足場を探そうとした
こう決心すると馬を駆り立て
サードンの傷の手当に忙しく
気づかぬオーシンめがけ
全速力で突進した
だがオーシンの素早いこと
傷の手当を早やすませ
用意のできた敵を見て
すっくと立って身構えた
するとずる賢い騎士は
武術に巧みで名人芸の
戦士のようにすぐ馬を止め
従者の介抱をすますのが先
打ちかかるのを控えるのが良策
まずはうまく引き下がり
また好機に恵まれれば
力を合わせ攻撃しようと考えた
この時までに正気に戻ったラルフォーは
ひどい傷にもかかわらず尻すりながら前進した
どこもかしこも手足は無情な
打撲でずきずき痛みこわばっていた
できることなら足で立って
逃げ出したかった　がその時
ヒューディブラスが助けに来た

彼は言う（そしてラーフの名を呼んだ）
「勇気を出せ　最後に勝ったのは我々だ
征服者としてふたたび我らは
勝利と名誉を勝ち取った
敵は打ち負かされて逃げ去った
それも逃走できる奴らのことで
幾人かはこの手であの世へ送り込んだ
ある者はあまたの深手で血だらけになり
大地に延びて横たわる

あのシーザーでもおれのように一日に
勝利を二つも得たとは言えまい
すなわちおれは一日に二度
我レ来タリ見タリ勝チタリ[31]　と言えるのだ
敵の数はあまりに多く
いくら滅ボシテモ失セズ
後に残った奴らが集まり
不意打ちを食らわして
復讐戦に出ぬように
彼らの動きを見張るのだ
さあラーフ立ち上って馬に乗れ
急ぎこの場を離れよう」

ラーフは言う「わたしがもしも動けるくらいなら
こんなところにはおりません
打たれるのを恐れるあまり背を向けたり
後込みしたのでもありません
こんな目にあったのも殿の武器を
摑もうと危険を冒したからなのです
受けた殴打と打撃のために
わたしの体は傷だらけ　手足の力も
抜けました　体を屈めて殿の手で
わたしを引っ張り上げて下さらぬなら
わたしはここに横たわり今逃げさった者たちの
餌食となることでしょう」

「そうはさせないぞ（とヒューディブラス）
書物によれば古代人《いにしえびと》は
敵対者を殺すよりも
市民ヲ助ケル方が立派[32]だと言う
今日は前者によく従事したが
今はただちに後者にかかろう
おまえの宗旨は異なるが
不運なおまえを見捨てはしない」
こう言うと彼の良馬をゆっくり歩ませ

(31) シーザーが紀元前四七年ポントスの王、フェルナケスを破った時に、その戦いを表現したもので、原語は veni, vidi, vici である。

(32) キケロ『義務について』一章二二節。

従者の方に優しく向けた
そして体を屈め手を延ばし
ラルフォーに届いたその時に
不意にトララが背後から
稲妻のように飛びかかる
その時まではマニャーノの傷を探して
彼女は長い間調べていたが
まったくもって探し出せず彼をあれほど
恐がらせた傷はどこだか分からなかった
そこで最悪は過ぎ去ったと見て取って
ついに自分の仕事にとりかかった
すなわちどんな武功の時でも
捕虜の略奪は彼女の得意とするところ[33]
そして今や略奪せんとラーフを襲ったその時に
彼を助けようとヒューディブラスは
過酷な運命を招き寄せた　なぜなら彼が
身を屈め助け上げようとしたその時に
反対側から彼女は彼をうまく狙って
したたか打ちすえ　彼は馬からころげ落ちた

「降参せよ　卑劣な悪党　さもなければ死ね
（彼女は言った）おまえの命と身柄はもらった
だがもし不意を衝かれたと思い
新たに運を試すほど自分のことを
生意気にも偉丈夫だと思うなら
おまえの体に対する権利　すなわち今やわたしが
自由にできるおまえの武器　持ち物を放棄しよう
おまえに試す勇気があるなら
しばらくおまえにおまえ自身を返してやる
今一度あの碌《ろく》でも無い身を
信用貸しにして戦え」――ヒューディブラスは言った
「勇敢なる乙女御よ　立派な申し出
その言葉　真に受けよう
まず立ち上がらせて武器を取らせよ
今日のこの日　敵の部隊の真っ只中を
あれほどしばしば切り進んだこの武器は
何人かをあの世に送り込んだが
今やか弱き女と手合わせさせられ
名誉にならぬ恥ずべき血[34]に
染まれば頬を赤らめるだろう

だがもしもわしの忠告を聞くならば
ささいな力で刃向かって
勝者の道を妨げることがいかなることか
今のうちに考えるのだ
なぜならわしが勝った時には
（そうなることに決っているが）
そのような場合の戦いの掟によって
おまえには慈悲や助命は許さない
その両方を惜しみなく今やおまえに差し出そう」

（彼女は言う）「軽薄で愚かな奴め
（手で尻をぽんと叩きどの程度
彼の言葉を評価したかを示しつつ）
敵からの助命や忠告なんて願い下げ
もしもおまえにできるものならやってみろ
だが今度おまえの首級を挙げた時に
仮眠中に不意を打ったと
ふたたび言われては困るから
武器を取って　心して防御にかかるがいい」

こう言うと彼女は得物を取り上げて
轟きわたる剛打をば
ぐいぐいしっかり打ち込んだ
尻を落として騎士は後退
女は言う「行くよ　嫌なら降参をおし
お尻突き出して戦うようじゃこの急場
凌げはしないよ」騎士はムッときて危険を忘れ
既に受けたのこれから受けるの　打撲も忘れた
その打撲のせいで
もうふらついていたのだが
名誉　屈辱　復讐　恥辱　みんな一緒に
胃の腑に寄せ来て燃え上がる
そこで腕をば頭上に挙げて
恐ろしくも重厚な打撃を雨霰《あめあられ》とお見舞
あたかも女をたちまちに

（33）一部トラのモデルになっているウェルギリウス描くカミラも死者を略奪する（『アエネーイス』一一巻七八一〜七八二行）。
（34）『アエネーイス』二巻五八三〜五八四行参照。

細切れにしようという様子
だが彼女は棍棒でそれを受け
はすに流して力をそいだ
たっぷり利子つけてお返しをと
機会を待っていたところ
しかもたいして待たずにすんだ
というのも騎士は
必殺の一撃で勝負をつけんと決心したが
素早くも女が
巧いフェイントでかわしてしまうと
かけた重みと力があまって
よろめいてあわや転倒　女はたちまち
有利と見てとりさっと追い付き
ぐいと突き出した一撃を
重みをかけてうち振れば
彼は脇腹抱えて横たわる
その胴体に馬乗りにまたがって
女が言うには「空威張りしているとどうなるか
言っといたはずだよ下衆のカス
さぁてお言いよ　戦いの掟によって私の方が
慈悲を乞い助命嘆願するのがいいかい
剣を血で汚すより名誉を食言で汚すのが
お前さんにはいいのかい　それじゃあ
戦士のくせに卑劣にも誓いを破って
本分を汚したことになる
戦う前は冷酷にも
助命しないと誓ったあんたさ
いまあべこべになってみりゃ
私は嫌でも助命されちゃうと言うんだね
どうしてわたしを刃にかけないで
卑怯にも自分の言ったことから逃げるのさ」

ヒューディブラスは言う「勝ったはそなた
そなたとそなたの運勢がわしを負かした
我が勝利の月桂樹は引き抜かれ
勝利者たるそなたの額で茂っておる
わしはもう十分不名誉を蒙ったので
そなたが嘲笑を加えるには及ばぬわい
いやみを言ったとて失われた我が勲が減るでなし
そなたの名誉が曇るばかりだ

時はいま我に利あらず
『倒れし者さらには落ちず』だ[35]
古の英雄たちは柔和であって
負かした敵に優くし
威張らぬところが立派であった[36]
鋭どかったのは剣であって口ではないぞ
戦ったのも　自分が礼に篤《あつ》いところを見せる場を
作っていたに過ぎんのだ」

トララは言う「妄言痴呆め　あんたなんか
勝てば私にしてやると誓った仕打ちを
自分で受けるのが
お似合いなのさ
でも　あんたに仕返しするよりは
私の評判にふさわしく振る舞ってあげる
あんたの武器と自由
それに身につけたもの一切合切
戦場の掟によって私の物だ
それについちゃ藁《わら》しべ一本負けられない
残るその体と命ばかりは　二重抵当じゃあるけれ
ど
もう一度返してやるよ」

ヒューディブラスは言う「いまさらわしが
交渉だの取り決めだのは手遅れだ
そなたの命に従うほかない
だが本日わしがやっつけられたそちらの勢を
わしは放免したのだぞ
犬どもや熊も含め　従順の誓いを立てさせて
生命と自由を与えてやった
戦いで捕えた連中であるのだが」

トララは言う「あんたと連中
どっちがどっちを追い散らそうとどうでもいい
でもクロウデロを助命したのは

(35) ラテン語の諺。チャールズ一世は死刑になる少し前に逃亡を勧められると、この諺を繰り返した。
(36) 征服した敵に憐れみを示すのは、ストア派が説く美徳の一つであった。

トララに打ち負かされたヒューディブラス

あんたじゃないかい
鉄の縛め受けたクロウデロをあんたは
卑劣にも枷に放りこんだ
彼は肚の寛い人なのにまだそのままで
悔しさと憤りで断腸の思いをしているわ
死に損ないのあんたの体をカタにして彼を受け出
し
あんたを身代わりにしてやろう」(37)

こう言われると騎士はただちに従って
武器をば彼女の足元に置いた
ついで上着を脱ぎ棄てて
それと自分を差し出した
彼女は受け取り
自分のマントをただちに脱いだ
「これを取って　私のために着ておくれ」
嘲り言って騎士の厚い背中に投げかけた(38)
かつて我らが征服したフランス人どもが
いまでは我らの長ズボン半ズボン
ひだ飾りに膝飾り
かつらに羽飾りはこうあるべきと定めるごとく
嘲りながら驕る乙女は
ヒューディブラスの衣裳を決めた

いっぽう他の戦士たちは
戦の急場に散っていたが
トララが勝ったとき全員到着
名誉と戦果を分かちあい
ヒューディブラスの生身に
存分に仕返ししようというわけで
そいつにいまにも棍棒の雨を
降らさんとした
ところにトララが我が身で割り込み
もう一度騎士に馬乗りにまたがって
頭上に剣を振り回し

(37) トララの決定は騎士道の掟に適っている。
(38) アマゾンの女王ラディガンドも、征服したアーティガルに女の服を着せている。(『妖精の女王』五巻五章二〇行)

我が誓約をお前たち破るべからずと言い切った
彼女が彼を助命したからには
それを守るのに自分の血であれ彼らの血であれ流す覚悟
戦いの掟によって彼女には
彼がこれ以上危害を蒙らぬようにする義務ありと言う
深き牢獄にクロウデロは　ヒューディブラスに投げ入れられたまま
まだ窮屈に横たわる
硬く無慈悲な石壁に向かい
彼の偉大な心は永遠に嘆き続けている
ヒューディブラスは身代わりとなって
彼をその身で受け出さねばならぬとトララは決める
この決定で皆の怒りもおさまって
ヒューディブラスに迫っていた打擲《ちょうちゃく》の恐れもなくなった
彼らが思うには　彼女が戦いで得たものは
彼女が好きなように仕置きするのが
正しくもあり当然だ
クロウデロは解放されねばならないし
彼女が自分で決めたより見事に
やれようとは思われなかった
まったく誰がより良い案を出せたろうで　これでゆこうと衆議一決
まずは騎士と従者を
倒れているところから起き上がらせて
馬に乗せたが
顔は尻に向けさせた
オーシンがヒューディブラスの馬を牽《ひ》く
トールゴルが牽くのはラルフォーがずしんと乗った馬
これに頑健なマニャーノと勇敢なサードン
さらにコウロンが護衛となって
みんなでトララを先導し　トララはその殿《しんが》りに
捕虜二人の武器をもってつく
この整然たる隊列で意気揚々と
彼らはかの魔法の城へ辿り着こうと

行進を開始した　そこにこそ頑健なクロウデロは
動きもならず拘束されて横たわる
その行進の速度たるや
打ち従えた敵を晒しつつの凱旋行列よりも
また熊いじめ一行や山車見世物が
市長の前を行く時よりも速かったので
いかにも兵士らしく隊列整え
戦にも呼集にも間に合う様で
いざ戦わんの体で行進しつつ
彼らはたちまち到着した
まず騎士と従者を馬より下ろし
砦へと軍勢を向け
一斉に前進して魔法の砦を
ぐるりと取り巻いた
マニャーノがこの壮図の先手となって
他の者のために侵入口を開いてやった
というのも彼は砦を築いた奴に負けず劣らず
黒魔術に熟達していたからだ
鉄の棍棒で突破口を平らにならすと
ただちにそこから皆が入って
クロウデロが木の牢獄の中で
地面に横たわっているのを見い出した
屈辱の拘禁から彼を解放して
ヴァイオリンとそのケースと
さらには自由を戻してやった
自由によって怒りの渇きを甘き復讐をもって癒す
　よう
だが彼が自由になるが早いか
トラがその場を引き受けて
クロウデロが閉じ込められていた牢獄に
騎士と従者を閉じ込めた
狭い魔法の館に呪文で封じられ
お互い打擲と拘禁を嘆きあいつつ
悲しみを知るがいいと
ふたりをこの惨めな穴ぐらに置き去りにして
彼らはやって来たと同じ隊列で
行進を開始　立ち去った
だが運命に屈したり　意気阻喪した
と言われるのを潔しとしないヒューディブラスは

詩の断片と哲学者たちの格言で
我と我が身を励ました
彼は言った「人間の半分つまり精神は
他の半分がどう思おうと
拘束されぬ成人で
足枷台にはめられないのだ
人間を囚われの身としたり解放したりするものは
拘束や自由ではなくて
精神にとりつく
混乱や平静なのだ
自分が征服できる世界はただ一つだけだと
アレキサンダーが泣いたとき[39]
彼にとって全世界は
ディオゲネスのちっぽけな桶程の
大きさもなかった[40]
ディオゲネスは（わしが読んだ限りでは）
桶がもう一つないからといって
めそめそ　わあわあ　しくしく泣かなかった
古の人々は英雄精神には
二種類の勇気があるとした

能動的勇気と受動的勇気だ[41]
両者ともヒトシク勇ましい
戦いでは一撃を与えるのも受け止めるのも
共に等しく必要だからだ
だが敗北の時にはつねに受動的勇気が
勝者たる敵を向うにまわして
必死に耐え忍ぶゆえ
能動的勇気にまさるとされておる
我らはあざだらけ　もしくは
庶民流に言えば棍棒で殴られているが
勇気をもって戦う者は
打たれても名誉を失うはずはない
名誉は来世のための賃貸契約書
法律上の保有者が
差押えたりはできないのだ
戦いで没収されることもない
戦場で殺された者が
名誉の床に横たわるというのなら
殴られた者は一段低い仮寝台に
横たわると言えるだろう

なぜならちょうど太陽が光いっぱい
澄んだ空に輝き崇拝される時よりも
日食の時の方が
人間によってよく見つめられるように
勇気も負けた時にこそ
最も賞讃され瞠目されるのだ」

ラーフは言う「殴られて
私たちがどれほど偉くなったかは存じません
でも私たちがここに座るのを見て誰も
ことさら知恵があるとは思わないでしょう
賜物豊かな兄弟たちが
現世の砂時計で時間を計って説教するのは
『光』は彼らに語るべき事は
伝えるけれどその分量のほどは
言ってくれないからですが　それと同じで殿は
突撃はよくご存じでも撤退をご存じない
熊と野次馬を征服し
名誉をもって勝ったと思われたのに
名誉を二度も証明しようとは
阿呆か子供のすることです
長老派の熱意と知恵にふさわしい
りっぱなお手柄です」

ヒューディブラスは言う「ラルフォーよ
お前はいつも間抜けな口調で同じ事を繰り返す
お前が何かの悪口を言う時には
長老会を物差しにして
その背たけをまず計り
どの程度それが異教的かを説明しておる
お前の（何と言ったかな）そらお前の
『光』と一致せぬものなら何でも長老会的と言い

(39) アレキサンダーは、無数の世界が存在するというデモクリトスの説を聞いて、自分が征服したのは一つだけだと言って泣いた。

(40) キケロによれば、ディオゲネスは自分には欲しいものがないのに、アレキサンダーは満足することがないので、自分のほうが勝っている、と時々アレキサンダーに言った。

(41) ストア派による区別。

おる
まるで長老会が　中傷されるべきものを
計る基準であるかのごとくだ
覚えておらぬか今日お前は
ずうずうしくもわしに面と向かって
熊いじめが長老会と同様に
正統で合法であることを証明できると言ったのだ
ぞ
できるならやってみろ　わしは否定する
お前の『光』すべてを使ってやってみせろ」

ラルフォーは言う「頭に中身があり
やってみる値打ちがあると思う者には
それをやってみるのは
さして難しいことではありません
でもやれとおっしゃるのでしたら
私にはやるに足る『光』があることをお見せしま
す
長老会は不思議な熊いじめの場所でして
長老　代理　執事たち
および会議の他のメンバーたちが
この邪悪な遊びを運営します
議長と書記と熊使いとは
名目上異なるのみ
双方共に集会で　現世的人間と熊と犬の
種々な集会なのです
双方共に反キリストの集会で[42]
力の限り堕落に向っています
一方は人間との　他方は獣との猛烈な戦闘で
双方共に棒でとめたり尻尾を摑む
違いといえば一方は舌で戦い
他方は歯で戦うことぐらい
こちらは熊のみをいじめるのに対し
あちらは魂と良心をいじめます
聖徒たち自身が福音の光と良心のゆえに
杭にくくられ
マスティフ犬と野犬にではなく
書記と長老たちに晒されます
人間の魂めがけて襲いかかる

彼らは犬よりも非人間的
これはかの預言者に顕れたことでした[43]
彼は幻のうちに熊を見て
この後の世の教会政治の
獣的狂乱を予示しました
それは法王の教書に
噛みついた人が書いている通り[44]
生来熊は猛獣で
強奪によって生きていますが彼らも同じこと
彼らの階級　教会令
有罪宣告　呪い　罪の赦しとは
哀れな信者を杭に縛るために
勝手に作り上げる鎖に他なりません
それから彼らは犬の代わりに
異教の役人を耳にけしかけます[45]
なぜなら禁じておいて免除し
罪を見つけ　あるいは罪を捏造し
地獄と天国を処分し
好きなように魂をもてあそび
好きなように性格を型にはめ
罪あるいは信心に罰金を科し
強奪　神物冒瀆　殺人により
教会を福音許可証にしてしまい
地区長老会を至高のものとし
王たちすらも従わせ
すべての人々を良心に反して
むりやり聖徒とすることは
聖徒が専売になる時には[46]
かなり儲かる商売にちがいありません
信心深い詐欺と聖なるごまかしが
神の摂理による行為となるときは
信心は単なる商品となり

(42) ラルフォーはここで、長老派政治に対する独立派の主要な反対理由を表明している。
(43)『ダニエル書』七章五節。
(44)『法皇の牛をいじめる』(一六二七)の著者ヘンリー・バートン。
(45) 信仰上の罪人を世俗権力の役人に引き渡すこと。
(46) この批判は、国教会およびピューリタンの他の派の反対者たちによって、長老派に向けられた。

すべての地方長老会は市にすぎなくなるのです

地方長老会は宗教裁判所の子[47]
よく似た破滅の雑種です
そして成長して書記　委員　審問官の
父祖となりました
その仕事というのはずるい策略により
人々の『光』の天宮図を描き
鬚と顔の線の中に
『恩寵』の人相学を見い出し
そして人々が壷をたたいて試すように
鼻から出す音と声で
内側すべてが健全で
罪のひびや割れ目がないかどうかを暴露すること
　です
彼らは霊的召命を明らかにするために
福音弁護士たちがかぶる
白縁のついた黒帽[48]で
内なる『光』をあててみせます
首に巻いたハンカチーフは
（スメク公認の首巻きです[49]
スメクが教会と国家に火をつけたとき
この慣わしができました
そして霊の戦いを戦う者たちの
しるしとして身につけられたのです）
再生が最新流行の型かどうかを
正しく判断いたします
『恩寵』が支配を根拠とするとは[50]
たしかに正統な意見です
偉大な敬虔は傲慢のうちにあり
支配するとは聖別されること
肉体と魂の両方を
欲しいままに支配するのは
教会政治の最も完全な規律であり
正しい聖職者によるものです
ベルと竜の祭司たち[51]の方が
彼らよりはるかに節度がありました
彼らは（かわいそうに）妻子たちに
肉を与えるため喜んでごまかしたのですから
だがこの連中は口先でごまかされたりいたしませ

ん
富と権力ないときは
流血　荒廃ものともせず
それを国の心臓からもぎ取ることでしょう

たしかにこれらの者たちは　古代異教の
祭司職に端を発します
その時には　屠殺人だけが聖職者
長老　教会世話役の役目を果たしておりました
彼らの金科玉条は「殺せ」の一言だったのです
今でもそうだと考える者も巷にいるのです
唯一の違いは何かと言えば　当時屠殺されたのは
獣だけだったのに　今は人間だと言う点です
当時小さな雄牛をいけにえとして殺したり
時には人の子供までモレクに捧げていたことに
眉をひそめる今日の長老会の人たちが
国民まるごとぶち殺すことには平気の平左という
　わけです
地区長老会というものはただ単に法王権を
自由国家に持ち込んできているだけの話です
いわばカトリック制度の共和国
そこではすべての村落がローマ同様法王領で
十分の一税を貪り食ういじきたない大主教を
養い育てていかなくてはならない仕組みになって
　います
そこではすべての長老と執事が
チーズとベーコンの鍵を握っているのです
そしてすべての小村を支配するのは法王猊下

(47) 反長老派の著者たちによってよく書かれた比喩。
(48) 長老派牧師が頭にかぶったもの。白い縁なし帽の上に、わずかに短めの黒い縁なし帽をかぶった。
(49) スメクティムニューアスは、五人の長老派神学者の頭文字から成る合成名。この名前の下にホール監督への反論『「つつましい抗議」に答える』(一六四一)を出した。
(50) 「統治権は恩寵に基づく」という概念は、おそらくウィクリフによって最初に定義された。
(51) 「ベルと竜の破壊の歴史」は外典に含まれる。祭司たちは妻子とともに偶像に捧げられた食物を食べ、偶像が食べたことにした。

すなわちいったんその地位に就いたなら
グレゴリウスやボニファティウス(52)より
苛酷で厳しい教会の頭《かしら》と呼ばれる人なのです
(たしかに) こんな教会は多くの頭をつけている
怪物としか思えません　もしわれらが
『黙示録』に書かれたことを
著者である使徒の意向に従って読み解くならば
これこそがバビロンの娼婦が跨がった
多くの頭をつけている例のもの(53)のことなのです
その頭は罪深き族《やから》の象徴です
すなわち執事に牧師に平長老そして律法学者です

平長老というやつはレビと手を組むシメオン(54)で
あいつの小さな指一本は　族長あるいは法王や
王権握る高位聖職者や俗なる主教の腰よりも
重いとされているのです(55)　この狂信者の正体は
雑種であり　いわば異種の混血です
上半身は聖職者　下半身は平信徒
リンネルとウール混合服着用の掟破り(56)の同胞《はらから》
半分はある階層　もう半分は別の階層
水陸どちらにいる時も生きていける被造物
地にあっては獣類で　水にあっては魚類です
恩寵あるいは罪悪を食い物にして生きてます
外から見れば羊でも　一皮むけば狼です
この人でなしの審問官が率先し
あまねくこの世の人々の信仰と品行を
支配している有様です　日の粗い篩《ふるい》にかけて
他人様の『賜物』を傍若無人に吟味して
やれ偶像崇拝だの　やれ無知蒙昧だのと
聖徒に向かって宣告する権限を持つのです
自分の胸の思惑と帳尻合わない志を見せた者は
けしからぬ生き方をしていると言うのです
平長老は手ずから『賜物』を授けます　そしてまた
長老教会工場の製造直売品である
光と恩寵という品をどんな馬鹿にも与えます
牧師というのは他でもない　彼の手仕事慣れをした
前足が作った手作り細工　牧師に聖性を注ぐのは
その前足が触れることによってです
それで牧師は選ばれし器として世に出ます

ハシカと一緒で　接触するからそうなるのです
法王が新たに着任する時は　枢機卿が手を伸ばし
あれをまさぐるそうですが　結局それと同じで
　す」
「待った　待った」とヒューディブラス「『とろ火
　が
モルトを旨くする』と言うが如し　良き従者よ
ユックリ急ゲ　急ぎすぎてはいかんのじゃ
せいては事を仕損じる　と諺にも言うではないか
お前がまくしたてている屁理屈と言いがかりは
間違いだらけ　誤解に基づくものなのじゃ
お前をその誤謬の重荷とともどもに
論駁《エレンコス》へとこのわしが連れ戻して進ぜよう
お前自身が行った議論に筋道つけながら
然るべき論理学的形式に沿って教えて進ぜよう
阿呆陀羅教《あほだらきょう》的大風呂敷にお前が見切りをつける
　よう
正鵠を得た推論をわしが駆使してやるからな
肝腎要の本題をお前が把握し理解できるよう
論理学教則ニ従イテ　わしが論じて進ぜよう
さて本題を最初に陳述するならば
一体　地方長老会と熊のいずれがより優れ
いずれが最悪かということだ　わしは熊が
最悪なりと明言し　お前は長老会こそそうだとす
　る
しかしながら　自分の主張を守るため
両者は実は全く同じもの　とお前は申しているの
　だぞ
そうならば『最悪』などとは申せぬはず　なぜな
　らば
両者が同一デアルならば　等シキモノヲ等シク与

(52) 両者とも法王の典型的な名前。恐らく、グレゴリウス七世（一〇二五～八〇）とボニファティウス八世（一二三四?～一三〇三）を指すものと思われる。
(53)『ヨハネの黙示録』一七章三～八節。
(54)『創世記』四九章五節。
(55)『列王記上』一二章一〇節。
(56)『申命記』二二章一一節。

フルはず
換言すれば　両者が同じものならば　当然
いずれが優れ　いずれが劣る　とは言えぬのじゃ
だがわしは両者が同じものとはつゆ思わぬ
蛆虫とわしが同じでないようにだ
両者が共に動物《アニマリア》であるということに関しては
わしも認める　だが理性的動物《ラチオナリア》とは言えぬわい
両者は共に属においては同じだが
種における相違があるのは明白じゃ
『我が馬はソクラテスなり』と言えぬように
熊が理性的動物だなどとはとても言えぬ[57]

地方長老会はまた熊いじめの場所でもある
とお前は確言しておるが　否とわしは答えたい
手短かにかくの如く論証しよう
譴責　呪詛　赦免　任命に関しての
権限を有さぬ集会は　いかなるものであろうとも
長老会とは言えぬのじゃ　熊いじめの場所には
左様な力はありはせぬ　ソレ故ニ長老会でもありはせぬ

お前の詭弁はこのように論破されたという訳じゃ

だがお前が最初に議論を吹っかけ提起した
本題からは少しはずれてしまったな
一体熊が長老会の人々よりも優れているか
ということだったが　認ムル事能ワズ　とまず言おう
熊は畜生　長老会々員は人である　ということは
あまねく世人の認めるところ　ならば人が優れておる
熊と犬は畜生で　足を四本とも使い歩いておるが
長老会の人々は二本の足で立っておる[58]
たしかにこれらのものは皆　歯も爪も生やしている
しかし長老会の人々に尻尾があるか確かめてみい
ごわごわもじゃもじゃした毛が
長老の皮の上に生えておるなら見せてみい
あるいはまた　長老の大鼻とおっぴろがったあの耳が
熊についてる鼻や耳と勝負になるなら言うてみい[59]

熊というのは獰猛な畜生であり　全ての中で
最も醜く不自然な生き物なのだ
生まれた時は形もなく　母熊がなめてねぶって
熊らしい形に仕上げていくものである
だが長老会の人々がなめられねぶられできたとか
自分自身の意志及び好み以外の何らかの
やり方で育まれたなどということは
どんなにお前の『光』を用いても証明したりでき
　ぬはず

だがさらに　お前は次の点においてもまた
自家撞着と常識無視をしておるぞ　すなわち
あたかもお前は長老たちが熊と犬と
熊使いの同類かのように言っておる
畜生と人を混同した噴飯もののキマイラ[60]の如き妄
　想じゃ
自然において　同一ナル主題ノモトデ
決してこれまで出会ったこともないような
異質なる物事が組み合わさってしまっておるわい
お前が示したその他の議論はこれすべて
仮説に依拠する前提にすぎず
単に感情に訴えるのみ　容認するのも
否認するのも　我らの腹づもり一つで決まるのだ
お前が言った多くのことは　いつどこで他人から
お前が剽窃したかわしが知っていることばかり
（そのことからも　お前の『光』や賜物がほとん
ど
盗作からなるごまかしであることは明白じゃ）
以前わしと論じた際　わしの頭を殴りつけ
わしの髭を一つかみむしり取った
ランター[61]が言った台詞と瓜二つ
このような問題を論じて頭に血がのぼり

(57) アリストテレス『トピカ』一巻七章及び八巻一〇節。
(58) 同書五巻一章及び六巻三章。
(59) プリニウス『博物誌』八巻三六節。
(60) ギリシヤ神話の怪獣。ライオンの頭、やぎの体、竜または蛇の尾を持ち口から火を吐く。
(61) ピューリタン革命期の急進的な宗派の一つ。

激して　わしとランターが喧嘩した時
聞いたのと一言一句違わないそのままの言いがかり
その時わしが答えたことをお前もよもや忘れはすまい
それがそのままお前への答えにもなるはずだ」
ラルフォーは答えて「殿がおっしゃっていることは
人文学の学問の濫用でしかありません
学問といってもそれは脳味噌に張りついたクモの巣で
冒瀆的で誤りばかり　虚しいものにすぎません
単なる知識の取り引きで　他の職種の取り引きと
何ら変わる所なく　詐欺やごまかしだらけです
賜物と知性の邪魔をするだけで
どちらも何の役にも立たぬものにする技芸です
サウルの胴衣を身につけた幼いダビデのように[62]
『光』を動けなくしてしまい困惑させてしまいます
スコラ学者が他の人と自分自身の
理性の上にかぶせたいかさま仕掛けです
荒唐無稽と無知蒙昧の二つのものを
かくまうためにある誤謬の砦と言えるでしょう
議論に際して術策弄し　平明極まりないことを
混乱させて複雑怪奇なものにして
真理に至る全ての道を　通行できない
迷路にしてしまういかさまです
古《いにしえ》の規則にピタリと合致せぬものは何であれ
分別と『光』に敵対するものと決めつける論法です
各大学での議論では　規則は真理から作られず
真理が規則から作られるかのごとくです
異教的にして邪教的なこの創案は
論争以外のことには一切役に立ちません
ちょうどこけおどしの闘いで振り下ろす
剣がいつも円型の盾に狙いを定めているように
人が議論をする際にも　交わす論争の
ほとんどが学術用語に振り注がれて

目も綾な大言壮語のがらくたが使い尽くされ
最後にやっと論題に取りかかるという始末」

ヒューディブラスが答えて言う「我が友ラーフ
とうとうお前は勇み足　土俵を割ってしまったぞ
というのも　お前が言っておることは
別の新たな論点じゃ　偽りにしてかつ無意味
しかし先の論点とは真っ向うから対立するもの
黒と白が異なるように　全然違うものなのじゃ
単なる支離滅裂ニシテ異質ナモノ　前者は
長老教会に　後者は人文学に関わるもの
あまりに異なる二物であり　トンチンカンの
お前の妄想においてしか決して出会わぬものなのだ
だが推論を用いてそれをお前に示すのは
いつかまた今いるここより適当な
場所を見つけて　ふさわしい機会が来るまで
お預けじゃ　だから今日はこれでやめて
少しの間　我らの疲れた四肢を休めよう
他の仕事ですっかりと疲れ切ってしまったからの

う」

(62)『サムエル記上』一七章三八～三九節。

第二部

第一篇

梗概

騎士は足枷《あしかせ》をはめられて投獄の憂き目
最後の遠征は不運な結果となる
愛の神は訴訟を起し
ヒューディブラスを告発する(1)
騎士は貴婦人の訪問を受け
巧に言い寄るが　彼女は取り合わない
だが恭順宣誓をした上で
魔法のかかった牢獄より騎士は彼女に身請けされる

さて騎士物語の掟に従うために
錆ついた剣をひとまず鞘に収め
殴打　切り合い　傷手と言った
不快で耳障りな音を
愛の神のやさしい囁きに変え
読者を一服させることにしよう
その間に前口上を述べるのも
せいぜい簡潔にしてみよう
作家どもが飽きることなく奇抜なことを書こうと

(1) ヒューディブラスが恋に陥ることを指す。

　も
人一人を驚かせるに足らないが
人皆を呆れさすには充分で　相も変らず
同じ事を同じ様に　と言わせるほどだ
ある物書きは女とみれば誘拐させて
疾風のごとく騎士に後を追わせる
また別の物書きは騎士を皆
嫉妬に狂わせ正気を失わせる
魔女同様に女の血が流れれば[2]
騎士の狂気はたちまちおさまる
傷口の膏薬をはがすのが
艶事を成就させる常套手段[3]
手足の不自由な者が施しを受けるように
その様にして女を手に入れる騎士がいる
地理を無視して
ある場所を別の場所へと無理矢理変えて
前の時代と後の時代を握手させ
昔に起こったことを後に持ってきたりする作家が
　いる
韻を踏ませて書く奴は相も変わらず
別の一行のためにもう一行を作り上げる[4]
一行は意味のため　もう一行は韻のため
ただの一行で充分なのに

だが忘れていた　囚われの身の騎士殿を
なんと悲しい状況に　そのままにしてきたかを
さらには哀れな姿の従者よ　共に体に傷を負い
魔法をかけられしっかり拘禁されたまま
論争にもラテン語のおしゃべりにも
殴打にも熊いじめにも飽きて
知恵をしぼり力を尽して我が身を自由にしようと
　しても
最早や全く見込みはない
騎士の唯一の慰めは
惨めにも今や運命はどん底ゆえ
この運命がすぐさま終わりを告げるか
再びくるりと一回転　事態が良くなるに違いない
　ことだ
けれども騎士は　これまで同様
この度も期待はずれと思い知る

背が高く脇腹の長い（だがとても身軽な）
女がいて「世評」(5)と呼ばれているのだが
細長いカメレオンのように
空気を糧とし言葉を食らう
両肩には垂れ下がった袖のような翼があって
この翼は詩人好みの沢山の
耳　目　口で一面裏打ち
深遠な神話学者が仕上げをしたもの
女はこれで空を飛び
東方の伝書鳩(6)さながら手紙を携え
時には真実を　だがたいていは嘘を運ぶ
はるかな国からメルクリウス(7)と
規制は受けても嘘を書く日刊新聞をぶら下げて
国中に嘘を撒き散らす
大いに砥石(8)の使用を増やして
国中の砥石の値打ちを下げてしまうのがその狙い
首からは郵便かばんをぶら下げて
新しいのや古い便りをいっぱい詰め込む
死んでいるのに歩き回った男とか
化物牛の出産とか
鳥の卵ほどもある雹《ひょう》とか
八つ足の子犬とか
少なくとも六　七人が目撃した
西の空の箒星《ほうきぼし》などの便り
「世評」は正反対の音色を持つ
二本のトランペットを吹く
両方ともを一息で吹くのか
一方を先に　他方を後に吹くのかは分らない

（2）魔女にとらわれた男は、彼女の血を抜くと自由の身になると信じられていた。

（3）傷口を見せて恋人の同情を引くロマンスの常套。

（4）二行連句で押韻するために。

（5）「世評」の描写はウェルギリウスの「風聞」による。（『アエネーイス』四巻一七三行以下参照。）

（6）ペルシア湾沿いの地域で旅人が情報を伝えるのに伝書鳩を使ったことへの言及。

（7）当時の新聞でメルクリウスと呼ばれるものがあった。メルクリウスは神々の使者で、商業・盗賊・雄弁の神。

（8）晒し台上の悪名高い嘘つきの首に砥石をぶら下げる習慣があった。

苦難に陥ったヒューディブラス

ただこれだけは言える
一方は不快極まりない音色　他方は心地良い音色
そこで下品な物書きどもは
後者を名声　前者を悪評と名付けている

ヒューディブラスの身にいかなる災いが降りか
　かったのか
この口軽の「うわさ話」は先刻承知だ
よりによってあの性悪寡婦の耳元に
意地の悪い便りをまっすぐ運ぶ
人混みの中を女衒が荷車で運ばれる[9]のを見て
あるいは美しい葬列が重々しく
陰鬱に進むのを見て
デモクリトスは笑ったが[10]　それにもまして
脇腹ばかりか背中までも張りさけんばかりに
女は大笑い
こんな機会を逃がすものかと
苦悩の騎士を訪問しようと誓う
これも隣人としての務めを果たし
苦労している騎士の噂を撒き散らすため
木造の牢獄の晒し台から降ろし
足枷を外し
捕虜交換　恭順宣誓あるいは身代金により
魔法のかかった牢獄から男を解放しようと
決心し　かぶりもの　お付きの者など
女性の外出時の必要品を用意させ
さらには　すらりとした
若い女官にもお供をさせて
牢に幽閉されている騎士を見つけに
出で立ち整え女は出かける
ほどなくして女は騎士と勇敢な従者が
閉じ込められているのを見つける
両者は右の後足[11]をともに
魔法のかかった鎖でくくられている
尻をついて腰を下ろし

(9) 罪人を運ぶ時の習慣。
(10) ユウェナーリス『諷刺詩』十歌三三～三七行参照。
(11) 馬に喩えられている。実際はそれぞれ片足を一つの足枷で拘束されている。

騎士はふさぎの虫にとりつかれた人の様に
頭を両膝の間にはさみ
両手を両耳に当てている
騎士のすぐそばに片足を繋がれ
ラルフォーが苦しげにぴったり並ぶ
使い魔が恐ろしい姿で
降霊術師を訪れるように[12]
木造の魔法の円に閉じ込められた
騎士を　女は不意に訪れる
騎士は女の姿を見たとたん
たちまち頭に血がのぼり
面目無さにかっとなる
こんな所でこんな姿を見られるとは
首をうなだれ　しかめ面
梟《ふくろう》のように目をぎょろつかせる
彼女が話しかけると
頭はくらくら
「ここは（と女は言う）魔法がかかり
罪を犯した亡者がさまよう所と聞きます
亡者は犯した罪が清められるまで
ここで鎖に繋がれ鞭打たれるとか
ご覧なさい　私がどこかで見かけた人に似た
二人の亡者[13]が見えてきました
大きな材木や柱を見て
皿の様な丸い目と角を持つ
幽霊　妖怪　お化けと思う人がおり
悪魔が太鼓をたたくのを聞いた人もいます[14]
でももし私たちの目が　歪んだ顔を映し出す
偽りの鏡でないならば
あの顎鬚《あごひげ》とこの私は　あの顎鬚が
魔法にかかる以前からの知り合いです
つい先程一戦交えてきたみたいに
幾分形は変っているけれど
あの顎鬚は立派な騎士様のものでした
どうしてこんな悪鬼の顔に付いているのかしら」

ヒューディブラスは女が
顎鬚を親しく認め
顎鬚にもその持ち主にも
非常な敬意と礼を尽くして話すのを耳にして

出来る限り顎鬚の上の顔を
立派に見せるのが一番と思い
こう語る「奥様　あなたの
明るく輝くその目に狂いはありません
この顎鬚はあなたが知っているのと正に同じもの
正真正銘同一物で
悪魔や小妖精ではなくて
まさにその持ち主が付けています」

女は言う「一体こんなことってあるのかしら
あなたの個性的なお鬚ではなく
あなたのお国訛《なま》りとお話から
これはあなたではないかと心配になり始めました
あの方は相手が人でも獣でも　御自分の考えを
下品な言葉で話されたことはありません
でもああ　なんという不運の星が
あなたをこのような悲しい目に会わせたのです
　か」

騎士は答える「戦の運不運は
さほど辛くはない
それよりもこんな無様な顔と顎鬚を
あなたに見られる方が辛い」

女は言う「それらを恥じる必要はありません
名誉の負傷を受けられたのですから
もしも戦に破れた者が
顎鬚を残していてもよいとして
あなたのはひどく引っぱられむしり取られてはい
　るけれど
それが刈り込まれ　糊付けされ　洗われ
ロシアの基準に則って真四角に刈られた場合[15]より
　は

(12) 一部二篇一一四三行参照。
(13) ヒューディブラスとラルフォーのこと。
(14) 一六六二年四月ジョン・モンペッソンの家に出没した太鼓たたきの幽霊への言及。
(15) ジェイムズ一世、チャールズ一世時代にはしゃれ男は鬚の手入れを怠らなかった。またロシア人は長くて幅の広い顎鬚を良しとすると考えられていた。

あなたの御顔を一層引き立てております
ぼろぼろの顎鬚は引き裂かれた軍旗です
ほころびが多いほど見事なもの
あなたの肩のペティコート[16]でさえ
あなたの鬚ほど戦士にはふさわしいものではあり
　ません
顎鬚が先陣を切り肩は殿《しんがり》にいたとはいえ
あなたの肩はひどい仕打ちを受けたようす
尊敬すべき友人が
こと志と異なって　晒し台にかけられて
そんなにも傷を受けられたとは
私の心が痛みます」

ヒューディブラスは言う「この痛みというもの[17]
造詣深いストア派学者の説くところでは[18]
まったくの悪でもなくまた善でもなく
受けとめる者の判断次第[19]というしろもの
感覚は　他の下等な現象と同じで
人を欺き　偽りを装う
だからしばしば事の真偽を見誤るのだが
痛むふりをするのも巧みというわけなのです
だが神の不滅の理知には
誤りも　欠陥もなく
万象が常に不変の姿を現し
外からの打撲　傷害など縁がない
外界のいかなるものもそのものを
世俗の殴打　衝撃に　晒すことなどできはしない
したがって　本当に痛むのかあるいは耐えられぬ
　のか
つまりここまでは　想像でそう思うから
痛みもすれ苦しみもするのだということが
我々には　しかと定めがつけられない
思い込みで傷ついて　他人の意見がこうだという
ただそれだけで命を失う者もいれば
ひどい傷を負ってはいても　理性の上では
何の衝撃　切断損傷をも感じなかった者もおりま
　す

ザクセンの侯爵とやらは太りすぎ[20]
史実によれば鼠らが　彼のお居処《いど》に住みつこうと

て
小さな洞穴　迷路の数々かじり掘ったが(21)
ご本尊はいっこうに気がつかなかったということ
です
これではそこを蹴りあげられても
こたえることがありましょうか」

女が言うには「打たれた者が痛みを感じるなどと
いうのは
そのとおり　無駄なことですわ
その人の骨が耐えている苦痛は
治療の役にはたちませんもの
それでも名誉が傷つけられたら　どんな薬も
鎮められない　激しい痛みでうずくものでしょ
う」

彼は言う「殴打を受けてそれを汚点と思うのは
なんとも気むずかしい名誉心です
戦にあっては傷跡や　切りきざまれた皮膚ほどに
名誉なものがありましょうか
何の木でできた棍棒か　見分けがつくほど強《したた》か
に
打ちのめされる者がいれば
蹴りつける靴がスペイン製だとか　牛皮製だとい
うことを
肌で感じるほどまでに　蹴りつけられる者もいる
とはいえそんな目に会って　悟るところは回りま
わって
自らが教えた技を会得した者に出会ったというこ

---

(16) 一部三篇九二〇行参照。
(17) キケロ『善について』五部三一章九四行と『トゥスクルム荘対談集』二巻一二章二九節及び二五章六一節参照。
(18) ストア派哲学者の教義を茶化している。
(19) キケロ『トゥスクルム荘対談集』三部一一章二五節参照。
(20) ザクセン公ジョン・フレデリックは非常に太っていた。
(21) マインツの大司教ハットーは貧民達を虐殺した罰として鼠に喰い殺されたという伝説がある。

と
最後に打ち勝つそのための　一番遠い回り道
それが結局一番近い道になる
博識な武人なら承知の武士道では
棍棒や拳でもって一発殴られ
一度に一発でもう十分と思う者は
臆病者の腰抜け野郎ということになる
ところが果敢に二発目を　受けて立つなら
勇敢な雄々しい奴だとみなされる
打つことで昔のローマ人は自由を与え[22]
我が王たちは名誉を授ける
怒りっぽい　かんしゃくもちの廷臣たちを
ピュロス王は蹴飛ばして治療をしました[23]
重大な罪を犯した領主とか有力者がいて
その罪を許してやろうという気になって
赦免を与え復位させようという際に
エチオピア王のしたことは[24]
まず当人を腹這いにさせ
次に背中といわず脇腹といわず散々に打ちのめす
それが終ると　当人は　起立し　恭《うやうや》しく礼をして
有難い打擲《ちょうちゃく》に　感謝の言葉を述べてから
豪快な棒打ちの儀式をやりとげて　少なからず誇
　らしく
意気揚々と立ち去るのです
打ちのめされた経験のある兵士こそ最も勇敢
彼の剣と同様に　鉄床《かなとこ》で鍛えられても耐えられる
また当然に　彼の勇気が打ち伸ばされればされる
ほど
恐るべき奴という評価を受けるのです
だが棍棒を恐れる者は
自分の影にも驚いて逃げる
とはいえこの身は味方に捨てられ
見下げ果てた有様で　厳しく監禁されている身
身代金　捕虜交換　仮釈放のすべてを拒否され
それ故に　いっそう手ひどく敵には扱われ
窮屈な枷をはめられて　逃亡を
考える知恵も勇気も出ないありさま
だが顎鬚が伸びて地面に近づくほどに
必ず威厳を増すように
また大砲の砲尾を下げれば下げるほど

砲弾が高く飛ぶように
私めは　この惨めな失意の境遇を挺子《てこ》に
なお一層の高みへと飛躍をばしてみせましょう」

彼女はいう「そう聞けば憐憫の情をそそられて
あなたを愛してしまいそう
偉大な賢人　武人といえども　大帝国と同様に
自らの重みで沈んでしまうことがあります
栄誉の極致と恥辱の極みは同じものです
東と西の果てが同じであるように
インドの王が宮殿に　従えて行く随行《おとも》の数も
絞首台行きの盗人の　従者の数と変わらない
でももし殴打が　それほど立派な行いならば
鞭打ちはどんな名誉を与えられることでしょう(25)
それほどの偉業を成せば必ずや
女性を虜にせずにはおかないでしょうよ
あなたに生来具わっている受身の勇気なるものを
何と立派なと　もしも私が思い込んだら
それを狙ってあなたはしきりに説き付けなさるが
私はあなたに惚れ込んで首ったけになるでしょう
から」

女の言葉にヒューディブラスは
耳をそばだて顎鬚をなでつける
「これぞ好機の到来だ」と胸の中
「葡萄《ぶどう》の花の咲く頃に葡萄酒が発酵するとはこのことだ
のるかそるかのこの分かれ目に望みをかけて

(22) ローマ人は奴隷を自由にする時に奴隷の頭を軽く叩くのが習慣だった。

(23) プリニウスによれば、エーペイロスのピュロス王の右足親指には不思議な治癒力があって、肝臓を病む者の患部に触れると病いが治ったという。『博物誌』七巻二節参照。

(24) ヴィンセント・ドゥ・ブラン『世界紀行』二部四章参照。

(25) ヒューディブラスに鞭打ちをすすめているのはサンチョ・パンサがダルシニアを救うために鞭打ちをすすめられる挿話から採られたものであろう。『ドン・キホーテ』二部三五章。

思いきって詰め寄ってやれ」と考えた
「奥様　あなたが疑っておられるらしい事につい
　ては
広く世間に証明をしてみせましょう
私がどう殴られてどのような
気概と雅量でそれに耐えているかということをで
　す
もしもその真実を疑っておられるというのなら
私のこの身体を賭けて証明します
もしも私が愛情にまた真実において期待に背けば
あなたが勝者　愛情も私の身体もあなたのもので
　す」
女が言う「手練手管の古兵が言うことに
阿呆は論証に賭という手を使うとか
でも私があなたの武勇を褒めたといっても
あなたの知力を低く見るつもりはなかったのです
知力をもしもお持ち合わせなら
以前に申し上げたことをご承知のはず

それもご自身で確かめなさったことでしょう
私を愛してくれる人を私が愛することができな
　いってこと」
ヒューディブラス答えて「その気紛れは
魔女の与える難題以上の悪ふざけです
勝負の仕方を知らない者を
いつも相手にしようとするのはまるで詐欺師も同
　じです
あなたの胸の愛の火は
死者を暖め　明りがあっても見ることの
できない者たちを空しく照らす
古代ローマの墓の火のよう
愛情を心にはぐくみ　愛には愛を
報いる能力《ちから》があなたにはないのか
誰しも息を吸い込んで　それと同時に
息を吐き出すことはできない
それとも自分を愛するあまり
あなたを愛する人は皆　妬ましいライバルなのか
運命の女神といえども　あなたが自ら背負いこん

でいる
運命ほどに痛ましい呪いをかけることはできない
だろう
というのも　愛情を欠いている結婚は
人が言うに　鍵の欠けた錠前と同じ
あなたを粗末に扱って　愛してくれない男との
結婚　それは一種の強姦というもの
精神《こころ》の意向に逆らうことが
強姦でなくて何であろうか
それを女がやってのけるというのだから
人の道に外れるというも甚だしい
その気にさせて撥ね付けるとは
あなたの美貌は我々を誘惑するためだけのものな
のか
あなたの気紛れ心から
他人を愛せないとおっしゃるけれど
少なくともあなたを愛する者たちに
そうすることを許してやってはいかがなものか
それでなければ　あなたが私を避けて
邪《よこしま》な愛を求めるそのように私もすることに致し
ます
あなた自身の教義に習って
過ちといわれることを実行しましょう」
答えて言うには「おっしゃることが本当なら
私から逃げて下さい　私があなたから逃げるよう
に
でも恋とお説教とで大事なことは
行為ではなく　語ること」
これを受けて「愛するなと私にお命じなさるのは
心臓に鼓動をやめろというようなもの
鬚に伸びるな　耳に聞くなと
発作がおきても　しゃくりをするなと言うことで
それができれば小便で月を消すようご命じあって
も
いと簡単にやってのけます
愛の神の力はあまりに強力
か弱い人間の肉と血は抗うことなどできません
弱いものいじめ　牛殺し野郎の

ヘラクレスをも 跪《ひざまず》かせたその力[26]
ライオン皮の外套を
ペティコートに着替えて糸紡ぎ
棍棒をとりあげ縮ませて
華奢な糸巻き竿と紡錘《つむ》にしたのも愛の神なら
彼の仕掛で皇帝[27]に仕える色男たちが
自らの姉妹や叔母に言い寄ったのだし
法皇さまと枢機卿は　心も浮き浮きお小姓と
馬跳びをして遊んだものだ
わが議会を粛清し　下剤をかけて
幾多の議員を追っぱらったのも[28]
国家の顔たる大物たちを
屈服させて首切りの憂き目にあわせ
さてまた政府の高官たちを
春と秋とに　席を移して蒸風呂行き[29]にさせたのも
　彼
地方長老会議の連中たちに跨《またが》っては
ダーティレインや小ソドム[30]へと駆り立てて
スペイン産の小馬よろしく　クルベット跳躍
例の婦人のお館で　鉄の輪に槍を突き通させたの[31]
　　　　　　　　　　　　　　　　　　　　　　　　も彼
聖フランシスを悪魔が誘惑しかけた時に
悪魔の上手をゆかせたの[32]も彼
寒く凍てつく空の下
雪の女房に心を奪われ
冷たい気性の女であったろうに
雪をも溶かす情炎で迫り　誘惑しました
愉楽の後に炎もしずまり
彼は自分の大砲に花輪をかけてやったのです」

女は言う「愛の神のもたらすものがそんなでは
我ら女性に愛は御法度
極悪邪道のものとして
禁止措置が望ましく
イスラム教徒や法王を罵《ののし》る時にやるように
調子外れの戯歌[33]でけなすのがちょうどよい仕打ち
愛は厭わしいものと前から思っていたけれど
ますますそうとしか思えません」

ヒューディブラス答えて「そのような嘆かわしい

ことが起こるのは
愛の神の偉大な力を女たちが無視して背くからで
す
神の方も同様にそういう女たちを蔑まれ
仕返しをなさるというわけです
恋い慕うりっぱな男を軽んじれば
女たちを途方もない欲望で苦しめるのです
美しいクレタの女王(34)は
雄牛風情を恋人にし
女王という高い身分から
雄牛と肩を並べる身にまで落ち
ほかにも高貴な心を売りわたし
狒狒《ひひ》や猿の愛人に喜んでなった者もいます
中には悪魔と直接結んで
その代表の黒人(35)と関係を持つ者もいます
ウェスタの巫女(36)が恋に憑かれて　生きたまま
埋められるほどの危険をおかすのもすべてこのた
め
自分の父や兄弟の
愛人となり母となるのも

---

(26) ヘラクレスはリディアの女王オンパレーに奴隷として売られ仕えた。オウィディウス『名婦の書簡』九章五五行以下参照。
(27) ローマ皇帝カリギュラは妹と不倫の関係にあった。
(28) 一六五三年にクロムウェルが議会を解散した理由のひとつが議員達の風紀の乱れであった。
(29) 蒸風呂は性病の治療法であった。
(30) マックリン・ストリートとソールズベリー・コート。
(31) 馬術の一種でもあり性的な比喩でもある。
(32) ボナヴェントゥーラ『聖フランシス伝』五章四節参照。聖フランシスが悪魔の誘惑を受けたとき、雪で七つの山を作り、「一つはおまえの妻、四つは子供、二つは召使いである。彼等を養うためにおまえはあくせく働かねばならない。それがいやならただ一人の主に仕えよ」と言ったということへの言及。
(33) 一七世紀の聖書に印刷されていたロバート・ウィズダム作の賛美歌への言及。
(34) ミノス王の妃、パシファエのこと。雄牛と交わりミノタウロスを産んだという説による。
(35) 悪魔の色は黒という点に掛けてある。一部二篇三五〇行の註参照。
(36) 炉の女神ウェスタの神殿の火はローマの国家の象徴で、四人（後に六人）の処女が守った。処女の誓いを破った者は生き埋めの刑罰を受けた。

誇り高い貴婦人が下男従僕に夢中になるのも
気難しい好みを忘れて　きたならしい
馬丁にうつつをぬかすのも　そうなれば
世間体もかまわずに　淋病　妊娠　醜聞も恐れず
結婚さえしてしまうのも
すべてこのためというわけです」

女が言う「手厳しい御非難ね
でも甘んじてお受けしましょう　かといって
男の誓言を信じたり心の真実や恋の秘密を
任せてよいか試してみたいとは思いません」

男は言う「反逆の企みと同様に
恋でも秘密を守るのは道理
愛は盗人　愛は悪党
目という窓から忍び込み
心を奪い　獲物とともに
ふたたびそっと忍び出る
誰かに現場を見つけられたら
きっとひどい目に合う（そうなって当然）
愛は炎　炭の場合と同様に
人においても燃え上がり火花を発する
炭はそもそも木から作るが　まず第一に
錬金術師は穴に詰め込みしっかり栓をする
恋人たちも情熱を閉じ込めしっかり栓をして
燃え上がっても煙が出ないようにすべきです
あの逞《たくま》しい盗人[37]が牛を盗んで後ろ向きに
引きずり穴へと取り込んだように
愛の神も恋する男の尻尾を摑み
自分の洞窟へと引っぱり込むのです[38]
用心を怠らぬ別の恋人が後を追っても
足跡一つ見つかりません
もしあなたが封をして　その御心を
託されたなら私はきっと守りぬきますぞ
女性の秘書アルベルトゥス[39]に毫《ごう》も劣らず口も堅く
信頼が置けることをお目にかけます」

女は言う「あなたが心の真の意図を
隠す点にかけては堅いことは本当ね
愛の情熱は寓話のようなもの

愛と言って男の人は別のことを意味しています
愛という言葉を口にしても
謎解きすればお金のこと
それが愛という影の真の実体
すべての口説き　求愛は　お金目当てになされる
　のです」

男は考えた「お前のやり口は分かったぞ
そのやり口でお返しをする方法もな
目ざす女を勝ち獲るためには
愛の神が弓を引くあの方法を取らねばならぬ
女を一方の手で突き放し
他の手でぐっと引き寄せるのだ」
男は言う「確かに富は恋の思いを
刺激するものと認めましょう
心をかきたて天にも昇らす
媚薬であって御馳走です
お金こそ　今を盛りの美女さながら　八十歳の老
　人に
もう一花咲かせようという気を起こさせるもの
お金と競えば　太陽も月も
いくら輝いても打ち負かされます
騎士物語の遍歴の騎士が夢うつつとなり
激しい戦いに挑むのも　お金のせいといえましょう
これこそ徳　知恵　価値であり(40)
人が神聖と呼ぶものです
なぜかといえば　物事は
それがもたらすお金こそがその値打ち
また人が我が物と呼べるものは
財産だけしかありません
お金こそ人間を他の動物から分けるもの
横目使いができること(41)　笑うことに加えてよいもの

(37) 巨人カーカスがヘラクレスの牛を盗む話。『アエネーイス』八巻一九九～二〇五行参照。
(38) 性的な比喩。及び間男の暗示。
(39) ラティスボンの司教アルベルトゥス・マグヌス（一一九三?～一二八〇）は『女性の秘密について』という書物を著した。このことをもじっている。
(40) ホラティウス『書簡詩』一巻六章三六行参照。
(41) プリニウス『博物誌』四〇巻三七節参照。

私の本音を言いますと　土地付き財産付きならば
たとえ他人のお古でも　喜んで妻に迎えます
あなたはまさにそのようなお方　つまり私の欲望
　を
かくも強く猛烈に　かきたてるのはあなた御自身
ではなく（あなたの大部分を占める）財産です
それこそ私の心を奪い魅了しているものなのです
私にあなたの富をお任せ下さい　そうすれば
あなた御自身もお気に召すようお護りします
それとも悪魔にでも預けてみますかね
私の方が手ごろだし　礼儀も心得ておりますぞ」

女は言う「あなたの率直さは好ましいわ
見せかけだけの情熱や口説きや手紙
発作を起こして倒れたり気を失ったりするのはも
　う沢山
でも首を吊るとか身投げをするなら話は別です
私に本心を見せて下さる方法は一つ
あなたの首をへし折りなさい
商人が一人破産すると　連続して破産が起こるよ
　うに
九柱戯のピンが一つ倒れると　次々と倒れていく
　ように
あなたの首が砕ければ私の心も打ち砕かれて
この魅力的な財産もあなたの物となりましょう
こんなことは些細なこと　恋する男なら
もっとつまらない恋人のため
何度だって身を滅ぼし
ずっと偉大なことをやってのけます
命を賭けることだけが　偽りのない真実《まこと》の愛を
証明してみせる方法です
首を吊ります　頭を打ちつけてみせますといって
　おいて
嘘をついて御覧なさい　悪魔があなたに取り憑き
　ますよ」

ヒューディブラスは言う「単なる実験
単なる証明にしてはあまりに厳しいですな
宙吊りになってぶらぶら揺れたり
水責めに合う魔女[42]のように水に飛び込んだりする

　ことが
愛の証明とは　冗談でやれることではありません
身を滅ぼしこそすれ何の証明にもなりますまい
まるで心変わりをした部分はどこかと
男を解剖するようなもの、
恋人に財産をすっかり任せるのが
あなたにとっては一番のやり方
信頼こそ愛の証し　もし信頼が砕かれても
首根っ子の場合ほど致命傷にはなりません
この証しの方がずっと確実ですよ
なにしろ男は財産のためなら首を賭けるものなの
　です
兵士なら　一日六ペンスの給料で
（一週間分手にするために八日間も）[43] 命を賭け
ぺてん師どもや悪党たちは愚か者を騙しては
自分たちの魂を地獄へ落としているわけだし
海へ乗り出す商人たちは利を得るためなら
海賊も難破も恐れず　寝取られ男となるのも辞さ
　ない
こういう命の賭け方こそ　お勧めできる方法なの
　です
この私を信じて下さい　私のやることを見て下さ
　い」
女は言う「私だけが危険な目に合い
あなたは安全というのは嫌です
そんなことはさせませんよ
私が先に提案した行動をどれか一つやって下さい
まあ試しにごく穏やかに一揺れして御覧なさい
そうすれば　私が綱を切って差し上げます
それとも尊いあなたの頭を　壁にむかって
一打ち二打ちあるいは三打ち　打ちつけなさい
あなたに勇気のあるところを見せて下されば
後始末は私がきちんとつけて上げます」

(42) 魔女の疑いを掛けられた女は水に漬けられた。溺れなければ魔女であり、溺れれば魔女ではないということだが、いずれにせよ死に至る。

(43) 靴や靴下代として六ペンス差し引かれると、兵士は一週間分のために八日働くことになる。

男は言う「私の頭はかのベーコン坊主の
真鍮作りの頭[44]じゃない
また物の本にある（インディアンの頭[45]のように）
鉄砲玉にも負けぬほど硬いわけでもない
けれども今までどんな冒険にでも
乗り出していけるほどには硬かったし
どれほどの打撃に耐えてきたかはお分かりのはず
でも新しい武勲を立てるには　まず古傷を治してから
しかしどうしてもとおっしゃるならば
契約を取り交わしましょう　それならやります」
女は言う「事はあなたが思うほど
先へは行っておりません　契約する前にもう一言
粉れもない真の証しをあなたが示せば
契約を結ぼうかしら　あわてることはないのだし
でもこの私は愛に対して　内気さゆえの毛嫌いや
風変わりな敵意を抱いているわけではないのです
あなたの振る舞い　物腰　人物
それらにあれこれ注文をつけ嫌っているのでもなくて
あなたの愛は偽りではないかと
不誠実な人ではないかと恐れを感じているのです
あなたの愛が真実であると思うことができるなら
あなたの二倍も愛してみせます」
男は言う「私の忠誠は運命の鎖のように堅固無比
アポロの神託のように
また樫の木の神託[46]のように
揺らぐことはありません
情熱を密やかに隠しておりますが
その捌《は》け口を私に与えて下されば
そしてもしも　あの一つの　またもう一つの
優しい眼差しで微笑みかけてくだされば
たとえ太陽と昼が別れても
愛する方よ　あなた様は私の心から離れません
太陽が投げかけるその光は
実はあなたの感化力なのです
あなたのお名前を木の幹に

華やかに恋人結び[47]で飾って刻みます
それが常《とこし》えの春の
変らぬ息吹を吹き込みます
そして安酒もあなたのお名前を祝して飲めば
また格別のシャンペンの味がするでしょう
あなたがどこを歩もうとも
そこは桜草とスミレが咲き誇り
その香料　香水　甘いパウダーは
すべてあなたの息を借りているのです
自然はあなたから特許状をいただいて
すべてのものの命を貰っているのです
世界はあなたの瞳に懸かっており
あなたが眉をひそめると滅びてしまいます
我らの愛だけが生き延びて
新世界と自然よりも長生きし
そして紋章の月のように　満ちることもなく
欠けることもなく三日月のままでありましょう」
彼女は言う「やめてやめてもうたくさん
そんなことは的外れ
詩の陶酔で私を虜にすることは
難しいとお判りでしょう
詩の技巧のたくみさは判っても
あなたの心は判りません
また大袈裟な言葉では
私の心に火はつきません
詩で得られるものは
物書き机くらいにすぎません
机についていうならば
その上にもたれかかれるというだけのこと
ある人はアラビア仕込の香料で
恋人を生けるミイラのごとくに歌います

(44) ロジャー・ベーコン（一二一四？～九四）が作ったといわれる真鍮の頭への言及。一部二篇三四三行の註参照。
(45) サミュエル・パーチャス（C・一五七五～一六二六）『諸国行脚』（一六二五）による。
(46) 神託は樫の葉擦れの音によって伝達された。特にエピルスのジュピターの神託を指すという説もある。
(47) 真の愛を示す複雑で装飾的なひもの結び方。

またフランスからの料理人がホーグーやブーリー
　やラグー[48]を
作るときのように　こってりと恋人に味付けし
あるいは手荒い技を見せ
生身の唇はどこへやら
研磨機で磨き上げた
ガラスのルビーの唇にふさわしい詩を書き上げる
口はと言えば牡蛎《かき》に譬《たと》えられ
歯の代りに真珠がはめ込まれている
またある人たちは女の頬を花に喩え
赤と白の顔料を混ぜ合わせ
インディアン・レーキ[49]のばらの花と
鉛白の百合の花を咲かせてみせる
恋人の明るい瞳のそばでは
月も太陽も光を失ない　暗く天に懸かっている
実際はそれらは太陽や月や星型に切り抜いた
頬につける絹切れにすぎません
占星術師も
天上の人も
下界でなにが起こるかを
それを見て予言をするのです
恋人の声は天球の音楽
でも賢い哲学者がいうように
あまりにやかましすぎて耳を聾するばかりで
それゆえ人の耳には聞こえないのです[50]
散文ではとても言えないような
歯のうくようなことを詩に歌い
ガードルさえも歌ってのけて
本人のガードルの中味に御執心
無価値なものを巧みに歌うことは
いつも厳しいものです
嘘でも無理でも関係なく
最悪だって最高になる
矢で頭を狙うとき
的が白鳥でもがちょうでも
どちらだって同じこと
だから羊飼いは
健康な羊も病気の羊も取り混ぜ
焼印を押します
というのも的は『低く』ても数多く当てたいとき

は
『高く』的をはずして狙わなくてはなりません
最初から的をはずして狙わなければ
決して的の近くにも届かない
だがあなたはミューズを頼りに
つまり詩という戯《ざ》れ言《ごと》の贋賽《にせさい》でもって(51)
あなたの詐欺を遂行し
私に挑もうというのかしら
私はもうこれ以上
あなたの色恋の歌など聞きたくない
昔から恋の病を癒すには
とくと打ち懲らしめるのが一番です
次は絶食させること
これでだめでも牢獄がある
足枷をはめられて閉じ込められたら
結婚した気分を味わえるでしょう
妻をめとるなどと大騒ぎの
あなたの意気を阻喪させ
頭をしっかり冷やしてくれる土牢よりも　さらに
悪いもの
それが結婚というものです
脳天を叩き割られたとしても
結婚したら額に生える
硬い角(52)からあなたを解放した
あなたの優しい運命に感謝した方が賢明です
だがどんな恐怖もあの結婚というドラゴンに
挑むあなたの勇気を挫かないのなら
ともあれ私のことはしばし忘れて
よりノーブルな目的である権力を目指して下さい

(48) これらは味付けの濃い料理である。
(49) 深紅色の絵の具。
(50) 天上の音楽はあまりに壮大で、人の耳は耐えられず、それゆえ聞こえないのだと考えられていた。ケンソリヌス『誕生日について』八章、マクロビウス『スキピオの夢』二巻二章一四行参照。
(51) 特定の目が出るように角に鉛を詰めた賽子（フラム）には、四・五・六の目の出るハイ・フラムと、一・二・三の目が出るロウ・フラムがあった。
(52) 寝取られた亭主の額には角が生えるという諺があった。

美と知恵を目指しなさい
最も美しい的は易しく当たるものです」

ヒューディブラスが言う「もう既に
御命令に従っておりまする
というのも美と高い知恵が
あなたの星位[53]以外の一体どこで出逢うでしょう」

女は言う「好一対とは
類似し平等であることを意味します
私はあなたの知恵の相棒に
なろうなどとは思いません
またあなたの才能の片割れになろうという
卑しい望みも持ちません
そのようなお恵みを
お受けしようなどという心算はございません」

ヒューディブラスは言う「その心算《こころづもり》は
誤っておられますぞ
人はどんなものでも所有者ならば
合法的に寄付できる
そして決疑論者[54]の言うように
好きなように与えることもできましょう
そして知恵も才知も勇気も
所有者である人によって
譲渡され与えられる
丁度わたしが馬を譲ったり売ったりするように」

彼女は言う「あなたの馬の場合には
まことにおっしゃる通りです
でもあなたが譲渡し売り渡すものと
私が頂けるものは全く同額でしょうか
売買には注意しなければなりません
でないと盗人よりも故買屋がひどい目にあいます
私は五フィート足らずの
散々拍車と鞭で打たれて　蹄に鍵の付いた[55]
栗毛のたてがみの去勢馬のために
警察に追われたくはありません
どこでいつ誰から市場に持ち込まれて
いくらであなたが私に売られたか証拠などはあり

ません
それともあなたを迷い馬として
一年と一日この檻のなかに
（正式に所有する前に）捕えておきましょうか[56]
探す人があれば見つけてもらえますよ
その間の飼葉とまぐさの代金は
私が払って差し上げましょう」

彼は言う「この反論を撃破して
議論によって明らかに
私はあなたの予想するような
去勢馬ではないと証することにもうひとふんばり
　努めたい
精力が減退すれば
鬚がなくなると言われております
鬚なしは（子宮のなかの胎児のように）
半人前の小僧の顎に似合うもの
鬚無しは女性が作りだしたのです
それは男の飾りを羨んでのこと
バビロンのセミラミス[57]は
初めて男の睾丸を切り取った
こうして鬚がはえるのを止め
雌豚の卵巣摘出手術の基礎をつくった
この鬚をとくと見て
宦官や去勢馬がこんなふうか言ってほしい
見てのとおり私は馬ではないし
議論もできるし話もできる
脚は二本で尻尾もない」

彼女は言う「そんな話は通りません
と言うのも近頃哲学者は
人間は本来四つ足で

（53）人の誕生の時における星の配置で、その人の運命を支配すると考えられた。
（54）社会的慣習や教会・聖典の律法などを適用して行為の道徳的正邪を判定しようとする論法を取る人。
（55）農夫は馬が盗まれないように両前足に鍵をつけた。
（56）一年と一日捕えていれば飼い主のものとなった。
（57）アッシリアの女王。初めて宦官を考え出したと言われている。（原註）

間違って二本足で立ち上がり
ただ習慣で二本足なのだと論じています
そのことはすでにドイツで証明済みのこと
子供が森の中で迷子になり
そのまま大人に成長し
狼と一緒に四つ足で獲物を取っていたとか
尻尾についてのお話は
あなたがちゃんと証明し
キチンと見せてくれなければ
何とも返事はできません」

男は言う「あなたが本気で議論するおつもりなら
　ば
満足の行く説明を致しましょう
だから約束して頂きたい
負けた場合には潔く私の妻になって下さると」

女は言う「私は尻尾のない人と
そんなこと断じてする気にはなれません
それというのも鬚も尻尾も確かに自然が
装飾のために造ったからです
俗人は詰まらぬものだと考えますが
けだものと人にあっては美しく
優雅でハイカラ　とてもきれいなものなのです
尻尾なしの男とは絶対一緒になりません
鬚に劣らぬ尻尾もあると
はっきり証明されないならば
良きにつけ悪しきにつけあなたと過ごすより
馬牽《うまひ》きの刑でバラバラにされる方がまだましです
カンベイの王様(58)の日毎の食事は
毒蛇と毒蜥蜴《さそり》と蟇蛙《ひきがえる》
そのため息があまりに臭く
毎晩　王妃を死なせてしまいます
それでもあなたに尻尾がないなら
あなたの腕より彼の腕に抱かれた方がまだまし
　です」

男は言う「自然の与えてくれるものは
誓ってあなたに差し出しましょう
自然がかつてその賜《たまもの》を人に与えたことがあるなら

私にも尻尾があることを証明しましょう
都合のよい機会をあなたが下さる時に
つまり必要なる推論を用いてそうしましょう
しかしあなたの囚われ人なる私の胸の
刑の軽減を拒否されたので
私の胸は踵につくほど沈みました
そんな心に憐れみだけでもかけて下さい
あなたに殉じるこの苦しみに免じて
哀れな心を抱く私を助けて下さい
そしてこの卑しむべき束縛から
釈放か保釈によって救って下さい」

女は言う「あなたの足が木釘のように
穴から抜けないのを見るのは辛いことですわ
（あなたの名誉を損なわず）抜く術を
知っていればあなたを出してあげましょう
貴婦人が魔法にかかって閉じ込められ
時には自ら進んでそうなった時
遍歴の騎士によって囚われの身から
救い出されることはよくありますが
これは騎士の身分　誓い　名誉ゆえに
騎士がしなければならぬこと
なぜならば窮した乙女を助けずして
どうして名声　誉れを得られましょう
しかし　修行中でもない貴婦人が
騎士を自由にする話なんて
ギリシアやローマやフランスの
由緒正しい物語のどこにも書いてありません
ただ一時の気紛れで昔からのしきたりを
私のためにあなたに破らせ
古くからの取り決めを無視し
新奇なことを取り入れるなんて嫌ですわ
あなたの拍車(59)の権威を損なうことをして

（58）サミュエル・パーチャス『諸国行脚』（二部一篇五三三行の註参照）の中に出てくるカンベイ（インド西部）の王で、三～四千人の妾がいたが、彼と床をともにすると、二度と陽の目を見ることがなかったという。

（59）騎士たることを示す印。ガーター勲爵士が面目を失うと、その拍車は王の料理人によって砕かれた。

あなたの踵を自由にするのは
たとえその気になったとしても
私にはそうする力がありません
なぜならそれをあなたにする前に
厳粛な儀式が必要なのです
ここにいる者のかかった魔法を解くために
つねに使われてきたのはそれなのです
昔の人はこれまでは
美徳の扉を通って初めて
名誉の社へ行けたのですから
それゆえこの土牢から名誉ある
自由へ行くには笞打ちというもう一つの
徳を授ける学校を卒業せねばなりません
騎士たちは腕のまわりに締め具をつけて
狭い試合場に入れられます
そこの住人にしばらくなって
最愛の女性のために贖罪をするのです
美徳の女教師は笞打ちという
学芸学問の家庭教師
その人は自然のひどい過ちを正し
鈍いものに新たな命を吹き込みます
笞打ちをすませれば　名声へと
名誉をともなう職業へと再出発できます
これを経験したならば
栄光の自由釈放[60]となるのです
これで改悛者となり服を着れば
すぐに証明書が授けられ
そしてどんな町へ行こうとも
役人たちが付き従うようになるのです
あらゆる尊敬を受け　費用は向こう持ちで
先祖伝来の所領へと帰って行きます
さあ私のためにあなたの
背中の強靭さを試し
他の者がしたように笞の打擲を
あえて受けようとするお気持ならば
（笞を耐えるのと同じ力で
お求めの愛においても栄えられますように）
ここにあなたの保釈人になって騎士たるあなたに
ふさわしくない牢からお出しすることを約束します
でも女性のつつましさゆえに

あなたのおそばにはおれませんので
笞打ちを済まされた時には名誉にかけて
説明をきちんとして下さることをお誓い下さい
そうすればご自分のものと
主張されるものを快く進ぜましょう
絞首刑と結婚が運命の手になるものならば
笞打ちもそうなっていけないことがありましょう
か
恋する者の頭がおかしくなる時に
彼らの発作を直すものがこの他にあるでしょうか
詩人たちの言うことには愛の神は男の子
笞を惜しめば子供を駄目にしてしまいます
この子の母のヴィーナスが乗って来た
祖母なる海をペルシアの皇帝[61]は笞打ちました
それゆえ尊い僧侶たちは愛する時には
ローズマリー[62]を使うことをお許しです
腕のよい桶屋がリディアやフリギアの
リズムで桶を叩くように[63]
笞打ちも拍子とリズムを合わせたら
同じように優雅なものとなりましょう
きれいな動きと巧みな技で
貴婦人の胸に熱い思いを起こすでしょう
多くの人が思う以上に　愛のためには
この方がより易しいのです
乾杯をしてリボンの切れ端を飲む[64]くらいなら
ひどい詩にひどい嘆願を込めひどい顔して

(60) 浮浪者や乞食が罪を犯すと、上半身裸にされて血を流すまで笞打たれた後、処罰済みの証明書付きで、生まれた教区へできるだけ早く送り返された。

(61) クセルクセス大王のこと。波が荒くて彼の艦隊が進めなかった時、海を鞭で打った。(ユウェナーリス『諷刺詩』十章一八〇行)。ヴィーナスは海から生まれたので、愛の神キューピッドにとっては祖母となる。

(62) ヴィーナスが海から生まれたことと、ローズマリーを ros maris（海の露）ととって掛けている。

(63) 桶屋が桶を作る時、強く打ったり軽く打ったり交互にすることを指す。リディア風の拍子は女性的、フリギア風は軍隊調である。

(64) 『フランス気質』（一六五九）によれば、戯れに、愛する女のリボンを細かく切って、尿で飲み干した男たちがいたとのこと。

ビールのグラスで愛する人の名を綴るくらいなら
愛に身を捧げ　首をくくって
死ぬなどという嘘八百の誓いをたてるくらいなら
みかんやタルトをプレゼントし　お涙頂戴の芝居
　を打って
女の心を釣ろうとするくらいなら
女中たちがあなたに悪ふざけをしないように
甘い言葉とお金で買収するくらいなら
香りよいお白粉塗った百合の花や
薔薇のほっぺのために鼻を失う危険を冒すくらい
　なら
あるいは　早く色事を楽しむために
紙のランプに身を包み[65]　贖罪をするくらいなら
笞打ちを受けるのを誰が厭うことがありましょう
私のお勧めすることを今なさるならば
これらすべてをあなたはしなくてすむのです
そのことははるかかなたの昔から
騎士が貴婦人にしてきたことにすぎません
あの偉大なるラ・マンチャの男は
タボソの姫のためにそうしたではありませんか[66]

栄えあるバッサ[67]は王女のために
自ら奴隷の身となって
ただ恋ゆえに　手袋でぶたれるように優しく
雄牛のアレ[68]でひっぱたかれたではありませんか
少年のフローリオ[69]は（ビアンカフィオーレに対する
熱い炎を冷ますために）学校へやられ
彼女の愛に殉教するため先生に
哀れなお尻をぶたれたではありませんか
ある貴婦人[70]はつい最近
夫である殿御を笞で打ちませんでしたか
大きな屋敷のお偉方ではありましたが
徹底的に打ちのめし
真裸でベッドの柱に縛りつけて
早馬を走らすようにお尻に笞を入れました
そして後に治安判事裁判所で　裁かれた時には
奥方は褒められたではありませんか
笞打ちをするとお誓いなさい　そうすれば
魔法の穴から　魔法使いの輪から
完全にあなたを自由にしてあげましょう」

男は言う「あなたの命令されるとおり
やってのけるとここにはっきり誓いましょう
さもなけりゃ私のものにあなたがならずとも構い
　ません」
アーメンと彼女は言って振り向いて
彼女の従者に出してやるように命令した
しかし他人のかけた魔法を解く
魔法使いが見つかる前に
日は傾いて空から消えた　貴婦人の
瞳で光を消されたと書く者もいる
月は昼間にその顔を隠す
光でできたヴェールを脱いで
（輝きで作られたこの不思議なヴェール
月の光そして影）夜になれば
光線が自分のものであるかのように
心ゆくまで輝くのだった
なぜならば暗闇が月の天球
そしてそこでは偽の輝きがよく現れる
きらきら星が合い寄って
借りた光でまたたいている
眠りは疲れた人に憩いを与え
死ぬ真似をして人はまた生き返る
我らが笞の信奉者は明日の朝まで
笞打ちの贖罪行為を延期して
そんな大事な仕事なら
暗闇で急いでやって
失敗するより朝を待ち
陽がくまなく照らす時にそれをしよう
それまでは休む場所を
探しに行くのが一番よいと考えた

(65) 梅毒の療法の一つ。患者の関節に水銀と豚の脂を混ぜたものを塗り、茶色の紙で縛った。
(66) 二部一篇二七六行の註参照。
(67) マドレーヌ・ド・スキュデリ『イブラヒム栄えあるバッサ』（英訳一六五二）の主人公。
(68) 雄牛のペニスは乾かして笞として用いた。
(69) ボッカチオ『フィロコポ』に登場する若者。
(70) バラッドに登場する民事訴訟裁判所の首席判事、ウィリアム・モンソンの妻のこと。

第二篇

第二部　第二篇

梗概

騎士と従者の議論は昂じ
険悪な様子　ちょうどその時
奇妙な物音とさらに奇妙な光景に
二人は驚き　論争を中断
今度はそれを議論するうち
窮地に陥り退却という仕儀

不思議なことだが（女郎屋の女将と火酒同様）
生来議論とは切っても切れぬ仲の人がいる
どうせ嬲《なぶ》られ簀巻《すま》きにされると分かっていても
自己を主張して譲らない
ヴァイオリン弾きが楽器をケースにしまうように
良心はぴったりの論点の中にしまいこみ
議論の一くさり奏でてみようと
その気になった時にだけ使用する
真か偽か　正義に悖《もと》るか正義に適うか
そんなことはどうでもよい　議論こそ大切
論争に夢中になって奇説奇論を
きつい長靴を台木に嵌《は》めて拡げるように
ヘルモント[1]　モンテーニュ[2]　ホワイト[3]　キケロ等
　がやるよりも
容赦なく引き伸ばし変形させる
同様に昔のストア派学者は回廊で

舌鋒鋭く論戦をして彼らの学派を護ったし
肉体これ美徳なり[5]と弁証するのに
死にもの狂いの闘争　研究
動物は良キモノナリ[6]と
がっちりと論陣を張って立証もした
ところが論争が喧嘩となり
何百人もがその場で殺され
多くの者が鼻や目や顎鬚を
削り取られてしまったのだが
騎士と従者は怒りのあまり　己の主張を貫くため
　なら
同様の苦痛を一つ残らず嘗《な》めてもよいと思った
これからお話しするように
どちらもが自説を良しとして譲らなかった
太陽がテティスの膝に頭を埋めて
眠りに落ちて時は久しく
暁《あかつき》が茹で蝦《えび》のように黒から紅へと
その色を変え始めた
ヒューディブラスは一晩中
物思いと痛みとでよく眠れずにいたのだが
眠い目をこすり
寝床から身を起こして
実行を誓った仕事を
誉められる早さで片付けようと決意した
だがまず一発殴りつけ大声出して
だらしなく寝ていた従者を起こした
俗っぽい騎士物語の作者なら
長々と知恵を絞ってくだらない
説明をするところだが要するに
色々なことを済ませた後に
（大騒ぎをして）二人は馬に跨った
目指すはかの城
その城で笞打ちの義務の履行を
彼は婦人に誓っていた
さて城に到着し真面目に任務に就こうとして
馬具を半分解いていたが
突然手を止め思案しだした
真剣な顔で頭を捻っているうちに
新しい考えが彼の頭に浮かんできて

最初は掻き消したその考えを彼は語った
「もしわしがこの笞打ちを放棄して
耐えると誓った行為の履行を控えれば
意中留保の誓いだったとなるのだが
それは直ちに誓約に違反することになるのだろう
か
誓った行為を実行するより
偽誓の方が罪が軽いと言えないか
これは深遠　微妙なところだ
死蔵していた良心を生き返らせて　議論してもら
いたい
論証で微少な過ちを犯しても
無限の誤謬につながるものだ
そういう訳でここから先に進む前に
おまえの意見を聞かせて欲しい」
ラルフォーが言う「ご命令ならば
要点を詳しく論じてみせましょう
肯定命題になることを
私自身は疑っていません
しかしまず我々の真理の光に有利なように
論点を正しく述べるといたしましょう
さて問題は己の体を引き裂き打つのが
それを思い止まるのより罪が重いか軽いかです

（1）ヤン・バプティスト・フォン・ヘルモント（一五七七～一六四四）。オランダの化学者・医者。錬金術と化学との橋をかけたと言われる。晩年、創傷の磁力治療についての著書が錬金術法を説く異端の書とされ、スペイン異端審問所の糾弾を受けた。

（2）ミシェル・エカム・ド・モンテーニュ（一五三三～九二）。穏健なカトリックであり信教の自由を主張。彼の懐疑主義と自由な精神は一七世妃の作家たちに大きな影響を与えた。

（3）トマス・ホワイト（一五九三～一六七六）。カトリック神学者。プロテスタントとの論争からカトリック批判にも至り、自派から非難をあびるようになる。

（4）マーカス・タリウス・キケロ（前一〇六～四三）。古代ローマの政治家。彼は常に敵の欠点を誇張し、味方の長所を誇大化した。

（5）ストア派は肉体しか認めず、非物質的存在はないとした。

（6）セネカ『倫理書簡集』一一三章二節参照。

また笞打ちを誓ってやめて
偽誓をするのはどうかですね
まず一つ目からまいりましょう
人の内面と外面は一族郎党同志のように
互いに剣を抜いての睨み合い
殴る殴られるの関係でした　だがそれは
実際に殴ったり剣を抜くというのではなく
霊的神秘的な意味でのこと
それを誤解し本当の争いを
起こさせるのは忌むべきことです
笞打ちの苦役を申し出るのは[7]
異教徒や背教のユダヤ人らが
しばしば行う野蛮な行為
インド人が今も偶像の前で行う行為
現代の雑種キリスト教徒の慣行なのです
並ならぬ大きな罪を犯しておいて
なんとも貧弱な償いのやり方なのに
この醜行を悔恨だ苦行だと言っております
我々は罪深い悪人仲間と一緒にされて
殴られて蹴られただけで十分でしょう

我々の肉体[8]は清められたものなのに
背中といわず脇腹といわず殴られて汚されました
この上に恥ずべき邪教の笞跡を
異教徒に倣って己の体につけるというのはいかが
　でしょうか
そんな行為は（万一禁じられていなくても）
奴らがしたというだけで不敬の行為
それ故にまさしく極悪の罪と考えられます
さて二つ目です
誓いを立ててそれを破るということが
聖徒には赦されてよいと信じていますが[9]
これに深長な意味づけを致しましょう
理由ははっきりしています
誓いは言葉　言葉は息にすぎなくて
人を縛るには弱すぎます
影が実体に対するように
言葉は行為と釣り合ってこそ意味を持ちます
だから双方が優位を競えば
脆い方がもう一方に従うのが当然です
殿の教会と私どもの教会とは

きまりも組織も正反対で
ドミニコ会とカルメル会ほど違っていますが
私は殿を宗派を越えた聖徒であると認めます
ですから聖徒が正当に要求できる特権を
御自分のものだと言われてもよい
それにつけても誓言や誓約に縛られる聖徒らは
自分にかかわるらちもない
利得にはこだわるのですが
（私に言わせれば）特権が何かを知りません
なぜなら悪魔が思うところを遂げるために
真実を語ることがあるのなら　必要ならば
聖徒が制約に背いていけない理由など
およそ無いと考えます
悪魔の方が聖徒より大きな力を持っているなど
口にするのも不信心
かといって違反を恐れてはじめから
誓約をするなというのではなく　いたずらに
軽々しく自己に利することでもないのに
誓うというのがいけないのです
というのも誓約違反と虚言とは
一種の自己否定に外ならないので
正に聖徒にふさわしい美徳であって　従って
神意によって誓いを破る者もあり
神の栄光を称える為に偽誓の罪を犯したり
約束を破る者もいるのです
このことは最近の我らが使徒行伝では常識の
原則　慣行になっております
革命の大義も最初は偽誓で始まり
それを押し通しただけではなかったでしょうか
聖徒の立てた誓いが　時がたち所が変わっていく
　うちに
破られなかったことがあったでしょうか

（7）原文は「ブライドウェルの生にえを捧げる」である。ブライドウェルはロンドンの矯正院であった。罰を与えるのに笞うちが頻繁に用いられたという。

（8）原語は「容器」、即ち魂を入れる器で、ピューリタンの用語。

（9）議会が長老派から過激な独立派各派の手に渡ると、それまでに議会が行った誓約が破られる事態が起きたことを諷刺。

我々は金器銀器を持ち込む前に
まず誓約を持ち込んで粉々にして
お誂え向きの鋳型にはめて
教会と戦争の当座のお役に立てませんでしたか
議会のお偉い方々は平和を破るその前に
誓いを破っていませんでしたか　と言いますのも
まず我々を『忠誠』と『至上権者への誓い』から
解放してはくれました　ところが次には
国民に無理矢理『声明書』[10]を出させまして
また翻させたではありませんか
『厳粛同盟』[11]の誓いを立てさせ
後に撤回させなかったでしょうか
『契約』[12]に同意をさせて『契約』の起草者たちの圧力で
それを否定させませんでしたか
彼らは最初　王の身の安全と権利を護るために
戦うのだと誓ったはずです
ところが後には隊列組んで王を追いかけ
狙いを定め　騎兵と歩兵で攻めたのです
それでも彼らは自信を持って
王を護るためだったと言うのでしょうか
エセックスと生死を共にすると誓った
舌の根も乾かぬうちに彼を蹴落としませんでしたか[13]
ただ　この程度の偽誓なら外にも例はあるのですから
ここまでにしておけばよかったのです
ところが彼らは法を護ると誓いを立てて
立てた誓いで法を傷物にしなかったでしょうか
国教を護ると誓いを立てて
その国教を否定しませんでしたか
議会の権利を擁護して誓言をして
それで議会を分裂させませんでしたか
これら三つの誓いのうちで　まだ残っているのは
一つもないのは周知のことです
彼らはまた　あんなにもはっきりと
上院の後押し支援を誓いました
ところが後には議会の貴族を一人残らず
危険だ役立たずだと追い出しませんでしたか
同様にクロムウェルも下院議員を追っ払いました

赤い上着の兵団を彼らの司令で解散できると
できるはずもなかったのですが
心底から言葉を重ねて誓ったのです
誓いの上に誓いを立てて彼らを操り
最後には軍が彼らを議会から追い出しました
これで分かるというもので　彼らにとって誓約や
誓言などは何の意味も持たないのです
誓約なんぞ急場しのぎの方便としか
考えていないのが分かります
公の誓約とは　外でもない
闘争の目標をすり替えてしまうためのもの
誰もが守るべき公約を
誰も守らない
こんなことが通用するなら
個人の誓約がどんな制約を受けるでしょう

誓約も　法律同様
善良な人　正しい人を脅かすのでなく
羊なら良い羊を檻で囲ってやるように
人の場合は悪人罪人を閉じ込めるためにあります
聖徒は天界の貴族にあたり
誓約をする時は聖書ではなく
名誉という福音書で行えばよいのです
名誉は我がもの　思いのままに操って
たとえ偽誓や破約があっても
いや誓約などした覚えはない
破約などとはとんでもないと断言します

(10) 一六四一年にプロテスタント擁護のためになされた決議で、英国国教会の教義にもとづくプロテスタントの擁護や、国王の人身・財産を護ることを誓っていた。

(11) 一六四三年にスコットランドとイングランドの長老派が結んだ長老教会主義擁護のための同盟。

(12) 「厳粛同盟」では国王大権の維持を誓っていながら、「契約」では王や両院のない共和国家樹立を目指した。

(13) 一六四二年に王の親衛隊を募り、エセックス伯を隊長にして、隊員はエセックスと生死を共にすべしと議会で定めたにもかかわらず、一六四五年の「議員官職自制令」によりエセックスは辞任せざるをえなくなる。

あれは単なる儀式　きまり文句で
聖典にちょっとご挨拶
それ以上の何でもないと言い張るのです
聖書に強制力があったとしても
それはもちろん権限委託ということで
聖徒が道を踏み外すのは天下御免
聖書からどう外れてもお構いなしです
あらゆる勝手な目論見に
合わせて曲解　変幻自在と言えましょう
それならば　我々だって小さくなって
己の特権を縮めることはありますまい
（提灯さながらに「内なる光」を持っている）
クウェーカーたちは誓約しません
というのも彼らの福音書は語形論で
それで良心の解釈をするのですから
プリスキアヌス[14]の語法を破る[15]ということを
（かの教団の頭領で草分けの文法学者は
帽子を脱ぐのは人殺しより悪いと言ったのです）[16]
償いようもないほどの罪悪だと考えるのです
誓いを立てれば嘘が言えない

だから決して誓いを立てない
思うように自分の歩調で進めないと
立ち止まって動こうとしない騾馬と同じと申せま
　しょう
しかし彼らは弱虫ですから
自由な良心に何ができるかを知りません
人に邪悪な行為をさせるのは
悪魔の誘惑のせいとされていて
聖徒なら聖霊に導かれて
純粋に行動したとなることが
他の者になれば
悪魔に誘われ唆《そそのか》されてやったとなります
聖人　悪人と呼び名が違うように
行為の結果は正反対です
陸の獣でそれと似たのが
海にいないのは一つもないのと同様に
悪人の悪徳で　少しでも
聖徒が持ち合わせないのは一つもないのに
聖徒なら立派な行為が
悪人なら罪になります

それならば聖徒が良心の奴隷になるなど
馬鹿馬鹿しくも戯けたことではありませんか
神の掟も遥かに超越している人が
そのようなことは夢にも思うべきではありません
あの御婦人の　顔つき　もの言い　身につけるも
の
それにつけても我々は粗悪品を摘発する警官さな
がら
どこから見ても悪人[17]だと思われます
互いの教会のあら捜しをしますが
悪人に信仰はなしという点だけは
みんな心から信じております
なぜならば真実は貫く聖く
下等な豚には勿体ない真珠だからです」
ヒューディブラスは言う　「すべてもっともだ
がしかし
人がみなこのような神秘　啓示を
知っていたというのは当たらない
従って解釈の微妙な変化や屈折で
その場その場を切り抜けるのが
悪人相手の言い逃れには最適だ
博識のイエズス会士や
長老会派がそれぞれに
己の教会のうたた寝の現場を押さえられた時に
国教会派に言い訳をするいつもの手口
その手を使えばこうなるぞ　破約は二者で成立す
るもの
その双方に疚しさがあるが
破約によって名誉をなくした誓約者より
誓約を言い渡した者の方が一段と罪が深いかもし
れぬ

---

(14) 六世紀ごろのローマの文法学者。クウェーカー教徒は二人称単数・複数を厳しく区別して用いた。

(15) 本文は「プリスキアヌスの頭をはねるのは」であり、帽子との縁語になっている。

(16) クウェーカー教徒は敬意を表す行為として帽子を脱ぐことを拒んだ。冠詞と帽子を掛けている。

(17) 原文は“the Wicked”で、王党派を指すという解釈がある。

あまりに無理な誓いをさせれば
曲げすぎた弓同様折れるのが当然だ
無理やり約束をさせた者が破約の原因で
成り行きでそれに応じた者のせいではない
破られた誓いといっても誓いは誓い
真実の目指すべてに叶うもの
破られたからといって法律の値打ちが下がらない
　のと同じこと
それどころか破られるまでは何の力も発揮しない
し
法に触れたりしない者には
正義や法も何の意味もありはしない
法律は警告するだけ　破られるまでは
何の力も持ってはいない
管理　強制　処罰もできない
力の及ぶのは法を犯した者にだけだ
そのうえ牢にいる者の
誓約は一切無効
というのも彼らが自由になれば
誓約からも自由になるからだ

ユダヤのラビが書いているが
ユダヤ教徒が神か人かに誓いを立てて
後に都合が悪くなる　あるいは誓いを守るのが
手に負えぬ　難しいとわかった場合
誰でもよい同国の三人のユダヤ教徒が
誓約の義務から彼を解放できるということだ
それなら二人の聖徒は三人のユダヤ人より
大きな権力　大きな特権を持ってはいないか
人間にあっては至高の主権者
であるべき良心の府が
国内のどんな小さな裁判所より
下級の地位に置かれてよいのか
ちっぽけな裁判所より権威が無くて
随意に偽誓を処理できないのか
簡易裁判所[18]のお気に召すまま
訴訟手続きを差し止められたり許されたり
職権上の誓いを立てて知っていること知らぬこと
何でもかでも申しあげ
フランク・プレッジ子爵[19]を相手に　塀が壊れた
豚を囲っていないと言って　むりやり告訴をさせ

られる
盗っ人　女衒《ぜげん》　国教忌避者
司祭　魔女　スパイ　厄介者を捜しだすよう
また誰が賭博でいかさまをしたか
誰がエールの量をごまかしたかを告発させられる
ところが自分が窮地に陥っても
己を救うどんな力も方策もないというのか
良心もこの国の他の裁判所と同様に
休暇を取っても良いではないか
同様にその権限で休廷し
出廷日　再開期日の指定ができてもよい
寝取られ男の名前を唱えて見事に肉を切り分ける[20]
連中のように微妙な違いを見て取って
訴訟を二つに切り分ける　そのような
ちょっとした要領が許されていけない訳があろう
か
高等法院[21]は自らに利する法律のみを
守ると誓っていないだろうか
向かう矛先誰彼なしに
疑わしい相手を大逆罪で告発しないか

最高裁のお偉方の集まりは
法律を玉虫色に変幻自在に操れる
魔女が呪いの人形を
傷めつけたいと思うとおりに
粘土で捻るように易々と
どんな形にでも捻りあげる
誰でも良い　白状するまで締め上げて
反逆罪で告訴する。
命を賭けて彼らのために戦った
者をも裏切り有罪を宣告する[22]
それでいて彼らの解釈によれば決して独断の行為

(18) 旅商人たちの犯罪の処理に当たった略式裁判所。
(19) 「正直に誓う」の意味を掛けている。高等宗務官裁判所では、どんな質問にも答えることを誓わせられ、そうしなければ法廷侮辱罪で投獄された。また答えなければ罪を認めたものとみなされた。
(20) 肉が切り分けにくい時、寝取られ男の名前を思い浮かべると切り分け易いといわれていた。
(21) 一六四九年クロムウェルがチャールズ糾弾のために設立した。

ではない
誓約と良心に従ってやったとなる
曲芸師のように　わずかに指先動かして
正と邪とを弄び
弁論に　瓶詰されたラップランド[23]の
魔女の息ほどの高値をつける
同じ向きの風を受けても船乗りが
様々な航路をたどれるように
恐怖に贔屓《ひいき》に賄賂に恨みが
同じ訴訟を　違ったふうに裁定するではないか
海が堤を乗り越えて
平らな土地を水浸しにすると
防護壁となり水を防いだ土手や堰《せき》が
今度は水を閉じ込める　そのように
国家の自由というものが
暴政の被害を受けるとき
暴政を防ぐためにこそ作られた国法が
今度はそれを擁護するのだ
法廷では誰だって自らに
最も都合の良い陳述をするではないか

裁判の半分以上は証人との
取引と口裏合わせではなかろうか
証人はまるで歩哨のようなもの
定められた場所に立ち　速足緩足命令どおりだ
良心に従って自らを厳しく律している側が
一に対する十の割りで有罪となる
陪審員は訴訟理由には耳をかさず
気分次第で判決を下す
仕入れた情報に従って
周知の事実にも偏ったままの評決を出す
自然の配慮か人間の胸にガラス窓はないので
内で何をしていても表には顕われない
どんな暗い秘密があるのかも　愚かにも向こう見
ずに
喋り立てなければわからない
誓約が自分にかかわる重大事に
何の役にも立たないものなら
関わりの無い事柄で　誓約により
傷つくことなどあり得ない
誓約は課する者が成り立たせるので

成り行きで誓約を課された者は誓っていない
となれば　誓っていない誓約を
破ったといわれる筋合いはない
この道理は悪人には奇妙とも思えるだろうが
その実は神のご意志を示しているのだ
とはいえそれがわしの汚名を
晴らせないなら何にもならない
名誉はまるでガラスの玉で(24)
錬金術師たちを困らせる
ほんの一部にひびが入っても全体が粉々に砕け
知恵を絞ってその原因を考えなければならないか
　らな」

ラルフォーは言う「名誉とは
貴族の場合誓うための言葉にすぎず(25)
貴族以外の場合には　実体はなく
ほらを吹くためのもの
こぶのように大きくなって膨れますが
感ずるところなくただそれだけのものです」
「名誉がどのようなものであれ（と彼は言う）
それには世論がつきまとう
賢明な者ならば最小の危険も
冒さず避けるもの
人が毫《ごう》も疑念を持たぬようにするための
手段が何か見つかろう
代理人あるいは身代わりを見つけるのはどうか
笞打ちはそいつに任せるのだ」

「論点は微妙で難解ですが

(22) 高等法院は議会軍のために尽力したホランド伯に死罪を言い渡した。

(23) ラップランド人は網に三個の結び目を作り、その一つをほどくと順風、二つが強風、三つだと大嵐になったという。

(24) 溶かしたガラスのしずく型の粒が、まだ熱いまま水に落ちるとなぜ爆発するのかが、謎として学士院で究明された。

(25) 貴族が判断を下す時には誓わない。わが名誉にかけて、と言うのみである。

すぐ明らかにいたします（とラルフォー）
罪人が罰を受ける聖徒の
身代わりになってよいのは自明のこと
別の男の犯罪なのに
法廷で判決を受ける者は何人もいます
ニュー・イングランドのわが同胞は
とくにすぐれた罪人を許して
代わりに罪なき者を吊すのが常なのです
教会にとって必要性が低い者だからです
最近もある町で起こったことです
靴屋がおり　しかも彼がただ一人
教理を都合のいいように切って
靴同様に人間の生活を修理していました
この価値ある兄弟が平和時に
インディアンを殺してしまったのです
（悪意でなくて熱意のため
相手は異教徒でしたから）
名高きトティポティモイは
われらが長老たちに使者を送り
彼の教会とわれらの教会の間で
実施中の条項に照らして
兄弟パッチによってなされた
同盟違反にいたく抗議し
違反者を渡すか吊せと
聖徒たちに要求しました
しかし彼らは慎重に協議
靴屋といえばこの男だけなので
（教理を教えて靴を修理し
二重に役立つ者なので）
彼を許して酋長にも
公平な処置をすると決め
靴屋の代わりに年老いた
寝たきりの織工を処刑しました
それゆえ殿も身代わりを笞打たせて
見逃してもらってもいいはずです
懐疑論者[26]以外のすべての哲学者は
笞打ちは交感性だと思っています」
「もう十分だ」とヒューディブラス
「お前はこの問題を分析解明した

それならば良心によりお前自身の教理に従って
お役に立つことを拒めまい
（わしのためなら）背中の痛みを
感じないことはわかっておる
ならばお前の世俗の衣装をぬいで
お前の外なる人を笞打たせよ
お前という『器』[27]が新たにたがをはめられると[28]
すべての罪の漏れ口が塞がれるのだ」

ラルフォーが言う「それは誤解です
この自然のどこをどう探してみても
自分を含めて考える者はないし
自分に矛先を向ける者もおりません
自分からは誰もあのかゆみ
すなわちフランス風の痛みを求めない如く
誰も自分の教理によって
自分に自分の罪を自覚させたりしないものです
人は皆自分自身をけなしても
文字通りの自己を意味しておりません
それに自分の皮膚もむけるほど
他人の罪のため笞打たれるのは
愚かであるのみならず
下劣で偶像崇拝的カトリック的[29]です
自分のかゆいところをかくために
教師が生徒のお尻を笞打つのと同じです
だがこの場合は効き目がありませんから
冒瀆的で罪でもあります
そのためには我々は誓わねばなりません
わたしがやったことはあなたがやったのだと」

ヒューディブラスが言う「ではそうしよう
笞を渡せ　打ってやろう」

(26) 懐疑論者は、感覚には確実性がない、したがって、人は何かを感じていることを、常に知っているとは限らない、と考えた。
(27) 二部二篇九五行と註を参照。
(28) 樽にたがをはめるときには、槌で叩きながらはめるが、これと笞打ちをかけている。
(29) カトリック教会における懺悔の苦行の教理に対する揶揄。

ラルフォーが言う「誓いを真実のものとするため
に
私が殿を笞打つ方が適切でしょう
殿の同意を得てなされるならば
その行為は真に殿のもの」

ヒューディブラスが言う
「（思うに）その気のない者にどんな理屈も通じな
い
あるいは星の影響も　その気がまるでないことを
人々にさせることはできない
議論がつきてしまっても
利害で疑問に決着がつくものだが
理性ではお前を納得させられぬから
強制的にお前に義務を果たさせよう
どれほどお前が馬鹿にしようとそうなっておる
出かける前に示してやろう
好むと好まざるとにかかわらず
（お前が耐えるなら）その頑固な皮を打ってやる
身分の卑しいお前が公の御奉公での
お役目を拒絶できるか
仕える騎士に金持ちの奥方を獲得するため
二回三回打たれるのに異を唱えるのか
その婦人の富を得たいと思うのも
ただ教会の利益のため
だがそれを手中にしたら
大義にのみ縛られるというものでもない
お前が文句をいわずに手早く片づけたら
わしがけちでないこともわかるものを
さもなければ出かける前に
わしとお前でけりをつけねばならぬ」

「昔の人が言うように（ラルフォーが言う）
殿は自己の利益を図って
転ばぬ先の杖を用意するのが一番です
人は自分のまいたものを刈り取るからです
殿がジョージ・ア・グリーン[30]程強くとも
私はあえて反対します
私は正しい議論の結果を疑わないし
私の議論こそ正しいのです

ボナー司教[31]の如く聖徒を笞打つのは
名誉ある者にふさわしいでしょうか
騎士が役人の仕事を奪って打てば
誉めてもらえそうですが
でも我慢なさるよう忠告します
（恐いからでなく殿のため）
それに互いの教会のためです　ここから
不和が生じるかもしれません
そして教会間に新たな疑念を生じ
共通の危険があっても結束できなくなるでしょう
思い出して下さい　武器と政治で
我が方はあなたがたの聖なる策略を砕き
陰謀によってあなたがたをだまし
あなたがたの高官の鼻をへし折ったことを
新型軍隊[32]を組織し
長老派をすべて退職させ
あなたがたの教会を単なる道具とし
後には見殺しにして
我が方の教会を建てる足場とし
用済みになったら取り壊したことを
あなたがたの長老会の教師たちを出し抜き
こんなことは当然だと　教会法規に嚙みついたこ
　とを
（謹厳な長老会教師たちで
まじめな顔と濃い鬚で尊敬されていましたが）
彼らの標準範令は気紛れで
礼拝規程集はインドの偶像並みと証明し
彼らがその上で長いあぐらをかいていた
規律を我らは子猫の如く溺死させ
それは聖なるごまかしであり
時代遅れで旧式で
一年年長の聖徒[33]はすべて

(30) バラッドとロマンスの主人公であり、ロビン・フッドと決闘した。
(31) エドマンド・ボナー。メアリ女王時代のロンドンの主教。激しいプロテスタント迫害で悪名高かった。
(32) 一六四五年に組織された新型軍隊は、主に独立派によって指揮された。
(33) 最初に現れて国教会に反対した非国教徒である長老派のこと。

まったく古くさいと非難したのです」
これを聞いた騎士はいらいらし
恐い顔してラーフをにらむ
身体を震わせ怒りで顔色を変える
最初は灰色　次には烈火
（騎士が言う）「わしは戦いで捕虜となり
何ケ月もつかまっていた
他の手段すべてが失敗したとき
エール数樽と交換された
わしが重要人物で身形《みなり》が良いから
身代金に値すると思ったというより
彼ら自身のため　わしが捕まっていると
彼らの安全に差し支えると思ったからか
そのわしがやくざな成り上がりの非国教徒
雑種の輩に邪魔されるとは
こぶや腫瘍のごとく　我ら長老教会の
病的気質を集めたような奴め
傷口にわく蛆虫のように(34)
自分に生命をくれたものを食いつくす奴だ

そんな事はさせたりいわせたりしないぞ」
こういうと騎士は剣に手をかける
ラルフォーも臆せず
籐《とう》でまいた柄に手をかけて
いつでも剣を抜いて身を守れるように
負けじと素早く用意する
その時恐ろしくも大きい怒号を聞いて
双方ぱっと身を退いた
まるですべての雑音が
圧縮してひとつの騒音になったよう
あるいは議員の候補が
千票以上も票を離し
声の大きさによって
国民の選択に最もふさわしい者となった時のよう
この奇妙な不意打ちに　騎士も
怒りに燃えた従者もびっくり仰天
運命も決しかねない憎悪を抱き
いざ交戦と身構えていたが
二人とも戦いを放棄して
馬に乗り　速やかに退いて

一層ひどく打たれる危険から
身を護ることこそ賢明と考えた
だが　どちらも心の内を打ち明けて
自らの勇気を貶めたくはなく
怖くもあるが軽蔑されるのも嫌で
一歩もひかずにそこにいた
今や　二人を怖がらせていたものが
次第次第に近づいて
角笛や鍋の音　犬や子供たちの声
桶にたがをはめこむ時の音に以た
陰気なケトルドラム(35)の音までも
聞きわけられるほどになる
実際にそれが見えた時
風変わりな行列(36)で
誇り高きローマ人が　華やかさと威厳を
競いあう凱旋行列のようなものとわかった
ローマの地方長官が
喧嘩で敵を打ち負かしたが
領土は広げなかった時
（誤解して　そう書く者もいるのだが(37)）

美しく着飾って
戦車に乗り込むは御当人
陽気な小唄や俗謡を歌う
勇敢な若者の一同を従えて
挨拶をあちらこちらに振り撒きながら
「われらの町万歳」と叫びつつ町を練り行く
そのように　この凱旋行列が近づいて
細かいところまで見えた時
二人は　全ての点でこれほどローマの行列と
一致しているものはないと知った
先頭は騎馬行列の先導者
豚の卵巣取りの笛を持ち

（34）蛆虫は肉の腐敗から発生すると考えられた。
（35）真鍮または銅製の半球形の胴に皮を張った太鼓。
（36）スキミントン（シャリバリ）の行列。かかあ天下に対する揶揄であって、妻に扮する男と夫に扮する男が背中合わせに馬に乗り、そのまわりで人々が騒音をたてる。
（37）ローマでは、領土を拡大できた戦争の時のみ凱旋行列がおこなわれた。

お手当てをたっぷり貰った弁護士が　訴訟の法廷
で
大声を出すように「起床ラッパ」を強く吹き鳴
らす
行列の一行は　スウェーデン式[38]に
（三列が同時に）互いの頭ごしに突撃する
次に来るのは　鍋や薬缶をたたき
高い音から低い音まで　どんな音でも出す連中
そのあとは騎兵旗手、
小鹿と紛う子馬に跨り
手に持つ竿の上で
誇らしげに揺れるは肌着
続くは　低音でうなり
鼻づまりの息でせわしく鳴るバグパイプ
風袋に封じ込まれて出る風は
腸《はらわた》からの音より不快で
風の強い日に　きいきい泣く豚よりも
もっと耳障りな音を出す
お次には　行儀作法を守るため
ここでは口に出せないものと穀粒を混ぜ
一対の荷籠に入れて運ぶ男
このしろものを若者どもに分け
四方八方の群衆に忙しく
手当たり次第に投げつける
続く男は角をつけた馬に乗り
長い刀の柄頭《つかがしら》に
籠手《こて》と金の拍車を縛りつけ
切っ先を下に向けて持っている[39]
更に　征服者にはお定まりの
旗持ちが痩せ馬に乗り
勝利者の前に高々とペチコートを掲げ
馬を後脚で立ち上がらせる
すぐそばに　意気揚揚と女戦士《アマゾン》が
馬に跨っている　その馬の臀部に
顔を馬の尾の方に向け　尻を女の尻に合わせ
乗っているのが打ち負かされたかつての戦士
糸巻棒と錘を持たされ
馬上で糸を紡いでいる
もたつくと　肩越しに女は
この除籍処分の兵士を打ち懲らす

女戦士の前や周りに
露払い　歩兵　下男　従僕
従者にお小姓がそれぞれにふさわしい
お仕着せを着て行進する
なかには　灯火《あかり》や松明を持つものもいる
この堂々たる男まさりのあばずれは
奥方であり　旦那でもあり
ネロの少年妻(40)や法王ジョーン(41)のようなもの
適度な間をおいて　群衆が
大声で騒々しい叫びをあげる
騎士も従者も呆然となり
刀を収め　怒りも抑えた
こういう光景に出会う度　ヒューディブラスは
あきれはて　とっくりと考えるのだが
我慢し切れず　ついに非難を
口にせずにはいられなかった

彼は言う「生れてこのかた
こんなにも冒瀆的な行列は見たことがない
これは　異教の作家が書いている
邪教の企てだ
これを仕組んだ奴は（確かに）
ゴドウィン(42)を読み　理解し
古代の行列に詳しく
ギリシアかぶれのスピードやストウ(43)等を読み
古代史家たちの描く行列の
全ての規範を守っている
ローマの覇者が
外国での戦いにけりをつけ

(38) スウェーデンの騎兵隊の「三列突撃」方式はルパート皇子によって国王軍に採用され、次いでクロムウェルが新規軍で用いている。
(39) 妻を寝取られたのに決闘で取り戻せないことを暗示。
(40) スウェトニウス『ネロ伝』二八章参照。
(41) 女性でありながら男装して法王の座に登ったといわれる伝説上の人物。
(42) トマス・ゴドウィン（一六四二年死亡）。『ローマ史選』の作者。
(43) ジョン・スピード（一五五二？～一六二九）。ジョン・ストウ（一五二五？～一六〇六）。両者とも歴史家。

町へ凱旋する時に
奴隷を一人戦車に乗せていたように
この尊大な女戦士も
奴隷を背後に従えている
かつて　古代の人々が
戦場で敵に立ち向かい
戦意を示す衣を掲げたように[44]
彼女の誇らしげな旗持ちが
深紅のペチコートを
槍に括りつけ　恐ろしげに振り回している
お次には　いつも皇帝の前を進んだ
松明や灯火がやってくる
更に　古代の凱旋行列で
卵が謎の儀式のために運ばれたように[45]
棒持ち役がひしゃくを持って
新鮮な卵　腐った卵を運び
行進しながら　手当たり次第に
騒々しい群衆に分け与えているぞ」
ラーフが言う「殿は誤解しておられます
生噛りの古典の知識を披露なさったが
『灰色の雌馬のほうがすぐれた馬』[46]という時に
おこなわれる騎馬行列にすぎません
つまり　貪欲な女たちが　自分の勢力を伸ばそう
と
支配権を求めて戦う時
気の短いグリゼル[47]が
隷属状態を覆すため
亭主を牡牛の陰茎[48]で強打し
亭主に妻の役割をさせ
妻たちがうさぎのように性を変え[49]
悪夢のように亭主を苦しめ
戦いに決定的に勝利をおさめ
亭主の権利を無効にした時
戦時特権として　若い娘に対するように
糸巻棒や糸車を持たせ　額の角の刑を課すのです
亭主が妻に怯えていれば
角の意味もわかるはずです」
ヒューディブラスが言う「お前の意見は

相も変らず　見当違いで非常識
思わぬ事で負けたとしても
恥ずかしいことではない
力まかせに強打され
両肩を　棍棒で
したたかに打たれても
人間の価値を下げはしない
仕立て屋の徒弟が　物差しで打たれても
虐待ではない
しかし　尻に帆かけて逃げ去ること
打ち合うことなく勝利をあきらめること
攻撃せずに降伏するのは
運が悪いのではなく　自らの落ち度
結果として苦難に陥るよりも
はるかに不名誉なことである
そういう不名誉な場合にのみ
この角とペチコートの行列がふさわしい
ローマ人が小凱旋式と呼んだ
冒瀆の程度が低い行列がある
流血なしに勝ち取られた征服に
小凱旋式が許されるように
打ち合いなしの勝利には
このような質素な行列でよい
悪口雑言をわめきたて
言葉の暴力で得る勝利だから
こういった場合の勝利者は高い座に着いたが
それは今では懲罰椅子[50]と呼ばれ
川岸まで誇らしげに行進し
意気揚揚と波の上まで乗り出していく

(44) ローマでは戦いの前日戦場に戦意を誇示するため赤のチュニックが掲げられた（原註）。
(45) 古代の行列では、みのりの神に敬意を示すために卵を運んだという。
(46) かかあ天下を意味する諺。
(47) 一部二篇七六九行の註参照。本来は貞淑な女性。
(48) 二部一篇八八〇行の註参照。
(49) うさぎは一年ごとに雌雄を変えるという俗信があった。
(50) 口喧しい女の懲らしめのため使用されたもの。綱をつけた椅子に座らせ、川や悪臭をはなつ池に浸けた。

まさにヴェニスの大公と同じ
彼はアドリア海と結婚し[51]
このようなみせしめを受ける妻よりも
もっと大人しい妻を得る
しかし　これらの行列は共に異教的
バビロンとローマの娼婦[52]に由来するから
聖徒たちは　反キリスト教的で
淫らなものと攻撃するだろう
そこで　我々もこれを阻止するために
全力を傾けるべきである」

こう言うと　喚きちらす無頼の輩を
二人はかきわけて迫る敵を物ともせず
首魁を攻撃せんものと
顔と顔を突き合わせるまで進んでいった
ヒューディブラスは顔と手で
黙れと合図し黙らせた
「正統の信仰をもった人々が（と彼はいう）
この悪魔の行列とは何事だ
これは異教の偶像崇拝
邪教に由来するに違いない
バビロンの娼婦はこの女丈夫のように
角の生えた獣に跨がっていたではないか
この女がそれに似ているのか
はたまたその逆かは判らぬが
人を惑わす行列が
白昼堂々行われていいものか
カトリックの真夜中の集会での
反キリスト教的出し物も同然だ
自ら生み出した邪悪で冒瀆的な
悪行をやり続けるとは
口うるさいと女を非難しておるが
聖徒は女に甚大な恩恵を蒙っている
女は我らの最初の使徒であり
彼女らの手助けがなければ　とうの昔に降参だ
信ずる大義のためなら
刀や銃やピストルを購うために
子供のスプーンでも笛でも何でもかんでも
供出したのは女たちだ
夫や愚友や愛人を連れてきて

聖徒や教会に味方させ
本当は司教になるはずの
才能溢れる人々を
熱烈に心底からほれこませ
我が方の忠実な一員にした
『賜物』(53)に尽そうと
容赦なく自分の夫を身ぐるみ剝いで
奪えるものは金や銀の破片にいたるまで
何でもかんでも盗みとった
議会のために熱弁をふるった説教者が
憔悴し疲労困憊《こんぱい》すれば労わり
議論の的の食べ物ではあるが
食べてもよいと決め　たっぷり用意し
骨髄の腸詰を何度もふるまい
彼らの食欲を満たし熱意を高め
彼らのお腹が痛くなるまで
おかゆやカスタードやプラムケーキを詰め込んだ
ロンドンでは大義のためなら
彼女らが行わなかったことは何もない
太鼓や軍旗を持ち出して隊をなして行進し
自らの柔らかい手でもって
防衛《まもり》のために塹壕を掘り
敵を撃退するために障害物を作り上げた(54)
貴婦人から牡蠣売りの女にいたるまで
塹壕のなかでは自ら率先して働いた
つるはしやその他の道具を取り上げて
男がもぐらのように掘るのを助けたではないか
シティーの女中たちは
給料を供出し　馬の飼育用の
共同基金設立のため
仲間で委員会を作ったではないか
そして彼らは審査官のように鎮座して

(51) ヴェニス大公が毎年アドリア海に指輪を投げ込んで海と結婚する行事。
(52) 『黙示録』一七章三節参照。一七世紀のプロテスタントは、ローマカトリックの社会を偶像崇拝の堕落した社会と考え、バビロンの娼婦と呼んで軽蔑した。
(53) 「賜物」はピューリタンの常套句である。
(54) 内戦時ロンドンが襲撃されるという予想のもとに、すべての身分の女性が男性とともに現実に働いた。

誰にどの職務が相応しいかを思案したではないか
彼女らは――」その時卵が投げられて
額を直撃した
そして彼の頬を流れ落ち
どろりとした蜜柑色のしろものが彼の鬚を汚した
しかし鬚とそれとは同色で
汚れはさほど目だたなかった
荷駄つきロバに跨がる男は
反対側から積荷を投げつけ
そして素早く再攻撃　ばっちりと
ラルフォーの顔にも一発お見舞い
騎士はその悪臭に驚愕し
剣を執らんと手探りする
悪臭に窒息寸前のラルフォーは
彼の剣を握りしめる　その時突然　松明を持った
　男が
その燃える棒を火縄竿のように
馬の点火孔すなわち尻の穴に打ちあてた
続いて大篝《おおかがり》でもう一発
ラルフォーの馬の目の辺りに喰らわせた

二頭は蹴ったり跳ねたり大騒動
群衆は後ずさりして人垣をつくったが
この人の輪を突破して逃亡
乗り手はこれ以上の争いから免れた
取り乱しての退却ではあれ
二人は勇敢に馬にしがみついていた
剣も手綱も打ち捨てて
たてがみを力の限り握り
敵の追撃を撒くために
跨る馬に拍車をかけ
後も見ずに疾走し
危険は去ったが　馬も彼らも息絶えだえ
戦闘　逃走で使い果した
生気を回復するために一息いれ
行動と議論に要する肺の力を
ヒューディブラスは取戻した
彼は言う「唾棄すべき敵と戦って
手を汚す者はかならず敗れる
戦っても名誉とならぬ時

勝利に拘われれば名誉を失う
あのような卑しい敵と戦わねばならなかったのは
我らには不運なことであった
軍規では　戦いで
毒入りの弾の使用は禁止されておるが
嘔吐を催すような厭な臭いから
あの砲弾に毒が詰まっていたのは明らか
そして疑いもなく口の臭い奴によって
咀嚼《そしゃく》されていたようだ
でなければこれをお見舞いされた時に
あれほどの衝撃を覚えたはずがない
汚物を投げたあの下司野郎は
汚すだけで傷一つ負わせない
それゆえに奴らが名誉を得ても
我らのなくした名誉程度だ
追っ手の追撃を見事に振り切り
決然と逃れて来たのはあっぱれ至極
さもなければ今ごろは
凱旋行列に巻き込まれて
古代人がこれほど不運な状態[55]はないと言った
以上に悲惨な事態となっていただろう
しかし　もしこの勇気溢れる交戦の知らせが
未亡人の耳に入るならば
女性の名誉を必ず高めるものだから
彼女の心に訴えるやもしれぬ
ひどい目に遭ったあと吉事がある（と人は言う）
これもそうなるかもしれぬ
ヴェスパシアヌスは汚物を塗り付けられたが[56]
だからこそ帝国を支配する運命となったのだ
そして街路掃除人の身分から
りっぱなローマ皇帝となった
だから同様に　このひどい一撃が
求愛に成功する予兆とならないことはない

(55) 凱旋行列の捕虜を指す。
(56) ヴェスパシアヌスがローマの造営司であった時、カリギュラは彼が通りを掃除し清潔にしておく義務を怠ったことに腹をたてて、泥を塗り付けるように命じた。スウェトニウス『ヴェスパシアヌス伝』五章三節参照。

だから速やかに我らの汚れをおとそうではないか
近くの池へと進軍し
そののちに（最初に目論んだように）
婦人に命じられた事柄を遂行したと宣言しよう」

第三篇

第二部　第三篇

梗概

騎士は婦人を獲得したいが
種々の疑惑に捉われて
運命の決定を知るために
薔薇十字会員シドロフェルを求めて出発
彼らは出会うが　占星術を巡って
互いに論を戦わす
論争から暴力沙汰となり
占星術師は騎士にやっつけられる

5

騙すと同様　騙される喜びも
疑いもなくこれまた大きい
手品師のごまかしが分からねば
それだけお客の楽しみは増える
分からねば分からぬほど
妙技に感嘆するものである

夜に雲雀《ひばり》を捕獲するように
ある者は音やランプの光(1)で捕まえられる
鳥が足を罠に取られるように

(1) 鳥を鐘やランプや網を使って捕獲することへの言及。ピューリタンの説教者が大声で説教し、聖なる「光」を主張することへの言及でもある。

魂を罠にかけられ身動きならない

ある者は薬や処方箋に欺かれ
ぱっくり餌を飲み込んで
二フィートもの大きな鱒であろうと
釣り糸一本で釣り上げられる

オルガンの音色より法衣をまとった弁護士の
声に優るものはないと思う人もいる
精妙な蜘蛛の巣にかかり
網のような法の目に捕らえられ
一旦それに引っかかれば
もがけばもがくほど絡められ
そして財布がものを言う限り
果てなき訴訟に終りはない

また　ほかにも
運命の密議知りたさに
何が起こりまた起こらぬか
いかさま師に占いを依頼して
禿鷹どもの言うままに
事の吉凶を信じ込む者もいる
詐欺同然の古くさい内臓占い鳥占いより
もっと出鱈目でいかがわしいやつだ
牛の臓物で和戦を占い
鳥の飛び方　鶏の餌のつつき方から
大計画の成否を占う
などというのはペテンだが
星を弄ぶ連中よりはまだましだ
この真実をヒューディブラスは
やがて身をもって知るのだが　それは
しかるべき時に語るとしよう
さて彼が　顔も鬚もさっぱりと拭い
ふたたび愛馬にうち跨って
（ラルフォーも　おのが畜生に
苦労して　棒馬式に跨った）
寡婦の家へと進み行くのは
誓言は果たしたと言うため
ところが　雑多な思いが押し寄せて
内なる己と争い始める

彼が思うに　もし彼女が偽誓を見破れば
いかなる危険の生じるやらん
自分か従者がヘマをして
話を合わせ損ねれば
たちまちに　わしの名誉も
誠意も愛もおだぶつとなる
だがもし　行かぬとなれば
誓いを破ったと思われかねん
ところが今は　言い分を争い　恥をさらして
法廷に立つわけにはいかんのだ
などということを考えつつ
時の経つまま　不安な気持ちで馬を急がす

彼は言う「これまでの冒険では一度も
これほどに気を揉んだり
いたるところで待ち受ける迷いに
歩みを鈍らせたりはしなかったが　今度ばかりは
解き難い猜疑の軍勢が
知恵も出ぬわしの頭を攻囲するのだ
あの婦人が　わしを魔法の牢獄から
保釈してくれた保証人だが
これでは　悪さをして繋がれた犬が
偶然に自由を得て
杭から逃げても結局は
後ろに鎖を引きずっているのと同じこと
彼女に足首を解いてもらっても
わしの心は囚われたまま
恋の保釈中というわけで
自由とはいいながら囚われの身だ
法廷に立って
思いを述べ質問にも答えても
判事が贔屓《ひいき》でもしてくれなければ
わしとわしの恋はどうなることやら
というのも　もしわしらの説明が食い違うとか
ひょいと失敗でもしたら
またはもし　わしが約束を守ったかどうか
彼女が厳密な証しを要求して
皮に書かれた証拠を見せろと
ズボンを脱がされでもしようものなら
彼女の好意を無にしたとわかり

そうなれば　どうして彼女をものに出来よう
それどころか　誠意も恋も名誉も駄目になり
偽証屋になりさがる
しかもだ　そこまで面子をなくしては
言うべき次第があるのだと
理を説くことも難しくなる
そうなれば　わしの証しは失敗しかねん
おお　なんとか我が運命のこの難問を
解き明かし打開したいものだ
魔術を用いても　運命が
どこまでわしに荷担するのか知りたいものだ
というのも　彼女とその財産を獲得享受すること
に
十分以上の成算がないのなら
なにも我が魂と財産と評判を危うくしてまで
求婚なんぞ続けたくない
何かをものにできるなら
誓約に縛られることはないのだ（こいつはお前が
　証明済み）
それにしても偽誓ときては

キリスト教徒らしくないし罪深い」
ラルフォーが言う「遠からぬところに
シドロフェル[2]と呼ばれる　秘儀に通じた男が住ん
　でおり
運命の暗き秘密を取引きし
月のお告げを売っております
あちらこちらから多くの衆が群れ集い
大事なことを相談します
真鍮やしろめの器が失せたとか
亜麻布《リネン》が消えたとか
ガチョウや家禽がかどわかされ
母豚から乳飲子がくすねられたとか
牛が不調だが　さて医者に
聞くのがよいかどうかとか
また　豚や羊に疫病が出たとか
鶏の舌に斑点ができたとか
イーストもほかの手だても働かず
エールがうまく出来ぬとか[3]
バターが凝ってくれぬとか

恋人が意地悪で気まぐれだとか
みんなは悩みと尿とを携えて　彼のもとへと
答えと癒しを求めて集まるのです」

ヒューディブラスが言う「この
シドロフェルなら噂は聞いた　彼の術を試したい
もしもお前が　必要なら聖徒も魔術師に
頼ってよいと証してくれればだが」

ラルフォーは言う「その点なら疑いもなく
先般お教えした原理によって　聖徒の場合
何事のためであっても
特権を振り回せます
赴く理由さえしっかりしていれば
悪魔に会ってもいいのだと　証明済みです
というのは　悪魔と聖徒は戦の最中
巧妙に策を巡らせて
奴を利用しても罪なんかではありません
奴が聖徒を利用するのと同じ事です
現在ただ今の議会にしても
取り引きで反逆の魔女を見つけようと
全権使節[4]を悪魔のもとへと
送りませんでしたか
そいつは一年も経たぬ間に　たった一つの州内で
六十人もの魔女を縛り首にしませんでしたか
溺れなかったというだけで[5]
また地べたに四六時中座らされた者たちが
苦痛を覚えたというだけで[6]
魔女として縛り首になりました
ガチョウや七面鳥の雛　豚などが
突然訳の分からぬ病気で死ぬと

（2）シドロフェルはラテン語の sidus（星）とギリシア語の *φίλος*（愛する者）を合成したもの。
（3）魔女には、クリームに魔法をかけてバターができないようにする力があると信じられていた。エールについても同様。
（4）悪名高い魔女探索者マシュー・ホプキンズ（一六四六死亡）。
（5）二部一篇五〇二行の註参照。
（6）魔女かどうか見分ける一方法。

たちの悪い魔法のせいにされ
縛り首になった者もいるのです
ところが後ほど　本人が悪魔の手先と判明して[7]
自業自得となりました
またドイツでは悪魔めは
マルティン・ルターのもとに現れて[8]
騙そうとしなかったでしょうか
もっともマルティンがずっと上手だったわけです
が
また悪魔めは　オランダのアントワープでは
浄化と称する大聖堂破壊に協力しませんでしたか[9]
マスコンじゃ聖徒たちに謎を歌いかけ
尋ねに来た誰にでも答えてやらなかったでしょう
か[10]
いろんな姿でケリーの前に現れませんでしたか[11]
ルーダンの尼僧の腹中で話しませんでしたか[12]
ウッドストックで議会の委員たちと会見し
じきじきに取り決めを結ぼうとしませんでしたか[13]
セアラムでは　王党騎士の囚人を
かっさらい大義のお役に立ちませんでしたか

それはウィザーズが　後世に伝えようとして
不滅の詩に仕立てたとおりです[14]
我らが偉大な改革者たちもこのシドロフェルを利
用して[15]
未来を告げ知らせ
明年の勝ち戦や
いまはまだ夢の　城の陥落や　はたまた
次の日蝕から二年後に起きる海戦や　それで沈め
た船のこと
また来春には　国王の騎兵も歩兵もコーンウォー
ルで
壊滅すると書かせていませんか
また秘密委員会がいったい
何をしようとしているか
こ奴めははっきり言わなかったでしょうか
火星と土星を大義の側に立たせたり
月をも基本となる法律の側に立たせませんでした
か
雄羊にも雄牛にも山羊[16]にまで
一般祈禱書に反対だと言わせませんでしたか[17]

蠍《さそり》には声明書(18)に荷担させ
熊には改革に参加させませんでしたか
王家の星全てに　盟約を
取消させ　曖昧にさせ　また参加させなかったで
　しょうか」
ヒューディブラスが言う「この件ははっきりした
聖徒は魔術師を使ってよいのだ

---

(7) これは風聞に過ぎない。

(8) ルター自身が、一五二一年にヴァルトブルクであったこととして言及している。

(9) 内乱時にアントワープの聖堂の聖像や内陣が破壊されたが、市民の中に悪魔がまじっていたという記述がある。

(10) ブルゴーニュの町のマスコンのカルヴィン派の聖職者フランソワ・ペロー家に出現した悪魔についてのペロー自身の記述による。

(11) エドワード・ケリーはジョン・ディー（一五一七～一六〇八）のために霊媒として霊界と接触した男。ディーは錬金術師、占星術師、数学者であり、ケリーと霊との対話を記録している。

(12) 一六三四年にウルバン・グランディエというルーダンの聖職者が、ウルスラ派の尼僧たちに悪魔を取り付かせたかどで処刑された。尼僧に取り付いた悪魔と悪魔祓い師との会話が記録されている。

(13) 一六四九年に議会から派遣された委員がウッドストックの王の領地を値踏みした時、霊に邪魔されたといわれている。

(14) ウィザーズのへぼ詩に、王党派軍の兵士がソールズベリーで捕らえられたが、跪いて悪魔の健康を祝って酒を飲むと、悪魔が窓から彼を運び去ったと書かれている（原註）。

(15) ウィリアム・リリー（一部二篇三四五行の註参照）への言及。彼は議会に雇われ一六四八年のコルチェスター攻囲の時、勝利は間近という予言で議会軍を鼓舞した。

(16) 天宮の名でもある。以下蠍や熊も天宮や星座。

(17) 長老派は一般祈禱書に含まれる国教会の儀式に反対していた。

(18) 原文は“Protestation”。一六四一年に軍の陰謀の噂があった時、ピムが軍の一体性の保証として何か文書を入れさせることを提案し、それに従う形で出された。軍はこの声明書で、プロテスタント信仰及び議会の権限と特権を護持することを誓っている。二部二篇一五四行の註参照。

それはお前が聖徒流で証したとおり
論より証拠というもので
主義を知るにはどいつでも
所行を見るにしくはない
だから　さあ真っ直ぐに出発
この神秘家を捜そう
そして　運命か彼かが告げる通りに　この企てを
進めるなり避けるなりするとしよう」
こう言うと　騎士は馬首を巡らせて
ただちに冒険へと乗り出した
さて　ここで彼とラルフォーにはしばし別れて
魔術師を描くとしよう
これは読者にあらかじめ
彼の有為さをお知らせするため

この人物は長年にわたり
数学　光学　哲学　静力学
魔術　占星術　天文学に携わり
生理学界の古株オールドドッグでもあった
金串を回す犬は[19]
せっせと精出し足掻《あが》きに足掻き
車輪を登るが　残念ながら
自分の重みで下へとさがり
いつでも同じ場所にいて
出発点から一歩も出ないが
彼も様々な学術の輪の内で
生来の才を前向きに　進めようと努めたものの
しっぽを巻いてずるずる退却
落ち着く先は　ぺてん　誤魔化し　騙り事
水鳥が水にいて　決して水に濡れないように
彼の場合も同じこと　学問はちょっと噛っただけ
いかように努力しても身に付かず
彼の知力は見え見えに明白
だがホッジ・ベーコン　ボブ・グロステッド[20]以来
知識の深さを彼ほどに誇った者はいなかった
イデアの世界に精通しており[21]
人が朧《おぼろ》に夢見ることも彼には明瞭な真理
即ち　いぼ一つ取っても　地上のものは
かならず彼岸に片割れがある
地上で一人の男を選び

その顔に鬚があったとすると
理想の外国《とつくに》にも
同じ鬚面の奴がいるし
劣った地上の鬚と同様
刈り込まれ染められ縮らされているのだ
彼は　悪魔とユークリッドに捧げられた
ディー[22]の序文を繰り返し読み
ディーとケリーとがレスカスと皇帝に[23]
示した術の数々を読み取った
月にも詳しく　暦作り屋も
彼の足元にも及ばない
月の秘密はことごとく知っていたので
実際に月へ行ったのだと信じた者もいたほどで
魚の目を切ったり　刺絡《しらく》をしたり
傷やかゆみに軟膏を塗ったり
尻に蛭《ひる》をあてがったり
雌豚雌犬の卵巣を取ったりするには
月のどの相がふさわしいかを心得ており
月がどの宮にいる時が　サイダー作りに最適か
大蒜《にんにく》の植え付け　豆蒔きには
満月新月のどちらが良いかも知っていた
古代人には知られていなかった

---

(19) 輪が回ると、その運動が肉の塊を刺した金串に伝わり、金串がぐるぐる回る焼き肉用の装置で、輪の中に犬を入れて輪を回した。

(20) ロジャー・ベーコン（一二一四?～九四）の博識は有名。一部二篇三四三行の註及び二部一篇五三三行の註参照。ロバート・グロステッドは一三世紀の司教で神学者。

(21) 錬金術師たちはプラトンのイデア論を応用して、この世のあらゆる物はそのイデアから特別な力を得ることができると考えた。

(22) ジョン・ディーについては二部三篇一六三行の註参照。ディーはビリングスリーのユークリッドの訳に序文を書いた。バトラーが言及しているのは、ディーが超自然的な力について書いた別の書物。

(23) ケリーについては二部三篇一六三行の註参照。レスカスはボヘミアのシラディア宮中伯アルバート・ラスキ（又はアルスキ）で、ディーとケリーのパトロンであった。二人はポーランドのラスキの館、及びオーストリアのルドルフ皇帝の宮廷で秘術を見せている。

「月の男」を発見したのもこの人物
惑星圏には何人の
公爵　伯爵　貴族がいるのか
彼らの宇宙の帝国　支配権とはいかなるものか
海軍陸軍の兵力の程度
党派の争いはあるのかどうか　時流に乗ったり
鳴りを潜めたり　一体何を狙うのか
どんな陰謀　利益のために
派閥抗争をやっているのか　といったことも発見
　した
また月が満月になったかどうかを見極める
道具も作った　それを使えば
月が照り出すや否や　たちまち
昼か夜かがわかるのだ　この道具は
寸分違わず月の直径の長さも示すし
月は緑色のチーズではできていないと証明もする
月の男と見えるものは
実は月の地中海で[24]
男の後に従うのは
雄犬でもなければ雌犬でもなく
大きなカスピ海か湖であり
入江を足と見違えているに過ぎないし
犬の尾はどんな大きな湾なのか
犬の鼻もなかなかの内海か
しっぽ崎から鼻づら岬まで
何リーグなのかも教えてくれる
彼は星の影響力を利用し　鼠取りを作った
これさえあればチーズやベーコンを使わなくとも
鼠の方からまっしぐら
わざわざ捕らえられに来る
彼が絹糸で蛆虫をつくれば
肉料理の上で身をくねらすし
人の体のどの箇所にほくろやあざがあるのかも
その人の顔を見ただけで　言ってのけるし
やんごとない貴婦人方が処女かどうかも
くしゃみ　おなら　おしっこで見分け
薬を想像力に投与すれば
いぼでも魚の目でも治してしまうし
瘧《おこり》を追い出してから犬に移し
歯痛　腹痛は　威し文句や呪文で治し

鎌や馬蹄や火打ち石を
打ち鳴らしては悪霊を追い払う
胡桃の殻を利用して　古代ローマの奴隷たちを
叛乱へと騒り立てた火を吹く術[25]を見せ
こちらで火薬に火を付けて
はるか中国の鉱山に　交感力で発破も仕掛けた
彼は知るべきことはすべて知っていたが
実際知っている以上に知っていると主張した
パラケルススが人間を作った時に[26]
どんな薬を使ったのか
水切り遊びの石として
どんな形のスレートが一番良いか
木製のレーンに転がす時
どんなボーリングの玉が一番早いか
虱《しらみ》の背の　黒い血管の網目の中で
脈が打っているのかどうか[27]
蚤《のみ》が怒ったり恋をする時
心臓の収縮拡張が起こるのか
二匹の蚤が競争する時
疾走《ギャロップ》　跑足　側対歩《ペイス》[28]のどれを選ぶのかも
かつてソクラテスとカイレポン[29]が
測ろうとして失敗した
蚤は自分の身長の
何十倍ジャンプするのかという問題
蚤の鼻はいわゆる鼻《ノウズ》で
象のような長い鼻《プロボスキス》ではないのかどうか

---

(24) 当時ドイツの天文学者ヘウェリウスによって月の主な地点に地上の山や海の名がつけられた。

(25) 前一三四年シチリアで起きた奴隷戦争の主謀者エウルスは、硫黄を詰めた胡桃を口に含み、それに火をつけて火を吹いて見せ、自分が予言者であると称した。

(26) パラケルスス（一四九三？～一五四一）はスイス生まれの医学者で錬金術師。ヨーロッパ各地で活動した。彼は『諸物の本質』という著作において、精液を馬の糞に混ぜる等の方法で人間を誕生させ得ると書いている。

(27) この部分は英国学士院に対する、特にロバート・フックの『顕微鏡細見』中の記述に対する揶揄である。

(28) 一部二篇四六行の註参照。

(29) アリストパネス『雲』一四三～一五三行参照。

腐ったチーズにはどれだけの
違った種類の蛆が生じるのか
こうした蛆は　蠟燭屋の鼻に生じるものと
人間の目には見えないが　酢の中や
木材の中にいるものとの　どちらに近いのか
これらすべてを知っていた

彼にはケチな使用人がおり　空《すき》っ腹を抱えつつ
商売の片棒を担いでいた
名前はワッチャム[30]　生来仕事は早く
ワインを樽から抜く手腕で　法律相手にイカサマ
の技
地図に描かれた子午線のように　行間も
語と語の間もたっぷり空けて
インクは節約　紙は浪費し[31]
人の言葉は平気で借用　との噂
こうした下積みの身分から
出世したのは当然のこと
やがて魔術師の下回りとなり
占星術のまねごともやってのけるまでになった
そのやり口は　巧みな言葉で相手から
必要なことは全部聞き出し　それをもとに謎を解
く
人は自分で答えを出して
占い師にお金を払う始末
誰が何が何処でどうという
情報を集めて　やったり取ったり
発見したことはたちまちに
彼同様の魔術師仲間には筒抜け
掏摸《すり》から財布を預っておき
本来の持ち主が口に出してもいないのに
見つけ出して返してやれば
神技の占い師だとの評判を得る
ニューゲイトやブライドウェル[32]の　故買屋連中の
さらには荷車の上に立ち　上昇中の星を持つ[33]
盗賊どものホロスコープを描き
占星術の法則をあてはめ　あらゆることを探り出
す
服や金を懐中に　ドロンをきめた
召使いが　どっちの方へ逃げたかも

教会のお説教の最中に誰が時計の鎖を抜き
何処へ行けば　値打ちの半金で
時計が買い戻せるかも　盗まれた大皿を
良心的な値段で取り戻せるかも
こういったこと以外にも詩を書いて
御主人様の役に立っていた
暦の一月一月に　それにふさわしい詩を載せて(34)
裁判所の開廷期はいつからいつまで
長官の出廷日まで告げ知らせ
財務裁判所が開く日と閉まる日
豚の卵巣抜き屋が手際を見せるのに良い日
暴飲暴食に適した日はいつか
その気になったとして節制するのはいつか
不品行のやれる日はいつ　慎む日はいつ
無花果《いちじく》　葡萄　スパイスを口にできる日できない
　日
刺絡にむく日むかない日も知らせた
牢獄で小悪党が大悪党のために
縛り首用の綱のため　せっせと麻を打つように
ワッチャムは　粗末な脳みそをせっせと使い
御主人様の名声と収入を増やそうと詩を書いた
悪魔の御託宣さながらの
自作の呪《まじな》いをヘボ詩にまとめ
毎月の暦の余白を飾り
予言と称したが　全くのインチキだった
彼は鼻からしぼり出した
蛆の死を悼んで挽歌《エレジー》を作り
彼の恋人がブラックプディング(35)を食べる様を

(30) ワッチャムは当時の占星術師ジョン・ブッカーになぞらえられている。シドロフェルに当たるウィリアム・リリーに協力したことがある。二部三篇一〇九三行の註参照。
(31) 法律家はその分の経費を請求できるため。
(32) ニューゲイトはロンドン旧市街にあった監獄。ブライドウェルについては二部二篇八五行の註参照。
(33) 原文の "ascending" は二重の意味を持つ。
(34) 当時の暦は占星術師によって作られ、各月に合った十二宮図が描かれ、各月の特徴を示す詩が添えられていた。
(35) 一部一篇三一三行の註及び一部三篇二二〇行の註参照。

彼女から　閉じ込められたガスが逃れ出て
彼に詩的歓喜を与えたことを
抒情詩の韻律で頌歌《オード》に書いた
彼の十四行詩《ソネット》は大声で歌われ
群衆はうっとりと聴きほれた
耳をそば立てたお客に囲まれ
集まって来た動物の中に座すオルフェウスそっく
　り
馬車を引く馬は素通りできず
詩の力につなぎ留められ
荷を背負った荷担ぎ人足は　通りがかりに
歌のリフレーンを繰り返す[36]
窓という窓はまるで晒し台で　突き出た頭は
耳を釘で打ち付けられたかのよう
職人たちも駆けつける　怪物の見せ物に集まるよ
　うに
あるいは大好きな楽しみである
絞首台に群がるように　そんな時巾着切りが
腕前を発揮して　英雄詩に歌ってもらうと
そのような詩に歌われるためなら
縛り首になっても良いと思わぬ者は一人もいない
主従二人が長きにわたり
暮している邸宅は巧みに工夫され
近くに木や家がないために
星が自由に観察できた
すぐ横にフィスク[37]が見つけ
主人が立てた古代のオベリスクがあり
占星術のありがたい奥義に関する
含蓄深い諺がびっしり
人の言葉によってではなく謎に満ちた
鳥の糞の秘密文字によって書かれていた
その頂から一本の綱が下がり
望遠鏡がしっかりと結わえられ
極微な文字に至るまで
星を読み解く眼鏡となっていた
ある夜　少年が
鷹の形の凧を揚げた
見たこともないほど長い翼をつけ
極楽鳥か　紋章の

マートレットのように足はなく(38)
雛を孵《かえ》すこともなく卵を産むこともない
六ヤードもある乳白色の尾をつけて
尾の先には紙でできた提灯に
入れた火が吊るされ
遠目には星かと見えた
たまたまこれを見たシドロフェル
驚きあわてて目をパチクリ
「くわばらくわばら」と彼は言う「あの空に
現われるあれはいかなる凶兆か
箒星にしては箒のような鬚がない
それとも今までなかった星なのか
この星はたしかに表(39)には載っておらぬ
賢者たちが星座を記録するために
インドの植物ほどにもびっしりと
すべての獣　魚　鳥を描き込んだあの表にさえ
星が宿る十二宮の
印として描かれたものにも見当たらぬ
超自然的なものにちがいない
さもなくば空に向かって真直ぐに
発射され　恐ろしい高度に上がり
博識の学者たちが言うように
地上に再び戻らず
空気だけの層にいつまでも
マホメットの遺体のように浮遊する(40)
大砲の弾丸(41)と言わねばなるまい
地球の丸い巨体が空に

---

(36) 原文の“burthen (burden)”には「荷」と「リフレーン」の二つの意味がある。
(37) 当時のいかがわしい占星術師ニコラス・フィスク（生没年不詳）のこと。
(38) 極楽鳥には足がないと考えられていた。マートレットは紋章上の鳥で足は描かれない。
(39) 星座表のこと。獣、魚、鳥は星座名への言及。インド云々は地誌学者が未知の大陸については、珍しいインドの動植物についての記述で埋めたことへの揶揄。
(40) マホメットの遺体は鉄製の棺に納められ、磁石によって神殿の中で宙に浮いていたという。
(41) デカルトも大砲によるこの種の実験に言及している。

投げかける影より上にあるならば
離れたここから見た時に弾丸ではなく
星に見えても不思議はない」

こう言って彼は　すぐ役立つようにしてある
例の道具に跳んでいき
螢のように光っている凧の尻尾に
照準がピタリと合うまで上向けた
覗いて「南無三（と彼は言う）
これはなんと惑星だ
見誤ってないならば　タバコ詰器[42]を思わせる
あの特有の形から
あれは土星にちがいない　そうだあれは土星だぞ
しかしなぜあんなところに出てるのか
月の軌道と黄道が交わる位置と
鯨座の後足との間にある
神様　どうか災いが起こりませんように
とてつもない不吉なことの兆候だ
いやはやこれは世界の終わりか
自然界の葬式の前触れにほかならない」

こう言うと　気遣わしげに
再び望遠鏡を穴があくほど覗き込む
なんの因果かその時に翼拡げて空高く
舞い上がっていた鳥の命綱が切れ
星が墜ちた　「当たり～」と
言うワッチャム　なぜならこの弟子
師が星を狙って撃墜したと賢い頭で考えた
だがも少し賢こいシドロフェルは
大声あげた「恐ろしや恐ろしや
星が墜ちるを目にするとは何たる凶兆
この世の終りだ　時ならぬ
裁きの時がやって来るのだ
星が天から墜ちる時　最後の審判の日が
遠くないのは明らかだ
最近セッジウィック[43]に啓示があったし
我ら魔術師仲間にも同じ意見の者もいる
我らがこの世で生きねばならぬ
時間も短くなったのだから
精一杯余命を利口に使い
損した分を取戻し帳尻を合わさねば」

この騒ぎが起こってまもなく
例の騎士がさきほど述べた理由により
シドロフェルに会うために馬を進め
邸宅の見える場所までやってきた
これを見つけたシドロフェル　望遠鏡をそちらに向け
遠くに見えるあの姿はヒューディブラスと見定めた
「ワッチャムよ（と彼は言う）見よ　我らの術を試し
力を借りようとやってくる者がいる
一人はかの学識深い騎士様だ　迎えに出よ
彼らの用は何なのか　行って探りを入れてこい」
ワッチャムは飛び出し　かしこまって
挨拶したが聞きたいのは用件の方
当今の議会のように(44)痩せこけた馬から騎士が降りる時
ワッチャムしっかり鐙《あぶみ》を支え
騎士の手から手綱を受け取り
見知らぬ従者から聞き出そうと近づく
とりあえず挨拶をして
それなりに愛想をふりまいて
どこから来られどちらの方に用向きが
おありになるかと尋ねると　ラルフォー答えて
「こっち」
「もしや失したのですか――」ラルフォー答えて
「いいや」
するとワッチャム「道を失したかと聞いたのです
騎士様は――」ラルフォー答えて「騎士様は

(42) 占星術で土星を表すサイン（♄）を、パイプに煙草を詰める道具で喩えたのである。
(43) ウィリアム・セッジウィック。内乱時に最後の審判が近いと説いて回った。
(44) クロムウェル等軍幹部が議員を指名したところから、一六五三年七月に招集された議会は一般に「指名議会」と呼ばれるが、議員数が少なかったため「小議会」あるいはその議員の一人の名をもじって「ベアボーン（痩せこけた）議会」と揶揄された。

痛みに耐えかね　恋に身を焼く男
恋する男の胸は自分の胸ではありません
目や肺やもっと下の一物にもこれは言えること」
「時は今――」ラルフォーは答えて「時は今では
　三年目
恋の病は一進一退癒えることはありません」
ワッチャムは言う「時は今何時ごろかと聞いたの
　です」
ラルフォーは答えて「時刻なら七時と八時の間で
す」
「ところで（ワッチャムが言う）未熟ながらも小
　生の術によると
意中の御婦人は冷たい心を持ってるか
それとも豊かな財産を――」ラルフォー答えて「人
　の心を
結ぶという寡婦資産が騎士の思いを募らせる」
この間に騎士はといえば用件に
入る前に立ち小便
用足しが済んだ騎士を恭《うやうや》しく
出迎えようと魔術師が登場

しかしワッチャムの指示があるまで
用件に立ち入りはしなかった
ラルフォーに蒙を啓かれていたワッチャムは
騎士の用向きをすっかり知っており
魔法使いの耳元にこっそり
囁くために近寄った
だがそれをさえぎって言う
「この殿方がお超しになる前に
私が何を話していたか覚えておるか」
ワッチャム答えて「先生は
金星と火星とが互いに激しくにらみ会い[45]
いかなる穏和で友好的な星もその確執を鎮め得な
　い
様子を観察されておりました」魔術師答えて「然
　り
処女宮であったな」ワッチャム答えて「いいえ」
「土星の位置は見えぬのか」
「その星の周期のちょうど十分の一の点にござい
　ます[46]」
「万事よし」とシドロフェル「騎士殿

このような御無礼をお許し下さい
貴殿が到着された時星の相の配置を示す
天象図という天の顔に
この夕方熱心に思いを馳せておりました
しかしこれで一件落着」

ヒューディブラスは言う「このような
時刻に突然やってきて
思索のお邪魔をしたようだな
貴殿のお知恵を拝借し
お力添えを願おうと足を運んで来たのです
お許し請わねばならぬのは当方です」

「そのようなお心遣いは無用です」とシドロフェ
ル
「御来訪は星にはっきり出てました
お見え下さることをお待ち申していたのです
御説明など不用です　御用向きは存じています」
ヒューディブラスは言う「星に出ている運勢を
お聞かせいただこう　貴殿の言葉を
現実には起こりそうもなかろうと
疑わず信じよう」

「貴殿は恋しておりまするな」答えるシドロフェ
ル
「つれない未亡人がお相手で
貴殿の知性と情熱を駆り立て
三年間の長きにわたり知らん顔
ご用向きとはそのご婦人を
ものにできるかどうかですな」

ヒューディブラスは言う「これは図星
どうして言い当てられたのか
とんと分からぬ　拙者が思うに

(45) 金星（ヴィーナス）と火星（マルス）が衡の状態であることで男女の確執を示唆。
(46) 土星の周期は約三〇年、その十分の一は三年で、ヒューディブラスの恋患いの期間を指す。

スキミントンとヒューディブラス

星なんぞ馬と同じく口はきかぬし
星の相などというものも（貴殿はそれを
目を皿のようにしてご覧になるが）
天球のように篩《ふるい》や鋏によるお告げ[47]同様
貴殿に何かを示しもせぬはず
しかしもし悪魔が貴殿に加担しているのなら
高潔なる師よ　それはたいしたものですぞ
拙者が自分の運命を貴殿の口から聞くために
来たのもまさに悪魔のため」

シドロフェル答えて「騎士殿
私をやつらの一味と考え
驚いておられるならば——そんな風に見えるので
　すが——
貴殿の本当の用向きは密告なのでしょう
しかしもしそうならば的外れ
見当違いも甚しい
私自身のことですからはっきり申します
私が行なうこの業は
法に叶ったものであり
占星術の諸規則に従い判断いたします
悪魔については　私の術は悪魔とは関係ありません
言えることはただ一つ　悪魔なんぞに用はない」

ヒューディブラスは言う「人が貴殿の言い分を
どう受け取るかは知らぬこと　拙者には真意が分
　かりますぞ
貴殿の言葉は間接的にことを表し
あるものを別のもので示しておる
神秘めかした専門用語は
実は妖しい呪文であって
悪魔を呼び出すためのもの
つまるところは　まさしく魔術
だがそれは　愚かな連中を騙したり言い包《くる》めたり
二人がかりで　月を使って
策を弄したりするよりは
はるかに信頼に足るものだ

(47) 一部二篇三四八行の註参照。

貴殿の先輩の魔術師たち[48]は
月をその圏から呼び下ろし
呪文を唱えて意のままにしたが
望遠鏡を覗き込み
お月様と　イナイイナイバアはしなかったはず
それで分るのは　晴れか曇りかくらいなもの
そんなことは暦を開けば　貴殿に劣らぬ
うんちく傾け　見事に書かれておりますぞ
それゆえに　友よ　貴殿は更に奥深く
窮めておられると思われる
インドの魔法使い[49]は今も
地に穴を掘って　小便をし
それだけであらゆる疑問に答えを出し
間違えたことは一度もないとか
薔薇十字会[50]のやり方はもっと確実
おとりを使って悪魔を呼び出す
会員はそれぞれ独自の仕掛けを持ち
それを使って霊を捉える
ダンスタンが老女に化けた悪魔を捉えた[51]ように
煙りで燻《いぶ》して[52]　鼻を捉える者もいるし
網で鳥を捕獲するように
言葉と呪文の罠を掛ける者もいる
惑星の影響力が最強の時に刻印した
暗号　記号　呪いを用いる者もいる
星の力で　惑星圏から霊を呼び出し
逃さぬように摑まえて
誓言させた上で　すべての疑問に答えさせ
それから放してやればよい
ボンバストス[53]は小鳥の姿をした悪魔を
剣の柄頭に閉じ込めていたが
その鳥が　過去であれ未来であれ　彼に仕掛けられる
怪しい薬の悪巧みを教えたという
ケリー[54]は悪魔の鏡と称する石を持っており
これで見事な技をやってのけた
これを使って　悪魔とイナイイナイバアをやり
かつてないほど深淵な問題を解き明かしたとか
アグリッパ[55]は外見は普通の犬なみの
地獄のケルベロスを飼っており
この犬が　神秘学者の師となって

彼に書物を読み聞かせ
魔術以外の学問はすべて虚しいものだと
巧みに信じ込ませたとか」

これに答えてシドロフェル「騎士殿
パラケルススやベーメ[56]と同様
アグリッパも魔法使いではありませんぞ
彼の犬も悪魔ではなく
まっとうな犬で　皇帝の前で
曲芸をして　棒を飛び越え
使い走りもしましたが　おおかたの犬よりは
行儀も良く　悪魔などとはとんでもない
アグリッパのやった事を　とやかく言う者もおり
　ますが
我らと同じまっとうな学徒
薔薇十字会の会員すべてを
貴殿は魔法使いにしてしまいたいのですな
彼らがやれると言うことは　かつてトリスメギス
　トス[57]が
ピタゴラスが　ゾロアスターが
彼らの師であるアポロニウス[58]が

---

(48) テッサリアの魔女は呪文によって月を空から呼び降ろした。プルターク『予言の短所について』十三章参照。
(49) ルブラン『世界漫遊記』中の記述への言及。
(50) 一部一篇五三八行の註参照。
(51) 聖ダンスタンは十世紀の人。美女の姿をした悪魔の誘惑に対して赤く焼けた石炭挟みで鼻を挟んで捉《とら》えたという伝説がある。
(52) 錬金術師は星の影響力を得るために薬草を燃やし煙を立ち昇らせた。
(53) ボンバストス・デ・ホーヘンハイムは専らパラケルススとして知られる。二部三篇二九九行の註参照。
(54) 二部三篇一六三行の註参照。
(55) ハインリッヒ・コーネリウス・アグリッパ（一四八六〜一五三五）。一部一篇五三二行の註参照。
(56) ヤコブ・ベーメ（一五七二〜一六二四）。一部一篇五三五行の註参照。
(57) ヘルメス・トリスメギストス。エジプトのトート神でギリシア人にはヘルメス、ローマ人にはメルクリウスと呼ばれ、占星術、魔術、錬金術の祖とされる。
(58) ピタゴラス、ゾロアスター、ティアナのアポロニウスは錬金術の先駆者たちとされていた。

やったことに変わるところはありません
彼らははっきり申しております　彼らのやること
彼らの知ること　すべて先駆者のおかげだと」

ヒューディブラスは言う「トリスメギストスが何
　を言おうと
もしそれが無意味で嘘で曖昧で
理解できない屁理屈ならば
我らにとって何になるのか
『時の娘』である真実を闇に押し込め
闇から引き出すものは『時』自身だが[59]
『時』は息子を食い尽くすように[60]
娘たちも食べてしまうとか
だが真実を真実たらしめるものは
時代の古さでも著者の名でもない
紳士になって一年足らずの連中を
わずかの間に紋章官は　古代の王族の
子孫に仕立ててあげるが[61]　そうはいくまい
古代から伝わっているというだけで
どんな説でも正しいと
考えねばならぬとは筋が通るまい」

シドロフェルは言う「占星術を
悪しざまに罵り
わけも分かっておらぬのに
術の力を否定するとは不謹慎
（アヴェロエス[62]は卑劣な手を使って
我らの術を異常なものと弾劾したが）
知識がどれだけ広大なものかを誰が知ろう
人間は山の頂上にいるのではなく
山腹とか突出部に座っているに過ぎない
知識も同じこと　その高さは測り知れない
歴史を繙《ひもと》けば　どの時代にも
世界的大事件の予期せぬ展開について
占星術師　予言者によって
観星家　知識の深い星相学者
暦を作った人々によって
奇跡的な予知が行われたと述べられてはいないか
メディア王は夢を見た[63]　自分の娘が
小水によってアジア中を水びたしにし

彼女の腰から葡萄が生え出し
その枝々が王国を覆ってしまうというもの
予言者たちは　夢を見事に解き明かし
その正しさは　結果によって証明されなかったか
シーザーが元老院で敗れた時
太陽は食を起こして予言をし
虐殺を怒り　その後約一年間
青ざめていなかったか
アウグストゥスはうっかりと
右より先に左の靴をはいてしまい[64]
給料を要求して暴動を起こした兵士たちによって
その日殺されそうになったが
いつの時代の歴史にもこの種のことは
何千も語られてはいないだろうか
どの国においても　木の上で
烏《からす》や大鴉が啼けば[65]　不吉ということにならないか
ローマ元老院は　都市の城壁内で
梟の姿が見えると
聖職者に御祓いを命じ
（我が教会会議では精進[66]と言っておるが）
この丸顔の不吉な怪物が
都市に国に災いをもたらさないようにしたが
梟一羽にそんな力があるのなら
星はもっと力を持っているはず

---

(59) 当時の諺による。
(60) オウィディウス『変身物語』一五巻二三四行参照。
(61) 内戦時の成上がり者が立派な系図をでっち上げたことへの言及。
(62) アヴェロエスは一二世紀のアラビアの哲学者プトレマイオスの説に異を唱え、占星術を批判した。
(63) メディア王アスティアゲスは娘マンダーネの夢を見て、占星術師に解かせたところ、王は娘を名もないペルシア人に嫁がせ、その子シロスは全アジアを征服するとの予言を得た（原註）。ヘロドトス『歴史』一巻一〇七～八章参照。
(64) プリニウス『博物誌』二巻七節。
(65) ローマ人は烏や大鴉の声を不吉と考えた。プリニウス『博物誌』十巻一二節参照。
(66) 当時議会は特別に祈りと断食の日を定め、国民が自らの非を認識することによって神の加護が得られると言った。

同じ空中にあるとはいえ　星は
劣った梟よりもはるかに高いところを進み
ずっと下方の鳥占いより
もっと遠くまで見て予言するはずだ
かつては鳥占いとて　強力な国々を司るのに力を
　貸し
政治に役立ったのだ
我等が行うのはこの予言ということ
占星術の力によって解き明かすのだ
我らの成果は　すべての時代の出来事が
予言通りに起こったことで明らか
我らは先ごろ　月の中に
古代人は知らなかった新世界を発見し[67]
コロンブスもマゼランも
航行できぬ海と陸を見出し
望遠鏡により　山々とそこで草を喰む羊とを
はっきりと示しはしなかったか」
ヒューディブラスは言う「よくも抜け抜けと嘘を
　つく
望遠鏡は使わずとも
おまえの欺瞞は見抜けるし
おまえの言葉が真実か　それとも嘘かはすぐ分か
　る
はるか昔にアナクサゴラス[68]は
おまえが月に見たように　山を見て
太陽はギリシアくらいの大きさの
真っ赤に焼けた鉄の塊
星々は太陽の排泄物の
石からできたと主張して
自説を撤回するよりは
むしろ追放される方を選んだ

だが一体　月にこれこれの人がいて
粥を喰おうが　魚の目を切ろうが
尻尾があろうが　角があろうが
我らにとってどうだというのだ
月から何を買い入れてどんな商売をやろうという
　のか
もっと近いフランスから手に入れる方が早いでは

ないか
月に旅行に出かけても　ローマで学べる以上のこ
　とを
学んで帰ってくるというのか
政治についても学説についても
我が連邦に散見するより目新しいものがあるだろ
　うか
学問とて　地上で完成されていないものが
月から持って帰れるであろうか
地球起源でない　どんな天啓
どんな宗教があるというのか
汗出し用の　角燈《ランタン》(69)や　熱除け扇(70)は月のものが
フランス製よりできが良いのか
歌の歌い方　ギターの弾き方も
月では新しいやり方で教えるというのか
大衆の好みに合わせた芝居を
ここより知恵を絞らずに上演し
もっと気の利いたダンス　もっと風変わりなショ
　ウの台本を書き
もっとうまい打ち方で　格闘するというのか
月の人は大きく見えて
地上の愚か者よりも
大きな鬘《かつら》をつけているのか
その歩き振り　顔つきに　もっと恰好をつけるの
　か
地上の我らの方が勝っているのなら
おまえの企みは何の投に立つのか
そよ風も腹部に閉じ込められてから
下へ送りだされると強風になるが
たまたま上へと吹き昇れば
新しい『光』(71)と予言になる

---

(67) ウィルキンズ司教『月世界発見』（一六二三）に対する言及。

(68) アナクサゴラス（前五〇〇?～四二八）は宇宙は至高の知によって司られていると説き、太陽や月は神ではないと述べた。

(69) 性病治療のために使われた箱。この中にランプを置き、入った患者に汗を出させた。

(70) 紙や皮製のもので、柄がついており、貴婦人が暖炉の火から目を守るために使った。

おまえの思索がその本来の
有益な目的から高くそれ
奇想天外な様々なものを
珍しく偉大な発見となすことが可能であれ
そんなものは虚しい夢　想像に過ぎず
どう見てもあのガンザズ[72]の気味がある
まずは地上の疑問に答えるが良い
何故看板の絵には
満月ではなく三日月を描くのか
それを高度測定器で解決してみろ
何故狼は月に向かって声をあげるのか
犬は月が水面に輝くと吠えるのか
答えろ　そうすればおまえが遠くのことを
知っているのだと同意しよう」

そこで深遠なシドロフェルは
賢い振りして梟に似た目で
周囲を見つめる
物知り顔を装って
威張り出し　知恵駆り立てるため
三度首振りこう言った

「占星術の不倶戴天の敵は
第一に無恥　次には梟《ふくろう》そして鵞鳥
カピトル神殿を護る聖職者
あの神聖な鵞鳥たちは
哨戒中に鳴き声だけで
ゴール人を撃退した[73]
またアテネの懐擬主義の梟たちは[74]
自分の魂も信用できず
目と手の届く範囲を越えては
いかなる学問も理解せず
自分の知識ですべてを計り
すべては不可知だと考える
コーヒーハウスのあの大勢の
批評家たちも学問と聞けばすべてをけなし
我々が自然の中のいかなる根拠に
教義の基盤を置くのかを
含蓄深い証拠で証明できたとしても
分かろうとはせぬ

お前が聞きに来たことを予言して
たった今証明してやったのだが
星々の創造は強盗夜盗を
夜陰に照らすためだけだったろうか
酔っ払い　泥棒　金あさり
ドアの後ろでお楽しみの
はたまた生け垣の下で結婚の誓いを
交わし合う恋人たち
薬草を採り　絞首台の
罪人たちの体の一部や
晒し台の反逆聖徒や偽証者たちの
耳の端を切り取る魔女たち　そんな奴らに
星は仕えてただ傍観するのみで
人の言うことをなすことを知らないだろうか
天上の星座の中で
生まれと育ちが地上ではなく
それゆえ卑しいこの世のことを
知ることができぬ　そんな星座があるだろうか[75]
たいていの星たちの一生は
海賊　娼婦　泥棒ではなかったのか[76]
昔採った杵づかを
今も使いはしないだろうか
生まれの点で自分の宮《きゅう》を地上に
由来せぬ惑星があるだろうか
それゆえ過去現在の地上の行為を
星はおそらくお見通しなのだ
誰が天秤座を造ったのか　牡牛座
獅子座　牡羊座の由来は如何に

(71) 宗教論争で多用された言葉。
(72) ゴドウィン司教によるロマンス『月の男またはドミンゴ・ゴンザレスの月世界旅行』（一六二八）への言及。主人公はガンザズという架空の鳥によって月へ運ばれる。
(73) ゴール人がローマのカピトル神殿を攻撃しようとした時鵞鳥は啼いてその危急を知らせた。
(74) ピュロスやエンピリクスのようなギリシアの懐疑主義者。賢こそうな愚か者を梟といった。
(75) 星座に地上の動物等の名が付けられていることへの言及。
(76) 神話の神々とその所業への言及。

この地上の我々がアルゴー(77)を装備して
髪座《ベレニケ》の鬘(78)を造ったのではなかったか
御者座が着るのは誰のお仕着せ
またカシオペアの椅子(79)を作ったのは誰なのか
星たちの出自は地上
だから我らと情報を交わす
プラトンは幾何学なしでは
治世はできぬと言ったのだが
（それはお金が寸法重量数《かず》の上で
万物の尺度ゆえに
教会と国家に関することにあっては
お金が秤と分銅になるからだ）
それなら天上が地球の上にあるかぎり
幾何学なんぞは問題外
神聖な占星術がないのなら
なおのことこの世のことは証明できぬ」

「この問題について（騎士は言う）
お前が挙げたこれらの理由が
学者が持ち出すいかなるものより
意義があることは認めよう
しかしこれでもお前の仕事を
続けさせるほどには十分ではない
エジプト人の言うことには
太陽は沈んで昇る場所を二度変えて
西に二度昇り同じく
東に二度沈んだと(80)
だがこれの真偽は
断じて誰も知りはせぬ
昔の賢いエンペドクレスや
彼を承けた今の著者の意見によれば
天上世界は駒のように
くるくる回って保たれて
もしも旋回しないなら
すぐにも地上に落下するとか
プラトンは　太陽と月は他のすべての
惑星の下を通ると信じた
太陽よりも高い位置に
水星を　また金星をおく者もいる
学問のあるスカリジェ(81)は

コペルニクスの主張に文句をつけた
その主張とは千二百年間に
太陽が通い慣れた道を離れ
地球に近づき五万マイル以上も
故郷を離れたというもの
これは名高き嘘っぱち
こんな馬鹿げたことを広める
恥じ知らずな奴は尻をしこたま
ぶたれるべし　とスカリジェは誓言した
それを聞いたムッシュウ・ボダン[82]は
真理を誹謗する奴の方が
はるかに咎に値する　こいつは
ローマ法王よりも無知な奴だと断言した
カルダーノ[83]の信じたことは
偉大な国家は熊座の尻尾の先次第
太陽に向けてそれを振れば
強国は上へ下へと散らされるとのこと
そんなことは嘘八百
本物の熊には尻尾はない　と言う者もいる
またある者は十二宮はずっと前に
昔の位置を変化させ
一つずつ前進し昔の白羊宮は
今では金牛宮だと証明する
三宮一体[84]はぶった切られて変化して

---

(77) イアソンが金毛を求めて航海した船。
(78) ベレニケはエジプト王プトレマイオス・エウエルゲーテスの妃。王の戦勝を祈って髪を切りヴィーナスに捧げたことはカトゥッルスが第六六歌で歌っている。なお、これがポープの『髪の毛盗み』に着想を与えた。
(79) カシオペア座のW字型に配列された五個の主星をいう。
(80) 太陽が四度いつもとは異なった動きをしたことをエジプトの僧侶から聞いたとヘロドトスは伝える。
(81) ジュール・セザール・スカリジェ（一四八四～一五五八）。イタリアの古典学者、自然哲学者。
(82) ボダン（一五三〇～一五九六）。フランスの政治哲学者。
(83) ジェロミーノ・カルダーノ（一五〇一～七六）。イタリアの物理学者、占星術師。
(84) 十二宮中互いに一二〇度離れた三宮の一組。

水の宮は火の宮[85]と変わるのだと断言する
それならどうして星の与える影響が
昔も今も同じと言えるか
このことが　たとえ占星術が正しくとも
今の予言者を誤らせるだろう
何万年もの間予言者たちが
製図や天宮図によって
カルディアの魔術師[86]よりももっと
嘘をついてきたのもこれが原因
その上ラテン語の初歩も知らぬため
翻訳は滅茶苦茶
能ある言語学者がイドゥスとカレンダエ[87]を
英語にして四半期支払い日とするようなもの
それでも隠語や策略や詐欺を使えば
その程度でも十分役立ち
物事が起こる前に先を読むと
阿呆たちに信じこませ
捕らえてもいない魚を食べさせ
孵《かえ》る前に鶏の数を数えさせ
素早く星図を作ってやり
聞き出した話を説明として返し
一番金を出す者や一番信じやすい者に
最高の星運を与えるのだ
ある者は町や都市の運命を占い
また手っとり早く全世界の運命を占い
阿呆や子供を扱うように　望むところを
新星に認めさせる
猿　子犬　猫の隠れた運勢を
計算する者もあり
競走馬　闘鶏を占う者もいれば
恋に商売そして訴訟　また梅毒の
行く末　父母や
夫と妻の寿命を計り
また衝や三分の一対座や矩象[88]を作り
誰が石女《うまずめ》　誰が子持ちになるかを教える
あたかも星の最初の位置が
幼な子の体に影響し
未来の運と不運を
注ぎ込んだと言わんばかりだ
この運不運　暗い定めに潜みはするが

決まった時に活動開始
長い病の隠れた病根
突然　友情や敵意や闘争
すべての人生の危急事となって
予告もなしに現れる
幼な子がこの世を覗き込むやいなや
この世の行為はすべて終わり
すべての病いにかかり
病人を治し命を奪うあらゆる薬を飲んでしまい
きっちり決まった数の妻を娶《めと》り
寝取られ　破産し　金を儲ける
星の瞬き一つで人は
平和好き　戦い好きに分けられる
盗人と判事　阿呆と悪漢
威張り散らす役人　奴隷
悪賢い法律家と掏摸《すり》
偉い哲学者と脳たりん
格式ばった説教家と役者
学ある医者と人殺し　これらも星の瞬き一つ
星たちの乳を吸えば
老年　病気　運の悪さ
知　愚　名誉　悪徳　美徳
商売　旅行　女　淋病　賽子《さいころ》も飲み
最初に吸ったその息で
戦争　殺人　突然の死を吸うかのよう
星から輸入して
民衆には　必需品で保証つきだと
言って売りつける
これらはまことに結構な品ではないか
あの世で返すと約束して
借金するドルイド僧も顔負けだ」
シドロフェルは言う「よく聞け

(85) 蟹・蠍・魚座は水。牡羊・獅子・射手座は火。
(86) 占星術はバビロニアにおいて確立した。カルデアはバビロニア南部地方の古名。
(87) ローマでは、三月、五月、七月、一〇月の一五日とその他の月の一三日はイドゥス、各月の第一日はカレンダエと呼ばれた。
(88) それぞれ占星術における惑星の位置。

お前は占星術師とその業を不当に扱う
我々の原理に反対する奴らと
議論をしても始まらぬから
今一度（前と同じく）
お前に分かるようにして
現時点での観察で
星図を描いて　お前は忘れただろうが
身に起こったことを教えてやろう
これは最悪の星運だぞ」
そう言って円や四角を描いて
星の暗号記号をつけた
それから全くのでたらめに
描いたものを解明せんと見渡した

彼が言う「この天宮図には
キングストンで五月柱《メイポール》なる偶像と
お前が喧嘩をしたと出ているぞ[89]
お前が背中と脇腹をひどく叩かれて
熊には勝ったが　犬には
ブレントフォードの市で敗けたと出ておる
屈強な肉屋どもに頭を割られ
子供扱いされたとも」
ヒューディブラスが言う「分かったぞ
失礼だがお前は占い師などではない
あのつまらない話は実は嘘
お前のような愚か者を騙すためのデッチあげだ」

「嘘だと」とシドロフェル「お前がほらを吹いても
わしが確言することはかならず起こる
ワッチャムが目の前で証明し
やつもその場にいたことを示してくれるわ
ワッチャムはあのフランス人山師の役をした[90]
わしの術でフランス人に変えられていたのだ
やつはお前の上着を盗み　懐中物をすったのだ
馬鹿みたいなお前を騙してな
否定するなら　お前が盗られたものを
ここで出してくれようぞ」

ヒューディブラスは言う「その議論の

実証性は信じよう
ラルフォー　証人になれ　警官を呼んで来い
この悪党共を捕まえさせよう
こいつらは嘘つきの悪党　騙し屋
ぺてん師　手品師　詐欺師だが
こいつらをレンガ工の垂直重りにしてやろう
真っすぐに吊るしてやる
こいつらは自ら白状したごとく
重罪だ　法廷では
この振り子の振動によって
すべての仕立屋が計るヤードが
一致するように[91]
満場一致の有罪にしてやる
こいつが長い間ほらを吹いてきたことを
今度は法廷で証明してもらおう」

シドロフェルは言う「わしを支持する味方が
いるのは間違いない
最後にこんな輪をかけたほら吹きのために
曝し者にされ苦しむために
国の側に立って我が術と
首を賭けてきたのではない」

「ほら吹きだと」とヒューディブラス
「この刀でその言葉をお前の嘘つきの喉に詰め込
むぞ
ラルフォー　急いで警官を呼んでこい
この地獄の詭弁家を捕まえるのだ
わしはこいつとワッチャムが逃げぬように
追い詰めておくから」

だがシドロフェルはヒューディブラスの相によって

---

(89) この部分は、一六六三年に出版された作者不詳の『ヒューディブラス』の贋作の第二部にあるエピソードに言及したもの。

(90) 前述の贋作の第二篇でヒューディブラスは、にせ薬を見物人に売ろうとするフランス人山師に会う。

(91) この振り子の実験は、一六六二年にクリストファー・レンによって、英国学士院の例会で行われた。これによって彼は寸法の普遍的基準の設定を提案した。

ヒューディブラスがシドロフェルとワッチャムをやっつける

最悪の星の相の予言より
もっと悪い予言を
作図した　その図によって
近づく危険を避けるのは
今が一番と彼は考えた
ヒューディブラスは一人で
彼とワッチャムだから二対一だ
こう決心すると　彼はたまたま
ドアの後に焼き串を見つけた
これは多くの逞しい手足を突き刺して
足　腰　肩に穴をあけた槍だ
それをひったくると
ワッチャムは火かき棒を手にとって
ヒューディブラスを刺そうと飛びかかった
自分の役を果たそうとした
だがヒューディブラスは用意よろしく
しっかりと守りを固めていた
シドロフェルの突きをそらすと
男らしく突進し
相手から武器をもぎ取ると
相手を地面に倒してしまった
ワッチャムは火かき棒を投げ捨てて
卑怯にも背中を向けて逃げかけた
しかしヒューディブラスは電光石火
尻に一撃
お偉い哲学者が言うごとく
名誉が宿るあの場所だ
あそこを蹴り上げれば
顔に深傷受けるより名誉が傷つく

ヒューディブラスは言う「星の定めにより
お前たちはわしの捕虜だ　蛆虫どもめ
わしが来た目的同様に
星でそれが分からなかったのか
これでお前たちが自分のことにも目がきかない
詐欺師だと分かったぞ
お前たちの生命はわしの意のままだ
罰金を払わせて助けてもよし笞打ちもよし
だがこんな下劣な生命二つを取ったり売ったりし
て

名誉を汚す者があろうか
生命は助けてやろう　だがお前たちからの略奪品
つまり勝利の騎士が剣で
刈り取り耕す農作物
それは我がものと戦の掟が認めておる」

急いでこう言い　急いで彼は
シドロフェルの持ち物を探しだす
まず両方のポケットを探り
時計を一つ　指輪とロケットはいくつも見つけた
それは作図をして発見してみせるために
彼が預かっていたもの
銅板があるが　これには
ブッカー　リリー　サラ・ジマーの[92]
様々な記号と暦が彫ってある
盗人発見用の未使用の図表もある
ネイピアの骨[93]　月時計
惑星が最強の時に彫った
お守りの石もある
これは人間に不思議な力を及ぼして

法律業や商売で儲けさせ
刺殺毒殺を免れさせ
機知と知恵に優れさせ
恋の勝利を与えるのだ
ワッチャムは鐚《びた》一文持ってない
彼から分捕る価値はない
彼の所持品は尻の治療代にと
征服者は手をつけなかった

だがシドロフェルはロータ[94]会会員が
政略でいっぱいのように企みがいっぱい
すぐに不注意な征服者を騙そうと
思い巡らしていた
この世の闇の支配者[95]が
我が身柄を捕まえに来ないうちに
彼が（少なくとも）喜んで勝利をあきらめ
怖くなって逃げだす法はと考えた
兎を狩っていた狐は
背後に追っ手が迫ったとき
名誉を保とうといろいろ考え

絞首台でならず者の間にぶら下がり
犬たちが下を走り回っている間に
(死んだふりをして) 難を逃れた
それは狡猾ではなく　頭脳で押し合う
一連の原子のためだと
えらい哲学者たちはいうのだが
同様にシドロフェルはいろいろ考え
慣れた商売また始め
真面目に死んだ振りをする
まず片足を　次にもう一方をのばす
途切れ途切れの溜め息を
胸から押し出し彼は言う「ここはどこだ
私は生きているのか死んでいるのか　どこを通って
遠い所をこんなに速くやって来たのか
だが　私は月にいたと思ったが
外人部隊のスイス兵よりまだ恐ろしい
巨大な鬚の怪物が
私の体に穴をあけ
私の横でワッチャムを殺し
われわれの半ズボンを調べて
すべての持ち物を盗んだ　と思ったが
ほら　彼はそこにいる
私が突き刺された個所はここだ
ああ　横にワッチャムがいる
完全に死んで　自分の血に染まっている
ああ　ああ」こう言って呻き声をあげ
また気絶した
両眼を閉じ　息を止め
本物のように死よりも死をうまく演じた
そこでヒューディブラスは　みかけを信じて

(92) ジョン・ブッカー（一六〇一～六七）は占星家で暦の作者。ウィリアム・リリーはおそらく当時もっとも有名な占星家。一部二篇三四五行と二部三篇一七一行の註参照。サラ・ジマーは一七世紀中葉の暦の作者。
(93) 対数の発明者ジョン・ネイピアによって発明された乗除の道具。細い骨あるいは象牙でできていた。
(94) ロータ会は、政治的理論の議論のためにジェイムズ・ハリントンによってつくられたクラブであった。
(95) 夜警の警官。

まったく死んだものと思った
ラーフの帰りを待っているのは
もはや安全ではないと彼は考えた[96]
ラーフはもう見殺しにしよう
ヒューディブラスは考えた「ラーフは我らの教会
を
悪く言い　万民の業を進めるのに
わずかな努力も断って笞の一打ちも受けなかった
我らの長老会教師たちを塵のように馬鹿にし
その規律を愚弄した
教師たちの階級の秘密を暴露し
その集会は偶像の座だといいおった
十分の一税用の豚を異教的といい
チーズとベイコンを無視しおった
かれらの契約を軽蔑し
わしの前で教区牧師を馬鹿にした
この悪口すべての仕返しとして
この事態はまことにうってつけ
今後わしの怒りをさそう時には
気をつけるだろう

奴は（少なくとも）手をあげて[97]
十二名の陪審員に吟味される
彼らは手相をみる技術で
すぐに奴の運命を読む
進んで聖職者特権[98]を主張するか
さもなければ絞首刑だ
奴の「光」と「賜物」がこれまで以上に
本物にならねば　きっとそうなる
もしも笞打ちだけで逃れられれば
奴には願ってもないことだ
それでわしの良心は
奴のいう義務から解放されるだろう
奴がやんわりと否定したことを
力ずくで甘受させてやろう
わしの名誉に満足を与え
兄弟の行いを矯正するためだ」
こう決心するとすぐ行動に移り
素早く彼は馬に近づく
いつもとちがって敏捷に
背の高い馬に乗ろうと試みる

乗ってしまうと拍車をかける
敵とラーフから逃れるため
危険と不安と敵ども尻目に
風を切り少なくとも三馬身分駆けぬけた

---

(96) 殺人を犯したところへ警官がやって来るので。
(97) 犯罪者が裁判を受けるときには、被告席で手を上げた。
(98) ラルフォーは独立派。この派は一人一人が聖職者であると主張した。

『ヒューディブラスからシドロフェルへの英雄的書簡』(1)

見よ　またしてもクリスピヌス(2)が

さて　シドロフェルよ　お前のいかれた頭を
満月の巡り来るたびごとに
切開せずに修繕することなど
かなわぬことだが
しかし　お前が成仏する前に
最後の妙薬を試すも悪くはない
もう末期的症状だから
一か八か試すが良策
お前の耳は
イッサカル(3)の部族の耳と同じもの
しかも（至当にも）質と量ともに
切り取られ　十字架にかけられる前の
ウィリアム・プリン(4)の耳に
匹敵するが
大衆の罵声の騒音が
耳に入らぬとは奇態なこと

（1）この書簡は第二部の最後につけ加えられたもの。第二部のシドロフェルとは関係なく、英国学士院への攻撃となっている。"Heroical" となっているが五歩格ではなく四歩格である。

（2）ホラティウス『諷刺詩』（一巻一篇一二〇行）にでてくる三文作家。

（3）『創世記』四九章一四節のろばの名。

（4）ウィリアム・プリンは風紀紊乱のかどで晒し台にかけられた。二部三篇一五四行の註参照。

お前の美徳を高らかに
かつ　あけすけに語っている
その様は　手押し車や蕪《かぶ》売りの車に
合わせて合唱している声や[5]
早生《わせ》の豆を売り歩く
新発明品の機械仕掛の音のようだ[6]
（ガーンと一発
お前の鼓膜を破るほどの騒音だ）
お前の愚行は知れ渡り
新味を失い人の口にものぼらないので
愚行などというものはなく
自然界から消えたのだとお前は思いかねないが
実際はこの数年間荒れ狂い
ますます激しさを増すようだ
というのも一体全体お前以外に誰が
かくも無知と獣性に取り付かれていよう
人の軽蔑も嫌悪も
嘲笑も名指しも
臼で碾《ひ》こうとも[7]
お前に理性と道徳をたたき込めようか

（神に見棄てられた者のように）どんな治療を施
　しても
ますますひどくなっていくだろう
輸[8]血は愚者を獣に変えるが
お前には効果はあろうか
雌犬の乳を吸わせると
小豚も雑種犬になるが[9]
同じようにやってみても
お前をましな獣にはできまい
お前の提唱した
正常な卵と腐った卵を区別する[10]重大な陰謀や
木の傷　かさぶたを
癒す新治療法
木に放血をして樹液を出させ
病んだ液を排出し
潰瘍吹出物
樹皮の発疹やこぶを治す技[11]
それらの術を使っても
お前の愚鈍な頭には効かず
みだらな方向へ曲げ

当然の罰へと向かわせるのではないか
そしてお前のお気に入りの風力四輪馬車[12]のように
子供達の目にとまり　付きまとわれはしないか
老犬を若返らせる技[13]を持つと
豪語したがお前の場合
単に若返らせるのみならず
幼児化させるほどの力を発揮したのだ
一瞥するだけで全ての書籍を
判断できると自負するお前は
人がこつこつ読むところを
顔つきひとつで問題を解決し
眉をけわしくひそめて
どんな知識も解き明かし
顔をゆがめれば
全科学　全学問を発展させ
鋭い視線で深遠な摂理を探り
僅かなヒントから
その職業に生まれついた者よりも詳しく
その機能を知るのだ
だがまともであれイカサマであれ
自分自身の愚かさを助ける技は持たないのか
それゆえ世に出ようとすればするほど
その愚かな姿を曝すことになる
ヤマシギが大きな目でそれとわかるように

(5) 物売りの声。
(6) トランペットかベルの音を指すが、あるいは当時発明された拡声器かもしれない（三部一篇二五一行の註参照）。
(7) 『箴言』二七章二二節参照。
(8) 動物間の輸血は学士院の初期に数回行われた。人間への例もある。
(9) ジラルダス・カンブレンシスによれば、犬の乳を吸った豚が犬のように賢くなったという。
(10) 顕微鏡によって卵が腐っているかどうかを知ることができるという発表が学士院で行われた。
(11) 木や植物の治療法、樹皮、樹液のことも学士院に持ちこまれている。ここで使われている言葉は淋病を暗示している。
(12) ステヴィナスの発明による帆をかけて風力で走る車に対する言及。これについてはスターンの『トリストラム・シャンディ』二巻一四章にも出てくる。
(13) 学士院で実際そのような実験の報告が行われた。

愚者もまた賢者ぶった顔でわかるのだ
だから、お前はカレッジ[14]から
（たかだか）知識を四分の一ほど授けて貰い
評判を落とすばかりで少しも貢献はしない
あたかもポール卿[15]のごとく一人で
独裁的な力を持ち
裁き検閲し統制し
分をわきまえずに
厚かましくも知ったかぶりを押し通す
物事は無知と顔つきだけでは
片付かないことを今に知ろう
そうなのだ　歴史に残るこれほどの名声を
お前はすでに購って
今やその才能は知れわたったが
人が信じられる限界を超えたため
奇想天外な話はすべて
お前のドイツマイル[16]で計られる
目利きはその尺度を使って
嘘の大きさを測定し
どれほどの量に達するかを計算する
そしてお前こそが一番と決めるのだ
当然お前の嘘とされていい嘘も
そうだとされてしまった嘘も
今や全てお前に帰せられて
若輩どもの名は口の端にものぼらない
ああ　あの能力は　それによって
名を上げようとすると　ぶち壊しにし
装填しすぎた銃が反動するように
お前のはかない評判を消す
厚かましい奴というのは
知らぬものはないふりをして
恥以外には何もない身で
世間には権利を主張する
大衆の軽蔑ほど易々と生まれるものはないことや
お前の面の皮の厚さには
どんな侮辱も一歩譲ると
お前は身をもって示したが
顔を使って豚が生け垣を通り抜けるように
お前もその顔で万事を渡ってゆく
しかしそれは偽りで厚い皮に過ぎないから

いつでもうまく行くとは限らない
詐欺師は正体を知られたら
それでおしまい　あとは破滅
賢いふりをする愚者に
起こり得る幸運は
狂人の場合と同様で
できるだけ早く月から解き放たれて
その影響から逃れても
取り戻す理性はちょっぴり
正真正銘の阿呆となり
子供や群衆の慰み者となる

---

(14) 学士院のこと。グレシャム・カレッジで会合を持った。
(15) ベン・ジョンソンの『ヴォルポーネ』の中の愚かなイギリス人、ポリティック・ウッドビー卿のこと。グレイやナッシュは王立協会の初期の会員であったポール・ニール卿に対する言及という。
(16) 一ドイツマイルは、イギリスの四マイルから五マイルに相当する。つまり信じられないような話はおまえを基準にして測るの意味。

第三部かつ最終部

第一篇

梗概

騎士と従者はお互いに
絶交を即座に決断
従者は密告　騎士は求愛するために
貴婦人の館を訪れる
彼女は復讐の女神や小鬼が登場する
仮装舞踏会で二人をもてなす
従者はそこから騎士を運びだし
夜陰に乗じて逃亡する

一つの弓に二本の矢
恋と金とに情熱を燃やす
そんな男を除いては　誰も
希望のない恋を押し通せはしない
というのも　勇敢で意志も固く
求愛を諦めるのを潔しとせず
炎も情熱も二倍ある時こそ　かえって
恋の苦悩は半分でも　首を吊ったり身を投げたりする
一方　愚かにもまっとうに
誠実なやり方を貫く者は
へたな求愛をして
流れに逆らい情熱の舵をとる
ある者は　星占いで恋人をでっち上げ

その恋人がつれなくて
月に恋したカリギュラ[1]よりも
勝ち得る見込みの無い時には
自分の求愛の邪魔をしたといい
星に向かって嘆き悲しむ
月を頼み　日の女神に喩えたために
御婦人はなおも厳しくつれない態度
それゆえにますます恋しくなるのは
自ら蒔いた種なのだ
思うに　優しい花嫁を手に入れようと
気が狂い悶死した男がいただろうか
心優しい淑女を得ようと
入水や首吊りをした者がいただろうか
目もくらむ　高い窓から飛びおりて
極楽浄土に行った男がいただろうか
だが性悪の気短か女のためには
恋する蝿が自分の恋の炎に身を焦がす
これは大勢がやることだから
騎士にとっても旧知のこと
求愛を確実に遂行するため

騎士はより賢明な方法を取り
あらゆる手段を試みようと決意
それは以下適切な時と場所で語られる

魔術師と騎士との
血なまぐさい闘いが　一切の付随する
出来事とともに終わるや否や
騎士は再び恋人に逆戻り
敵を打ち負かした時
いつもそうしていたように
古の槍を揮《ふる》う勇者にならって
滑稽にも武勲を惚れ薬に利用した
意気揚揚と勝ち誇り
勝利を栄光に満ちたものと考えた
このような覇者がケチな警官や小役人を
相手にするなどとんでもない
法学院や法廷の女主人の正義の女神に
保護を訴える必要もない
女神は彼の申し立てを
おそらく神の裁き[2]にゆだねるだろう

そこでは　誰も逃げられず
赤く焼けた鉄の焼印を素手に押されてしまう
詩篇の一節が読めなければ　もっとひどく
絞首台で賛美歌を歌う破目になるだろう(3)
そこで　悪魔の手になるような
恥を招くのは枯券にかかわると判断し
従者を監獄へ出頭させ
自分には　保釈と保釈令状を求めさせ
従者には　降りかかる災いのすべてを
体で受け止めさせようと決意した
彼は今この時が　貴婦人を再攻略する
絶好の時と考えた
あの獰猛な魔術師討伐の
遠征とその勝利を知らせ
乱闘の有様を物語り
持ち帰った掠奪品を示すのだ
生々しい殴打の跡は
笞打ちの数と強さをはっきり示し
彼があの行をなし遂げた(4)と
おそらく信じて貰えるだろう
そのことを強調し　魂を質に入れてでも
誓おうと決心した
背中を見せて証明し
良心を拷問台に置くよりはましだろう
彼の方は　条項を遵守し　笞打ち
そのほか一切　やってのけたと
強く述べたて　彼女の心
動産不動産　よき美徳
彼女自身も彼の抱擁に委ねることを
要求しようと決意した

（1）カリギュラは満月を招き寄せ、一晩中抱擁し月光と共寝したという。スウェトニウス『カリギュラ』二二章。
（2）中世の神明裁判への言及。たとえば、無罪証明のできない被告は、真っ赤に焼けた鉄をあてられ、後で傷が癒えていれば無罪とされたというようなことが行われていた。
（3）昔ラテン語聖書『詩編』五〇篇の冒頭の一節を読めた者は絞首刑を免れた。
（4）騎士が貴婦人に約束した笞打ちのこと。二部一篇の後半参照。

彼は考えた　古の遍歴の騎士たちは
戦いで貴婦人たちの心を捉え
巨人を群ごと切り刻み　それを手柄に
女性の恋心を掻きたてたが
その頑な心は求婚者が
瀕死の状態になるまではなびかない
彼らの骨が激しく打たれ
愛のためにもうこれ以上戦えなくなった時
女性の心はなごみ始め
恋人の受けた打撃に征服されたものだ
そのようにスペインの英雄は　槍で同時に
牡牛を傷つけ　貴婦人の心を射止め
高貴な妻を獲得し
寡婦の所有する牛の大群を手に入れるのだから
あのような巨大な牡牛をやっつけたわしは
どんなことでも期待できよう
一方　従者は騎士の命令に
従うために旅の途中
騎士に言われ　自分のものを不正に盗った
魔術師を攻撃するため
役人　警官　夜警らの
強力な部隊を呼びに行くところ
だが騎士も先程　敵を攻撃し
同じ犯行を犯したのだ
ポケット全部を点検し
奇妙きてれつなものすべてを盗んでいた
占い師があらゆる手段を用いて集め
話をでっちあげるため　自分のものとしたものを
そして二人が拘置所一掃審理の時
互いの罪を暴きたて　両者とも
証拠は十分　その結果
絞首刑になるかもしれない
ぐずぐずして共犯にされてしまうのは
とんでもないことと従者は考えて
命令などは打っちゃって
騎士にまかすのが賢明だと決めた
あの日　騎士が彼に行おうとした
あの不正で卑劣な行為を思い起こす

あの騎馬行列[5]という
天の配剤がなかったら
いかなる獣も逃れることのできないような
彼を鞣《なめ》し革にしようとした行為だ
そこで（先に述べた理由で）
騎士が　厳しい正義の女神と
情け容赦のない陪審員に
従者を委ねてしまおうとしたほぼ同じ頃
従者の方も　騎士を見捨て
同じ境遇におとしてやろうと決心し
騎士がしてきたこと　そしてこれからすることを
あの貴婦人に知らせようと心に決めた
シドロフェルと騎士が争ったとき
どんな計画にとりかかっていたのかも
彼女には確かに実行したと誓ってみせようと
強く堅く決意していることも
良心を質にいれても彼女と結婚し
悪魔に賄賂を贈っても彼女を奪うつもりであるこ
　とも
この点については　両者ともすでに
彼らの党派の聖徒を代表するつもりで
華々しく理論武装し
従兄であるドイツの聖徒に
取って代わろうとするほどに
自派の主張を述べていた
しかし　騎士が計画を実行する前に
従者は素早く機先を制し
貴婦人に騎士の策略を前もって打ち明けて
目的を達したのだ
彼が丁度話し終えたとき
騎士が中庭で馬から降りた
そして馬を杭に繋ぎ
ゆっくり時間をかけて馬も彼も放尿した
ベルトを絞め　鬚《ひげ》を撫で付け
しゃれものとなって声をかけ　ものにするため
今や　戸口に近付いた時
その前から彼をこっそり見ていた彼女は

（5）スキミントンのこと。一部二篇五六五行以下参照。

密告者を見えないところへやって
騎士を迎えに出ていった
彼女に出会い　へりくだり
恭々しくお辞儀をし
作法どおりの挨拶すべてをやってのけ
鬚をなでつつ　彼は言った
「奥様あなたの靴のひもの
影を崇めますのが私のつとめ
今　あなたの耳にお聞かせできる
あなたが喜ばれる　と思いたい
贈り物を持ってきました　あのことをやりました
さもなくば生きてはいられません
そこで　私は今あなたのやさしい手が
契約を履行されることを要求します
私がやるべきことをして　痛い思いをしたのだから
あなたも喜んであなたの努めを果たされるでしょう」
そう言ってあたかも背中が痛むがごとく
彼は頑強な肩をすくめてみせた

しかし　彼女は彼が何を企んでいるのか
（話し始める前に）知っていたので
彼が匂わせた謎も
知らないふりをして
何をおっしゃっているのかわかりません
わかるようにお話し下さいと言った
「奥様」と彼は言う「私が来たのはあなたへの愛ゆえに
どれほど苦しんだかを証明するため
（あなたの信奉者のように）あなたの愛を得るために
皮膚がずたずたに切り裂かれるのも厭わず
あなたの好意と優しい心を得るために
あの笞打ちにも立派に耐えました」
女が言う「私がかつてあの魔法の砦[6]から
あなたを救い出したことを思い出します
あなたはその好意に対し　あなたの背中に
お行儀を教えると約束なさいました

私のために　私への奉仕として
背中に重荷を背負わすと誓われました
騎士たちが言い寄る時そうするように
どれだけ耐えられるか見せてくれるとも
あなたがそれをしたか　しなかったかは
私ではなく　あなた自身に関わることです
もしあなたがしたのなら
考えていたよりご立派だと認めます」
彼は言う「もしあなたが私の真実を疑うのなら
誓うことによってしか証明できません
それについて疑問がおありなら
確かにやったということを魂をかけて誓いましょう
魂を身元引受人にすることが
最上の保証になると思います」
女は言う「差し押えや財産没収に対して
魂は安全だと言う人もいます
魂は訴訟からも自由だし
処刑や軽蔑からも免れています
あの世で召喚されるとしても
この世では召喚は非合法です
それゆえ魂がどんな苦況に陥っているのか
気にする人は少ないのです
というのも　たいていの人は
この世　地獄　天国に　事を均等に配り
どこでも罪とならぬよう
すべてを自在に取り扱います
が　天国にしろ地獄にしろ　あの世のためにこの世を
この世のためにあの世を捨てきれません
そこで　彼らが魂を質に入れようが入れまいが
魂は言葉のうえでの囚人でしかないのです」
彼は言う「人間がこの世にもあの世にも
義務を負うのはもっともなこと
神の権威と人の権威の間には

（6）足枷のこと。二部一篇一〇三行参照。

霊的交流があるのだから
地上で決定したことには
場所がいずれであろうとも服従せねばならぬもの(7)
刑が　罰金とか耳削ぎとかに減刑され
執行されるその時に
質に入れた魂　抵当物件の魂ほど
人を縛るものはありません
それというのも誓いこそ　正邪真偽の
唯一の試し　封印だからです
立法　裁判の及ばぬところを
試す術は他にはありません」

女は言う「何をお誓いになりたいの
聞かなくては何も信じられません
どんな話も（たわごとも）内容を知らなくては
嘘か真実かわかりません」

彼は言う「先日あなたが命じられた
お言葉どおりに従おう
あなたの美しい瞳のために（生徒たちがやるよう
に）
私への課題をやり遂げよう
この件についてのためらいは一切捨てようと決意
して
ただちに実行のため赴きました
だが城(8)は　御承知のとおり　シドロフェルなる
魔術師に魔法をかけられ　悪霊どもの跳梁の場
その連中が私と従者とを
二つの悪霊と誤解しました
私が武器を側に置き
鎧を脱ぐか脱がないうちに
拡声器《ステントール》(9)の声かと思うほどの
恐ろしい大声が聞こえてきて
轟くように『さっさと裸になれ
地獄の笞の用意はできているぞ
おまえのあばらから皮をはぎ取り
消しようもない深い罪を償わせてやろう
おまえは不実にも誓いを破り
固い約束を遂行もせず
裏切り続け　背中を惜しんだ

そこに大きな賞金がかかっていたのに
今や運命の女神たちが　苦行と報復を求め
おまえの背中の皮を剝げと命じている
それもただちに実行しなければ　今という時も
すぐ過去となるぞ』[10] そこで声は切れました
この声にはびっくり仰天　驚いたことは確かです
だがこれで邪魔され
ことが中断されることこそ
もっと大きな恐怖
ただちに笞を取り上げて
約束を守り名誉を回復するためならば
肉が破れ血が流れても一顧だにせぬ強い決意で
ひたすら背中を打ちました
ついには疲れはて一時中断
息を継いで力の回復を待ちましたが
背中にズキズキと打撃を感じておりました
丁度プラトニックな笞打ちとか
汚れなき黙想的男色の歓喜の中で
恋人同士が打ち合う時のよう
とその時　警戒怠らず周りに気を配りつつ
振り向くと　そこに見たものは
地獄の魔術師とその手下
つまりはキャリバンとも呼ぶべき者
二人は（復讐の女神のように）手にした笞で
激しく襲いかかってきたのです
素早くこっちも武器を取り上げ
地獄の怒りを押し止めんと
あなたの名前を三度唱え
勇敢にシドロフェルに立ち向かいました
たちまち彼は熊に変身
唸り声を上げ　爪をたてます

(7)『マタイによる福音書』一六章一九節及び一八章一八節参照。

(8) シドロフェルの住まいを指す。

(9) サー・サミュエル・モーランドによって発明され、古代のギリシアの戦士で、「その声は五十人の男の声ほど力強い」（『イーリアス』五巻七八五行）というステントールにちなんでつけられた。

(10) 本文は"Time is, Time was"でロジャー・ベーコンの作った真鍮の頭が言った言葉とされる。

こちらも負けずに猛然と肉薄
相手の喉に剣を突き刺そうと
摑まえたが、スルリと逃れ
今度は鵞鳥《がちょう》に姿を変えて
池に飛び込み水に潜って
見つからぬよう身を隠し
奴めの姿を探すがむなしく
逃げてしまったのだと見て取ると
素早く立ち直り　怒りを込めて
魔術師の手下を相手に　一働きと決意
しかし下等な卑しい血で
剣を汚すのは恥ずべきこと
生け垣から　さんざしを一本切り取って
節くれだった棍棒を作ると
それを手にして激しく襲いかかると
たまらずそいつは悲鳴をあげ　大声で言いました
『どうかあわれと思って攻撃をやめて下さい
私こそ惨めな被害者です
あなた様と同様　魔術師のためひどい目に遭い
魔法にかけられ　気紛れに付き合わされているの
です
盗みの計画　恋の企みを
うまくやってのける機会を求め
私を旅に出し　遠方に行かせ
夜に古い家を徘徊させます
飲み物や肉に仕込んだ薬を使い
いかにも魔法の成果であるかのごとく偽わらせた
り
豚や鵞鳥をガラスの粉末で殺して
魔法の結果と見せかけさせたり
カウイッチ[11]を使ってひどい湿疹を起こさせたり
ギニア・ペッパー[12]の煙を立てて息をつまらせたり
好色な男と女にデュートリー[13]を与えて
とんでもない不義密通を犯させたり
ヘルメスかぶれ連中[14]にマニコン[15]を与えて
正真正銘気を狂わせたり
錬金術の手だれどもに自分の力で
ポトシ[16]の山を次々と出現させ得ると信じさせ
お人よしの阿呆どもよりさらに愚かに
宝を石炭の山と取り違えさせたり[17]

「しるし」[18]を持った植物を集めさせ
万病を治すと称していかさま治療をさせたり
ガラス板に彫り込んだ図像を使って
逆立ちして歩く人を作り出させ
コイン一個を映写して　山ほどにも
増加させたりさせるのです[19]
それというのも愚かな連中をこっちに向かせ
好奇心を常にかき立て魔法に引きつけておくため
私を逃さぬためには縛り首とか耳削ぎとかの
刑を匂わせ脅すのです
もっと罪が軽ければ　笞で打たれて
木の床の上で麻をうつのだとか
その麻のひもを重罪人は　ネクタイとして首に巻
　き
あの世への道をたどるのです』

私は　みじめな罰を受けているこの哀れな奴が
気の毒になり
こんな腰抜けを相手にするのはわが身の恥と
ぶちのめすのを勘弁してやりました

---

(11) 東インドからもたらされた植物。その種のさやは細かい毛に被われており、皮膚につくとかぶれを生じる。

(12) ギニアから輸入されていたカイエンヌペッパー（赤とうがらしの粉末）。

(13) 東インドに産する植物で、その種や花には人を酩酊させる性質があるといわれている。

(14) ヘルメス・トリスメギストスのこと。二部三篇六五三行の註参照。

(15) ベラドンナの一種。非常に危険で、人の気を狂わせる。（プリニウス『博物誌』二一巻三一章一一二節）

(16) 一六世紀にスペイン人によって開かれたボリヴィアの銀鉱。

(17) 錬金術師がありふれた金属を金に変えると称したことへのからかい。

(18) “Signatures.”即ち人間の体の部分に似ている葉等を持っている植物はその部分に対して薬効があると信じられていた。

(19) ジョヴァンニ・バティスタ・デラ・ポルタによって広められたカメラ・オブスクーラへの言及。彼の著作『自然の魔術』（一五五八年）は一七世紀に英訳されている。

そもそも騎士は身分違いの卑しい者から
打撃を受けてはならない定め[20]
だがそいつらをやっつけて切り刻む時も
丁寧な挨拶は騎士の掟
馬さえも　膝を突いておじぎをして
一発見舞うくらいです
それ故にこ奴の肉体は放免してやり　その代わり
魔術師について質問攻め
こ奴が言うには『あの魔術師は長い間
女衒《ぜげん》まがいの仕事をやり
一方的な片想いを
かなえてやると策を持ちかけ
悪魔も沽券に関わると思うほどの
下劣な手段さえ平気で使い
底抜けの乱行やみだらな気紛れの
取り持ち役を務めたのです
だがなかなかの知恵者であり　学者ぶったり
医者のまね坊さんのまね何でもござれ
もっとも才能を発揮したのが
御同業の連中が今までやってきたように
神秘的な霊感を用いる業で
相場を世間の三倍につり上げたのです
ちょいと目が利くポン引きなら
他の女衒どもの上前をはねるのは当たり前
しかし小妖精（つまり悪魔の下働き）は
そう簡単には手に入りません
一番役に立つ連中は
地獄での勤めに忙しいから
魔術師としての許可証を　それも廃業者の後釜として
やっと得ても　妖精に恵まれるわけにはいきません
そこで女衒の奥義を極めるために
長々と二度も徒弟を勤めました
（物の本によれば）魔術師の霊魂は
死後肉体から離れるや否や
自ら下級の悪魔となり
他の魔術師の使い魔となるとか
そうと知ったあの男はあちこちと探し回り
ついに一人の魔術師にランカシャーで巡り会い[21]

そいつと前もって契約を結び
そいつが縛り首になったあと　使い魔を手に入れました
その時以来　あの男は手練の業をやってのけ
卑劣な詐欺も百発百中
自ら醜い動物に姿を変え
狼　熊　狒々《ひひ》　猿に変身
ファラオの魔法使いたちが杖でやって見せた業など[22]
彼には遠く及びません
さらに彼と関わりを持ったすべての者が
奇怪な姿に変えられてしまったのです
この私めを御覧下さい　私をさんざんこき使い
このような獣じみた姿に変えたのです
そして私の食べ物といえば　豆類ばかりなのですが
自分の汚い割れ目に詰め込んで
魔術で甘いお菓子に変えて
デザートとして私に味わわすのです
私は恥と恐怖におののきつつ
一つ一つ砂糖のかかった餌をなめるのです
その上に――』」　ヒューディブラスがなおも
自分の手柄をしゃべろうとすると
貴婦人は彼の勢いを止めて言った
「今度はあなたが聞く番です」
「おっしゃることの（と女）半分でも真実なら」
「奥様にかけて（と男）すべてに嘘はございません」
「それならば（と女）シドロフェルの
身は破滅　地獄の底へ落ちたはず
でも当のシドロフェルがラップランドの魔女[23]用の
やくざ馬

(20) 騎士道の掟による。『ドン・キホーテ』正篇三巻一五章参照。
(21) ウィリアム・リリーは小妖精（死んだ魔術師の幽霊）をランカシャー（魔女で有名なところ）で手に入れるのに一四年かかったと言っている。
(22) 『出エジプト記』七章一一～一二節。
(23) ラップランドには多数の魔女が住んでいると信じられていた。二部二篇三四三行の註参照。

すなわち箒《ほうき》に跨《また》がって
速馬を駆り　あなたを探しに
ここへ来たのは（たしかに）せいぜい一刻前
あなたが今誓って言われた内容は　残らず話してくれたのですが
あなたのお話とはまったくの正反対です
彼は誓って言いました　あなたは彼を訪ねて行って
私を誘拐したものか相談をかけ
彼と手下の悪党を
仲人ならぬポン引きに雇い
悪魔を味方に引き入れて
（プロセルピナのように）花嫁を盗む算段だったと
ところが彼が　そんなに汚い下劣なたくらみに
手を貸すなんぞできぬと言うと
あなたは急に威張りだし　怒鳴り散らして剣を抜き
ごろつきの本性をむきだしにして彼に迫ったそうですね

卑劣にも　迎え撃つ準備をする間も与えずに
無防備な彼を急襲し
多数の浅手や深手を負わせ
地面に倒れて息絶え絶えのまま放っておいて
そのうえ彼の家に押し入り　盗みを働いたと聞いています
彼のお守りの魔よけのシラミ[24]と
新案の昔からの発明品とを根こそぎみんな
はなから悪意で盗み出しましたね
シドロフェルは　それらをどこで見つけて
何のために　またいかほどで買ったか証明できるとか
自分自身の平安のために手に入れた
彼の蚤にケジラミにトコジラミは
その道では練達の細工師が
本物に毫《ごう》も違わぬ精妙さで造りあげたもの
それらをすべて失ったので（証明もできるとか）
彼はほぼ全身くまなく食いつくされました
すべてを合わせると
何百ポンドの被害だとか

これについては犯人の悪行をきめつけるのに十分
な
証拠を持っているというわけです
犯人達に　保釈金を払う猶予どころか
馬車に乗せられ　笞打ちを受ける暇もなく
時計の振り子よろしく絞首台に吊り下げてやる
自信はたっぷりあるとのことです
その筋の権威によれば最新の時計の振り子は(25)
どんな角度に吊り下げられても振れるとかいいま
すわ
またシドロフェルは間違いないと誓ってこうも言
いました
彼があなたを探しに出かけるその前に
星図を作って　ライへあるいはドーヴァーへ
逃げたかどうかを確かめたところ
何とあなた自身が言われたこととは大違い
こちらの方角へ逃げたと判り
この辺りであなたを捕らえようと
後を追って来たのです
以前の出来事とそれ以降のことと次第の
一切を知っていると彼は断言しています
彼の所へ行く前には二人して
感じやすい良心の問題に
命と体を賭けておられたとか
この件では二人とも　心ゆくまで意見を披瀝
そこへラルフォーが彼の『光』と『恩寵』で
あなたの疑念を晴らしてくれて
罪人にやらせたことはすべて
あなたがしたと誓っていいと証明しました
ところがあなたはラルフォーの『賜物』と『光』
の尽力に
この上無く卑劣な形で恩返し
彼へのお礼にありったけの力でもって
ご自身のでなく彼の肋骨を笞打とうとしました
でもラルフォーは抜かりなく防戦し

(24) シラミの形の造り物。当人の星回りの良い時に造り、星の影響力を喚起して身を護る。

(25) 当時発明された最新式の振り子時計には平衡輪がついていて、時計を傾けても振り子が揺れる。

あなたの空威張りをものともしませんでした
以上のことはお二人の間でのこと
例のことはまだ達成されていません」

このように貴婦人が話している間に
（「内なる光」の持ち主が
光を見るときするように）
騎士はくるりと白目をむいた[26]
この女が　彼のしたことしようとしたことを
どうして知ることになったのかと考えたのだ
まさに糾弾を受けるところという体で
宣誓のために片手を挙げて[27]
シドロフェルが入って来はしないかという恐怖で
　青ざめ
戸口の方をちらりと眺め　話し始めた
「奥様　あの魔術師の申したことが
一言でも真実ならば
根も葉も無い作り話の
ひとつでも本当ならば
恐ろしい地震が起きて
そっくりあなたのものであるこの身を呑み込みま
　すよう
さもなくば天が崩れ落ち　あなたの忠実な恋人で
　ある
私の遺体を覆い尽くしてくれますよう」

女は言う「その言葉でよくわかりました
あなた自身のためにも私のためにも（感謝します）
あなたの長老会派のとっさの機知は
イエズス会派にそっくりだと証明して下さったわ
なんて要領のよい上品なおっしゃり方
世間　悪魔　天国　地獄
あなたのお仲間　他の人すべてをただちに騙せる
　ほどね
ほとんどその気になりましたわ」
「とんでもない（と男）地獄よ裂けよ――」
「その手は二度と（と女）通用しません
これみよがしに飾り立てた殺し文句が
どこまで信じられるかはもうわかりました
証明なさりたいことをはっきりさせるのに

見え透いた誓いよりもっと良い方法があるでしょ
う
その武勲をほんとうにたてられたのなら
それに対する毛筋ほどの疑いも
晴らすのに十分な打ち傷の跡は
まだ見分けられるほど生々しいはず
もしもあなたがみみずばれを　証拠として示され
るなら
たとえそれが魔女の打ち身程度であっても
あなた自身のお体で証明されたも同然として
ひとつのこらず立派な証拠と認めましょう
もちろんそれらの傷痕が
手練の老婦人陪審員の眼鏡に適えばのことですが
彼女等は腹の事例を裁き慣れているので(28)
背中のことも判断できるでしょうから」
「奥様（と男）あなたの愛は百万金にも値するも
の
行為よりは心が大切というものです
あなたのご命令　いやそれ以上でも
力の限りお心に添うようにいたします
だがこのお申しつけをご容赦下されば
御下命を果たした時と同様　心より感謝いたしま
す
ご承知のとおり私の傷は
空気に触れさせぬよう気をつけなければなりませ
ん
全身が愛情の塊という人間は
どこに傷を受けても　致命傷になりうるのです」
「私の所有財産一切も（と女）
同様ですわ　でもこの戦いは引き分けね

(26) ピューリタンが説教の最中に熱中すると白目をむくことへの揶揄。
(27) 宣誓をする時聖書に右手を置いて聖書に接吻するのが普通だが、長老派はそれを拒み、右手を挙げてそれに代えた。
(28) 死刑を宣告された女が妊娠していることを申し立てると、一二人の既婚婦人の陪審を経て、処刑が延期されることがあった。

だって議論をすればするほど
互いに目標から遠ざかるのですから
でも万一私達が合意をするとして
あなたは私に何を望んでおられるのでしょう」
「あなたが天国の記録に残した（と男）
心から誓った信仰と言葉を望みます
天国ではすべての『保有保持』[29]の契約が
永遠に記録に残るのです
この世で記録の抹消が反逆罪とされるのなら
天国ではもっと重い罪になります」

「天国では契約が結ばれることも
結婚式もありません[30]
だからこそ人の言うように
結婚生活に天国の至福はないのです
天国と結婚とはもともと互いに勢力を争って
気安く共存などできないものです
天国で取引されるのは愛だけで
結婚が愛の値打ちを高めることなどありえません
愛はあまりにも寛大なので　その本性に逆らった
束縛には耐えられません
というのも愛が自らその気になれば
閉じ込められても逃げ出すし
愛の隠れ家である魂のように
天駆ける自由を拘束されれば
意に逆らって留まることを厭がって
なんとか抜け出し飛び去ってしまうもの
だから結婚の束縛に
耐えることなどできないのです
結婚の絆は男と女を結わえ付け
たがいを相手の保釈保証人にするだけ
まるでローマの牢番が　預かった囚人と
自分の体を鎖でつないで眠るようなもの[31]
真実の最も誠実な恋人が
苦しみへの最大の保証を与えるというわけです

結婚は　ぎくしゃくと二人で乗る馬
そう言う人もいましてよ
だから　立派というほどのものでなく
いきなり疲れたりもするのです

ようするに商いで　お互いに
行き当たりばったりの取りまとめ
（婚姻の誓いの言葉『保有』も『保持』も
売り買いの言葉そのまま）
二を一にしてしまい
他の全ても半分に減らします　せいぜいが
双方で取引を決めた売買で
その勘定は結婚の日
あるいは賭けで
『良くも悪くも』[32]すべて一緒に
死の時刻に勝負となります
財布から言えばどちらもが負け
だって　生まれもしない子に
我が身と財産を託するなんて
出そうもない続き札に賭けるようなもの
こんな見境のない取引があるでしょうか
我が身を人手に渡して　自分の子供の
しかもまだ生まれない子の借地人になるのです
その生まれてもいない子のために　後見人の前で
自分たちを能無しと誓ってみせ[33]
もし生まれれば　おそらくは
自分の子と誓うほかない人の子なのでしょう
出来た次第があやしげでも
ひろく皆さんのおかげでも
そうなれば女のほうは海に囲まれた島さながらに
難攻不落
自分の寡婦産分は
あつかましさと実力でむしり取ります
男をすっかり参らせて我がものとして
『保有保持』すれば　男はもはや女の奴隷
つらい仕事や耕作をする

(29) 原文は“to have, and to hold”で、『一般祈禱書』の結婚式に使われる誓いの言葉の一部。正式の日本語訳にはこの部分はない。
(30) 『マルコによる福音書』一二章二五節。
(31) 牢番の左手と罪人の右手を繋いだという。
(32) 原文は“Better, or worse”で、結婚式の誓いの言葉の一節。「幸いなときも災いのときも」が正式な訳。
(33) 後見法廷で後見人が認められるためには、本来の保護者に後見能力がないことを示す必要があった。

昔の農奴よりなお惨め
男がひそかに子供を作っても
その妻に認知の義務はなく(34)
彼が勝手にしでかした結果に自分の金を出し
養ったりはしないのです
これほどの馬鹿といえば　その昔
傲慢な女主人に仕えた従順な奴僕たちかしら
宣誓で嘘をつくのは
わが国の法律を逆手に取る第一の手口
多くの夫が法廷で間男を訴えては
敗訴して　膝を折ってきたのです
この法律は不当にもすべからく男性甲を
女性乙の軛《くびき》につなぎ
身分の別などおかまいなし
地位も年齢も資格も認めず
取消しなどは許しませんから
損得勘定は無益です
『良くも悪くも』いったん決まれば
再審も撤回請求もなく
垣根の下で咎めあう乞食ほどの

権利さえ認めてはもらえないのです
彼らなら　耐え難ければ死んだ馬を引きずって来
て
離婚を裁く魂の判事にできますが(35)
いくら威張っても不幸な男が解き放たれるなど
妻が王の財産にならない限りありえません
でも　耐え難き隷従とはいいながら
それもみずから求めてのこと
クモは地を追うのではありません
蝿が勝手に網にかかるだけ
殿方もご同様　我と我が身を欺いては
享受してきた自由を捨て
自分から輪っかに首を突っ込むのです
あとになって首を折ってでも自由を求め
まるで死神に取りつかれたかのよう
見事な技を見せて下さいます
インドの未亡人が　死者に添おうと
炎のカーテンがかかるベッドに眠るようなもの
殿方も　いくら首を吊るはめになろうとも
この楽しみをけっして止めはしないでしょう

女が秘術を尽くして
勝負の上手を取り
色仕掛けのぺてん師を欺し打ち負かすのも
言い分あってのことでしてよ
というのは　ピタゴラスの魂が
あらゆる獣や魚や鳥を経巡って
どれも少しずつ味わってみたように[36]
恋多き殿方ときたら今も昔もそんな具合で
もともと浮ついているとはいいながら
まるで浮浪者そっくりですもの
恋はさかしまの熱病で
患者はまず　灼けつく発作に取りつかれ
そのあと寒気に震えます
グリーンランドで鉄に触れればそうだとか
欲望の炉で硝子のごとく溶けますが
というのも硝子は凍った炎だからですが
熱い思いが冷めてしまえば
恋人も硬く凝固して脆くなるもの
恋の火薬をぎゅうぎゅう詰められ
お嬢様　奥様に刺激され撃鉄を起こすと
ちょっとした眼差しの火花ででも
発射する羽目になるのです
射ちだされるのは　大音響の誓いの言葉
でも　発射するなりふらつきますから
自分の生活費を確保できないかぎり
この賭けに乗る女は少ないのです
すでに一人を経験した寡婦ならば
ちゃんと譲渡を受けるまで我身を託したりするも
　のですか
託すにしても　結婚前には狐よろしく
鵞鳥の重さを確かめるもの
川飛び越える前にまず

(34) 法律上は妻には夫が自分以外の女性との間に儲けた子供を扶養する義務はなかった。その子供の母親か父親が扶養したのである。

(35) ナッシュの注によればジプシーはこういうやりかたで満足していたという。

(36) ヘラクリデスによれば、ピタゴラスは自分が前世でどんな植物や動物だったか覚えていたという。

自分と獲物の大きさを測ります
賢い女はいつだって
いちばん肥った鵞鳥を選んで襲います
でも世間が用心深くなり
男も女も結婚に踏み切れず
『良くも悪くも』まずつけで恋に賭け
どういう結果が出るか見る有様
これがフランス流
上品なやりかたで流行りです
一番うまく行って
双方に不都合があまりなければ
肉と魂で一つになって
ヘルマアフロディテの出来上がり
四六時中気分を出して痴話とキス
とんとシリング貨のフェリペとメアリ[37]といったと
　ころ
そのペティコートとズボンの間に横たわる
煩瑣で気紛れな手順とか
度を越した色模様ときては
詩人の書くロマンスも及びません

ところが　主人公がご婦人を娶ってしまうと
魅惑だの情熱だのはどこへやら
ついさっきまでの魅力が失せれば
酸っぱいワインの辛辣さ
喋々《ちょうちょう》喃々《なんなん》のいちゃつきも
そっくり嫉妬の刺に変わります
花嫁の黄色いマント[38]は
それを古人がうまく表したもの
嫉妬は　心に取り付く
淋病か梅毒で
愛から自然に生じます
あっちの炎とおなじで苦しみますが
一番の不幸は猜疑の心
そこから仲違いが始まります
中国の男たちなら
産褥のあと妻と同様に
これまでの苦労をねぎらわれ
これからもよろしくとあいなりますが[39]
我が国の青二才ではそうは参らず
淋病が生まれると

その子の責任の押しつけ合いです
あまつさえ　お相手が多過ぎて
誰が父やら誰が母やら知れない始末
このフランス製品もどちらが持ち込んだやら分か
　りません
それでも　結ばれる前に二人で誓ったのは
『健康でも病気でも』[40]一緒ということで
健康なときだけ『肉を以て崇める』[41]と
いうことではありません
ろくでもない品物を摑んで困っても
やり取りの責任は平等のはずでしてよ
恋に陥った殿方は運命のなすがまま
注意しようと知恵を絞ろうと技を練ろうと
見掛けから女を知るなんて
できることでありません
化粧して欠点をつくろうのは
おつむの中味にまで及び
気性さえ洗顔水で白くして
顔と同じく仕立てあげます
殿方の前では仮面をつけて
生まれつきの技と知恵を隠しはしますが
それも　殿方がせっかちに輪っかにはまり
逃げられなくなるまでのこと
苦労して隠していた欠点も
あけすけに見せ
花嫁衣裳もろともに
しとやかさも上品さも脱ぎ捨てます
女は秘術を尽くして
支配権を甘い持ち主から奪いにかかり

(37) 当時実際に流通していた一五五五年鋳造の銀貨。メアリとその夫フェリペの像が刻印されていた。

(38) ローマでは花嫁は黄色の衣装をつけた。また緑と同様、黄色は嫉妬を表す色だった。

(39) 中国のトルキスタンでは、お産を済ませた女性の床に男が替わって横たわり、四〇日間子供と一緒に過ごす。女が家のめんどうを見ながら男を養い、子供に授乳するのだという。パーチャス『諸国行脚』による。

(40) 結婚の誓いの言葉への言及。

(41) 結婚の誓いの言葉への言及。

結局　憐れな男は自ら権利を投げ出して
女の奴隷となるのです
自分の『保持保有物』の女が
絶え間ない騒音と文句に変身し
城門破りの爆薬を仕掛けて
耳の落し格子すら打ち破ります
女一人の舌が一斉射撃をすれば
革一枚の男の楯では支えきれません
騒音と爪しか武器がなくても
雌の蚕は雄の桑を食い尽くすのです
男を羊や山羊に変えるのはサイレンの歌と同じで
も
こちらの甘美さは　さしずめ金切り声のフクロウ
　の恋歌か
引き抜かれるマンドレイクの
魔力のある苦悶の声[42]というところ
マンドレイクも夫婦揃って（人間の夫婦同様）
生きながらに埋もれているわけですが」
男は言う「こんな理屈は

気紛れな　のぼせ頭から出たでたらめで
ぺてん師が　素面《しらふ》であれ酔ってであれ
よく考えもせずひねりだしたこと
楽園では　人は二度創られて
つまり連れ合いとなる花嫁が
その元である脇腹から切り取られて
人は人となったのです
生まれつき足らぬところを補って
新参の女を得て完璧となり
直ちに一族は増え
生みの苦痛は女にまかせ
他の苦労を引き受けました
その証拠には男の乳首から乳は出ません
その肉体は見事な構造
世界の相似形
体型は引き締まり　左右は対称
全く等しい二つの部分から成っています
その左側　つまり女の側は
右側の男の側には花嫁で[43]
両者は見事に結ばれて

分け得るものは　死よりほかにはないのです
この世ならぬあなたの魅力　その瞳　その顔
それは世界中を虜にし
見るもの全てを惑わして
他の御婦人たちを霞《かす》ませます
そのうっとりと心引く優美さも
すべて二つの半顔から成り
幾何学的線で結ばれているのは
大空の半球と同じこと
もしも天が半球だけにでもなれば
見上げるものはびっくり仰天
相方がいなければ
あなたの優しい唇も同じこと
高貴な感覚器官も対をなし(44)
物を見る二つの眼　音を聞く二つの耳
それらは精神へものを伝える伝令で
魂に仕えるようにと造られています
一方　肉体のみに仕えるものは
一人身で　一つのままなのです(45)
世界も二つの部分から成り
赤道で出会いぴったり合うのです
自然の神の印を押された
被造物も同様です
一枚の木の葉　草の葉に至るまで
生きとし生ける物は皆　対をなしています
このように見てきてわかることは
結婚はもっぱら自然の神の仕事
自然が創造するすべての驚異に
唯一使う手こそこれ
その習わしを自然から学べば
裏切られることもなく　過ちも犯しません
妻子という質草を取られているから

(42) マンドレイクは地中から引き抜かれるとき悲鳴をあげると信じられていた。この悲鳴を聞くと生命を失うという。また二色あって、白い方が男、黒い方が女だという。
(43) プラトンの『饗宴』中のアリストパネスの説参照。
(44) 人間の五感のうち視覚と聴覚とは残りの三つの感覚よりも優れたものであると考えられていた。
(45) 目・耳に対し、鼻・口は一つであること。

堅気の暮しも成り立つもの
妻子が人質となっているからこそ
請け出すために男は働くのです
結婚は生まれて息をするように
男にはなくてはならぬものなのです
これは全く全人類に共通で
これほど心を一つにしていることは他にはありません
アマゾンの女族　不犯の修道士
修道院の尼僧　ストア派を除いたら
いつの馬鹿な時代　どこの馬鹿な国で
結婚が廃れたことがあったでしょう
ストア派の連中は　女の気紛れ
ふしだらを避けようと
本末転倒　女をすべて
世間みんなの共有にしようとしました[46]
そうなればその共有物を分かち合うのに
男どもは命をかけて争い
今妻から負わされているよりも
もっと多くの子に対し責任を負うことになるでしょう
そしてついには獣のように草をはみ
生来の毛皮を纏うことになり
角を生やすぐらいでは
とてもすまない事態となるのです
結婚の証明書に書いていなければ
いったい何によって相続を主張できましょうか
両親が身を固めなければ
土地や地代の権利も主張はできません
正当な生まれでなければ
相続を認められない古の下の息子も同じこと
高貴な人の称号も所領も
相続人なくしてどうして維持ができましょう
権利と称号を護るのに
結婚予告以外には安全策がありましょうか
偉大な王といえども
結婚をし　妻とともに
国のため最も大事なことをしなければ
如何なる王冠も継承されません
王侯の恋は平和の保証

下手をすれば戦争になります
結婚以外に何が
帝国の怒りをなだめて武器を捨てさせ
流血と荒廃を終らせ戦火戦闘を
平和に収める魔力を持っているでしょうか
略奪のための恐ろしい戦いが
結婚の契約によって終結します
また結婚の床は
花嫁の利益ともなります
それと言うのも　花嫁より他に
正当な愛を求める権利は全く無いし
男を渡り歩く遍歴の淑女や
『全人類の妻』たちでは持てない
貞節　高貴　淑徳といった
名誉をあたえられるのですから
もし人妻と淫売との間に
結婚による差が無いのなら
女はすべて同じ
貞淑な御婦人も情婦も
操正しいダイアナに仕えるニンフも
リュークナー・レイン[47]のニンフも同じこと
結婚は地位と家柄という喜びをもたらし
女にとってこの世の楽園
妻の座はあまりに尊い特権なので
母親にさえ譲りはしない
母親に負けるくらいなら
天国さえ門前で捨てるほど
もしも甘い法律で
妻の方に大きな自由が許されているなら
そのわけは　妻のほうが
命を危険に晒すからです
人類みんなの体型もその中身も
注意深い自然から世の妻たちに託されていて
男は材料しか持ってこないところに
女は素晴らしい造化の技を見せるのです

(46) ゼノンとストア派の哲学者たちは共同体を作り、妻を共有することを唱えたと言われている。
(47) 売春婦のたまり場。現在のドルーリー・レーンおよびセント・ジャイルズ・ハイストリートの近辺。

だから女は窮地に陥ったときお腹を理由に
遠慮なく死刑執行猶予を求めることもでき[48]
もしも両者が　結婚の契約を
ちゃんと交わしていなくとも
同じ理由で女は命を救われるのです
迫り出した腹が確実に事実を明らかにしますから
ときには最良の人々の間でも
ちょっとしたいさかいはありますが
それは情夫なら誰でも
自分の情婦との間に起こす程度のもの
それは信頼や愛を壊すものではなく
むしろ（時には）それを増すのに役立ちます
それと言うのも　走っている時のように
一歩一歩は二本の足の間の競争で
相手に先んじよう　ゴールを勝ち取ろうと
両者ともに力を尽くし
しかし競争が終われば
優しく変わらぬ友であり
互いに疲れを癒すため
交互に休息を与え合うように

夫と妻の間に起こる
あの馴れ合いの喧嘩も同じこと
常に優しくしとやかな人でも
やがてはうんざり　鼻について来ます
そんな時　少しばかりの口論は
新たに愛情を増すものです
大きなわめき声さえも
その理解しだいでは
下手にも上手にも聞こえる音楽のように
甘くも不快にも味わえるもの
どんな恋愛でも　恋人は微笑みと渋面とを
使い分けて心に火をつけ
魅力的な容貌同様　不機嫌な顔つきも
心を奪い　虜としてきたのです
どうして　一層魅力的なわめき声が
恋人を魅了しないことがありましょう
不協和音は甘美な旋律をつくりだし
悪態もある種の祈りなのですから
口喧嘩も　結婚による至福にとっては
些細な不純物に過ぎません

それと言うのも　結婚以外の何物も
恋の利害を永久に解決する力を持たないのですから
一つの心を別の心の相方とし
誠実と愛について終局的合意をさせる
一枚の捺印証書
それは解け易い誓いの結び目に封印をして
死以外の物がその結び目を緩めることができぬよう
天に記録し認めてもらうのです
あの優しい心を過ちから守るには
どんな安全策も十分過ぎることはありません
自分自身と自分の持っているもの全てを
喜んで友に贈り
恋の至福と引き換えならば世捨て人のように
この世界をも差し出してしまうのですから」
（女は言う）「その道を行き　正しかったと
思う者も確かに少しはいるでしょう
でもその道を行き　至福に至るどころか
生涯後悔する者の方が沢山います
愛の矢に当たると人はみな恋をしますが
矢の行方はでたらめです
そしてすべての大事な結果は
賭博打ちがトランプをする時よりも
盲目的な偶然に支配されます
賭博打ちは策略を用い
カードを出す時は注意をしても
引く時は見たり調べたりはできません
しっかり抱きあう
恋人たちが一生懸命やることは
お互いに相手から
獲物を奪い盗むことだけ
妖精が乳飲み子を取り替えるように
恋人たちの本性はすっかり変わります
人の体がそんな風に扱われるなら
財産はどんな扱いを受けるのでしょう
そう　この財産がエクスタシーと

（48）三部一篇五二一行の註参照。

燃える炎のいつに変わらぬ狙いなのです
なぜならば　祈禱書にお金がおかれ
『すべてのこの世の財産…』[49] なる言葉を
聞きさえすれば（恋する者に土地所有権を
与える引き渡し式のことですが）
花婿の結婚相手は財産のみで
花嫁は見せかけ　不要になります
財産のために彼らはいつも操を立てて
私たちにあらゆる誓いを立てるのです
私たちが権限をひとたび譲れば
自分のものにはすべてさようなら
妻となった私たちのお金が
あなた方の命の献身を受けるのです
私たちは見捨てられ身分は落とされ
以前は所有したものの女衒《ぜげん》に成り下がります
最初はお金ゆえに言い寄ったあなた方は
今度はそのお金で他人を雇い　私たちは取って代
　わられ
新たな情事のためについにお金も
（私たちがされたように）全部戸外へ追い出され
　ます
女子相続人は貴族の家に生まれても
何を手にしたと言えるでしょうか
荘園の数が多ければ多いほど
それだけ多くのペテン師に身をさらし
彼らの計画謀り事に金を払い
科料を払い身の破滅を招きます
大金で彼らを誘いその結果いいようにされます
それは魔女に対する悪魔の仕打ちと似ています
悪魔はしばし女に騙され
ひとしお有り難がりますが
時がたてばどんなにひどい売女の魔女も
永久に彼の奴隷となるのです
同様に彼女はペテン師や霊に
騙され魅せられ遺産のすべては
盗品のごとく　女衒　ぽん引き
やり手婆に売買されて
無理やりに何もかも泥棒同然の男に譲らされ
その男さえ盗られてしまいます
これらがあなた方の情熱的な求愛の

永遠に変わらぬ果実であり
あなた方の好色な恋心が
持参金と遺産に及ぼす結果なのです
持参金と寡婦財産と親権を求める
恋患いの恍惚の行きつくところがこれなのです
親権に対しても口説き言い寄り
全身でもって崇めるのも
子の運命と財産も　男が母に向ける愛を
分かち合うものだからです
あなた方が問答遊びをするのは財産のため
恋する相手に言葉遊びで迫ります
このためにさまざまのトランプ遊びで求婚し
愛と金を賭けて遊ぶのです
扇の扱い方にかけては
誰が最もうまいかを競い
誰が最も育ちがよくて
仮面のビーズを咬むのが巧みか[50]
質疑応答ゲームでは新しいガーターを得るために[51]
誰が一番うまく言い寄るか
あらゆる類のドレスの是非を
誰がしっかり論じられるかを競うのです
なぜなら愛の技法においては
秘伝　取引　使われぬものはありません
ミカエル祭や聖母マリアの日に[52]
支払いきれない借金があって
愛と誓いとしつこい口説き　これらのほかには
支払う方便がない時には　あなた方は
私たちに頼み込み　女に騙された
過去のすべての情事のつけを払わせようとします
やれ愛の炎やれキューピッドの矢などのお芝居を
して
傷を負ったとか胸が痛いとかと　私たちを攻める

---

(49) 結婚の誓いの言葉の一部。また式次第の中の、花婿に対し花嫁に指輪を渡し、同時に牧師への礼金を払うように指示してある個所への言及。

(50) 顔全体を覆う仮面を落とさないように内側についているビーズを咬んだ。

(51) 女性は負けるとガーターを男性に取られた。

(52) ミカエル祭（九月二九日）と聖母マリアの日（三月二五日）はともに四季支払日。

のです
その傷や痛みでもって　もうすでに別の影響力が
あなた方の鼻や膝に魔法をかけていますが
医者の払いは私たちの助けなしには
今だってこれからだってできません
ああ　欠乏とは何と多情なものでしょう
借金や抵当には何という魔力があるのでしょう
差し押さえを救えるご婦人には
何たる魅力があることでしょう
差し押さえの執行を逆転させ
判決や召喚状を無効にするとは何たる力
告知令状から救い出し
証文や法令を取り消して
法廷侮辱罪を免れさせるとは
何たる魔法　魅力ではありませんか
嘘か真かこれらは私たちが
発揮しうる最高の長所なのです
あなた方は未亡人の宿屋の女将にだって
地獄堕ちも辞さないと誓いをたてます
ビールやエールをしこたま売った
このビヤ樽女の肥えた財布が
あなた方のお気に入り　それは
驚くほどに脂肪がよく燃えるからで
この脂肪の塊　殿方の炎で火がつき
打ち解け　易々とあなた方の意に従い
ロウソク受けのロウソクのように溶け
お恵みをたっぷり殿方のポッケに流し込みます」

もう遅く暗くなったその時に
せわしなく激しく門を叩く音
その音はますます強くなり
ヒューディブラスは思い切り
打擲《ちょうちゃく》されたかのように感じ
「内なる光」を用いてか　いや多分
予言的な恐怖のゆえ
このように解釈した
魔法使いが不意を襲って
捕まえに来たのだ　それで
灰のようにぼろぎれのように青ざめた
なにゆえにそうなのか　それは疑問

人が震えて青ざめるのは
勇気が過度か過少のため
彼の心臓は激しく打った　脇腹から
無理に活路を見出そうとするかのよう
（彼は誓って言った）敵の来るのが
待ち切れず　故に突進しようとしたため
そこで心臓は早鐘のように打ちまくり
抜け出すための裂け目を探すのだ　と
しかし何とまあ　激しく震える
騎士殿を見た彼女は
怯まず叫んだ「騎士殿しっかりなさいませ
私は決して見知らぬ人にも
おもてなしは忘れません
あなたに危険が及ばぬように
わたしがここで見張りに立って
この通路をシドロフェルから守ります
ご存じのとおり女なら　最強の男でも
逃がすことなどめったにありません
女性なら必死の攻撃にあっても
雄々しくも　背を見せることなど軽蔑します」

そこで騎士は屈強なエドモンド二世[53]や
強きカヌート[54]のごとく決然と
武勇を奮い起こし始め
打って出るため大声を出した
しかし彼女が彼に頼んだことは
ひとまず勇気を脇において
床の上で待ち伏せするか
ドアの陰で防御を固めること
たとえ敵が侵入しても
彼女の危急を救えるように

そうこうするうち以前と同じく
ドアが烈しく叩かれた
そこで変節の騎士は

(53)（九八一？〜一〇一六）中世の英国の王。剛勇王と言われる。
(54)（九九四？〜一〇三五）イングランド王（一〇一六〜三五）。

ふたたび恐怖に逆戻り
敵が押し入りやって来るまで
止まっていても見込みはない
彼女に仕えるためには新規の予備軍として
持ち場につくのがよいと考えた
彼の任務は逆らわず
彼女の命令を実行すること
急ぎそれに従おうと決心し
堂々とその場から退場
今や真っ暗闇で一人ぼっち
出会うすべてに襲いかかった
だがついに　武装した「勇気」以上に
武勇の勲《いさおし》を行う「恐怖」に
元気づけられ通路の前で
怯むことなく守りを固めた
この通路を彼は勇敢に侵略し
侵入個所には　バリケードを築き
できるだけ厳めしい格好で
テーブルの下に陣取った
そこで彼は待ち伏せして
敵の来襲に備えた次第
身を隠し　危険なルートの
守備につくや否や
恐るべき叫び声
声だけで　敵を敗走させるほどの恐ろしさ
それを聞いて性急に動揺し
敵が突入してきたと考えた
シドロフェルが進入し　無茶苦茶に
バリケードに突撃したにちがいない
そこでヒューディブラスは情報収集のため
五感のすべてを斥候に出す
これを大衆は無知のゆえに
失神するというのだが
土砂占い[55]を生業《なりわい》とする者たちは
想像力によるものと認めている
ラップランドの魔女はこれを装い
信じられぬ物事を明らかにする
そうこうするうちに敵は彼の籠城の場を攻撃
砦の外堡に襲いかかる
武力名声が彼と同じ程度で

同じ教派同じ地位のある人が[56]
同じ大義に関わって
同じように戦争に参加していたが
自分の持ち場からほんのわずか
首を突き出したその時に
王党派の将軍に耳を摑まれ
窓から引き出されたそのように
ヒューディブラスは角面堡で襲われて
足を摑まれ引っ張り出された

敵は彼を意のままに捕え
猛烈に棍棒のお見舞
命乞いを受け入れるとか
助命の取引などどこ吹く風
彼の全身を激しく攻撃
ついに斥候に出した彼の五感が助けに来る
人が気を失うと
正気に戻すには
耳や鼻をつまんで引っ張るか
激しく殴る以外にないからだ
それでも駄目な場合には
熱い鉄で焼くことだ

ヒューディブラスが正気に戻ると
すぐにがっしりした悪魔が
割れたひずめで彼の首を叩いて
彼を叱責した
「人間よ　我らの友なるお前の悪霊により
お前は我らに渡されたのだ
悪霊はお前の恐るべき偽証と
背信と聖徒たちについた嘘
(邪悪な者たちに対する兄弟の特権だが)

---

(55) 手に摑んだ土砂を地面に撒いてできた形を吟味するか、大地の音、運動、裂目、隆起を解釈して行なう占い。

(56) エラズマス・フィリップス卿のこと。王党派軍に居城を包囲され、窓ごしの会談に応じることとなり、背の低い人物であったので窓から身を乗り出したところ、屈強の騎乗の士官により肩を摑まれ引き出された。

教義問答を受けるヒューディブラス

それらのゆえに　悪霊は
正しい復讐と刑罰のため
お前の惨めな屍《しかばね》をここへ送って来たのだ
正直に進んで告白をする以外には
それを減ずる手段はない
一度でも我らに嘘をつけば
お前の骨にはもっとこたえることになるのだ
なにゆえお前はあのご婦人の心を
騙し盗んで
結婚する気にさせようとしたか――」
「すべての縁を結ぶもの　お金のせいです
彼女の富の魅力です
あなたの旧友の魔術師のところへ行ったのもその
　ため
おかげで良心がすり切れるという
損失をこうむりましたが
これは手にする財産の百分の一で
つぎを当てて裏返せば十分だったはず」
「ではお前は彼女を愛していなかったのか　真実
　を話せ」
「あなたを（と彼はいう）愛していないのと同じ
　です」
「彼女と金をいかに利用しようと思ったか」
「まず彼女を捨てて扶養料を与えます
そして彼女の持参金を法を犯さず浪費します(57)
私が以前に意図的に
証文に書くことに同意した
寡婦給与は瑕疵があるとして無効にします
そして彼女が財産を
管財人すなわち私的愛人に託するのを阻止しま
　す」
「連中の魔術を用いるのに
なにゆえ彼女を選んだのか」
「最も愚かな金持ちを
賭博打ちが相手にするのとおなじこと」

(57) 騎士の意図は貴婦人と離婚し、同時に彼女の財産は支配しようというもの。当時よくあった再婚前に女性が財産を管財人に託することも阻止しようとする。

「だがお前は地獄の我らのものになったのだから
お前の器を笞打ってはいないな」
「そんな愚か者ではございません
その通り　女にはこの策略は
うまく行くと思っていました
しばしば証明されておりましたので
女は気紛れだから騙してかからないと
こちらのものにはなりません
愛と名がつけば　立候補して求愛する者は
何をしてもいいのです」
「あの恥ずべき嘘魔法使いが
熊になったとか変身したとかでっちあげた訳を言
　え」
「あれは著者たちが大衆を
信用させるやり方と同じこと
寛大な読者たちを楽しませるため
彼らの先達に倣う芸当です
我らが言ったりしたりするすべてを
信じさせる方法が他にないのです
我らの言動が自然で真実な場合には
ほとんど信じてもらえません
常識の範囲を超えて
読者を立腹させるという危険もありますが」
「呪われたあの罪である
偽善を行なおうとした訳は」
「それがいちばん儲かる商売
誰をも彼も拒まぬ唯一の聖徒の鐘[58]だからです
すべての教会が関わっており
覚えるのがいちばん楽なのです
どの階級の者たちもそれを用いなければ
沢山稼いだり楽しんだりできません
これは『賜物』であり　大衆のなかで
威張れるだけでなく　法に護られて
抜きんでている一番偉い者を
負かしたり恐れさせることもできます
これに反論する者はほとんどいません
手がすべって近づき過ぎないかと心配するので
聖徒たちの間でこれほどやんわり
禁じられている罪はないのです」
「誓った約束を破った訳は」

「貧乏という災難を忍ぶくらいなら
押し入り強盗を働いて
堂々と絞首刑になったほうがまし　という思いで」
悪魔が言う「我らの老いぼれた政略全部を合わせても
お前の策略にはかなうまい
お前たちの新たな改革に較べれば
我らの政略は古びて流行遅れだ
もっと洗練された新しいものを習いに
お前のところへ行かねばならぬ」
ヒューディブラスが言う「私が気づいたことを
言わせていただけるのなら
あなたが集会所へ行かれますと
自分がまったくの愚か者だと思うでしょう」
悪魔が言う「たしかにそうだ　一年単位で貸したので(59)
集会所へは行くわけにはいかぬのだ」
「なるほど」とヒューディブラス「どんなに不思議なことを
彼らがしているかあなたには想像できますまい
地獄のお仲間の悪鬼たちは
堕地獄の前には天使でした
我ら人間の天使に較べれば
あなたがたはまた天使と呼ばれていいかもしれません」
悪魔が言う「決心したぞ
この奥義を学ぶためお前の門人になるぞ
それゆえにまずはお前が従う
原則をいくつか知りたいものだ
悪者を神の子にし
我ら同様にするものは」――「生計です」
「脳味噌を叩き出したり人を殺しても
神聖なことにできるのは」――「大きな利益」

(58) 祭鐘。礼拝が始まる前に会衆を召集するために用いられた。
(59) 集会所として屋敷が一旦貸し出されると、いつ所有者に返されるかわからないような不法な貸借が行なわれたことへの言及。

「感じやすい良心とは何か」――「それはつぎはぎ
そっと触れられることにも耐え得ず
破れてしまい　最もひどい流行性のペストよりも
多くの者を殺します」
「お前たちが我らの商売を侵害し
他の商売を破滅させるのはなぜか」――「給料を
　もらうため」
「良心に恥じるような
正統で真実の信心とは」――「結構な生活」
「王に対する反抗を
古く良き大義とするものは」「政治です」
「すべての教理を明白にするものは」
「一年につき約二〇〇ポンド」
「以前に真実とされたことが
また虚偽となるのは」「もう二〇〇です」
「すべての誓いを破ることを
聖なる義務とするものは」「衣食です」
「法律と自由を迫害とするものは」
「権力と寄附金がないこと」
「何が教会を盗人の巣にするのか」
「聖堂主席主教と参事会員と主教たち」
「彼らがいなくなったら誰が代わりに
教会を正統にするのか」「わたしたち自身」
「道徳性が今日最も悪名高い犯罪と
なっているのはなぜか
聖徒たちも邪悪な者たちも
道徳性には反対の叫びをあげておるが」
「恩寵と美徳とは禁止された
近親結婚の範囲内だから
それで彼らが結ばれることを
許す真の聖徒はいないのです
聖徒たちは道徳なしですますので
良心は必要ありません
自然にのみ根ざして
キリストによらない美徳は不遜となります
でも邪悪な者たちがなぜ反対するのか
私たちは知らないし知りたくもありません」
「そもそも真の意味での
良心の自由とは何か」
「もっと安全に大昔の純粋さにまで

反逆する権利を回復すること
キリスト教徒の自由を
ユダヤ人たちが持っていたものに戻すこと[60]
広い良心こそが唯一のもの
そうならば　あってもなくても同じこと」

「今回は（悪魔は言う）これで十分だ
もっと打ちのめすべきところだが勘弁してやろう
ニック・マキァヴェリでも（彼はわが国の悪魔に
自分の名前を与えているが[61]）詭弁を弄して
世間で聖人で通るほどの
こんな言い抜けはやってのけられまい」

この言葉とともに復讐の神々も光も
一瞬のうちに消えてしまい
彼は闇の中にただ一人
残るは硫黄の異臭と彼の悪臭
夜の女王である月の大いなる統治は
すべての海と地球の半分に及び
春の潮の高まる時と真夜中に
液体と狂った頭を支配する
月は今や西に傾き
寝床へ急ぎ　一眠りする
ヒューディブラスは　消え去らぬ打撃の痛みのため
に
骨がうずいて休息は取れず
さらにひどいことが起こるのではないかと恐れて
いたが
ついに大の字になりぐったりと床に横たわった
この世で最後の眠りについたかのように
しっかりと目を閉じたが　恐怖に怯えた時とか
魔術師が使い魔にさまざまな形を取らせる時の

（60）古代のユダヤ人が支配者に対してしばしば反逆したことへの言及。

（61）ニコロ・マキァヴェリ（一四六九―一五二七）はフィレンツェの外交家・政治家・学者。悪魔をオールド・ニックと喚ぶこととマキァヴェリとは関係ないが、彼の政治的悪の肯定に対する言及と考えられる。

恐ろしい姿が次々と目に浮かぶ
闇の中でも聞こえるものかどうか
耳をそばだてると　確かに聞こえてきた
まずどこからともない呻き声
続いて弱々しい震え声で
次のような言葉を言った[62]「みじめな者よ
かくも策を弄しておまえは何を手に入れたか
剣を取っての神聖なる治安判事[63]という
この仕事に就いてからのイカサマで何を得たのか
冒険を求めていつもさまよい
ケンタウロスのように馬から下りることもない
棍棒でさんざんに打ちのめされて
肌はふくれあがり瘤《こぶ》だらけ
征服に乗り出しては常に敗北
手に入ったのは瘤ばかり
夜は心と体を休めるための
安息の時であるのに　その眠りを
おまえは奪われ　痛めつけられた
体を癒すこともできない」
騎士はこれを聞いてこの非難は
自分に向けられたものと解釈した
細部までまさにぴったりと
自分に当てはまるではないか
ここでぶつぶつ御託を並べているのは
今夜の見張り役の霊であろう
さっき見かけた連中の一人で
さんざっぱらぶちのめしていった奴だろうと信じた
しばらく間があり　一呻きすると
悲しげな調子で霊は続けた
「さてこの者は犬と熊を相手にして[64]
めっぽう派手に奮戦し
手ひどく打たれて痛い目に遭い
足枷《あしかせ》のリンボ界につながれて
栄光の絶頂からまっ逆さまに
浄罪界へと落ちた者
(騎士は思った　何と悪意に満ちた悪魔だ
このところの災難をすべて数え上げるとは)
笞打ちの刑を宣告されたが
英雄気取りでこれを拒否

馬の扱いはまことにへたくそで
だらしなく行き当りばったり
悪魔との戦いではしぶとく渡り合い
魔術師とは激しい論争
見事勝利を収めたが
そっとその場を抜け出ようとしただろう」
なるほどとヒューディブラスは思った　この恥知
　らずな
小悪魔は　わしから戦利品を盗む気だな
生意気にも　わしが苦労して手に入れたものを
自分のものにするつもりなのだ
「そして今や裏切ろうとしたその時に
同じやり口で復讐されたのだ[65]」
騎士は思った　どうしてこの悪魔は
わしがやろうとしていたことを知ったのか
こいつが情報を得ることができたかもしれぬ
異教の神託はとうの昔に廃れたし
裏切り者のスパイから得ること以外には
聖徒については知らぬはず
こいつはイカサマ野郎の悪魔に違いない
門番の友達のその友達以下の奴だろう
情報収集をこそこそやって
二番煎じで魔術を行い
今やかの悪霊ポー[66]としてまかり通り
誰にもある隠された秘密を予知するほどにまで
　なったのだ
こいつを恐れる必要はあるまい
人をからかう悪魔は害はない

(62) この霊は先回りをしたラルフォーである。
(63) 原文では“The Holy Brother-hood”。一五世紀にスペインで強盗・追い剝ぎを一掃する目的で設立された職。裁判権・警察権を兼ね備え、その場で刑を執行した。ヒューディブラスの治安判事の職を指す。
(64) 以下の十数行は一部二篇から二部三篇までの内容に言及。
(65) ラルフォーを見捨てて未亡人に取り入ろうとして、逆にラルフォーにやられていること。
(66) リチャード・デュークという人物の渾名。争いごとに常に口を出した。ナッシュはゴート族の勇猛な戦士の名であるといい、グレイは幽霊を一般にトム・ポーと呼んでいたという。

こう判断して萎えた気持ちを励まし
素早く叫んだ「お前は何者だ」
「神の恩寵をはぎ取られ（霊は言う）
このみじめな場所に送り込まれた不運な者だ」
騎士は言う「お前の言葉を信じよう
今のところお前の言うことは間違っていない
わしのことをうまく言い当てたが
自分の悩みもわかっているようだな
お前はケチな卑しい霊で
夜にあくせく働くしかない
家の中の仕事はさせてもらえず
靴の中に落としておく半ペニー貨[67]も持っていない
半ペニーの稼ぎがなくては
女の仕事を押しつけられても
ちょっかいを出し　お引きずりの女たちを
青痣《あおあざ》のできるほどつねったりもできないのだ
おどけ者の小鬼のロビンよ[68]
お前の仕事　気晴らし　いたずらは
狂信者どもをからかって　泥の中に誘い込み
付いた泥を溝の中できれいに洗ってやる
こういうことを思いついては得意がり
悪さを仕掛けて大声で笑う
わしに対してもやったことだろう
こちらがお前を止めていなければ」
「騎士殿（声は言う）あなたは世間の人に
賢人と見られていると自惚《うぬぼ》れているがとんでもない
その狂った物差しで
我々の能力を測れるとか
こちらがあなたを知るほどに
我々霊を知り得ると考えるとは愚かなこと
我々は常にあなたに付きまとい
殴打・打撃の場に立ち会い
男であれ女であれ　人間であれ獣であれ
何かを相手に戦う時　冒険に乗り出す時
誠心誠意尽くしてきた　ほかには
これほどの忠義者はあなたの従者しかいない」
騎士は言う「そんなことはお前の仲間の
最も怠惰な霊でも言うだろう

我々とお前たちとの同盟[69]ほど
手ひどく我々を裏切ったものがあろうか
わしは従者をほんの印として
地獄の長官のもとへと遣わしたのだ
縄に巻かれて一揺れすれば
船長よろしく　地獄の岸辺にたどりつくだろう
お前たちの方があいつよりも（どうやらそう思えるのだが）
わしを裏切らなかったとすると
好意を示さぬ者たち[70]がお前たちについて言うことも
同じくらいに真実ということになる
お前たちは先の割れた爪のついた手を挙げて[71]
盟約と大義とを妻《めあわ》せてしまった[72]」
声は言う「騎士殿　おっしゃるとおりです
我々は盟約を成し遂げ我が物としました
しかし偽誓が法そのものに何の関わりもないように
盟約は大義に何の影響も与えません
公開の法廷で偽誓をしたとわかれば
偽誓者は晒し台で晒されるだけです
盟約派が　法廷で悪漢が誓約するように
手を挙げて誓約したのはまさにそれが理由です」
騎士は言う「聖徒たちのこういった醜聞が
何処から始まるのかがわかったぞ
サタンとその一派の悪意から発する
自然の成り行きという訳なのか
聖徒たちは蜘蛛のように　自分の頭から紡ぎだした
糸のようなか細い論理にぶらさがっているに過ぎない」

(67) 召使いが部屋をきれいに掃除して寝ると、靴の中にお金を見つけるといわれていた。
(68) ロビン・グッドフェローは陽気な妖精としてバラッドに歌われている。
(69) 独立派との同盟への暗示。ラルフォーは独立派である。
(70) ピューリタンの常套語。彼等の敵のこと。
(71) 誓約を結ぶ時当時者は天へ向けて手を挙げる。「先の割れた爪」は悪魔を示す。
(72) 厳粛同盟は“diabolical”と評された。

「騎士殿」声は言う「その事は
正にあなた方についても当てはまること
あなた方の才能は　その双方[73]にも　また
双方併せたほどにも匹敵します
独立派がやっていることは実はあなた方が
奴らにやらせているだけのこと
悪魔に一泡吹かせるだけの
策略では満足できず
あなた方が押し進める福音の活動を
援助するために軍隊をも動員しました
まるで　火器と剣とが
魂を救済する唯一の道具であるかのよう
あわれな悪魔は　魂を
無理やり駆り立て破滅させる力もなく
宗教法院も失い　懺悔の椅子に座れとか
輸入税を払えとか判決も下せません
誘惑し惑わし　足元をすくおうと
ひたすら画策するものの
策においてはあなたが一歩抜きん出て
一枚上手と証明しています

それゆえに悪魔に取り付かれたほうが
悪魔に誘惑されるよりはましです
法廷で起訴される凶悪犯罪はみな
正に悪魔の誘惑によるもの
その訳はあなた方が悪魔を手助けしなければ
一人ではなにもできないからです
それゆえにしっかと悪魔に取り付かれている時ほ
ど
悪魔の意に反して行動します
悪魔を奇襲して追い出すのは
聖職者や
悪魔払い師にさせればよいのです
霊的食物　火薬火器も
十字架　聖遺物　はり付け像
ビーズ玉　聖画　数珠　聖体箱といった
救済を行う道具類を
機械的に使えばよいだけ
汚水のように街路中に溢れている
聖水を使ってもよいでしょう
しかし悪魔が襲撃する場合には

自らを護る術を持たぬ人達を
たとえ最も邪悪な敵ではあっても
奇襲はしません
彼らの為にはつまらぬ仕事も我慢して
使い走りも喜んでやります
というのも我々の手以外のどこに
あなた方が没収した財産を安全に託せられましょう
我々は皆あなた方が魂を閉じ込める
穴や地下牢の見張りなのですから
収監の宣告を受けた者には
副看守のように鍵を閉め
あなた方が送り込んだ連中を請求した時には
盟的に加わった没収財産管財人[74]よりも
公平な正しさでもって
引き渡しに躊躇はしません
彼らをこれ以上罰さない時は
世俗の権力に委ね
彼らの魂を二重に抵当に入っている
財産の譲渡のように引き渡し
法の埒外に置かれた者に
破門を言いわたし[75]
当然収めるべき罰金を未納だとして
魂と肉体を差し押さえるのです」
彼は考えた　悪魔を言いくるめることは
市民国家が慎重に対処すべき重要な仕事
悪魔が割れた蹄に我らを捉えている時には
悪魔に刃向かうのは得策ではない
「その通りだ」彼は言う「お前の友は
我らが友と話をつけた
お前たちを呼び出したり戻したりする
我々のやり方を信じてくれるので
こちらもお前に我々の一部を任せよう
非難されて首吊りや跳び込み自殺をした奴ら

(73) 独立派と悪魔。以下、両者は同一視されている。
(74) 長老派の管財人。
(75) 同一人物に教会裁判所が破門を言いわたし、世俗の裁判所の法の恩恵剥奪を宣することがあった。

あるいは　我らの弁舌に驚いて
何階もの上からまっ逆さまに飛び降りた奴ら
連中はお前たちの謀った重大な国益を
増大させる万策が尽き
怒りと殺人のお前の大いなる計画を
促進するための霊の「賜物」を浪費した連中だ
というのも　もし聖人[76]が血を流すことで
指名されるものなら　我々はその名称の値打ちを
　高めた
そして　もし我らが権力の座にさえあれば
更なることを成すのにためらったりはしないだろう
人と生まれた非国教徒のなかで
一人として遅れを取る者はいないだろう
「そうです」声は言う「私の方も
そのような親切な善い行いに
恩知らずのままではいられません
あなたをこの苦難から自由にしてあげましょう
今はどこへと言う暇はありませんが
あなたを安全な所へ逃がしてあげます
雄鶏が鳴いているし夜明けは近い
私が消える定めの時です
あなたを日の出までここに
残しておけば脱出は困難になります」
そう言って霊は魔法にかかった英雄を
脱出させようと手探りし
急いで彼を持ち上げようとした
しかし彼の希望は潰える
騎士の尻は無慈悲な敵に蹴飛ばされ殴られて
とても余力はないとわかったからだ
車輪の代りに足の付いたグレシャムの荷車[77]のよう
に
かかとを掴んで引っ張ろうとも考えた
しかし古傷がぶり返すと困ったことになるし
傷を治すが一番と考えて
傷の手当を優先する
この重い沈む器を抱き上げて
彼をやっとの思いで歩かせて
二人はなんとか抜け出そうとする
霊は彼を荷物のように
自分の背を車にして担ぎ上げる

そして途中で壁につきあたりながら
大広間へと突進する
そこで出口には鍵が掛かり
通路は全て遮断されているのに気づき
彼は窓に体当りしガラスを粉砕し
即座に脱出口を確保した
窓を通して　ウステッドの服を着た
騎士の体を頭と肩とで引きずり出し
注意深く自らの仲間である
乗り物を捜し出す
三十秒もたたぬうちに
騎士の馬が晒し台にではなく
柵に結わえてあるのを見つけ出した
しかし鞍は背にはなかったし
どうしたことかは誰にも判らぬが
銃も鞍頭からは失なわれていた
ここでぐずぐずしてはおれぬ
夜陰に乗じて逃げるが勝ちと考え
ともあれ瞬く間に騎士を
鞍のない背に押し上げ　真直ぐに据え
次にラルフォーは自分の馬を手探りし
これまた鞍がないことに気づく
そこにはちょっとしたこぶがあったが
それに素早く跳び乗って
門の方へと手綱を向け
全速力で拍車と笞を入れる
一方ヒューディブラスも同様に
大急ぎで両脇腹に笞を入れ
騎手のように拍車をかければ　首を折らんばかり
　の勢い
それとも追い剝ぎが縛り首から逃れようとする様子
ここで我らはしばらく彼らを離れて
我らの詩を　彼らの教会へと転じて
今や確実にやって来つつある
両教会の衰微の様を語ることとしよう

(76) ピューリタンは自らを“saints”と呼ぶ。その場合は「聖徒」という訳を使っている。

(77) 学士院に提案された車輪のかわりに足がとりつけられた荷車のこと。

第二篇(1)

梗　概

聖徒たちは世俗の利害を巡って
激しい争いを展開する
恩寵の多寡や改革への熱狂に応じて
罰当たりな獲物を分けようとするが
クロムウェルが世を去って
混乱の極みとなる
ついには下賤な民衆が尻肉《ランプ》に託して
一味徒党の親玉を　一人残らず燃やしてしまう

博学の士(2)によれば　牛虻《うしあぶ》なる昆虫は
蜜蜂から出た雑種の王で
嵐の前に牛に降り立ち
己が王家の礎を産み付けるとか
すると牛の腐れ肉からあの毒虫の一族が
たち現われるのだ

---

(1) 第二篇は他の部分とは全く関係がなくヒューディブラスも登場しない。王政復古直前の各派の画策が主題である。特に王政復古後長老派が王を迎え入れるのに力を貸したと主張したことへの揶揄をねらっている。

(2) 蜂が腐肉から生じることは多くの古典作家が書いている。牛虻が蜂の一種であることはプリニウスによる。

そんなふうに　戦争の嵐の吹き出す前に
信仰が気紛れで激越な
セクトの群を生み出した
連中は自分勝手な解釈で聖典を喰らう蛆虫で
まずはあらゆる信仰を打ち倒し
次にはそれぞれが自分の信仰を踏みにじる
ちょうどその昔
ペルシアの賢人たち[3]が
ほかに帝国を維持する方法がないとて
自分の母親に息子を産ませたように
長老派はおのが母なる「古き善き大義」に
同胞を孕ませた
彼女は悪魔の母よろしく[4]
産んでくれたが夫は息子だ
だが　血縁があろうが
目的を共にしようが
利益が絡んで来たときは
容赦なく互いの髭をむしりあう
懐があったかいと
意見があわずに喧嘩ばっかり
犬と同様　骨があればうなり合う
何もなければ一緒に遊ぶ
連中の本性を知れば
つねの振舞いも見通せる

反乱も　信仰の熱と略奪の獲物が不足で
いまや勢いも鈍り始めた
「大義」も「盟約」もたるみを見せて
神慮も季節外れになってくる
それというのも　王室や教会の財産が
割られ分けられ失せはてて
買い込もうにも　もうないからだ
同胞信徒の励みのたねが無くなると
大義に凝り固まった奴までが
棍棒を捨てて法へと走る
法を破って手に入れたものを
今度は法に守ってもらおうというわけだ
まるで　絞首台の下に隠れて
捜索を免れる泥棒のようなもの
長老派と独立派が

原告被告と立場を分けて
使徒の役割を
俗なる命令だの差止め判決だのに発揮し
尊い賜物と恩寵を
法益剝奪だの召喚状だのに振り向け
ミクルマス開廷期(5)にはわんさか訴訟が起こされて
争いは聖ミカエルと竜よりもまだ熾烈
何千もが領地所有をめぐって
底知れぬ深淵へと落ち込んだ
連中は　同胞として友として
配当を分かち合おうとやってきた
組んだ連中も一人残らず
共同で買いこんだ国と教会を手にしようとやって
　きて
一番腕っこきの聖徒が
全員一致で指名され
皆に代わって支払いをし
捺印証書を渡す仕事を託される
するとこいつは　任されたすべてをたちまち
敬虔なごまかしだの聖なる裏切りに両替し
他人の持ち分一切を
世俗の自分と自分の子孫のものに定めてしまった
皆が没収地と主張する全部をがっちり
自分の手に落ちるように細工した
神慮であらかじめ決まっていたと言い
良心の咎めもない
自分以外は神に見離されたごろつきと決めつけて
不動産の権利などはもってのほか
そもそも霊的権利喪失状態にある以上
聖徒の権利には与《あず》かれぬ　と説き立てた
現実の姿をかく晒したうえで
法と良心で武装して攻撃開始
脳病の熱にやられたように熱弁を奮う姿は

（3）ゾロアスター教の司祭たちは自分の母親に子供を産ませたという説があった。

（4）ミルトンの『失楽園』二巻七四八～八〇〇行によると思われる。

（5）十二月二日から二十五日までの上級裁判所の開廷期。ミクルマスは大天使ミカエルの祝日で九月二十九日。

スウォニックの法廷弁護士[6]さながらだ
銭の袋で殴り合う様子ときては　その昔
砂袋で殴り合った男たち[7]もかくやとばかり
この結果　聖徒仲間をはずされた受託者全員より
　も
弁護士たちの懐には　たっぷり手数料が入るのだ
最後には　訴訟で
出す材料の尽きた側が負けを喰らう
あるいは　両者ともひどい目をみたすえに
会った時のまま別れることになる

あわれ長老派はいまや　貶《おとし》められ
のけ者にされ役目を奪われ
だまし取られて追い出され
国家　教会の大事からは村八分
聖徒の退役士官にされて
自ら巡回牧師に身を落とす
町を巡って教えて回り
かつて一人前にした連中の悪口を言っては
新しい「内なる光」に浴する連中[8]に
もともとは王党派の輩に対して
貼り付けたあの解釈を
再び施そうと試みる
法王的だの司祭的だの　決めつけたのと同様に
再洗礼派だの狂信徒だのと判決を下す
たいして変りばえしなくても
国中のどの宗派にも当てはまる

「古き善き大義」は　イブを知識で誘惑した
悪魔だと信じる者がいるほどで
いまだに新しい光などと言いたてては
世界を不幸へ誘おうとするもの
長老派が「良くも悪くも」大義を娶ったときは
彼女の財布に金が溢れていたのだが
いまや醜くなりはてて一文なし
追い出すにしくはない

そもそも独立派は
改革の初期には最後尾
いわば　教会のいかがわしい竜騎兵[9]で

歩兵にも騎兵にもなるという奴
馬一頭の鞍に
サラセンとキリスト教徒が相乗りした案配[10]で
どの宗派からも独立して　好むがままに
説教して　戦って　祈って　殺した
戦争と教会の指揮権を
かすめ取るきっかけと
両方の指導者たちをやっつけよとの
お告げを摑むや
聖徒たち共通の敵との
戦いに従事した
やがて優勢になり
戦争という賭博で勝てそうになると
またもや以前とかわりなく
容赦ない同士討ちを開始した

というのも　武装した敵はもはやなく
驚き慌てて団結する　必要もない
最悪の敵たる身内以外は
制圧され尽くしたのだ
かくあるべしと祈ったり誓ったりしたことはし遂
　げたし
戦いでも説教でも略奪でも目的成就
国民　教会　国会を一切制圧してみれば
残ったのは自分たちの法と憎しみ
さて集って　交渉したり取り引きしたり
かっさらった獲物を分けあって
自分たちが毀《こわ》し引き裂いたもの
つまり宗教と政府をぎくしゃくと修理にかかれば
出会うが早いか　戦争が破壊しなかったものまで
　も
全部引き倒す算段を始める始末

(6) スウォニック生まれのウィリアム・プリンのこと。一部三篇一五四行の註を参照。
(7) 昔ヨーマン同士の戦いは棍棒と砂袋で行われたという。
(8) 独立派のこと。
(9) 竜騎兵は歩兵に騎馬を与えたもので、馬の質も一番悪かった。つまりここには馬鹿にした響きがある。
(10) 説教師と兵士の二股をかけていたということ。

合意ができるのは　廃止
転覆　廃絶　解体だけ
なにしろ　ならず者と馬鹿が縁続きなのは
オランダの農民とオランダ女の産む化物(11)の場合と
　同じ
両陣営が力をあわせて公益を損なおうと
全力を尽くすのだ
企みをするときだけは群れ集い
互いの矢をかわしつつ述べたてる様は
バビロンの人夫たちが
それぞれの言葉でしゃべるよりまだひどい
両方で鋸《のこぎり》を引きあうので
政府と法律をひき倒すことになる
ちょうど　ペテン師二人で勝負をすれば
両方の思惑が外れるようなもの
国家を賭けとばす連中が
議論で揚げ足を取り合えば
勝ちも負けもつかぬ間に
公けの仕事は目茶苦茶になる
公けのことはいつだって　暇がかかれば確実に
ぶちこわしになるものだ
王党派がこれに気づいた時
忠誠心をしっかり保ち
教会と王のために
非常な犠牲を払って守った権利を主張し
ますます強く一枚岩となって心変わりせず
敵が割れれば割れるほど王と教会の味方となった
数では劣り　戦いの運命では
敗れ虐げられはしたものの
果たすべき道義まで敗れたわけではない
誓いも忠誠心も捨ててはいない
勝負に勝とうが負けようが
忠誠心が不変なのは
日が照らずとも日時計が
太陽に忠実なのと同じこと
しかし　これらの悪しき兄弟ども
仇敵と悪魔とが
もう一度勝負を仕掛け　少なくとも日の目を見た
　いと
思い始めた時

彼ら王党派は森の広場の
めったに人の訪れぬ場所に再結集
真夜中に離れ家で
新たな蜂起の集合地を定め
比類のない辛抱強さで
再び危険が迫り来るのに備えた
攻撃を仕掛け　かわされたと見るや
次の一隊が活動を開始
自然の女神が性急に時も来ぬのに
破壊を新たな大量生産に切り換えて
次々と足りないものを
供給しているという様子で
第一陣が打ち倒されるや否や
第二陣が蜂起
キリスト教の信徒のように
仰圧されればされるほど数が増えた
鎖も追放も
人権剝奪も競買も財産没収も
かつて実地に試みられた
どのようなすさまじい出来事も
いかなる傷もめった切りも彼らを恐がらせず
忠誠　忠勤をやめさせられなかった
恐ろしい骸骨を振りかざす死神も
彼らが危険をおかして正義を主張し
力をあわせて国王のため
命と財産を賭けるのを止められなかった
没収を免れるための法的請願[12]のように
彼らの大義の正当性を主張しつづけ
繁栄をもたらす王位簒奪など
英国では起こり得ないと証明した

(11) 当時の書物に「オランダの女たちが子供と一緒にネズミのようなものを産み落としたが、それをストーヴとの間にできた子供だという者もいた」とある。原文は「スータ－キン（Sooter-Kin）」で、煤と縁がある。戦争相手のオランダを馬鹿にしてのジョークで、オランダ女が股に椅子スト－ヴを抱え込むのに対する揶揄。

(12) 土地の権利を一年と一日主張し続けると実効を生じ、これを繰り返すと最終的にその土地に入る権利を得た。

軍隊と謀反にもめげず
彼らは国王への忠誠をひたすら守りつづけ
不易の志操と信仰により　ついに
ガテ[13]の頑強な男たちを打ち破った

すさまじい暴風に激しく揺すぶられ[14]
オリヴァーは彼の統治を断念
聖徒たちも品行良き人も不信心者も[15]
そう信じたのだが　地獄への渡し場で
オリヴァーは沈没した
だが　スターリーによって救出される[16]
スターリーは偽りの夢を見て
罰当りにも　宮殿の端にある
まがいものの偽天国を
新エルサレムと誤解した[17]
そこへ　運命の定めにより
オリヴァーの貴重な遺物を移すこととなった
スターリー同様信頼に足る
元老院議員の眼前にロムルスがかつて姿を現わし
たという[18]
この異教の啓示を　スターリーは
神意の顕現として盗用した

次に息子で法定相続人
役たたずの代理人が後を継いだ
息子は寄り掛るべき唯一の松葉杖である
議会によって据えられたが
国家の重みに倒れてしまった
無理に走らされたものの騎手の重みを支えきれな
かった

そこで　長い間虚しく待たされていた
聖徒たちが今や　統治し始めた
全員が国王であるひとつの帝国の出現を
腹の底から切望していたのだ
正義と統治と法律への
エジプト的畏敬の念から解放され[19]
スイスの宗教的連邦州なるものを
福音のハンザ同盟都市のようなものを
自由に建てようと考えた

ライデンのヨハン[20]が昔やって失敗したことを建て
　直すのだ
ヨハンは本山教会の頂きに
風見鶏として釣り下げられ　以後
神の摂理によって
すべての啓示の予型となった
そして今　後継者たちが統治を実現したのだが
彼らも同様にやり方を間違えた
なぜなら　彼らは規範を作ろうとするのだが
誰一人他の人の頭に合わせられない
不浄の連中とは違い　彼らの「光と賜物」は
大き過ぎて合わないのだ
一方で　すべての兄弟がお互いに
摑み合いの喧嘩をしながら
最も狂って　最も気のふれた者が
最も忙しく事にあたっていたのだ
というのは　多くの人手が　急速に送り出されれ
　ば
（諺に言うように）仕事を軽減できるのだが
多くの異なった知性の場合は

---

(13) ペリシテ人の都市。巨人ゴリアテの生地。

(14) クロムウェルが死んだ日は、暴風雨になり、船が難破し、家屋や樹木が倒壊した。

(15) 独立派は自らを"saints"と称し、王党派及び国教会派を"miscreants"と呼び、その中でまともな人物と認めたものを"moral men"と呼んだ。

(16) クロムウェルの従軍牧師であったスターリーは「クロムウェルは天国で神の座の右手に座り、この世の我々のために神との仲介をなさるのである」と演説したという。

(17) クロムウェルと彼の側近の遺体は柩から引き出され、タイバンで絞首刑にされた。彼らの首が晒し首にされたところが「天国」という酒場に近かったという。

(18) プロクルス・ユリウスにロムルスの霊が現れ、今は神となったので、自分のために寺院を建てるように言ったという故事による。

(19) 主イエスの法以外の法はすべて廃止すべきであると主張する派もあった。「エジプト的」は古代エジプトの時代にこそユダヤ人が正しく法を守ったとの意味。

(20) ドイツの再洗礼派のリーダーであったヨハン・ベッケルスゾーン（一五〇九～三六）は、神の名において重婚や殺人を犯し、仲間とともに捕えられ、処刑された。彼らの体は教会の塔から鉄の篭に入れて釣り下げられたという。

相反する効果を生み出すのだから
最ものろい昆虫が最も多くの足を持つように
多すぎる頭は策を練るのを妨げる

ある者は国王をたてることを主張した
しかし王は　イエスしかないと[21]
他の者すべてが反対した　ある者は
フリートウッド　デズバラ　ランバート[22]のために
　画策した
またある者は残余議会《ランプ》を支持し　もっと狡賢い者
　たちは
兵士活動家[23]や公安委員会を支援した
ある者は福音を頼みとし　またある者は
宗教的宣誓供述作成者の大虐殺を支援した
摂政政治を行おうと
首長の誓いと忠誠の誓いを行ったからだ
勿論盟約の勅書を保証した
最も有能な聖徒もいた
他の者たちは教会会議や
管区会議という高き座の破壊を目指し[24]

血にうえたニムロド[25]のように
敵意をもって聖徒に襲いかかった
ある者は予言の成就[26]と
物品税の根絶を願っていた[27]
ある者は　宗教的祭日を守るというエジプト的束
　縛[28]と
輸出入税を払うことに反対した
ある者は神の森の伐採[29]や
パン屋のパンの量目調整[30]を支持した
ある者は従順という奴隷状態に反対する
手段を見つけることを支援した
神の御言葉を述べるのにふさわしい人として
ある者は福音牧師[31]を支持し
ある者は赤い制服をきた俗人牧師[32]を支援した
前者は福音を　後者は剣を振り回す
ある者は反法王　ある者は反トルコ人を旗印に
事を遂行しようとし
ある者は白衣の被りもの[33]の
禁止に頑張った　それは
賜物と神の配慮を妨げ

内なる人を外なる人に変え
福音の光ではなく　教皇の
曇った夜用のものだと言う
他の者たちは結婚の道具である
指輪を廃止しようとした[34]
聖徒ならぬ花婿は指輪で結婚するのだが
目あては実は親指である[35]
（結婚指輪は　地面を掘って傷つける
豚に鼻輪をかけておく程度の賢いやり方）
花嫁の方は「そうします」と言って結婚するが
頑固すぎれば結婚も台無し
ある者は国民の間の混ぜ織り服[36]の
根絶を目指し

---

(21) 第五王国結社員（ダニエルによって予言された決して破壊されることのない王国の設立をめざした派）はキリストが再臨して王となることを願った。
(22) 一六五九年、軍の請願が拒絶されたとき、議会に突入し解散させた三人の軍の指導者。
(23) 議会が軍隊の解散を議題とした時それに反対した兵士の代表者たち。
(24) 長老教会派の聖職階級制度の終焉を願っていたという意味。
(25) 『創世紀』一〇章八〜九節。
(26) 法王に向かって武器をとるという意味か。
(27) 一六五九年に物品税の廃止についての法律が議会で議論された。
(28) 宗教的祭日の廃止は一六四七年に議会を通過している。「エジプト的」については二四二行の註参照。
(29) 教会の装飾破壊への言及。装飾は偶像崇拝のしるしと考えられた。
(30) 度量衡の一致が議会に提案された。
(31) 長老派の支持した正式な教育を受けた聖職者。
(32) 独立派は世俗牧師を支持した。兵士たちの中には説教師を兼ねる者が多かった。
(33) 牧師の白衣を教皇のぼろ切れとして反対する派もあった。「かぶりもの」(comisado) はスペイン語で、夜襲の時軍服の上に着る為装用のシャツ。
(34) ピューリタンは結婚における指輪の使用はカトリック的であるといって反対した。
(35) かつて親指が封印する時使われた。また封印用の指輪は親指にはめる。ここでは財産目あての結婚への暗示。
(36) "linsey woolsey" は麻とウールの混織の布。比喩的には「混乱」の意味。一部三篇一二二七行の註参照。

ある者は帳簿のなかの十字マークや
洗礼の時に十字を切ることに反対し[37]
他の者は　すべてのものから
聖人の姓と名を取り除き
教会　通り　町の名から
「聖」という肩書を消すことを強要した[38]
ある者は煉獄に反対し
石炭税を下げようとした[39]
ある者はブラックプディングを廃止しようと
根も葉も絶やすほど徹底的に[40]
血の入ったものは何も食べないようにした[41]
一方　他の者は武人たちや
時には王や勇者の
腰肉を食べることに賛成した[42]
ある者は　秘蔵の民によって
王の骨を鉄の杖で打つことを願い[43]
山を打ち　まじないによって
馬の背の荷物も鈴も[44]　聖なるものにされることを
　願った
これは祈禱書にまだ載ってはいないのだが

邪悪な者たちをひどく恐れさせたのだ
一顧だにされない政権の座に座っていた
藪医者たちは[45]
救いようのない狂気と妄想の生み出す
この混乱の極みは
不吉な前兆を待たずとも
破滅が近いしるしと理解した
時宜よろしく　いつ身を引いて
彼らの喉笛をどのように法の裁きから守るかだ
というのは　法廷での激突は　彼らがうまく逃れ
た
戦場でのすべての激突より手強いからだ
そこで彼らは額を集め　国民に施すのは
もっともらしいいかさま治療
病気の患者に何を与えられるかではなく
何を手に入れることができるかを相談
動脈をいじくりまわすより賢明に
彼らの得る報酬の脈を看て
苦痛に呻き尽きようとする命を長引かせ
墓から復活させるのだ――利益を

彼らの仲間の一人の政治家[46]
幻の怪獣[47]よりも　たくさん頭を持っていて
そのそれぞれにバビロンの娼婦[48]をみんな集めたよりも
数多い権謀術数が詰まっている
その抜け目なさは片方の目が
もう一方の目をスパイするほど[49]
どちらも相手に眠っていると思わせようと
双方同時に瞬きをするという具合
密かに策略めぐらす様子は
悪戯に夢中の子供そっくり
彼は政府の転覆に三度遭遇[50]

---

(37) 洗礼の際の十字を切る行為は聖書には書かれていない。ピューリタンは起源のあやしいものとして儀式から除くことを願った。ここでは帳簿付けのマークと掛けている。

(38) ピューリタンは"saint"という称号をお互い同志にしか使わなかった。

(39) 一六五一年と一六五四年には英国の港に陸揚げされる石炭に課税されたが、大変不評であった。

(40) 一六四〇年に監督教会政治の徹底的廃止を請願するために出された"The Root and Branch Petition"への言及。

(41) 『レビ記』一七章一〇節参照。

(42) 『ヨハネの黙示録』一九章一七～八節参照。

(43) 『詩篇』二篇九節参照。

(44) 『ゼカリヤ書』一四章二〇節参照。

(45) オリヴァー・クロムウェルの息子リチャードの退陣後、身の安全を図りつつ、王の帰還を画策しはじめた連中。

(46) 独立派の代弁者であるが、初代シャフツベリー伯アンソニー・アシュレイ・クーパー（一六二一～一六八三）をモデルにしている。彼は大変抜け目のない政治家であった。ここに登場する二人の政治家は、対立する独立派と長老派の代弁者として描かれており、その対話の中で双方のもつ偽善的なところを暴露することになる。

(47) 七頭一〇角の怪獣。『ヨハネの黙示録』一三章及び一七章参照。

(48) 二部二篇七四八行の註参照。

(49) シャフツベリー伯は弱視で斜視であった。

(50) 王政、議会政治、護民官政治。彼はチャールズ一世に仕えていたが、議会派に転向。クロムウェルを護国卿に推すが、後リチャード・クロムウェルを失脚させ、チャールズ二世の復位に尽力する。

三度ともそれに一枚かんでいた
最初は味方　後には敵にまわって
没落となると非道にも
古いほうを欺き破滅させて
新しい方で羽振をきかせた
良心に背いても忠誠をつくす振りをして
それで必ず昇進する
反乱の持つ魔力によって
弱々しいカメレオン政治屋に　姿を変えたこの御
　仁
左へ右へと照準を変え
狙いははずさず必ず好機をものにした
三度とも新体制のきっかけをつくり
政権の交代時には遅れることなく馳せ参じた
まるで旋盤を扱うように　約束　誓約　信仰を
自由自在に言い回す
ネジのようにクルクル回り身をくねらせて
厚い信任を得たかと思えば背任し　新しいのに鞍
　替えする
絞首刑を免れて

新政府に取り立てられ
めでたく重用されていたのに
策を用いて足を抜く
抜け出たが　先の見込みは全くなく
立身出世の綱梯子を（さらに）高く登ろうと
大衆の破滅を踏み台に　成り上がる工作
だが　これが己の身の破滅
自分がどんなに危ない橋を
渡っているかは念頭にない
すなわち詐欺　陰謀の汚名を着て
彼の手柄は台無しになり
首括り綱の輪の中に　自分の頭を突っ込んで
縄脱けの手品を見せるはめになった
あやうく難を逃れはしたが
運がよかっただけなのに　うまく立ち回ったのだ
　と思い込む
彼の分別と彼の知能は
ぴったり合うよう裁断された割り符であって
両方が一つになれば　地下隠密の策謀にかけては
彼より上に出る者はない

堅い大地も無能で盲目のモグラにかかれば
やすやすと掘り崩されてしまうもの
こういう妙技と　永年駆使した
さらに多くの手練により
この国政の達人は
世の中がどう動くかを読み取った
甲羅を経た罪人どもは　自分の骨と関節の中に
羅針盤の目盛りが刻まれていて
その痛み　疼きによって
風の向き　変わり目のすべてを察知し
ネイピアの骨[51]より正確に
我が身の骨で時の推移を感得する
同様に　国事犯の連中は
風雨の日が来る数日前に
犯した罪からそれを予測し
良心に痛みを感じる
だから彼は　自分の喉元を守るため
抜け目なくあらゆる抜け道を考えた
ここへ来て　他の軽業師たちが
どうしているかを観察　偵察したうえで
自分を救い　他を絞首台に送るため
最大限の努力をするのだ
この聖徒に匹敵するのがもう一人いた[52]
最初の政治家同様抜け目なく　つむじ曲がりの兄
　貴分
政治　国事を業とする
小間物屋の亭主といったところ[53]
ラビのアヒトペル[54]よりもユダヤの知恵に満ち
反逆の才も一枚上手
彼は同胞に　家を守り
大義と立派に添いとげよと教えながら

---

(51) 二巻三篇一〇九五行の註参照。
(52) 長老派の代弁者であるが、レヴェラーのジョン・リルバーンをモデルにしているという説がある。
(53) リルバーンは布地商の徒弟をしていた。
(54) ダビデ王の第三子アブサロムが王に反逆した時の助言者。『サムエル記　下』一五～一八章参照。ドライデンに『アブサロムとアキトフェル』という諷刺詩がある。

己は操を正しくする気はなく
別なのを試して先を行く
気紛れも良いところ　結局は
己の気ままが己の公理
偶然にその公理で証明できることでもあれば
どんな理論も覆せない
法律も　ホルボーン[55]への騎馬行列も
この男の頑固さを　いささかも矯正できない
そもそも彼は　長口舌を振るう機会を得るためならば
首吊りもするというほどで
口論というこの上ない楽しみを失うなら
絞首台からぶら下がるほうがよいという奴
議論にかけては達人の域で
正か邪か迷うものかは　彼の舌は
議論の中身が軽いほど
いとも滑らかに回り続ける
際限のない饒舌で
並み居る者の耳を拷問にかけるのだ
それらしき気配があれば

直ちに論争を開始する
彼が議論に参加をすれば
どれほど強い者でも慈悲を乞う
人間の理性の力によるものではなく
果てしない饒舌と　それ以上に
応えようのない叫喚の一斉射撃に
絶え間なく悩まされてのこと
彼の論旨はあやしく貧弱で
気紛れの域を出るものではないが
自分の弱みを猛襲されているかのように
懸命に論陣を張り巡らせる
たよりない分別のなさを
いやまさる情熱と自信とで埋め合わせ
議論が対立するときは　ヘクトールの骨のように
打たれれば打たれるほど強くなった[56]
とはいえ己に利益が無ければ
白熱の勢いも衰える
己の利益　それだけが
悪魔の論陣を張らせるのだ

「幸いなときも災いのときも」大義を連れ合いに
　することが
彼の選択または偶然もしくは災いのもとであった
　が
世俗の富と知恵を尽くして
全身全霊をあげて崇めた(57)
ところが大義という膨れっ面の商売女は
悪魔に憑かれ　寄生虫　淋病持ちで
このあばずれの悪巧みに比べれば
ギリシヤ人の種を孕んだトロイの牝馬も半人前
上っ面は貞淑な淑女を装って　その実は
ふしだらでやりたい放題　娼婦も顔負けとわかっ
　た時
それでも彼は体裁を取り繕って
ますます頑固に彼女を支持し忠誠尽くす覚悟をし
　た
女の浮気性は　近寄れば近寄るほど
一層軽薄見境もないとわかりはしたが
馬鹿者の一徹とでもいうか
卑金属を交ぜると貨幣の硬度が増すのと同じ
誤って思い込んだ時ほど
一徹が手に負えないものになることはない
この二人　その他の者も一堂に会し(58)
親密な協議に入った
不満をはらむ沈黙があり
それにはもっともな理由があったが
今紹介した雄弁家が
国家の苦境に苦悩してというよりは
黙っているのに耐えられなくなり
まず最初に口火を切った
一瞬賢げな顔付きをして　それから沈黙を破ると
同時にその場の緊張が解けた

(55) ホルボーンはニューゲイト監獄とロンドン塔から、タイバン処刑場へ罪人が運ばれる道筋であった。
(56) ヘクトールの名はギリシヤ語で「抵抗者」の意味だからか。
(57) 結婚式での誓いの言葉に掛けている。三部一篇五八二行、七一九行及びその註参照。
(58) ホワイトホールで開かれた有力者たちの会議。

彼は言う「昨今のなりゆきの深刻なことは
疑いようもない　一目でわかる
現実の疑念と恐怖の特徴が
かつてのような作り事ではなく[59]
悲しくもおぞましく議員一人一人の額に
くっきりと刻まれているからだ
暗雲が厚く垂れ込めて
突然の荒天が迫っているので
諸君は足のまめの痛み　疼きに
国家の急変　革命を感じ取り
形勢不利と見て取って
大義が消滅する前に放り出そうという算段か
我らが言ったのは　逃げるという意味だったのか
盟約をするにあたって
兄弟でも最も出来の悪い者たちだが
誰よりも早く走って皆の手本になると誓った[60]
それが実は　誰よりも早く
走って逃げると誓った　ということか
約束　誓約そのものが　破棄されるようにできていたと
今になって証明しようというのか
さもあろう　正統派と雑種教会に挟まれて
大義が窮地に陥っている
どちらが優位に立つのかをしつこく論じる
長老派と独立派との間でだ
さきごろ実施の便法——つまりあの
聖マーガレットの断食[61]が良い例
神の御意志をこちらの都合でごまかせば
どんな報いが返って来よう
さもなければ騒乱ごときがどうして我らを脅かそうか
既に幾度もくぐり抜けてきたではないか
騒乱を抑えるだけでなく
こちらに有利に煽《あお》る術さえ承知のはず
烏合の衆のやることなすこと
どれほどくだらないものか実証してきた
烏合の衆の騒動は　子供を相手にするのと同じ
太鼓やガラガラをもちだせば収まる
でも我らが手引きをした時ほど

彼らが上首尾だったことはない
この宗教の大洗濯も
すべて暴動と扇動からおこり
猛烈な騒乱の暴風が
深い信仰を生む強力な推進力になったのだ
（卑俗な水夫も嵐に遭えば信心起こし
身持ちを正すのと同じこと）
チョークを塗ったさびた刀[62]で
我らの脆弱な権利を擁護し
町で集めた斧槍で
大委員会[63]に改革法案を通させた
古びたこん棒と矛槍を手に熱狂の徒が
白い法衣の司教たちを議会から追放し
教会　国家　国法を
錆刀と大義とに従わせた
暴動を利用して前回成功したのだが
今回もこちらの都合にあわせて巧みに
利用さえできれば
前回以上の成功を収めよう
暴動は我らの正体を暴露するより
暴徒自身を白日の下に曝す
空疎な不満分子と　隠れた悪党の王党派の
正体が露見することになるから
彼らは命と財産を投げ打って誓約し
我らの命と財産を護ってくれる
我らの疑念や恐怖を宥めようと

（59）内乱の初期には王に対する疑念をかき立てるために、さまざまにありもしない陰謀が人々の間に流布されたことへの暗示。

（60）厳粛同盟が結成された時の「盟約」に、「真の宗教改革の模範となるよう、一人一人が他に先駆ける」という言葉が使われている。二部二篇一五五行の註参照。

（61）長老派により断食と謙譲の日と定められた日には、人々は礼拝の行われている公の場所に出なければならないことが定められ、議員はセント・マーガレット教会の礼拝に参加した。この決定は信仰の自由を侵すものとして独立派の批判を受けた。

（62）錆びた武器にチョークを塗って鋭くみせた。

（63）一六四四年に任命された、両院にスコットランドからの委員を加えた委員会。

こちらの言い分にも耳を貸す
我らが正気なら
これらが神の摂理と気づくはずだが
我らときたらカボチャ頭の阿呆のように
懐手してぼんやりと座っているだけ
連中に突撃のきっかけさえ与えればよいのに
自由に動くのは舌先だけ
雷の直撃を今かと脅え
一撃されもしないうちから惚けてしまい
時宜に合わせて動くことなど考え及ばず
その場に留まる豪胆さも
行方をくらます知恵も我らにはない
自分の罪に呆然とするだけの間抜け人間
我々がどちらにするかを決断すれば
連中は留まる　あるいは（少なくとも）共に倒れ
　てくれる
これは極限の窮状にいる同胞に
たいした慰めとなるものだ
彼らは等しく難儀を分かち合うことで
自らの苦痛を軽くするのが常

かつぎ手が多くいればいるほど
肩の荷を軽く感じる
一緒に縛り首になる人数が多ければ
首への縄の当たりも柔らかくなる

だが　事態はそれほどには至っていまい
我らに勇気あるいは知恵が残っていればだが
運命が最悪になると
我らは最も勇敢な行動に適した者となる
力を結集し最後にして最善の防御すなわち絶望を
用意する時間はある
絶望によってこそ最大の偉業が
最大の難局で成し遂げられ
勇敢に立ち向かうことで
最も恐ろしい危険が無事に回避されてきたのだ
傷口がもっと大きい傷口で治癒し
毒を以て毒を制するのと同じこと
我らが当然あるべきまともな人間で
絶望のあまり鈍感にならず
意に反して運命に流されなければ

危険は今回も回避できよう
そうでなければ　死刑を宣告された罪人が
まず目隠しされて吊されるのと違わない

こうなっているのも誓約を破り
聖徒の法免除を定めたせいだ
彼らは　義務を逃れるために
参事会員のように罰金を払って恩寵を買う
独立派であると主張する尊い連中は
世俗をはるかに超越しているので
空中浮揚のために　マホメット[64]や
祈禱中の聖イグナティウスのように[65]
へたな小細工を必要としない
教会や国家への依存を嫌い
細々とした聖書解釈は軽蔑し
また従順は犠牲にまさる[66]
（と聖書は教えている）から
わずかな犠牲で十分だと決めこみ
ほんの少しの力だって出し惜しみ
有無を言わさぬ助言を提示
あるいは真偽はともかく
教理にそれと宣言されているのだという意見を披
　瀝した
彼らは好きなように頑張ればよいというわけだ
弁明を求められることはないのだから

ホイッティントンが鐘の音を解釈したごとくに[67]
脾臓[68]が示すことすべてを解釈し
新しきエルサレムの市長たちよ

（64）二部三篇四四二行の註参照。
（65）聖イグナティウスは熱心に祈っている時空中浮揚をしたと言われる。別の説によれば、彼が兵士であった時に両足を負傷していたために、彼の信奉者は彼をかかえ上げることがしばしばあったという。
（66）『詩篇』五一篇一六～一七節参照。
（67）後にロンドン市長になった下男リチャード・ホイッティントンの話は一七世紀に好まれた。一説によると彼が主人の許から逃げようとした時ロンドンの鐘が「戻っておいでホイッティントン、いずれ市長になるのだから」と鳴ったという。
（68）不機嫌・憂鬱などの宿る場所と考えられていた。

お戻りあれと言うものの
人数も増え　ますます増加する勢いに
彼らを導いた長老派を認めたがらない
長老派は彼らに教訓をまき散らすこと
説教の口調とありがたそうな表現を教え
さらに貧しい者たちに慈善を施すように
賜物を聖徒に与えた
二流の独立派牧師には　他人の説教を速記で盗み
自分に霊感を与えるやり方まで教えたのだ
それ故に犬や猫が去勢業者を憎む以上に
彼らは長老派を軽蔑し憎んでいる
彼らにまず祈ることを教え
次には下院でのやり口を教えたのは誰か
どこで彼らは賜物の言葉を学んだのか
我ら長老派のカラミーやケイス[69]などから以外には
　学べまい
この人たちのまき散らし　ばらまきがなければ
ナイあるいはオーエン[70]のことなど耳にすることも
　なかったろう
我らのアドニラム・バーフィールド[71]がいなければ

彼らの法免除は失効したであろう
もしも我らが戦争を始めなければ
彼ら独立派は現在のごとくに聖徒にならなかった
　だろう
聖徒は平和時には堕落し
衰えて神にも見捨てられる
戦争と殺戮の合間には
彼らの熱意は淀んだ水のように腐ってしまう
教会略奪の力が発揮できなければ
鋭い剣の刃もなまくらになる
蛇が皮を脱ぐのと同様に
彼らは簡単に罪を脱ぐ術を知っている
しばらくするとまた生えてきて
平和時には聖徒も単なる俗物になる
オーケイズ諸島で
フジツボが黒雁になるように[72]
最良の聖徒から
異端者が生まれてくるのだ
彼らの法免除とは
邪悪な者になるための公的免許のようなもの

邪悪な者と違うといっても　せいぜい言い方とみ
　せかけだけ
意味では全く違わない
天国の門番である法王は
堂々と三重冠を被っているが
地獄の門を守っている
ケルベロスも誇らしげに頭を三つ持っている
聖徒と称している奴が地獄で威張りかえっている
真実なんてこんなもの
だが彼らにとって最大の害となるのは
彼らの霊的内臓が熱すぎるということだ
したがってのぼせた飲んだくれどもは
山羊のように熱くなる
法王は棒を曲げる時のように
火炎を使って異端児を屈服させるが
我らが諸宗派は多岐にわたり　激しく意見を異に
　して
熱くなればなるほど頑固になり
猛烈なしつこい反目で
霊的商品を売り込む
というのも熱意というのはがみがみ女で
聖徒たちにわめき散らすことを教え
独立派たちに　すべて人は
自分たちに依存せよと説かせるのだ
そして柔和で憶病な秘蔵の民たちを
恐いお化けや血染めの骸骨に変える
邪悪な者とその行いに対する
果てしない口論だけでは満足できず
つまりグェルフ派がいないのでギベリン派(73)は

(69) エドマンド・カラミー（一六〇〇～六六）。トマス・ケイス（一五九八～一六八二）。両者とも長老派牧師。
(70) フィリップ・ナイ（?一五九八～一六七二）。独立派の指導者。ジョン・オーエン（一六一六～八三）。独立派牧師。
(71) アドニラム・バーフィールド（?～一六六〇）。長老派牧師。
(72) スコットランド北部とオーケイズ諸島では、ある木にある貝がなり、その貝が成長して口を開くと、その中から小さい生物が海に落ち、鳥になると言う説が学士院会報に載った。
(73) グェルフ派は法王派、ギベリン派は皇帝派。

彼ら自身に怒りを向ける
今や戦争は兄弟たちと
罪人の間ではなくて
聖徒と聖徒の間で行われ
互いの兄弟の血を流す
そこではどちらの側も
良心の自由を主張しても
大義のための受難を熱意をこめてあおっても
僅かばかりの称賛も得られない
不屈の精神で忍耐は示せても
宗教的迫害にまでは至らないからだ
尊い聖徒たちと秘蔵の民らに
互いの身体の骨を砕かせるのか[74]
そして王の肉と権力者の肉でなしに[75]
兄弟たちの肉を食べさせるのか
悪魔たちが一致団結したとしても
聖徒たちの方が偉大な悪魔になるのだろうか
ベルが竜と結び[76]
ペオルのバアルがダゴン[77]と結んでも
野生の熊が熊と同盟を結んでも

秘蔵の民が聖徒の耳を引っ張る程度のことなのか
共通の危険が両方を脅かすときも
彼らの命とりになりかねぬ怒りを宥められないの
か
牛と戦うマスティフ犬の　首輪を引っ張れば
噛みついている相手を離させられるか
首が危なくなっているのに
聖徒は危険に気づかないのか
もっとも天国の力も地獄の力も
狂信の熱を和らげることはできないのだが
希望がないとはいえまい
目前に迫った
絞首台とロープに対する恐れが
しばらく敵意を抑えそうなものだ
我ら共通の敵による
奇襲の危険の気遣いなしに
少なくともしっかりした足場に立って
自由に戦える時までは
和解の見込みが疑わしいことは我らにはわかって

いる
彼らの企みを見抜き
彼らの魂と良心を熟知しているのは我らだけだ
自らの愚行により神に見捨てられ
奇跡の力でもってでも回復できない
霊的追放者として諦めるより他ない連中だ
彼らはまず我らをこっそり罠にかけ
略奪をしたとあばきたて
我らの権利を侵害し　次々と
『自己否定』[78]による裁きに我らをかけ
意図的に我らを騙し
徹底的改革を唱えて我らの足元をすくった
我らを裏切り我らの手から
利益と支配権を取り上げた
我らには物欲こそが動機であったのに
それも許さず我らを血の罪の中に巻き込んだ
そしてベリアル親父[79]の若い息子なみに
我らを手下として奉仕させた
しかし　彼らの我らと大義に対する
長年の非人間的虐待にも拘わらず
我らは革命を開始した時と同じく
常に革命の遂行を諦めず
真面目に忠実に彼らに従い
彼らを悪し様に説いたり祈ったりはしなかった
我らの方も彼らによって耳を切られることもなく
また王党派の如くに縛り首にもならず
彼らが監獄の仕事を引き受けて
我らを晒し台にかけたり荷車に乗せたりもせず
首切り役人の給料も（以前には）
国家が支払うことになっていて

---

(74) 三部二篇三三七行の註参照。
(75) 三部二篇三三四行の註参照。
(76) 一部三篇一一八一行の註参照。
(77) バアルはフェニキア人の信奉した豊饒の神。ダゴンはペリシテ人の主神。一部一篇八一四行の註参照。
(78) 原文は"Self-denyals"。「辞退条例」への言及。一部二篇九八四行の註参照。
(79) 悪魔をさす。『コリント人への第二の手紙』六章一五節参照。

耳を証拠に切り取って　首切り台で数を調べたが
そんなこともしなかった
そして真実を言ったかどうか調べるために
麦の袋を封印する時のように　我らの器を焼きもしなかった[80]
信頼できる兄弟のように手と手を携えて
何事にも負けず大義を推進し
誓ったことを一言たりとも放棄することを
両者とも蔑んでいたのだ
外なる事　外なる者については
時には意見を異にしたが
内なる者と霊の不変の炎は
いつもほとんど同じだった
そして彼らが言葉を弄して
盟約を蔑しろにするまでは
我らは何処においても声を出して
自由なる「恩寵[81]」を説こうなどとは思わなかった
常に我らの「賜物」を結合し
共通の敵に対決して来た
それぞれの意見では　お互いに
相手の教会は偽りの偶像であり
この福音による統合と
教会の交流は表面上は親しげでも
彼らは決して我らには
教会と国家の支配を許さない
悔い改めの条件についても
赦免　断罪の権利を我らには認めない
ただ我らが説教によって反対した
王殺しの汚名の配当だけは与えたのだ
ところが今や意に反して　再度王を立たせるように
我らに声を挙げさせるのだ
我らが以前にうけた被害を
回復するのは道理ではある
そしてその機会が呈示されれば
一顧だにしないのは恩知らずというもの
我らは国民に正しい行動を取ったので
一時的な救済を得た
そして彼らは　再度我らの器を
活動の場に入れたのだ

なぜなら　我らを追い出して
この摂理がもたらされたとしても
そして我らだけが苦しむことで
王の復帰が可能であっても
我らの活動が許されていれば
あらゆる事をやってのけたであろうから
そして少なくとも　大事を遂行するに
一翼を担ったという顔はできるだろうから
しかし　そうであろうとなかろうと
我らは考慮されていいだけのことは十分やった
それだけで実際に行ったも同然である
このことは大衆も十分に認めるだろう
というのも　もし半分だけ否定されたなら
半分は肯定されたことになるからだ
世間は　見ても聞いても真実には
敵意を感じる一方で
デマや虚言をあさましいほど貪欲に
呑込んでしまうものなのだ
妙な嗜好癖があり
いつも不適切な物を好むのだ
丁度妊婦の好みに似ており
とんでもない奇妙な食べ物や
いやなむかつくものを好み
健康的なものには目を向けないのだ
そして世間同様　愚かな連中は
顔の両極にある耳によって回転し
馬鹿げたことを密かに教えてもらって
手玉に取られるのだ

そしてこのことはもう一度
摂理を取り込む方策となるかもしれない
というのも　病気のぶり返しが
最初の発病よりも勢いが増すように
我らは権力に戻ることさえ出来れば
容易に事業を遂行できる

(80)「聖職者の特権」(三部一篇五八行の註参照)を申したてる者は釈放の前に手を焼かれた。

(81) カルヴィン派の予定説に対して長老派の提唱したもの。

そして我らはその事業を行う
秘訣にもっと精通　熟達してもいよう
我らは最初の戦争を遂行するよりも
引き起こすことに腐心し
煙もないところから火を起こし
不思議にも資金を調達し　戦いを続行
我らの手による策謀と陰謀で
国家を罠にかけ恫喝した
初めにそれだけの功績を成し得たのだ
事に精通した今なら　さらなる事ができるだろう
悪人に与えられている以上の自由が
我らには許されているのだ
だからもっとも都合のよい条件で
我らの統御を実現できるだろう
遠い昔から摂理によって
そうなることは明かされているのだ
我らの先駆者でありまた
大義の最初の遂行者であった
三人の聖徒[82]の耳がはりつけになった時
国民は血塗れの数年間を過ごしていたが

六という数字を掛けて
獣の完全な数字[83]を表した
そしてこの事業を再興する人間は
我ら以外にはないことを示した
最初に基礎を置いた者が
完全な改革を成し遂げるのだ
というのも我ら以外の誰がこの大事業を
遂行できる賜物を持っているだろうか
一体どの教会にこのような強力な指導者
尊く力のある説教の大家がいるだろうか
同胞の財布と意見とについて
これほど強力な支配権を持つ者がいるだろうか
天国と商品倉庫との
二つの鍵を託されており
我らの大義が窮地に瀕した時には
必要なだけの金額を提供できるのだ
その金は命令一下処置されるべき時を待って
銀行家に卵のように抱かれているのだ
そして毎日　教義と運用と高利貸しで
ますます増加しているのだ

（戦時下では人間も家畜同様）
身分の上下を問わず
宗教上の対立ものかは徴用し
青いリボンの貴族から
青いエプロンの町の商人まで
御者の半ズボンに宝冠飾りをつけさせ
馬車で軽快に急ぐご婦人から
蟹のように太ったおなかの
ナップ小母さんのような女郎屋の女将まで
大量動員できるのだ
我らの党は偉大で　他のどの党と比べても
誓言と職業とで結束している[84]
一つの顕著な改善を経て
盟約の強さを二倍に高めた
つまり我らの取り決めによって
王党派の肩書きや聖戦録の名義を
土地との交換により　我らの間で
手から手へと売買することもできるのだ
その価格は東インド会社の株のように
紛争の度合いに応じて上がったり下がったりする
が
新たに事が起こった時には
これこそ改革のための最良の蓄えとなる
それが盟友の腰をしめ[85]
盟約（すなわち信仰）を彼らに主張させるのだ
そして彼らが国会に議員を送り込んだ時には
再度方策を試してみるのだ
我らの目的のためには
友を呼び集めることだって出来るのだ
この連中は国民のいずれの代表でもなく
付和雷同する烏合の衆で

（82）バートン、プリン、バストウィックのこと。一部三篇一五四行の註参照。
（83）「思慮のある者は、獣の数字を解くがよい。その数字とは、人間をさすものである。そして、その数字は六百六十六である。」『黙示録』（一三章一八節）は昔から神学者の論争の的になっていたが、ピューリタンはしばしば政治的事件の予言と解釈した。
（84）長老派は盟約に加わった者と一般市民からなる。
（85）『エペソ人への手紙』六章一四節。

我らが陰謀の道具にすぎず
我らの卵を孵そうと鷲鳥のようにうずくまり
賢明なる先例に習い
空腹に耐えいつまでもぐずぐずと居座り続け[86]
全ての議事を止めるため
裏から事を牛耳ることもできるのだ
公的法案をさしおいて個人用の法案を通し
互いに排除しあうようしむけ
緊急重大な問題はどこへやら
些細なことを甲論乙駁
全国民を代議員にし
議会で我らに奉仕させることもできるのだ
未来永劫できもしない
仕事を計画　ところが可決したのは
レンタルによる法案[87]のみ
これは基本法として常に可決
さらに大物と大物を対立させ
時を浪費し争いを引き起こし
貴族と平民には
互いに相手の特権を包囲攻撃させ
争いを収めるどころか　継続させて
危険にも両者の避けられぬ破滅をば
我らが希望の唯一のはけ口　慰めと
することだってできるのだ
我らは論争には加わらぬが
連中は的を示して我らを助け
諸々の党派の長たちにその役割を果たさせるよう
かつて用いた古い手を使うこともできるのだ
連中は主流の意見も価値も
賛成意見から第三第四の意見の価値も知っており
賛否の切札となる
決定的な一票の価値も心得ている
最後には全ての意見を調整し
みんながそれぞれの分け前に与かるというわけだ
大変な努力を要した手とはいえ
それを編み出した我ら古強者が
議会に参加せぬというのなら
忘れ去られる危険がある
このやり方は　事を運ぶのに
我らが釣り針や爪で探りつつ

完全に議会外に締め出されるまで
四四年[88]以来やってきたこと
扇動者どもの群にまじり
我らは議会の外で事を進めることとなった
一方貴族も市民もみんな
立法屋どもを擁し
野次馬連の意見を次々と
連中に知らせ
両院のロビーを
賢《さか》しらな政治的喧騒で満たした
我らも壁の外で方策を立てようと
こっそりと大物を集めて委員会を作り
全ての記事を吟味の上書き上げ
目下の利用に供するように手直しし
茶番劇の筋にあわせて
みんな自分の役を稽古する
答えを想定して質問を考え
相手が何を言いそうか
如何なる当意即妙の応答と意見が
反論に対して返ってくるか
誰が素晴らしい冗談をとばすか
その他の点についても何がどうであるかを想定する
誹謗や扇動のパンフレットは
うまく手を入れて安全なものとし
反逆の証拠となるべき手紙を
田舎の友へ送りつける[89]
押し込みよろしく知らぬが仏と
なけなしの知恵を働かせ　落首をまき散らす

---

(86) 議会において議会派が王党派に対してとった手段への言及。

(87) ウィリアム・レンタルが下院の議長であった時に議会により公布された法案。彼は長期議会の最初から王政復古までほぼ一貫してこの職にあった。

(88) 長老派を議会から諦め出すための Self-Denying-Ordinance（辞退条令）が上程された年。そのため長老派は議会の外から圧力をかけることによって影響力を行使せざるを得なくなった。その後、一六五三年にクロムウェルが議会を解散する。一部二篇九八四行の註参照。

(89) 一六五一年に長老派の牧師の名で書かれた手紙がクロムウェルの手におち、この牧師が処刑されるということがあった。

ところで知恵は　追いはぎの顔より始末が悪く
持ち主の正体をばらしてしまう
顔を晒して仕事をするなら
ましてや知恵などあてにはできぬ
不和という新たな雑草を育てるよう
不毛の大地に肥料をやり
法律　布告をものともせず
必ず集会を持ち続ける
それというのもペテン師などは
群衆に担がれて初めて役に立つもの
たとえ罰をうけたとしても
その傷はその傷でかえって立場はよくなるばかり
それに信念を貫く者は忍耐にたいしては
必ず倍の償いがあると信じており
また迫害に遭えば見合った分が
その寄与に対して一文残らず支払われるはず
そんなわけで説教師のなかには
獄に下って有利な商売をやった者もあり
監獄で店を開いている間に
不思議なことに自分の値打ちもあがったりもする
キリスト教徒の血を流したからとて
いささかなりとも悔いを見せることを潔しとせず
再び同じ事をやることが
我らの名声を護り権利を保護することになる
ほんの少しの分別もいらない
一途に恥知らずでありさえすればよい
自らの信条に忠実堅固であれば
その他のものはやがては消えはてる
まるで巡礼達の丁重な接吻で
硬い大理石の彫像がすっかりすり減るようなもの
一方自らの誓いを覆したりねじ曲げたりする連中
は
昔から泡同様増えたり減ったり
暫し優勢であったとしてもそれは束の間
かつてあっちに付きこっちに付きしたように
結局はロープに揺れて　この世からあの世へと身
　を移す
変節漢として生きたように変節漢として死ぬわけ
　だ」

こうまで言われ堪忍袋の緒が切れた
もう一方の政治屋はもはや我慢がならず
この男の長弁舌の議論に
目にもの言わせ
意味あり気なしかめ面をし
すでに嫌悪の表情を示していたが
悪臭発する嗅ぎタバコの一服を
鼻孔の中に吸い込んで
間抜け面の外側ではなく
魂の内側にまで煙草を行き届かせ
軽蔑したように相手を眺め
首を横に振るとこう言った

「仔牛の頭を料理する時
舌と脳味噌とはいっしょだが
ここでは両者の距離は遠い
ちょっとでも近付けば不思議なくらいだ
未だかつて国王をお迎えしておいて
同時に遠ざけておくという悪ふざけを
そんな調子で口にした者があるだろうか
馬鹿げた話には聞く耳持たぬ
防衛を侵入と言い
暗殺を援助であるなどと
全くのナンセンスを言明した者でもなければ
そんなことは誰にもできない
もっとも　お前たちが国王を追い出したのだから
（それは疑いの余地が無い）
どんな勢力と言えどもお前たちに依らずしては
国王を迎えることなどできはしない
聖なる教義はお前たちが使うのに
実に見事に役に立つ
事実蠍《さそり》(90)油は
害虫の傷を癒すと言われ
そして武器に軟膏を塗れば(91)
その武器が負わせた傷を治し癒す
しかしながら長老派の連中が

(90) 蠍にかまれた傷は蠍の油を塗るとなおるという説があった。
(91) 感応力による。

軟膏のような良い性質を持っているのか
あるいは害虫の持つ効力を備えているのかは
彼らを試した者たちが決めることだ
なるほどお前たちが仕事の未払い代金を
もらい損ねたのはお気の毒なことだ
それはお前たちが恩知らずの国民に
課してしまった永遠の重荷のせいだ
略奪や人殺しをしたいだけさせ
ある程度の怒りはかき立てるがそれ以上にはならぬようにし
国中に火を放ち
ある程度焼き尽くすがそれ以上は燃えないようにする
大胆にも暗殺さえも実行し
教会と国家の喉笛を掻き切ったというのに
正当な報酬がもらえないほど
ひどい仕打ちを受けてしまった
加えて最適の連中が教会と国家双方を
再び引き受けられぬのもお気の毒
自己を否定し[92]「賜物」を与えられるという
神の恩寵に浴していた者たちはとりわけそうだ
だがお前たちは自分の目論見が失敗すると
臆面もなく　お前たちが苦労して唆《そそのか》し
結果的に洗礼を受けさせた連中に
すべてを押し付けることができる
我らは　信仰ゆえにキリスト教徒の血を
流した罪を共有させられた
それというのも我らは無知に付け込まれ
地獄に堕ちまいとして地獄に堕ちたのだ
ついに昔の仇敵死刑執行人[93]が
賽子《さいころ》遊びでお前たちを窮地に追込み
勝負をしたお前たちの首だけでなく
賭けただけの我らの首まで取ろうとするのに気が付いて
（というのも彼は以前にお前たちの耳を引っ張り
全く同じ理由で耳を削いだのだから）
お前たちがイカサマをやり我らと袂を分かつ前に
我らは箱ごと賽子を投げ出して
お前たちをペテン師　嘘つき呼ばわりし
岡目八目の立場に置いたのだ

我らはお前たちの形に取られた阿呆どもを請け出
　して
高い柱の上に乗らなくてもよいようにし
反逆者の名を着せられて
鰐《わに》のように吊るされる[94]のを救ってやった
それに対してお前たちが
見事に長老派流の感謝を表すとすれば
同じ絞首刑というやり方で遠慮なく我らに報いた
　ろうし
手をこまねいてなどいなかったろう
こういうわけでお前たちは我らと袂を分かち
対極に立ち逡巡する
ひたすらごり押し　欺瞞を尽くしておきながら
突然良心に目覚め悔恨したと言い出すが
そうしても無駄だと悟ると
新たな方向を探ろうとする
お前たちが真実に目覚めるということはない
それは蛆虫がかならず蝿になるのと同じく確実
お前たちの『光』も『召命』も
怪しげなまやかしにすぎず
生来の尊大さから生じたことを
我らに押しつけようとしているだけだ
不遜にもお前たちは自らの意向に合わせて
律法と福音をがんじがらめにした
新約の先例として使うために
旧約聖書を骨抜きにし
殺人や反逆の聖句を取り出して
新約の誤り　欠点を直すと称した
旧約中を探ろうとも
殺人や反逆を示唆するものなどありはしない
仕方なく（お前たちと同族の）ユダヤ人から借り
　てきて
キリスト教の教理　慣習だと弁じ立てた
丁度（お前たちの首長である）マホメット[95]が

---

(92) 一部二篇九八四行の註及び三部二篇九三五行の註参照。
(93) 王のこと。
(94) 鰐はよく薬種屋の店先に吊り下げられていた。
(95) バトラーは『諷刺詩』においてもマホメットを「最初の偉大な宗教改革者」といっている。

コーランにキリスト教の教理を取り入れながら
キリスト教を非難し　熱烈に祈りを捧げながら
曲げた肘はクッションに置いていたのと同じこと
だ
お前たちは乞食から　声の調子と　賜物に満ちた
苦行しているかに聞こえる呻き声を盗み
豚が風向きを知るように
目の良い人にも見えない光を認め
ベドラムを予定説で
ナイツブリッジ[96]を啓示で満たした
お前たちの説教を聞いた子供たちは
血染めの骸骨かランフォード[97]を見たように逃げ
身重の王党派の妻は
その声を聞いて流産した
大義に殉じていない夫をもつ妻を
その声はデリラに変身させ[98]
戦いに出陣しない男たちを
十の角を持つ怪獣[99]にし
メロズ[100]に変えられる運命を恐れる
仕立屋の徒弟を英雄にし[101]

徒弟契約を無効にしてでも
聖徒の冒険に参加させた

オルフェウスさながら[102]　獣の群をそっくり
呪文によって化体させ変身させたのだ
王の領地　教会の領地に魔法をかけ
お前たちの命令に服従させ
マークリィ山がもとの場所を見捨てた[103]ように
新しい保有権取得者の手に落ち着かせ
盟約を曲げ　福音を変形して
スプーンや皿を作り出し[104]
商人の現金に付いて縷々《るる》解釈を述べ
どんな手の込んだ金庫も開けさせた
銭箱にも教義問答を教え
すべての財布は正統派だと証明さえしてのけた
かくて大義はダモンとなり
悪しきマモンはピュティアス[105]となった

だがお前たちの魔法の技で
武装したレギオン[106]を出現させても

お前たちがかつて追い出しえたよりも
もっと多くの悪魔を　暴徒として呼び出しても
今や凋落は覆えない　お前たちの学校で
教育された（とお前たちが言う）愚か者たちに負
　けたのだ
この連中は在学中から見所があったが
実はお前たちよりはるかに賢く
お前たちは連中にさんざん騙され
とうとうと弁じ立てられ　指揮権を失い
賜物を失い　霊感を失い　とことん打ち負かされ
使命続行に必要な啓示も失い
神の恵みはすっかり奪われ
摂理も失い　宗教改革も乗っ取られ
教会から　国家から　あらゆるものから追い出され
残るのは国民の憎しみだけ
教化という尊い仕事の喜びも奪われた
連中は自分の賜物　恩寵を
一枚上手のボウラーのように　お前たちの分に打
　ち当て
すべて持ち去ってしまったのだ

強い決意で持ち続けていたすべてのものを

(96) ベドラム、ナイツブリッジともに有名な精神病院を指す。
(97) 王党派軍の大佐で、優秀な軍人であったが、敵方によって残酷な人物とされ、子供を食べると噂された。
(98) 夫が長老派側でない場合、その妻は国家の利益を裏切る者とされた。デリラは『士師記』一六章参照。
(99) 三部二篇三五三行の註参照。寝取られ男は額に角が生えるといわれることへの言及でもある。
(100) 主を助けなかったがために神に呪われた地。（『士師記』五章二三節参照）。この節は支持者を募るためにピューリタンの説教者にしばしば引用された。
(101) 仕立屋はひ弱い者の代表。一部二篇二二行の註参照。
(102) ウェルギリウス『農耕歌』四歌五二〇行。
(103) 一五七一年ラグ川とワイ川の合流するあたりで、マークリィ山が三日間移動し続けた。（キャムデン『ブリタニア』）
(104) 一部二篇五六五～五七二行及び二部二篇七七七～七八〇行参照。
(105) ダモンとピュティアスは伝説的な無二の親友。マモンは富の神。（『マタイによる福音書』六章二四節）
(106) 悪魔のこと。（『マルコによる福音書』五章九節）

迫害されたことを理由に請求され
堂々たるやり方で押し切られ
意志に反して黙認してしまい
反乱だ　と鼻歌でも笑い声でも口に出せず
大逆罪だ　重罪だ　と鼻声でも言えなかった[107]
そんな勇気はなかったからだ
お前たちが最悪の事態を訴え祈っても
ああ　もはや暴徒の群を
蜂起させることはできなかった
たった一人の赤い上着の歩哨兵が
呪文の魔力を凌ぐ力で
聖句が駆り出した全軍を
マスケット銃で追い散らしたのだ
我らはお前たちの策略を知り尽くしているゆえ
事態を勝手にさせてはおけない
我らの身の安全と破滅とを
お前たちの天の配剤に
運命論的神の摂理に
三文の値打ちしかない成り行きに　任せてはおけ
　ない

お前たちにもし　密かに事を覆す力
謀り事を遂行する知恵
王を罠にかけ　おびきよせ
裏切るための手紙という手段があるなら
それらを行使しようという
お前たちの熱意に水をさし　邪魔するものは何も
　ない
従って　王たちを連れ戻す
もしくは国外に留め置くことも優にあり得る
勇気ある王党派支持者たちを権力に復帰させるこ
　ともある
自分の権力の座を守れなかったお前たちだが
王冠の利益に手を貸すこともあろう
自分の利益を守る知恵はなかったが
王を国外に留めおくこと　再び入国させること
いずれにおいてもお前たちは（不当なことはした
　くないので
言っておくが）十分役目を果したのだ

それは丁度恩寵が罪ゆえにもたらされるのと同じ
　なのだ
お前たちの熱意あふれる知恵のなさと
神聖なまでの厚かましさ
群衆を集めて事を行うやり方が(108)
支配者たちに革新を強い
国家に法案を通させたが
お前たち全員を野に下らせることともなり(109)
一人残らず　聖戦を戦うあの偉大な将軍(110)さえも
軍の指揮権を放棄させられた
それというのも　その手にしっかり握らぬうちに
涎《よだれ》を垂らし　権力を貪りたいというお前たちの
　思いが
罠に掛けようとしている獲物を
網を張る前に飛び立たせたのだ
教会の土地が分割され
他の者の手に渡るところを見たいという悪意
質札や債務証書にまで手を広げた
冒瀆的な企て
街での説教で二流の牧師どもに負けてしまい
面目を失ったがための焦慮
その連中の口も押さえきれず
独立派の勢力拡大も止め得ないその無策振り
これらをすべて考慮に入れれば
王を連れ戻すにはお前たちこそ相応しい
王党派の画策　真夜中の陰謀　秘密結社
にもかかわらず　お前たちは勝ち続けた
王党派の勢力は　自らの性急な戦略のためではな
　く
お前たちの熱烈な敵意のおかげで保たれたのだ
従ってお前たちは（自ら誇る）
この大事遂行の一端を担っているのだと主張してもよ

(107) ピューリタンの説教師の口調。一部一篇二二八行の註参照。
(108) 議会を指す。
(109) 辞退条例への言及。一部二篇九八四行の註及び三部二篇九三五行の註参照。
(110) 議会軍の指揮官、エセックス伯のこと。上記の法のために職を辞すこととなった。二部二篇一六六行の註参照。

かろう
そうでなければ　ガーガー鳴き立てて　ユダヤ人
を
ファラオから煉瓦焼き窯から解放した蛙や蝦蟇《がま》
親方のもとから　奴隷の身分から
彼らを自由にした蝿や皮膚病[111]
それらのほうがずっと手柄を立てたと
第三者は評価するだろう
それというのも　お前たちの徹底的な改革がなさ
れ
王と教会の土地が接収され
他の者の手に渡るまで
一体誰が王政復古という言葉を聞いたことがあっ
たろう
お前たちの目が復古と言うことに開かれたのは
その時でありそれ以前ではなかった
まさに事が進行しているその最中に
お前たち自身以外の一体誰がそれを阻止できよう
数々の状況証拠が　その突き出た耳[112]同様
明確に示している

万一否定しようと
何よりまずワイト島[113]が立ち上がるだろう
そこにヘンダーソン[114]と他の聖職者が送り込まれ
聖句引用を競い　例を出し合い
取るに足らぬ青臭い論者に過ぎぬのに
博学な学者であると認めさせようとし
場違いなところに出た愚か者が
大学での討論の授業さながらの展開を見せた
ついに彼らは盟約の創始者は悪魔[115]であり
大義は悪魔の娘であると証明したのだが
血を流した罪で
悪魔を告発した時
サー・プライドやヒューソン[116]のように
自らの手で血を流したと言ったのではなく
争いを始めた者たちは彼によって
けしかけられたという意味だった
これらの改革かぶれの暴れん坊どもは
聖徒以外の誰であり得たか
だがこのことが認められるまでに　この賢者らの
会議は

無駄な時間を費やし過ぎ　何もかも遅きに失した
オリヴァーが勢力を盛り返し[117]
兵隊をもって彼らを取り囲み
神の摂理を成し遂げ
この時期はずれ屁理屈屋どもを追い出してしまっ
　たのだ
アクスブリッジ[118]での会議も劣らず
無意味で愚かなことだった
悪党の説教者[119]
あの農夫の息子の下司野郎の言うことを
お前たちの上院議員どもは法として採用した
あいつの命令によって　自分たちの意見を撤回し
国家の平和を犠牲にして
教理　慣習　法の適用を優先した
そのため　お前たちの変わらぬ友で
お前たちの大義と金[120]の支持者であり
しばしばお前たちを援助して
たっぷりと金をもらったスコットランド人たちが
より良き目的のために[121]　自らを
信頼に足る友であると示さんとやってきた時

---

(111)『出エジプト記』八章への言及。

(112) 長老派の多くが耳削ぎの刑で耳をなくしていることへのからかい。

(113) 一六四八年九月ワイト島ニューポートにおいて、国王と議会側の委員との間で監督制教会を廃止し、長老派教会を設立するための協議が始まった。

(114) アレキサンダー・ヘンダーソンはスコットランド人の聖職者。一六四六年にチャールズ一世と論争する。ただしすでに死亡していたため、ニューポートには参加していない。

(115) クロムウェルを暗示か。

(116) プライドはもと荷馬車屋。ヒューソンはもと靴職人。ともに議会軍の大佐となり、クロムウェルによって騎士に叙されている。

(117) ワイト島での協議は長引き、やっとまとまりかけた時、クロムウェルが軍を率いて駆けつけ、すべてを覆した。

(118) 一六四五年に議会側が王と合意に達しようと協議した場所。

(119) ナッシュとグレイはクリストファー・ラヴのことであると言っている。彼は話し合いが行われている最中に、王に対する悪意を煽る説教をした。ワイルダーズはラヴは話し合いに影響力を持たなかったとして、助言者であったヘンダーソンを指すのではないかと言っている。

(120) スコットランド軍が議会を応援するために来た時、まず十万ポンドの支払いを要求した。

卑劣にも彼らと　お前たちを教え躾けてくれた
教会とを　窮地に陥れ
お前たちと信仰を同じくする者たちを
ペリシテ人とも言うべき者ども[122]に屈するままにさせたのだ
このことが　王に関する事を遂行するにあたって
お前たちがどれほど役に立つかを示している
いや　信義を守る守らぬの問題ではなく
仲間に入れる入れないを決めるのは王の方なのだ
もし王がお前たちを信頼したならば
まさに義に適った者たちと知ろう
利子を二倍にして返し
さらに裏切るという意味で

こういった黙劇役者が
時節に合わせて技法を変えても
一つの役しかやれぬ無能な奴らに比べて
演技の点で劣るとか
あっちに付きこっちに付きする連中の方が
潮の流れや風よりも罪深いなどとも私は思わぬ
知恵があればあらゆる国が心地よいもの
どんな政府の下にあっても寛ぐ者もいる
そういう輩は陰謀のために政府を変えるし
政治家はその陰謀によって組織を割る
一方　昔の信義　信条を保持する者は
流行遅れの服のように風変わりで
古い意見にくるまって
下着を替えぬ者よりもなお汚ない

賭けがどちらに転んでも
負けるのはいつも正しく教えに従う者
負けは　相手に勝ち目を出されること
勝ちは　両賭けをして負けを防ぐこと
横取りをした権力は人目を忍ぶお楽しみ
正義よりもなお甘い
だが時節が変化し始めると　首を吊られ
誰よりも高所に上がる

必要な手段を使う知恵があれば
我らだってうまくやれる

お前たちが互いに使う例の策略
『光』と『夢』などは用いない
自信のもてる条件を示し
奪うのではなく与えるのだと思わせて
我らを手玉にとる奴らに対抗して
しっかりと盟約を支える
奴らはこちらが態勢を立て直す前に
すべての会派を壊滅させるのが夢
お前たちのいつものやり口も夢に似て
目配りをする世俗の手段を欠いていて
内なる知恵と世俗の知恵の板挟みになり
知恵がまったく無いよりなお悪い

認めよう　権力の獲得なくして
方針すべては空しいことを
それが我らに唯一残された道
しかし『如何に』が難しいのだ
確かにそうだ　我らには万人がその前に跪く
唯一の力　金はある
金は君主の剣のように
すべてを結着させる最後の道理だ
従って　人間が売ることに信頼を置くかぎり
高値で買う者がいるかぎり
売買による我らの活動が
あらゆる利点を備えていることに疑いはない
そういう者の満たされぬ高慢と貪欲は
一教会一国家を売りに出すだけでは
満足しない　かてて加えて後の世の
災いとなる給料さえも取っていた(123)
それにまた自分の金は使った後も
まだ自分の金であることに変わりはない
金を賭けてのゲームに誘われれば
金は戻って利さえ生むのだ

---

(121) スコットランド軍は一六五一年、今度はチャールズ王子の指揮のもとにロンドンに入り、長老派の支持を期待したが、支持は得られなかった。

(122) 独立派を指す。

(123) 内戦時の教会・国家財産略奪への言及個所であるが、議会から任務を委託された者は週四ポンド、聖職者の団体メンバーには一日四シリングが支払われた。

やくざな札の捨て方さえ心得　場を手中にすれば
我らの勝ちを阻止するものなど何もない
我らは昔使った　平時戦時の策略や
それ以上の手口も知っている
不運な結末となれば
次の実験は修正できる
というのも　我らが信用されたなら
もっとも賢い者でさえも騙すのは簡単
彼らが見るのは我らの技の表面の見事さ
隠れた大事な動機を見ない
彼らが専ら寛ろぐ時に
こちらは好きなように謀り事を実行に移す
スパイになって自らの昔の企てを
告発することなどいと易きこと
「古き善き大義」を持ち出し
現勢力[124]が根付くのを妨げ
陰謀や党派や武装蜂起の空鉄砲で
両陣営を煽りたて
端から端へ大きく開いた
国の傷を治らぬようにし

両者の利益になるように
交互に熱い関心を装い
誰とでも誠実には付き合わない
それが自己の利益を殖やす唯一の道
（的を逸れるように作られている球こそ
迂回してうまく命中するもの）
なぜならばもしどちらかに忠義を尽くせば
両方から追い出される
だから自己防衛の方策は
これしかない　すなわち
昔ながらの我が党派に
活力をつけ　自信をもって熱心に維持し
昨日の同胞である非国教徒たちを
他の企てを使ってでも和解させ
薪束の中の長さの違う薪のように
彼ら同志と　彼らの異なる妄想を一束にし
始めに　手を結び始めた時のように
ふたたびぴったり一緒に合わせ
教会と国家についての主張の異なる
新たなユダヤの種族に分けたあとで

結婚と霊交とで結び合わせ
彼らの間だけで交際をさせ
自分とは異なる考えをもつ者すべてを
人類すべての敵とさせる
すべての宗教を取り込み　教皇選挙会議から
秘密礼拝集会まで何にでも参加して
「内なる光」に従い
賛成するか反対するかを決める
それは時には良心の自由のため
言い換えれば精神の無秩序のため
しかし別の時には天の配剤が
偶然に変化するままにまったく逆の立場をとる
時の流れが示すように
霊のあらゆる矛盾を認め
扇動と神の言葉を説くことを
許された使者を保護し
法により彼らが拘束された時には
大義のための活動家として放ち
最初の攻撃をした者たちに
迫害の向きを変える
法律を破ることも守ることも
できなくなるほど怖がらせ
月がもたらす満潮に至る前に
感情の爆発が起こりそうになった時には
内紛と裏切りを引き起こしかねない彼らの熱意を
しかるべき時まで遅らせて
止まり木で羽ばたく鷹のように
彼らと教会にフードを被せる
その結果有り難い時が訪れ
バビロンともローマとも袂を分かち
第五王国[125]を今一度
彼らは復活させる用意ができる
その間は摂理の引き起こす反乱に対し
武装して防御を固めよ
抜け目なく見張り　万一の時には

(124) 残余議会期に議会と対立したモンク将軍とその一派を指す。
(125) 三部二篇二六八行の註参照。

盲点を突かれぬよう素早い行動を取るのだ
なぜなら　成功して聖徒になっても
負ければ我々は異端者となるゆえ
それは選ばれた少数の者の身の上を
不意に見舞う厳しい不面目

我らは心ならずもこれらの道を
取らねばならぬ　さもなければ身の破滅
自分の首の安全を確かめもせず
条件や気紛れで態度を決めてはならぬ
昼の星　夜の日のように
自分の仕事を隠れてやり
国王に抗して　民衆の
すべての放縦放埒を認め
次には頭と胴を切り離すため
同じ熱意で君主の側につけばよい
これこそ最初に意図した最終目的
残るのはただこれだけ
緊急事態が起こればいつも
民衆の略奪を押さえるなかれ
飢えた奴らや当局に
取って代るのは容易いこと
我らの中のある者は
右手と左手に委託して取引をした
右は泥棒左は盗品回収者となり
協同事業で大いに儲け
片方がペテンでくすねた物を
狡さでは負けぬもう片方が小売りする
儲けは分派を次々と作り出すのに
見事な効果があるものなのだ
儲けこそあらゆる職業における信条の鉄則
エペソ人にとっての偉大なディアナ[126]
従って宗教が替われば
商売の向きもあちこち変わる
変わって悪くなる者もいるが
彼らはある針路を決めて
お客を沢山引きつけて
商売においては大繁盛
なぜならすべての宗教は同じ羽根持つ
飼い鳥　野鳥　群れ集まって

やせ馬が互いの首を噛み合うように
それぞれの宗派のかゆい所を優しく噛み合う
だから偽善は熱意と同じく
教会の改善に役立つのだ
それは迫害と激励がともに
信仰の前進を促すのと同じ

狂った時計のように仕事を進めよ
時には早く時には遅く
秩序あるものを壊すのはわけないこと
ネジをゆるめれば勝手に壊れる
実際それが目論まれ実行に移されたなら
事が起こるのをいかなる奇跡が阻めよう
裏切りこそ　他のどんな方法よりも
容易く破滅をもたらすもの

重大事を逸らすためには
あらゆる機会を動員せよ
妨害　紛糾　分裂　混乱を起こし
いつの時も罠をかけて口論させせよ

こちらにとって些細な事なら
毒にも薬にもならないし
敵の儲けもたいしてあるまい
その場合にはおべっかを使い言いなりになり
几帳面なほど公平に振る舞い
針には餌をつけ　より大きな信頼を釣り上げよ

しかしたとえ自分が係わっていても注意深く
すべての公の行動を非難せよ
わずかな過失もおおげさに強調し
すべて政府の責任にせよ
忌まわしいといわんばかりの嫌悪を表し
混乱に陥れられた国民を憐れむのだ
内密の会議にふさわしい言葉で
中傷や嘘の話を口にせよ

---

(126) エペソは小アジア西部の古都。世界七不思議のひとつであるダイアナの神殿があった。エペソ人のダイアナ信仰を利用して金儲けをする者がいた。(『使徒行伝』一九章二八節)

聖人委員会

そこでは巧妙な政治家は
言葉半分顔半分で話す
（スペイン人が頭で頷き
肩をすくめて対話するよう）
無言沈黙　口外は一切なしだぞと
厳かな誓いの下にそっと洩らせば
次から次へ　囁き声で伝わって行き
信じやすい者たちが広めてくれる」

政治家がここまで述べたとき
遠くから叫び声が聞こえてきて彼は慌てた
とたんに別の政治家[127]が恐怖にせかれ
驚愕の体で駆け込んできた
しばし息も絶え絶えで死人のように青ざめて
目を据えあたりを見回していたが
ようやく正気を取り戻し
とぎれとぎれに話はじめた

「あの獣のような烏合の衆は[128]——
町中の——屋根裏という屋根裏から姿を現し
屋台や出店からも——うじゃうじゃと群れなして出て
新たにチョークを塗った[129]鉈《なた》や——錆びた武器を手にして
これまでには大声で——大義を唱え
司教らを喚き声で——追っ払っていたのが
今や我らを石炭の火であぶったり——焼いたりするために
もっと大きな群れとなり——結集している
我らの仲間の——高官たちが

(127) マーティン・ノエル卿で、残余議会の最終解散を知らせた。
(128) 以下は、一六六〇年にモンク将軍（一六〇八～七〇）が軍隊を率いて改めて召集された残余議会を解散させた時のロンドン市民の描写である。残余議会の終結を喜んだ民衆は、市内のあちこちで焚き火をし、尻肉（ランプ＝残余議会）を焼き、酒を飲んで祝った。肉を棒にくくりつけて持ち歩く者がいたり、吊り下げた肉を棒で叩いたりしたという。
(129) 三部二篇五三九行の註参照。

燻《くすぶ》る熾火《おきび》で――揃って黒焦げになっている
豚や鵞鳥の尻肉が――
貴族や町人そして市民の――代わりとなり
彼らの印――紋章をつけて
その人となりを表すのだが
焚き火の一つ一つが火葬のための薪の山
そこで焼かれ焦がされあぶられる
奴らは代表者の一人一人を
生きながら焼く――あぶると誓っている
我々がまだ生きながら犠牲に
されていないのは奇跡というもの
こうやってここで口論　仲違いしている間にも
みんなテンプル・バー(130)であぶり焼き
ある者は居酒屋の看板の柱に
絞首台から吊り下げられた様で
ぼろ布製の人形姿でぶら下がり
政府高官の一人一人を代表する
後の世に　彼らは法の定めによって裁かれ
処刑されたと言われるかもしれぬ
この状況が続く限り　首切り役人の名簿に
名を連ねる覚悟はしたほうがよい
あの褒むべき愛国者(131)　かつては仲間内の
フイゴであり火口箱であった男だ
反王制の五人組の中の一番の活動家
一番素朴でもあったが
当時の忠実な勤務ぶりが認められ
再び五人目の司令官に選ばれた
（政府は司令官の定員を五人にし
彼がその一人になったのだ）
この名士　掛け値なしに
彼ぴったりの罰を受けたと　世間では言うだろう
群衆がそこここの屑の山から拾い集めたぼろ布で
彼そっくりの人形が作られ
短髪(132)の悪徳パン屋が提供した
粗朶《そだ》の束に乗せられて
すでにクックとプライド(133)を焼き上げた
一番大きな焚き火のところへ運ばれた
彼に従う威儀を正した供揃えは
仲間の案山子《かかし》どもが務め
感謝の祈りを捧げる儀式さながら

二人ずつ整然と行進するが
一人のこらず　ぼろぼろのお守り札(134)を身に纏い
お守り札に描かれた害虫の殺された姿そっくり

しかし（何より恐ろしいのは）それらの尻肉《ランプ》が
教皇の工作兵の作り上げた
怪獣の尻尾だということで
かんしゃく玉を使うことからそれは明白
イエズス会派より他に誰が
飛び道具を手に信仰を説き　火薬を武器に
宗派を広めたりするだろう　それもそのはず
イエズス会の創始者(135)は爆撃を受けた兵士だった
バビロンの娼婦たちの　この霊的尖兵どもが
教会の出店をすべて取り仕切る
神を味方に引き入れようと
地雷を爆発させて(136)問答無用と
火薬の樽で論争を決着させる
目論みにはまず失敗したので
今度はもっと実現しそうな手立てをとって
野次馬連に火をつける

---

(130) 非国教徒が大量に処刑された所。

(131) アーサー・ヘイズルリグ卿（一六一〇?～六一）。彼はチャールズ一世に反逆罪で糾弾された五人の一人。後に一匹狼として下院で活躍。リチャード・クロムウェル辞任後、公安委員会のメンバーとなり、残余議会解散の一六六〇年二月一一日には五人の司令官の一人に選ばれた。王政復古後はロンドン塔に投獄される。

(132) 長老派につけられた仇名。彼らが髪を短く刈っていたことからくる。

(133) ジョン・クック（～一六六〇）。チャールズ一世に処刑判決を下した委員たちの最重要責任者。トマス・プライド（～一六五八）。チャールズ一世を裁判にかけるという取り決めが議会により無視されたのに憤り、軍隊を率いて議会を粛正し、独立派を主体とする議会で国王の処刑を決定する。プライドについては三部二篇一二四八行の註参照。

(134) 三部一篇四三二行の註参照。

(135) 聖イグナチウス・ロヨラ（一四九一～一五五六）は軍人であったが、負傷をしてその回復期に霊的啓示を受けたという。三部二篇六〇六行の註参照。

(136) ガンパウダー・プロット（一六〇五）を指す。

そして天下の公道で我らを爆破するのだ
苦行衣[137]の代わりに尻肉に身を託され
非合法な彼らの教義のどれよりも
我らは破滅と混沌へ向かって行くのだ

一国家の秘儀の象徴に
彼らが尻肉を選んだことも間違ってない
選ばれた聖徒をどれほど軽蔑しているかを
示すためだったと言う者もいる
聖徒は　その幹の根元まで腐敗し
尻肉で代表するのがせいぜいだからだ
だが　イエズス会派はあらゆる政治の駆け引きに
我々より深く精通しており
コプト教会の司祭キルケルス[138]から
我らを揶揄するこの秘策を教わったのだ

エジプト人は　蜜蜂の姿を借りて
古の天文学を記し
蜜蜂の持つ　刀ならぬ針によって
権威と力を示したのだが
それというのもこの精妙な生物の
力はすべて尾部に集まり
それを備えていなければ　見事に統制のとれた
国家から　追放されてしまうのだ[139]
そこで彼らは　政府はすべて象徴的に
臀部によって表現できると考えた

生物の体でも
臀部はすべての基礎となる
従って　共和政あるいは王政にしても
政府は舵と呼ばれており
航行中の船同様
方向　進路を船尾で変える
海の魚　空飛ぶ鳥も
尾を操って方向を決める
それらにとって尻尾の舵は
船の舵　羅針盤に等しいものだ
以上のことは　尻肉と共和国とが本質的に
いかにぴったり一致するかを示している
すなわちハエが眠るとき

頭を下に尻を上にするように
雑種国家の我が国では
烏合の衆が最高権力者
我らを背中に乗せてかつぎだし
駄馬の癖の悪さで　ついにはうっちゃる

博識のユダヤのラビの記述によれば
人の尻にはルツと呼ばれる骨があって(140)
その骨は不思議な力を備えており
この世の何にも傷つかない
それで最後の審判の日には
およそあらゆる植物が種子から生えると同様に
ルツ以外の骨がみな
ルツから生え出すという
これに因んで造詣深い医学者が
この骨をいみじくも仙骨と名付けている

だからこの尻の骨ほど巧妙に
議会を表す言葉はあるまい
つまり幾度か出し抜けに解散をして
そのたびに驚異の復活を成し遂げた
九生をもつ猫のように九回新たに生命を得て
立ち上がり　再生するというのだから(141)
だが今や　哀れ　暴徒にみな追放され
議員同様議会までお役御免で

(137) スペインで異端審問が行われていた頃、異端者が火刑にされる時に身につけた、黒地に赤で炎などを描いた衣。

(138) アタナシウス・キルケルス（一六〇一～八〇）。イエズス会の司祭で、自然科学に通じていた事で有名。大学で物理・数学・東洋語の講義を担当。エジプトの象形文字に関する大著がある。

(139) 針を持たない雄蜂が働き蜂に殺されてしまうこと。プリニウスの『博物誌』一巻一一部一一章三一五参照。

(140) ルツ（luez）とはアラム語の尾てい骨の意。

(141) 一六四八年に長期議会がプライドの粛正によって残余議会となり、残余議会はクロムウェルによって一六五三年に解散させられる。だが一六五九年、リチャード・クロムウェル失脚の直前に再開され、同年にランバートが軍隊を率いて解散。同年一二月に再開、最終的には一六六〇年に解散した。

牛尻肉《ランプ》を焼き焦がす

どぶの中に泡と消えたが
ついでに別の火も消えてしまった
政権を追われた苦悩は消しようもなく
卑小で惨めな境遇に堕ち
地獄よりひどい窮乏ぶり
復権の見込みは皆無
肉体と魂が遠く離れているように
すべての領有と支配から遠ざけられた

我々は最近まではひと睨みするだけで
法律の改廃も思うがまま
気まぐれに頷けば法律ができ
しかめっ面で民衆を畏怖させる
脅しの風を一風吹かせれば
帽子という帽子がつむじ風にあったように飛ぶ
お偉方から馬丁　召し使いにまで
崇められ　敬われ
教会の膝置き台よりも頻々と跪かれ
会衆の帽子の数より多くのお祈りを受けた
それなのに　栄華の高みからの零落ぶり
今や惨めに嘲られる
だが我々の没落に伴う恐怖が
これだけならば耐えられよう
首や四肢では帳消しに
ならないほどの罪状持ちもいるのだし
公然の詐欺　こそ泥をはたらいて
忙しく金をかき集めた者もいて
莫大な財産も築きあげたが
今や進んですべてを投げ出すことだろう
処刑さえ免れられるなら
よろこんで悪魔に魂を売り渡し
自分の肉体は永劫の牢獄で
悪魔に渡った魂の住処になっても恩の字だ」

こう言ったとき　近くに迫ったさらに大きな叫声に
会衆はたちまち大敗走
彼らは今や　騎手を振り落とそうとする馬のように
恐怖を振り払うために走りだす

みながみなまっしぐらに詰めかけるので
「外なる人」どもの巨体と尻と腹とで
バリケードが築かれて
たちまち通路が塞がれる
肩と肩とで押し合いへしあい
燠火の上で焼かれるよりは
押し潰されてバラバラの体の一部でも
何とか救いたい一心だ
互いが互いの背中に重くかさなりあったが
それでもかまわず進み続けた
殿《しんがり》は置き去りにされまいと必死の進撃
先鋒隊はその猛襲に耐えきれず
ついに頭からつんのめり
むごくも足下に踏みにじられる
それにつけても烏合の衆の料理法ほど
戦慄すべきものはない
激痛はささいな痛みを忘れさせるが
恐怖もすべての感覚を麻痺させる
新たな勇気を奮い起こし
騎手も無く　拍車だけを背に走る
タスカンの競走馬そこのけに(142)
恐怖に駆られて彼らは逃げた

(142) 謝肉祭にローマで行われる競馬への言及。

第三篇

第三部かつ最終部　第三篇

梗概

魔法の館(1)を夜蔭に乗じて抜け出し
騎士と従者の奇妙な逃走
思案の挙句　求愛を
騎士は訴訟に変更する
この企てを処理するために
弁護士の処へ相談に向かう
だがまずもう一度　恋文で言い寄り
女ごころを摑もうと決意する

これが信じられようか　恐怖心から奇妙なお化け
を
人間自らが創り出すとは
昆虫まがいの羊歯《しだ》(2)のように
種子もなしで生まれ出る
根拠は何もなく
ただ想像の中にあるだけ

---

(1) 貴族の館のこと。第三部第一篇一一五九行以下を参照。
(2) 羊歯は種子なしで繁殖すると考えられていた。(プリニウス『博物誌』二七巻九章五五節参照。)ある昆虫は腐敗物から生まれると考えられていたので"Insect-weed"と呼ばれている。

だが乳首を子鬼に吸わせる魔女より[3]
もっと恐ろしいことができる
育児室の小鬼を全部あわせたよりも
人を誑《たぶら》かし　つきまとう
恐怖心は魔女そっくりに働くので
どちらがどちらか解明し難く
五感の共同体を設立し
情報を切り刻みごちゃまぜにするので
薔薇十字会の巨匠のように
耳で見たり鼻で聞いたりでき[4]
見たり聞いたりできない時でも
それ以上の情報を恐怖心から供給され
闇の中で幻影を見たり
亡霊に悩まされたり
捉え難いものを最もよく見分け
自然の成り行きも
自らの性質にも逆らって行動する
最も勇敢な人の勇気を怯ませ
腰ぬけを勇者に変える
人は余りに怯えると
全く怯えていないように　意思堅固に見えるもの[5]
そして逃げだす望みがない時は
死ぬことで死から逃げようとし[6]
あるいは向き直って立ち向かい
ライオンさながら　打ち負かす
ヒューディブラスもこれを実証した
彼は復讐の女神たち[7]に捉えられ
悪霊の群団から送られた
派遣部隊につきまとわれていたのだが
一人の偽物の悪魔[8]の
ペテンによって救い出されたのだ
彼自身の恐怖心そのものが
悪霊や魔法使いであったのだが
巨匠たちのやり方に倣い
話の続きに戻るとしよう

我らが勇士は夜の仮面に身を隠し
逃走中ではあったのだが
目隠し遊びをするように　昼も夜も
等しく　手探りで道を探しつつ

やみくもに必死に進んだ
彼も馬も何も分からず
見知らぬ悪魔に導かれて
（どこに行くのか知らぬまま）　逃げた
こんなに急ぎながら
スピードが上がらぬこともなかった
人も馬も体が動かず
逃げられず　やっとのことで
敵と恐怖心が背後から
ともに襲いかかってくるのを避け
馬の脇腹のあちこちに
蹴りと強打を浴びせかけ
（水夫が全力で馬に乗れば
あたかも漕ぐように馬を引っ張る
馬車が全速力で走っているのに
速度が遅いとか　押し流されていると思うように）
彼はかつてないほど　速く馬を走らせていたが
恐怖心は速度より速かった
恐怖心は風より速く走っても
いつも遅れているように思うのだから
しかし夜が明け始め
恐怖心もどこかへ去った時
彼はお節介な霊に気がついた
それが折よく助けにやってきて
力づくで彼を敵から逃がしたのだ
それはラルフォーの姿をしていたが
体も身なりも動作も　霊なのかラルフォーなのか
どちらがどちらか判断がつきかねた

（3）魔女は小鬼に乳を吸わせる特別な乳首をもつと考えられていた。

（4）「これは人に耳で見て、目や鼻で聞くことを教える技」とバトラーは書いている。（『人物論』「ヘルメス的哲学者」一〇五頁）なお第一部第一篇五三八行の注参照。

（5）オウィディウス『祭暦』第三巻第六四四行参照。

（6）ナッシュはマールティアーリスの『エピグラム集』第二巻第八〇歌との関連を指摘している。

（7）ここからの数行については第三部第一篇二四七行以下参照。

（8）ラルフォーを指す。

実はラルフォーが貴婦人に
打ち明け話を終えるや否や[9]
近づいてくる騎士をもてなす準備をさせる
彼女は彼には身を隠させて
騎士がその場にふさわしく
自分と馬の身なりを整え
彼女に最高の状態で言い寄るために
髭を威厳のある形に整えている間に
前述のように　彼女は滑稽な仮面劇を
（彼を迎えるために）用意させた
しかし儀式が終わった時[10]
照明は消され復讐の女神が去り
他者すべてと共にヒューディブラスも
連れ出されたとラルフォーは考え[11]
（そう信じているので）うめき声を上げ
この惨めな男はただ一人
自分のことを語り始めた
騎士はラルフォーを霊と思い込んだが
この時もまだそう思っており
外面上だけラルフォーではないかと疑った
そして彼らが人間の姿とも霊の姿ともなり
聖徒と悪魔の役を両方とも
見分けがつかぬほど巧みに演じることに
同意していたことを思い出し
今彼が恐らくそうしている　つまり
もう一方の姿になっているだろうと思い
疑いを解くために
従者を凝視して叫んだ
「お前は何者だ　わしの従者かそれとも
今夜　図々しくも従者となって現れた悪霊なのか
あるいは悪さに忙しい独立派の悪魔で
ユダヤ教会[12]の家来なのか」
ラルフォーはいう「ああ　私は　あなたが想像す
　るものでも
あなたの親友でも　どちらでもありません
信頼に足る従者のラルフォーです
あなたの体を窮地から救い出し
あなたを獣に変えた

未亡人の魔力から解放し
捕虜としてではありますが
このように安全な所へ運んだのです
このことに　いつもの長老派らしいやり方で
あなたは恩返しをなさるのがよいでしょう」
（騎士はいう）「こんなに不思議なことはない
お前にわしの危険を知らせたのは誰なのか」
ラルフォーはいう「地獄の魔術師は[13]
私を追いかけ　捕虜にし
あなたがこの辺りにいると知って
あなたを見つけるためにここに連れ出したのです
私は密かに隠れていたので
彼らの言動に注意していました
彼らは一芝居打ちましたが
私は彼も彼の手下も見ませんでした
彼らは　また力づくの争いにならぬように
姿を見せずに魔術を使ったのです」
「しかしお前はその時　悪魔の群れに会わなかっ
　たのか」
「会ったのは（ラルフォーはいう）肉体をもった
　人間だけです
地獄にいる悪魔より少し悪い連中と
あの女悪魔イゼベル[14]です
彼らによるあなたの弾劾劇を見て
彼女は大笑いしヒーヒーと言っておりました」
「それでは（ヒューディブラスはいう）
悪魔の役を演じ　わしを審問したのは誰なのか」
「良心に恥じない牧師の服を着てそれをやったのは
町で冗談を言っていた職工です

（9）ここからの数行は第三部第一篇三九行以下参照。
（10）ここからの数行は第三部第一篇一三二一行以下参照。
（11）第三部第一篇一三三九行以下とは異なっている。
（12）ユダヤ教徒については、第二部第二篇二九一行以下参照。
（13）シドロフェルを指す。
（14）イスラエルの王アハブの妻。（『列王記』上、一六章三一節、二一章五～二五節、『列王記』下、九章三〇～三七節参照。）

教区の人は彼に才能があるといいますが
私はそうは思いません
ところがあの時　あなたは手柄すべて
良心的な詐欺や騙しも彼らに話し
笞打ちの刑についても否定し
他の全てについても　ありのままの真実を告白し
　ました
彼らの教会にベールで司教冠を隠していた
尊い作家[15]よりも　もっとはっきり言ったのです
それを彼らは明白な文書にして
棍棒で脅かして私に署名させたのです」
「彼ら全員が立ち去ってしまい
わしとお前だけが残った時も
どうしてお前は悪魔を演じ続け
わしから地獄の恐怖を一掃してくれなかったの
　か」
彼はいう「あなたの日頃の生き方と
精神構造はとても頑固で決して変わらず
私の真意がどうであっても
説得できないと分かっていたので

あなたの知恵を出し抜くため
私自身悪魔のふりをしたのです
いつもあなたの旧友である悪魔だけが
あなたを説得できるのだから
そうしなければ　今も我らは議論を続け
激しい殴り合いをやっていたことでしょう」
ここで騎士は自分たちが
敵からは遠く離れていることに気付き
かすかな疲れと苦痛以外は
傷も残っていないことを知り
道に迷ったことで
その日は優位に立ったことに気がついた
道を逸れたので
偶然後方の安全を得たことを知った
敢えて自分の恐怖心を忘れようとし
恐怖心を捨てるには　喚いたり叫んだりすればよ
　いと考え
なお背後に残る危険に対し
死に物狂いの攻撃をする

立ち止まって記憶をたどり
これまでの成功を思い起こし
なぜ何処からどのように逃げたか考え
もしも悪魔が現れなかったならば
他に何か恐れるべきものが
あったかと検討してみた結果
彼は激しい怒りを覚え
恥辱と復讐と侮蔑をもって
投げたフットボールの球が戻るように
もう一度戦いに挑もうと決意した

ヒューディブラスは言う「お前の卑怯の振舞いが
わしを攻撃から救ったが
わしがその場を奪還しかけておったのに
忌まわしくも卑しくも　放棄したのもこのせい
しかもお前という派遣隊が新たに到着し
知らぬ間に増強されている時にだ
わしの新しい取得物をおろそかにし
勝ちいくさから逃げるとは
またわしが得たもの失ったものすべてを計算し
時価よりも安く売ってしまうとは
わし自身を逃亡させ
征服していながら夜逃げさせるとは
わしを引きずり出し
暗闇の中で無理矢理わしを
鞍もつけずに馬に乗せるとは
あの傲慢な敵でもやろうとは思わぬことだ
わしは武器も装備も身につけないで
着の身着のまま　連中の怒りに曝された
連中が敢えて追跡しようとしたら
わしは再び不利な戦いをすることとなっただろう
しかもお前の外なる人を守るため
お前はわしに代って先陣を務めた」

---

(15) ハーバート・クロスト(一六〇三―九一)のこと。『ありのままの真実、或いは原始教会の実体』という著書において、宗教の本質は新教に共通なので既成の教会が歩み寄るのがよいと述べた。ナッシュは、「尊い作家」はプロテスタントに好意的であった、リンカーンの司教ウィリアムズであると述べている。

ラーフが言う「確かにおっしゃることはしましたが
私を守るためではなく　すべては殿を守るため
殿は性病持ちが発汗樽で感ずるよりもひどい[16]
殴打を受けるところであったし
木馬を御する兵士より悪い[17]
二輪車に乗る運命に陥ったのかもしれないのです[18]
ですから偽証者ならギザギザに切られるか真直ぐに切られる[19]
耳をつかんで偽証者用の穴より狭い穴からひっぱり出したのです[20]
殿の試みは失敗しましたが
私に愚痴を言うのは筋違い
うまくやったのですから
殿の身代金を払い　避けられない殴打を
当然受けるべき運命から殿の骨を
救った手を責めるのは無礼です
敵は増強され
我々は負傷し馬もなく
武器は奪われ戦う力はなく
急いで逃げる以外に道はなかったのです
それは必死の試みでしたが
自由の身になれば今度は御非難

我々の骨が遠征隊を
強化するにふさわしい状態でも
再度の奇襲を考えるのは
時期は悪いし無駄なこと
いかなる奇襲の作戦も
二度は試みられません
捨てた計画が後で役にたつこともありません
賭博師も負けカードは破ります
我らと馬の殴打には
休息のみふさわしく
しばらくは陣営を立て直すことも
お役に立つこともできません
つまり十分な理由があって
敵を欺くこの戦略を選んだ次第
名誉ある撤退をして
そうなりかねない全面的敗北を避けるため

逃げる者はまた戦えますが
殺された者は戦えません
従って時宜に適った撤退は
戦術として卑しい行為ではありません
破産によって栄える市民がいるように
撤退によって栄えある武勲をたてる者もいます
たとえば大砲は撤退退却するとみせて
敵軍を征服するものです
撤退は大手柄に至る最も安全で　また
最も勇敢な道と考えられています
時間は節約　痛みもなく
脳天を割られる危険もありません
それが最後には勝つのです
決して運をあてにせず
不退転の決意よりも
自分の恐怖心に効果を発揮させるのが一番です
地震が一撃も加えないで殺し
震えるだけで倒壊させるのと同じこと
もしも古の人たちが一人の市民を救った者に
最も勇気ある者として栄冠を与えたというなら
すべての人が自分一人を救おうとする
即ち皆が負けを覚悟で
自分を最大限守る決意で戦えば
どの様な勝利が得られるでしょう
この方法によれば戦闘の決着はついても
勝ち負けの決着はつきません
なぜなら自分の生命を救って逃げる者は
すくなくとも半ば勝利を得たも同然ですから
彼らの損失が少なくて危険が大きいときには
彼らは全面的な勝利を要求します
彼らの武勲を追加印刷して
新聞に修正記事を載せるのです

(16) 性病治療のための道具。二部三篇七五九行の註参照。

(17) 板を二枚あわせて馬の背にした木馬に乗ることが、兵士への刑罰として行なわれた。

(18) 罪人を刑場に運ぶ荷車のこと。二部二篇八一一行の註参照。

(19) 耳削ぎの刑への言及。

(20) 足枷への言及。「ギザギザ」(Eras'd)「真直ぐ」(Coup'd)は紋章の線の引き方。

まして猛烈に急いで逃げる時には
銃を打つ手間も惜しんだのに
大かがり火はしっかり焚いて
故郷でかんしゃく玉を作って爆竹をやっつけたの
　です
それは群衆を煽って
自分たちの司令官たちを非難から守り
花火と教会の鐘が確認した上で
説教壇が伝えるニュースを広めるためです
絶体絶命の窮境にあっても
彼らは『汝神よ』を歌わされたのです[21]
宗教上の冒瀆を犯し
虚偽をもって神に世辞を言い
勝利にたいして感謝しながら[22]
新兵を募って軍隊を補充しました
なぜなら敵から逃亡する者は
敵をも逃亡させるのです
そして戦いが追跡となる時
競走に勝つ者が勝者となるのです
戦いで通用しないことが
軽くあしらうだけで大手柄になるのです
ボルドー　バーガンディー　シャンペンで
多くの絶望的な戦いを回復し
ブランデーと火酒で
失神しかけの高官たちを立直らせ
誰も支配できない運命の定めで
必然的に勝利を得る者たちは
赤と白のワインにビールで
しっかり勝利を得るのです
だから撤退しても船が砲撃されても
必ず彼らは戻って来るでしょう
さもなければサルタンである大衆は
敗走した高官パシャたちを締め殺すでしょう」[23]
ヒューディブラスは言う「お前が言う
海の戦い陸の戦いが何であれ　逃げておきながら
戦いに勝ったと発表したのは誰かということが[24]
わしにはちゃんと分かっておるぞ
もっとも群衆は彼らの頭や耳に
泥や汚物を投げつけたのだが

たしかに今風の戦争は
昔よりもはるかに政治的
また昔ほど勇猛果敢でもなく
名誉と結びついてもおらず
今では牛の群れ相手でなければ
戦うことは嘲笑の的
遠征の目的全体が
食糧護送団を襲うことであり
徹底攻撃で敵を敗走させることではなく
食糧を食べ尽くすことなのだ
丁度猛獣の場合にはすべて
戦いと食事が一度にされるようなもの
互いに歯をむきだしにし
頑固な腸を死ぬまで戦わせ
相手の胃袋を食い倒すものが
最高の栄誉を得るのだ
負傷損傷も恐るるに足らず
どんな危険も飢餓には勝てぬ
そして武勇の勲しは消え　計略陰謀
奇襲と策略と地雷が残った
だが栄光あるいは食糧のためでなければ
勇気の必要もないし勇気に用もない
彼らが戦うときは偶然によるのみ
つまり一方が前進しようとして
礼を失して接近し過ぎ
容赦なく後方を攻撃され
ひどい抵抗を受けて
以後はやむなく距離を保つ

(21) 賛美の頌歌。神への感謝を表す聖歌。

(22) 敗北を勝利とみなして神へ感謝の儀式をとり行なったことへの言及。議会は三五回感謝の日を定めた。

(23) トルコのパシャ（軍司令官）たちはサルタンに対して満足すべき仕事をしない場合、絞殺される運命にあった。

(24) エッジヒルの戦いで議会軍が敗北を喫した時、議会はこれを勝利として、神に感謝を捧げる日を設定した。同様に、ラウンドウエイ・ダウンでウォラーが大敗した時に、ロンドンでは勝利者として迎えられた。アイルランド沖でポパム大佐の船団が打撃を受けた時も、下院は閣僚が成功に感謝すべしと決定をした。

多くの大河が流れる
場所を選んで野営するのは
川を平和的境界として
兵士たちの交戦を防ぐのに役立てようというのだが
両軍は左右に飛び跳ねて
いないいないばあで顔を合わせるのみ
確実に引き分けの状態にあるほど
人々は勇敢だと思われるからだ
そこで古の鼠が蛙を襲ったごとく[25]
彼らは沼地に配置され
彼らの天敵である水鼠を[26]
偉大な同盟軍とした
というのも今では勇敢大胆なのは誰かでなく
飢えと寒さに最もよく耐えるのは誰かが問題なのだ[27]
最も長い間飢えに耐える者が
最も価値ある者と認められる
また最も多くの豚と牛を敗走させる者が
最も恐るべき武勇の人とされておる

かくして皇帝カリギュラは[28]
イギリス海峡相手に勝利を収めたのだが
重甲装騎兵ではなしに
蟹と牡蛎と伊勢えびを捕虜とし
タマキビ貝と車海老とムール貝相手に
自分の軍団を壮絶に戦わせた
そして軍隊を猛烈に疾走させ
帆立貝連隊めがけて突進させた
古の戦いのように　捕虜たちに
凱旋の戦車のお供をさせるのでなく
皇帝が食事に行く時には
誰より勇敢に捕虜たちを食べ
かくして自分の模範によってすべての戦争を
陣地で十分に食べることにしてしまった次第」

ラルフォーがいう「殿が言われたこと全部に
私なら言えたはずのその二倍も加えて賭けますが
こんな時代遅れのやり方は
最低です　つまり
求婚作戦を練るだの　征服しようと

戦いを仕掛けるだのということですが
なるほど騎士物語にはそうして女を
恋へと追い込んだのがありますよ
アマゾンの女戦士を　骨の髄までしたたかに
打ち据えてものしたやつ[29]
背中や脇腹を打つという求婚で　花嫁を手に入れた
あの頑健なリナルド[30]といったやつ
しかしそんな時代も武勲も過去のもの
相手の女の根性が悪過ぎて
そうした愛には応えないとなれば
今時の求婚者には合いません
そういう女なら　ほかのどんな勝負を仕掛けようと
態度を変えるわけもなく
そこで私が思うには
こんな風に　力づくであのイゼベル[31]をものにするだの
ジプシー女の奇怪な呪文で彼女の心に
急襲をかけることほど　馬鹿なことはありません
寧ろ法律で勝ち取る算段にしくはなく
彼女に対して持っている権利を活かして下さい
この件は　彼女の言質もある以上　確かなもので
取り決めの証人はこの私
その上　彼女の召使二人が

(25) ホメロスの作品とされる『蛙と鼠の戦い』への言及。
(26) オランダ人のこと。
(27) 一六四四年三月二六日軍への食事が一週間に一度となる条令が通った。
(28) ガリアへ遠征した時に、カリギュラは海を越えてブリテン島へ渡ろうとするかのように、軍隊を整列させ、外套と冑に貝を詰めるように命じた。（スウェトニウス『カリギュラ』四六章）
(29) テーセウスはアマゾンと戦い、後にアマゾンの女王ヒポリタと結婚した。（スタティウス『テーバイド』第十二巻第五三四篇、またプルターク『テーセウス』第二七章参照。）
(30) タッソーの『解放されたエルサレム』の主人公リナルドは魔女アルミーダに誘惑され、彼女と戦ったあと、結婚する。
(31) 第三部第三篇一三二行の注参照。

あなた方のやり取りを証言すれば
署名より捺印より金貨の割符より[32]
もっともらしくて通りが良いし
誓約しておいて契約を破った者がこれまでも
沢山こうして罰せられたのです
証書に記録されていることがわかり
ご夫人方は示談に追い込まれたというわけです
私の勘違いでなければ　それこそ
殿が狙っておいでのはず
しかも当今では　法廷での会戦の方が
戦場での戦いよりも勇ましく　見栄えもします
ことを行うのは法律ですから
無秩序も混乱もずっと少なく
しかも名誉さえ大きいという人もある
新奇どころか昔ながらのやり方で
ペン書き文書が引き寄せた者同士が[33]
羽ペンで諍《いさか》いの決着をつけるのは
矢羽根で息の根をとめたも同然
当今の鉛の弾丸に劣りません
つまり今も昔も戦いは

ペンが担っているのです
ペンこそ勇ましく力をこめ長々と
言葉を尽くして文飾を凝らし偉業をなすもの
進んで戦いの見事な技を披露して
この世の裁きをつけるのです
正邪を決めるのは
誰であれ　戦いの勝者ですが
殿が勝つにせよ負けるにせよ　あの場では
すべて白兵戦でなされますから
拠るべき手立てを　やりもせずに避けるなど
賢いやりくちではありません
法律は　殿が何をしようと片をつけてくれて
求婚しただけで結婚させてくれるもの
不実卑劣な求婚者でさえ女を
たとえそれが自分とおつかつだろうと　取り戻せ
ます
殿に有利な裁きが下れば
彼女を差し押さえ花嫁にして
身柄だろうと品物だろうと土地だろうと

思いのままに殿の物にしてくれます
というのも　法律こそは
いつの時代も英知の粋
法廷を内戦の場と心得る
最高の賢者が操るからです
この連中はギリシア人やトロイ人も顔負けの
激戦をやりますが
自分たちの共通の利益に障るような
争い方はしませんし
自分たちの職業の威厳を損なうような
言い争いもやりません
こういうところは私ども同胞と違います
私どもは国も大義も陣営も分けており
外なる人と内なる人の如く
近しい血縁でも
同意するのは　どんな些細な点までも
争うということばかり
法律家はずっと正気で
我が身に障る議論などはせず
まるでスイス人傭兵[34]よろしく
他人の争いにうまくつけこんでは
最大の利益を上げ　両側を助けて争いごとから
財布を満たします
どちらの言い分にも深入りせず
ただ法律を操って金を稼ぎ
その場の勝ち負けがどうであれ
手に入る金の他には目を向けません
いつの時代にもたくさんの
知識豊かな学者や賢者がおりましたが
抱えた件で論陣を張る彼らの仕事一切が
どれほど　いかがわしかろうと
自分たちのその技に彼らが嫌疑をかけたことはな
く
論争について論争したこともありません

(32) 両者が金貨または銀貨を割り、ワインを飲めば十分有効であると考えられた。
(33) 徴兵への言及。ナッシュは決闘の挑戦状と考えている。
(34) スイス人傭兵は金のためならどちら側においてでも働くことで有名。

ところが他の職業は何であれ
たっぷりあるのは論争ばかり
あらゆる種類の聖職者や医者
哲学者に数学者
ガレノス主義者もパラケルスス主義者[35]も
お互いのやり方をあげつらう
解剖学者の切った割いたは
仲間割れして争うためで
夢解きを争う天文学者は
眠っていても天象図を口にする始末
はるか昔に誰が誰から生まれたかと
文句をつけあうのは紋章学者

けれど法律家だけは頭がいいので
自分たちの職業を論争の場にはしませんし
そそくさと下らぬ判断を
自分一個の気紛れや好悪で下したりもしないので
す
そんなことをすると　誰が勝とうが負けようが
この職につく者すべてが損をすることになります
から

しかも　いかな偽医者詐欺師も
法律家の技には手を出しません
他の分野では
連中が虫のごとく群れ増え続けるにせよ
いかなる狂言者であろうと
『内なる光』で捺印証書が書けますか
それに　提訴への反論を
『啓示』でもって書けますか
連中のお道具にちょっかいを出す者は
そいつが馬鹿なら指を切ります
けれど証書にしろ　反論にしろ応答にしろ
彼らの助言に従えば
恋文を大法官法廷で書いてくれます
宣誓して殿に答えるよう　彼女を呼び出してくれ
るのです
もし彼女が屈服して殿の妻にならなければ
生きているのが嫌になるほどの目に合わせるので
す」

騎士殿は　ラルフォーの才能に頼って
企みやごまかしで　うまくやるのには慣れていた
それでも　うわべで貶しつけたのは
自分が考えたように見せるため
（剽窃者なら誰でもやるように
財布を盗ったら隠すもの）
内心はそいつでいこうと決めていた
だがその決意を知られぬように繕って
まずは強硬に反論し
自分の信念を偽ってから
やがておもむろに　その案を
まるで自分のもののように　思い付いて見せるこ
とにした

彼は言う「おまえの助言は戯言《たわごと》で
一番浅はかな遣りかただ
法に訴えて彼女を手に入れようと思うなど
これほど馬鹿げた無駄骨折りもあるまい
それはわしの求婚を危険にさらし
確かなのは金がかかるということだけ
わし自身には不利となり　わしの求愛と
権利の妨げとなり　彼女の好意も手に入らぬ
そんなことは天が禁じてくれれば　と思うのだが
もしあのヴァイオリン弾き(36)がやったように
彼女がわしをやっつけでもすれば
儲けたもの全てを失わないように　その後に
一体どんな手が打てるというのか
被害を蒙り　援助を求めて法律に訴える者は
家に盗人が入った時に
占い師に訴えて　その盗人にもう一度
財産を差し出そうとする
酔いどれの間抜けよりも　もっと愚かだ

(35) 当時ガレノスの伝統的な医療に従う一派とパラケルススの実験によって得られた新しい方法を支持する派との間で論争があった。パラケルススについては第二部第三篇二九九行の注を参照。

(36) 熊いじめ一座のヴァイオリン弾きクロウデロのこと。第一部第二篇九一一行以下参照。

手に入りそうなものといえば
一層無駄金を使うことぐらいのもの
しかしわしにはそんな厄介な
遣り方しか他に手がないのだ
なぜならば　力ずくで彼女を従わせることは
今では無理なことであり　正攻法ではなおまずい
だが最もまずいのは彼女を諦めて
我がものとすることが絶望的となることだ
あまりに早くカードを投げ出すのはまずい勝負の
　やり方で
決して勝てなくなるからだ
しかしわしには　この程度か　もっとまずいやり
　方しか
残された方法はなさそうだ
自分の意に反して法に遵《したが》う人間も
自分自身の考えは持っている
その考えを堅持しつつ　彼にはよく分かっている
　理由で
自分の考えではないと言い張るのだ
だが今や法に訴えることは避けられぬ

というのもシドロフェルは裁判を決意したので
わしは奴に受けて立つか　どうせ避けられぬのな
　ら
これから先に撃って出るか
それというのも奴の腹づもりは
早くから知らされていたし
それに最初に訴えた者が
裁判では有利になると分かっている
なぜなら裁判所では原告が
カードでいえば先手であった
自分の好きなように主張しても構わないが
相手方は宣誓を行うまでは何も言えない
原告は原告という立場のゆえに　あらゆる好意と
正統な恩恵を存分に受けることが認められ
いわば仕事を持って来たのだから
あらゆる点で有利となる
わしは決意した　どんな好機も逃さず
どのような方法で相手に立ち向かい
奇襲攻撃を仕掛けるか
弁護士に相談するつもりだ

時間をかけて検討した結果
この仕事に適任の男を見つけた
わしのやらねばならぬ事に対して
相談相手としてもまた判事としても
最も適任の男で　まさに疑いもなく
こうした事例に適任の弁護士だ

おいぼれて　うすのろで飲んだくれのこの男(37)は
ブライドウェル・ドック(38)やウェストミンスターや
ヒックス・ホール(39)で何年も過ごし
いずれの場所でもうまく切り抜け
どの政府いつの時代にも
悪事の味方にも敵にもなった
あるときは正義に背き　あるときは正義を掲げて
利益さえ得られれば二股もかけた
淫売どもに特権を与えたかと思えば
上納金が少ないといっては笞打ちに処し
二週間のショバ代が滞ったからといって
護送車何台分もの女郎屋の女将《おかみ》を監獄へ送り
金が切れれば　彼を頼るポン引きや旧友を
パドル・ドック(40)へ送り込んだ
治安を乱すこともなく
汚い言葉で口答えすることもない者たちを
時には市民や貴族までも
警吏を使ってひっ捕え

(37) プリドーという悪徳弁護士がモデルであるという説がある。

(38) ホワイトフライヤーズとブライドウェルの間にあるテムズ河の入江のこと。ブライドウェル・ドックの西岸にはブライドウェル矯正院があった。第二部第二篇八五行の注参照。

(39) もとはクラーケンウェルのセント・ジョン・ストリートにあったミドルセックス州の裁判所で、サー・バプティスト・ヒックスによって建てられたので、その名前が付けられた。一六一九年、ジェイムズ一世の許可によりミドルセックス州の監獄となった。

(40) アッパー・テムズ・ストリートのセント・アンドルーズ・ヒルのふもとにあった波止場で汚物と悪臭で有名。パドル・ドックに監獄があったという記録はないようだが、非行少年の収容所か、パドル・ドックの州長官所轄の債務者留置所があったらしい。

酔っぱらうべき時に素面であったからといって
当然のごとく牢獄へぶち込み
翌朝になれば賄賂しだいで釈放したり
あるいは拘留を引き延ばす
怪物の見世物や人形芝居の上演許可を出すために
上納金を課し
警吏やゴミ集め人と手を結び
その上がりからピンハネし
公の場所を占拠したと難癖をつけ
示談金を巻き上げ
汚いドブにしろ　天下の公道にしろ
支障無く仕事ができるのだからと　金を払わせる
最も多く差し出した連中は
晒し台や鞭打ち刑の柱や獄舎から放してやり
目方をごまかすパン屋[41]や蠟燭屋からは
耳削ぎの刑を赦すといって賄賂を取り
許可証なしにビールやワインを売ったと言って
酒屋やワイン屋に罰金を課した
いつも罪を犯す常習者
土地の女郎屋の亭主
盗品を買う故買屋
法をすり抜けごまかしをして
教会税と彼への上納金を払う連中[42]には
親切で変わることのない友であったが
人の縄張りを侵したり　流れ歩く者にとっては
無慈悲で厄介な相手であった

この素晴らしい男を騎士は訪れ
法律問題を相談する
男は椅子にかけ　客に見せるための
本と金とを並べていた
卵を生ませる擬卵のように　でたらめの意見にも
依頼人が金を払うようにさせる魂胆
騎士はこの男に向かって礼儀正しく
帽子を脱いで　自分の件を打ち明けた
騎士が礼儀を尽くして訴えを述べると
尊大な態度でそれを聞き
望むものは礼儀ではないと分からせようと
帽子を被るように命じた

ヒューディブラスは言う「拙者が棍棒で殴ったこ
　とのある
シドロフェルという男がおりまして」――「なる
　ほど結構だ」
「それが今では奴が拙者をやっつけたと威張って
　いるのです」
「ますます結構なことだ」と弁護士はいう
「拙者に会ったら壁に押し付けて刺し殺すと
誓っているのです」――「そりゃ素晴らしい」
「事実あの悪党めは宣誓をして
拙者が奴のものを奪ったと言っているのです」
　――「実に見事だ」
奴が拙者の上着を盗み
スリ取った時計や奪ったものを告白した時
実は拙者が奴を叩きのめし
拙者のものを取り戻したのです」――「よしそい
　つを吊るせ」
「さて奴が拙者のものを盗んだのだと
先に宣誓すべきでしょうか」――「なるほど」
「あるいは拙者の財産に対して
返還の訴訟を起こすべきでしょうか」――「ああ
　野郎め」
「あるいは書面で命令を出して
裁判に出頭させるがよいでしょうか」――「その
　通り」
「奴のやろうとしていることを先取りし　奴は国
　の治安を乱したと
証言するのがよいでしょうか」――「しかり」
それとも奴は被告としては
この件では有利となり
新たな反訴状(43)を提出すれば
訴えを否定できるのでしょうか」――「ますます
　いいぞ」
「実は貴婦人も絡んでいまして」――「こりゃ驚

(41) 規定の目方のないパンを売ったパン屋は罰として晒し台に立たされた。
(42) 定住を示す。
(43) 同一の訴訟に関して、被告の側から原告に対して訴訟を起こすための訴状。

ヒューディブラスと弁護士

　いた」
「彼女が共犯者であることは簡単に証明できます
彼女は未亡人で　厳かに宣誓をして
拙者と結婚すると約束しておきながら
奴と謀ってその約束を反故《ほご》にしました
それもみんなあの女がやらせていたのです」――
　「なんとまあ」
「あの女は先に述べたシドロフェルを買収し
地獄の悪魔を動かしました
そのせいで拙者は恐怖に陥り
身の危険を感じ」――「そいつを出頭させよ」
「あの女は悪霊と手下を使って
拙者の体に攻撃を仕掛け」――「おやおや」
びっくり仰天させたうえ
一晩中不法に監禁したのです
さらに奴らは拙者と馬から持ち物を奪い
馬の鞍を盗み」――「ますますひどい」
「拙者を裸馬の背に跨らせました
お陰でこれ以上ひどいことにはならなかったので
　すが」

弁護士がいう「騎士殿　貴殿に諂《へつ》らうわけではな
　いが
望み得る最高の
この世で最も誇り高い人でも恥じ入る必要のない
上等至極の証拠一式をお持ちですぞ
奴らが貴殿をお言葉通りに扱ったなら
一言申そう　ああ神が貴殿に喜びを与えられるよ
　うに
それが我が身に起こったことであればよいのに
これから申す以上のことを　貴殿が思う以上のこ
　とをして差し上げたい
私はその女とその女の財布に罰を与え
結婚のためにしろ　絞首刑のためにしろ
『良くも悪くも』その女を跪かせましょう
両方とも運命で定められている確実なことなので
コインの表がでれば私が勝ち　裏が出れば貴殿の
　負け
というぐらいに確実です　どちらでも選べますよ
もしやろうと思えば

知る限りどんな件にも劣らず
見事な訴訟幇助だってやれますが
我々開業しているものは　敢えてそれは申しません
法は訴訟の場を離れたところで
我々が仕事をすることを厳しく禁じています
それはよくある訴訟教唆[44]の罪となり
我々の耳に直接事を及ぼし
ペンを挟む皮が両方とも残らないほど
耳が削がれることになるのです
悪くすれば軽業師がとんぼを切るように
もんどりうって法廷から放り出される者もあるのです
だが貴殿の場合　お立場からいっても
嘘の誓いも許されます
この国のどの裁判所でも
証人は　誓えといわれるのではなく
宣誓の儀式をせよといわれるのです　平たく言えば
何であれ捏造して断言すればよいのです」

（「それはありがたい」と騎士はいう
「我が目的には好都合」――）
「それと言うのも　正義の女神は目隠し姿で描かれて
慈悲の女神と同様に
弱者側に傾きがちです　さもなければ
かくも長く正と邪が戦いを継続できますまい
目隠ししている幸運の女神もそうですが
正義の女神も手練手管で　人の利益と権利を
甲のポケットから乙のポケットへと
チチンプイと　あっさり移し
奇術師さながら　人を罪に落したり
無罪にしたり　緩急自在
従って　あの女の生命を奪いたいのか
妻として獲得したいのか
財産が手に入れば十分であって
他の問題は不問に付すつもりか　いずれであれ
法律にとっては事はただ一つ
法律の目は証拠にのみ向けられます
また証人には事欠きません

あなたの望むまま何でも誓ってくれて
その費用さえ手に入らぬのに
良心賭けて仕事をやって
自分の耳まで賃仕事に出し[45]
偽証を金で買う人に雇われ
実に僅かな金で　陪審員を勤めたり
陪審員の穴埋めをしたり[46]
保管人や遺産管理人相手の
難事件に　長々と巻き込まれてもくれるのです」

ヒューディブラスはいう「その点はお構いなく
そのような者なら手持ちがあり　しかも全員こち
　らの味方
良心の問題をこじつけ解釈するに長けた
師匠連[47]に　手塩にかけて鍛えられた連中です」

弁護士はいう「それは結構　だが有利な点を
考慮に入れて申し上げますが
最も確実な方法は　まず第一に
あの魔術師[48]を水責めの刑に処することです
いかさま師を縛り首にしたあとで
女の方を片づける時間が十分にあるはずです
その間　あらゆる策略を惜しまず使い
首に縄を付けてでも　結婚予告に持ち込むのです
長いのや短いのや　恋文をせっせと書き
餌はたっぷり付け　巧妙・狡猾の粋を効かせ
次々と罠を掛けておびき寄せ　不意を襲って
迂闊な返事返答を引き出します
返事による仕掛けを彼女が逃れても

---

(44) みだりにけしかけて争いや訴訟を起こさせることは禁じられていて、違反する者は弁護士の資格を奪われた。

(45) 偽誓の罪で有罪となると耳削ぎの刑に処せられることへの言及。

(46) 陪審員が出廷しない場合には名簿にある者が補欠陪審員となって代理をする。

(47) ブレントフォードで囚人たちを誓言から解除したダウニング氏とスティーヴン・マーシャルを指す。

(48) シドロフェルのこと。水責めの刑については第二部第一篇五〇三行の注参照。

手紙には別の使い道があります
その道の達人を抱き込んで
彼女の印章　筆跡を真似させ
便箋の空所を見つけ
罠に使えそうなことを書き入れさせます
心では嫌と思っていても　彼女のこの世の財産と
　肉体を
貴殿に遂には引き渡すことになるでしょう

あらゆる種類の証人を雇っておきなさい
テンプル[49]で　木陰にたむろしていたり
偽誓で喰っている他の奴らと　主人ともいうべき
足を組んだ騎士たち[50]の付近をうろついたり
リンカンズ・イン[51]の列柱の間で
客待ちをしていたり　といった連中です
保証人　贋造者　平保釈保証人
宣誓供述人たちが必ず
あるゆる種類の宣誓を売り物として並べています
この種の仕事を連中は　耳と服装によってやるの
　ですが[52]

これら二つが　福音書と魂[53]とを除けば
唯一必要な道具です
貴殿側の用意がすべて整えば
私はいつでもお役に立てます」

ヒューディブラスがいう「訴訟のこつが分かるま
　で
わらしべ一本渡さぬつもり
だが　見事に技を身に付けられれば
この訴訟を意のままに　捻じ曲げ　操り
風上にある法律に対して
訴訟理由を下手に回し　上手に回し　舵を取り
顔によって鼻の形が違うのは自明のこと
訴訟も同様　訴訟ごとに鐘の調子を変えて鳴らせ
　ます
貴殿は十分教えてくれたし
報酬を差し上げたい（ここにあります）
早く貴殿の助言を実行し
巧妙な手管を試して
言われた通りに手紙には餌を付けたいもの」

このあと直ちに実行に移り
ありったけの知恵を絞り出し
絞った知恵で罠を仕掛け　次のような書簡を書いた

(49) 法学院のうち、Inner Temple と Middle Temple を指す。

(50) テンプルはテンプル騎士団の教会があった跡に建てられているが、騎士団に所属した貴族の記念碑が残っており、その中に聖地に身を捧げたことを示すために足を組んだ（クロスした）姿のものがある。偽誓の売り手が Knight of the post と呼ばれていること、彼等が法学院の庭にたむろしていることから、彼等の主人といっている。

(51) 法学院の建物の一つ。

(52) 耳については第三部第三篇七二九行の注参照。刑の後はこの仕事は出来なくなる。服装については、みすぼらしい証人は信用されないので、証人となる者に金を与えて衣装を調えさせた例があった。

(53) 証人は福音書を手に誓言する。この場合偽誓によって地獄に堕ちる魂をも道具といっている。

『ヒューディブラスから貴婦人への英雄的書簡』[1]

かつては　シーザーのように偉大であったのに
今やネブカドネザル[2]にまで堕ちてしまい
かつて　ひとかどの強者として
戦闘の場で華々しく闘い
征服者として名を轟かせたはずが
牛と草を食む身となり果てたのもあなたゆえ
我が地上の幸福であるあなたに
近づくことを固く禁じられ
あなたの恩寵　美しい眼差しにまみえるという
楽園の至福から追われ
この世からも　あなたからも亡き者として
永遠の流刑者扱い
御心を勝ち取るという
望みは打ち砕かれ　胸は張り裂けんばかり
もしもあなたがかくも厳しく
性急に判決を下さず
私の正しい弁明に耳を傾けて下されば
無実のこの身に　不当な扱いをなさったとお分か
りのはず
確かに私は　あなたに誓いをたてました
それ[3]をまだ実行していないのも事実です

（1）原文は"An Heroical Epistle of Hudibras to His Lady"であるが、シドロフェルの書簡同様に、五歩格ではなく四歩格で書かれている。
（2）「ダニエル書」第四章三一～三三節参照。
（3）貴婦人に対して真の愛の証拠として鞭打ちを自らに行うことを誓ったことを指す。第二部第一篇八〇〇行前後を参照。

支払いが済んでいないということは
単なる遅延で　違背ではありません
いや違背だとしても　極悪非道の罪でしょうか
金で雇われる下品な偽誓屋のように
耳削ぎの刑(4)に値するでしょうか
そう思わせたいのがあなたのお気持
でも　高貴な者と卑しい者では
こんな場合でも差があるのです
同じことをやったとしても　よく見れば常に
違った理由があるのです
一方は偉大な大義のため　つまり
名誉の醜い傷を繕うため
自分の名誉に敏感だからこそ
こういうことをやるのですが
他方は卑しい利益や報酬目当てに
日替わりで　何でも誓い　否認します
魂　良心を危険に曝し
切り売りすることが仕事です
偉大で高貴な人にあっては
約束を守るという流行遅れのやりかたを
生来気が合わないといったとしても
醜聞でもなく　汚名でもありません
卑しい身分の連中の場合
同じことが　裏切りともなり　恥ともなります
物忘れの才能は
当人を実に賢そうに見せるので
痛風　耳の遠いこと　目が悪いことよりも
偉大な人には有益です
法は偽善者たちに対しては
耳削ぎを罰として科しますが
罪のある方の科《とが》を免じて
無実の方を罰するのは正しくありません
制御の効かぬ舌が犯した罪を
耳に償わせるのですから
つまり体の一部が偽証すれば
別の部分が削がれ切られるということです
もしもあなたが意図しておられるように
法に訴え　私の科を償わせるおつもりなら
よくお考え下されば　そうなっても

手に入る名誉はごく僅か
自分の愛する女性のために
自分の生命や手や足を賭ける男は
女性を得ようと　魂を賭ける者と比べれば
寵愛を得るにはふさわしくありません
私が魂を賭けたことは　あなたも認められました
今やそのことを認めるのがお嫌いなようですが
それは過ちというよりは良き奉仕と
見なすべきものとご判断下さい
その上　誓言は　言葉が示す
文字通りの意味に限定されず
時代の習わしに従って
意味の範囲が決められるべきで
習慣によって意味を検討すれば
無益無効と分かります
他の人が誓うのを見るからこそ
人は誓言を立てたり守ったりするのです
従って　ほんの少しも意を曲げぬほど柔軟でなく
融通の効かぬものである必要はありません
最もよく鍛えられた剣の刃は
大きくしなって　なかなか折れないものですが
最も真実なる誓言も　常に最も頑丈で
少し曲げたからといって　折れることはないので
　す
それゆえ　愛に関する場合なら　誓言に
幅のある自由が許されない訳がありましょうか
征服のためならば　剣の掟は
あらゆる手段を認めていますが、　恋の掟もそう
　あるべきで
真実か偽りかによって　縛られるのではなく
勝利を得た者こそ　最も正しいと見なされるべき
　です

全帝国を足下に置く
位高き強力な愛が
その大権を他のどんな
実力者に譲り渡しましょう
世俗の王権にも屈伏しない愛が

（4）偽証への罰。第三部第三篇七六行の注参照。

訴訟の対象になるものでしょうか
自然の基本の法である愛が
それより後に創られた法の支配を受けるでしょう
か
愛の大義にたいする咎めは
愛の偉大な掟によって裁くしかないでしょう
世界の維持者[5]　愛は
物すべての魂に活力を与え続けて
強大な運命の力を支配し
人類の生命を延長します
時と死が生命を貪るのと同じ速さで
生命を回復させる万物の命
この世界の　地も天も
愛からの気前のいい贈り物です
それというのも愛こそ　天国に
利益を生み出す唯一の事業だからです[6]
そして愛を育めるのは
人間の魂だけです
この地上に天国の喜びを再現する
手立てが愛より外にありましょうか

恋人同士を除いては
天使のように目で語り合えるでしょうか
言い寄って　足りぬ部分は想像で補い
直感で口説き求愛できるのは彼らだけです
熾天使の炎に負けぬ激しさで
恋の炎を燃やすのです
これほど偉大な目的があるなら
何をしたとしても罪になるでしょうか
天そのものが　その豊かさを増すために
なされたことを罪だといって怒るでしょうか
本性に逆らわぬ愛ゆえの罪だから
過失を犯せばかえって赦免に値するというもの
さもなくば愛の大義が
法に蹂躙されることになります
恋には自然にかなった裁きのあるべきを
どのような暴虐者が否定できましょう
なぜなら法には生命がなく
愛も憎しみも感じません
それ自体情熱は持たず
哀れみを誘われるようなこともありません

罪人に厳しく処罰を
科すことだけが法の役目
それとは逆に　許す度量があるというのは
すべてを支配し　すべてに優ります
王侯においては　有罪の宣告よりも
赦免の下賜の方が気高く輝くもの
なすべきことをなす人は少数なので
過ちも目的が良ければ許すのが肝心
身を低くして口説き続けて
望みが遂げられないならば
横柄　侮辱　軽蔑以外に
何の見返りも無いならば
知恵を絞って相手の裏をかき
立派に思いを遂げるのが悪いでしょうか
戦士にはふさわしくない扱いを受けたうえに
恋の火薬という惚れ薬で爆破されねばならないの
　ですか
瀉血され下剤をかけられたそのあげく
自分を笞打てという判決を受けるのですか
暗闇でたくさんの恐ろしい物の怪に脅かされて
鬼どもに爪をたてられ
乱暴に鬚を引っ張られ
侮辱　ののしり　嘲笑を受けるのですか
女性が暴徒によって同様の　ひどい恥辱
手ひどい扱いを受けたことがあるでしょうか
卑しむべき敵に攻撃され
下卑た下品な殴打を受け
最後には自分を守ることさえも
禁じられたことがあったでしょうか
馬でさえ　拍車をかけられ鞭打たれ
蹴られたら蹴り返していいはずです
あなた方の生来の才知ときたら

（5）ナッシュは、以下の行はルクレティウスの『物の本性について』の巻頭の部分における、愛の神ウェヌスへの呼びかけを、自由に諷刺的に剽窃したものであると、注している。

（6）子供は天国の住人になると言われており、天国の住人を創り出すのであるから愛の行為はすべて罪ではないと説く。

あらゆる特典を備えています
それが芽を出すのは早くも乳歯が生え出すころ
乳児期には既に身につけ　あらゆる企みを
騙されやすい我らに仕掛けることが許されるのに
我らは無策でなければならないのでしょうか
あなた方の策略に対抗するのに
我らには壊れやすい誓約しかないと言われますか
あるいはあなた方のよりもか弱い誓言でしょうか
その誓言でもあなた方に敵わないというのに
あなた方は退却中のパルティア人のように[7]
逃げながら目で我らを殺します
退けば退くほど我らは追いかけ
結局罠にはめられます
海賊が巧妙に偽の旗印を掲げてみせて
不用心な水夫を罠にはめるように
ご婦人は我らを惑わそうと
白と赤の借り物の旗を広げてみせます
すなわち彼女らの祖先　ピクト人よりも[8]
白粉　紅を厚く塗りたて　その顔で
魔術師がその本でやるより巧妙に
多くの悪魔を呼び出します
髪を聳え立たせ　縮らせ　鬘《かつら》をつけて
次から次へと愛の企みを仕掛けます
フィリップ・ナイの感謝祭の鬚よりも[9]
はるかに手の込んだ工夫をこらし
とんでもないことに　心では軽蔑している男たち
を
おびき寄せ罠にかけて自分たちを崇拝させます
男たちを騙すのはただ単に
目録にぎっしり名前を書き込むため

恋する男が　雄々しく振る舞えば振る舞うほど
愛する女の奴隷になって言われるままに
女が命じることは何でも
手ずからいただく寵愛の印で
正しい正しくないは問題外
どうしても従うべきいや従わねばならぬもの
となると　女に強制されれば
普通なら乗り出さぬであろう冒険でも
名誉を尊ぶ者はやり遂げない訳にいかないでしょ

う
強制の方が命令よりもっと強力なのですから
そのうえ自然の摂理に従うのですから
不正義だの不正だのの問題は起こりません
従って　あなたの盟友「愛」の強権と
あなたの力がひとつになれば
恋の虜となった脆い肉と血
すなわち男は抗えません
私がどんな卑劣な悪行をしたとしても
それはあなたのご意思に従ったからのこと
そのせいで咎められるとしたら
すべてはあなたとあなたのつれなさのせい

私の意志と利益に反しても
告白したこの不祥事も
強制された男たちが
日々やっていることと変わりません
拷問にかけられれば　首斬り役人や
後見役の言うとおりの自白をする奴もいるわけで
す
そ奴らは　拷問から解かれるや否や
前言すべてを否定します
しかし悪魔が聴罪師となれば　真実は犯罪であり[10]
嘘つきどもの元締めである
悪魔のせいで嘘をついたと言う連中に
耳も貸さないし赦免もしません
従って　私は悪魔に真実を告げませんでしたが
この方が賢明だったと思います
またこの冒険を行ったのが私が最初で
先例が無いというのではありません

（7）パルティア人は後ろ向きに弓を射るのが巧みで、攻撃時よりも退却時に多くの敵を殺したという。

（8）ピクト人の戦士たちは、体に彩色を施していた。ピクトはラテン語の picti=painted から来ているという説がある。

（9）第三部第二篇六三八行の注参照。彼は下院の説教師であったが、バトラーは彼の『諷刺詩』において、ナイは感謝祭の説教に行く前に鬚をきちんと整えたと書いている。

（10）第三部第一篇一一五九行以下のことを指す。

人類すべてが当然過去にも現在にも
同様のいやそれ以上悪いことをしています
恋する男が　貴婦人探索の途上であるのに
近道はとらず　一時の浮気のために
回り道をする　そのような筋立てでない
騎士物語があるでしょうか
はじめは罪悪だと言われたことが
時が経てば名誉と変わるものなのです

幼児期のローマが女を略奪して
どれほどの高みに昇ったことでしょう
彼らは女を襲って女房にし
好きな所で勝手気ままに結婚しました[11]
ローマ人は誓いをたてたり嘘をついたり
恋い焦がれて死んだりしませんでした
手間暇かけて言い寄って口説くとか
求婚するのに仰々しく飾り立てるようなこともな
く
友人の同意を求めてためらうこともなく
ごまかして婚姻の取り決めなどせず
結婚許可証　僧侶　友人
介添えの親類などいらず
婚姻という聖なる場で
土地と財産を娶わせる法律家も　すべて不要
離婚手当か死が二人を分かつまでと誓う前に
まずは二人の手と心を結び合わせたのです
花嫁自身の好意を得るまで
我慢をする気などはなく
知恵を働かせて近道をし
直接その場で女を捕らえたのです
恋の企みの中でも最も効を奏する
巧みな技や軽快な踊りを見せておいて
爾来　女が男をそうしたように
首尾よく女を虜にしたのです
そして女が自分の自由になってから
ゆっくり愛だの恋の情熱だのを語りました
結婚が終了しても継続すれば
男はそれから恋人になるので
一分一分に　結婚前の半年分以上に相当する
愛を受けるに値します

女たちは考慮の結果
実にうまく適応したので
求愛や懇願で得たよりも
類まれな気高い妻となりました[12]
それはその後の子孫は誰も
及びもつかず　足元にも寄れぬほどでした

元々女は男のために創られて
その反対ではないのですから
男なら誰でも女を自由にできても
女には自分の自由はないのです
従って男に選ぶ自由があっても
女には断る権利などありません
それゆえはっきりしていることは
あなた方との情事に辿りつくために
非常にずるい曲った道を取ったとしても
不正や罪にはならぬこと　さらにまた
「良くも悪くも」私たちがご婦人方を
受け入れるようにあなた方も同じやり方を
受け入れるべきです　この人と決めた者に
感謝して従わねばなりません
今までに男の作ってきた法が
男の有した権利を削除し
自然が男に与えた女に対する
絶対権を削りましたが
どうしてすべての獣が
偉大な主人[13]の利益を凌ぐべきなのですか
恩寵や自然の恵みにおいて獣の方が
主人より自由に力を発揮できるのですか
たとえすべての力を尽くしても
自然の法の一つも無効にできない時に

(11) ローマには女性が不足していて、将来を憂えたロムルスは一計を案じ、ネプチューンを讃える騎馬試合を開催した。妻や娘を連れてやって来たサビニ族の者たちが催しに夢中になっている最中に、ローマ人の若者が娘たちを襲い凌辱したという。リウィウス『ローマ史』一巻九章参照。

(12) サビニ族の男たちが女たちを取り返しに来た時、女たちは両軍の間に割って入り和解させた。

(13) 男がこの世の主人と言われることがある。

取るに足らぬ条項を停止したいと
持ち出せばそれはもう反乱なのです
男が自己の権限を正しく
理解したならば結構なこと
飲んだくれなみに女房たちに
特権を侵させることはないでしょう
そんな罪を犯した奴らは今のままで
ずっと奴隷でいるべきです
不敬にも漁色家との評判の
稀有なる才に恵まれた教師たちは
求愛を蹴られた腹いせに誓ったのです
このことを世間に証明をして
袖にするという過ちを犯したあなた方を
当然のことながら苦しめてやると誓ったのです

しかしついつい我を忘れて
我が恋の教えから逸脱しました
（美しい方）私を許し
法外なる我が愛の炎のみをお咎め下さい
溢れる愛を表しながら

同時に抑えるのは至難の技です
私の言ったすべてはひどくともまこと
でもあなたに対して言ってはいません
あなたの可哀相な奴隷　我が魂を
完全に統べる力をあなたはお持ち
我が魂はあなたを失うくらいなら
天国を失ってもいいのです
仕える者のすべてに対して天国もあなたも
至福を与える力がありますが
その両方を獲得しまた喪失する運命に
ある者は他にありません
もしあなたがこの過ちを取り消されるなら
（お気に召すゆえそうすべきなのです）
あの誓約のすべてそしてそれ以上のことを
あなたが命じ私が誓ったことを果たしましょう
そして支払わないままの罪の代償を
私の皮膚で償いましょう
なぜなら遅延ゆえに積み重なった
償いをなすことは全く正しいことですから
私はきっとそうします　そうすればそれに見合う

あなたの情けと愛の心を動かすでしょう
騎士はこの手紙をしっかり読んで
彼女の心を捕えたと信じ込んだ
陽気な恋する男よろしく
大満悦してさらに読み返し
彼の機知の産物に名前を付した
謙虚な気持ちで少し離れた所に
そして心の底から愛情込めて
見事な筆で日付をつけた
それから煙の出ている薪の図の
愛の印章で封印をしたその上の
スクロール(14)には――「我は燃え我は泣く」
その近くには――「我が妹に
誰よりも優れし御婦人に
やさしき御手に我れこれを捧ぐ」
そしてこれを頼りにならぬ従者に渡した
彼女をよく見　よく眺めよと言い聞かせつつ(15)
彼女の方は手紙を送り返すか
燃やすべきかをまず考えた
しかし何はともあれ
慰みにはなると推し測り
手紙を開けて読み通し
幾度も笑い愚弄しつつ
同種の返事を書こうと決めて
次のように思ったことを実行した

---

(14) 大紋章の上部または下部にある巻き物。この中にモットーを加える。

(15) ドン・キホーテが従者のサンチョ・パンサに手紙を託する箇所との類似点がある。

『貴婦人の騎士への返書』

あなたが獣で草をお食べになることは
今も昔も驚くことではありません
とにもかくにもご存知のとおり囲いから
かつてあなたを救出したのは[1]私です
あなたの剣と拍車がともに
アマゾンとの果たし合いで[2]奪われた時
あの剣は（運命さながら）
害獣の避けえぬ死をば決定し
豚と牛の玉の緒を断ち切ることにのみ
激しく振り回されたあの剣は
トララとの決闘で騎士の手から
無理矢理に取り上げられたのです
あなたの踵は不名誉にも拍車を外され
厳重に晒し台で監禁となりました
泣き言を言うあなたを憐れみ
名誉ある条件であの最悪の牢屋から
あなたの踵を私が解放しなかったなら
今も踵は卑劣にも監禁されていることでしょう
私の好意が受けた返報をよもやあなたは
（忘れたくとも）お忘れにはなれますまい
自由になると牢獄で立てた誓いを
回避するのに心を砕き
偽誓をし　そしてまずはそれを否定して
次には認め弁明したのです
偽ってあなたは誓いを一つ破りました　すなわち

（1）二部一篇八五行以下参照。
（2）一部三篇七六九行以下参照。

二つの誓いを破って自らを免罪の身としたのです
私たちの足元で
這いつくばって許しを請い
あなた方の耳の命乞いを望む時も
やましい恐れで気も挫け
嘆願も無駄と危惧する一方で
私たちを自分のものと主張なさり
女を扱う唯一の方法が
裏切りと力づくだと公言し
肉体　魂　良心に対して
女は何の権限や権利もなくて
男の取り分になるべきだと
すなわち当然の自分の商品だと要求されます
女を誘い怖がらせ愛させようとする時に
お使いになる真意とはこんなものです
大言壮語と懇願の中間に位置する
新式のずるい求愛方法です
施しを乞いつつ脅かす
屈強な乞食のようです　でも
あたかも私たち女が交戦時の両軍の
正当な戦利品であるかのように
そしてまた恋する者が誰であれ嘆願すれば
取り戻せる没収品であるかのように
愛における所有権を
証明しようとなさるので
この破廉恥な要求の謎を
理解するのは難しいことではありません
あなた方が狙っているのは人ではなくて
我が物にできる何かなのです

あなた方が女性の目に散りばめるのは
あのささいな偽のフランスの宝石ではなく
好色心を奮い立たせ火と焚き付ける
わたしたちの本物のダイアなのです
口紅替わりにインディアンの女[3]のように
私たちの唇にあなた方がつけさせる
聖マーティンの偽宝石[4]も
あなた方の身を焦がす炎を焚き付けはしません
そうさせるのは女たちが宝石箱に錠をして
しまっている本物のルビーなのです

あなた方がうっとりするのは
オリエントの真珠とされる女の歯ではなく
恋という結果を生み出すものは
女が首に巻くものなのです
また殿方の胸に激しい火を点けるのは
あの金の糸　女の髪の毛
すなわちあなた方が女につけさせる鬘ではなく
私たちの胸に輝くあのギニー金貨なのです
このような愛の手管によく通じている私には
すべての謀り事は見えています
その調子から謎めいた秘密・暗号を
解いて見せることができます
響きを聞けば私の地所の
美しい魅力にいかに情熱的に
恋焦がれているかが分かります
どんな恍惚の思いで私の館の魔力や魅力に
恋して惚れてどんなに狂おしく焼け付く炎で
私名義のお金が欲しくて燃えているか
自然に反する獣や家畜への
欲望からどんな炎が燃え上がるのか
一千ポンドの年収をどんな優しい
溜息と滴る涙が恋焦がれるのか
恋の忘我・憔悴が溺愛するのが
約定　抵当権　手形　証文であることも知っております
これらのものが大抵の男が一目惚れで
夢中になる女たちの魅力です
そしてこれらを手に入れるためにセレナードで言い寄り
舞踏会や仮面舞踏会で求婚します
しかしあなたがどれほど恋の切なさに

（3）世界各地の原住民の中には、女性が鼻や唇に骨やガラスを装飾としてつける風習がある。ここからは男性が女性に捧げる詩で使われる常套的比喩への言及。

（4）聖マーティン・ル・グラン教区は宝石のイミテーションの製造で有名だった。

苦しもうと　恋の成就はあり得ません
妻として迎え　保有し　楽しむには
彼女たちは余りにも　人を寄せ付けず気難しい
あなたのどんな誓いや骨折りにも拘わらず
決して偽証の奥方[5]にはならないでしょう
これは　恋人を選んだあなたの判断が
まずかったという意味ではありません
あなたの判断はとても賢明で人類の大半が
(恋の)手管として学ぶでしょう
つまり　恋人は贖罪奉納物[6]のように
いつも土地所有者の手に落ちるだろうことを
そして　土地は実体のあるものなので
恋人の足場としてこれ以上堅牢で健全なものはなく
これに比べると　空虚な美徳や機知や
優美さという　より脆い基礎を持つ恋人は
繊細さもひとしおで、
目にこっそりと忍び込むけれど
留まることができず
再びこっそり逃げ出してしまうのです
しかし信頼度の高い金や宝石から
派生する魅力を持つ恋人は
その輝く出自のように純粋で神々しい存在と
証明されるに違いないのです
私たちに魅力と優美さを
表現する手段はこれ以外にはありません
惚れ薬として恋の成就に用いられる
ルビーや真珠やダイアモンドがないときに
唇や目や歯並びには何の価値もないでしょうから
それらがあって初めてその美しさで侵攻し征服できるのです
これはすべての親たちが
子供たちの恋を取り仕切るやり方です
あたかも墓場で死者を埋葬するために
土の上に土を投げかけるように
こどもたちに婚姻や嫁入りを強制し
結婚で自分たちの持ち物すべてを結合させます
婚姻譲渡による不動産処分が実効すると

よかれあしかれ　残り全てを手にいれます
お金には星占いや運命以上に
恋を取り仕切る力があり
博識の詩人がいうように　矢尻に黄金がつけられた
恋の矢[7]は決して的を外すことがないのです
ある人びとの言うところでは　親たちは
彼らの子供たちの名において恋愛し
幾度でも　ただちに
乳母と夫と花嫁準備万端整えて
恋の矢と魅力と色香と恋の炎を感じて
かれらの名義で求婚し　婚約し
洗礼・命名するときに　結婚させ
名親のように代りに答えるのです
親たちが結婚させるということはお金のために
身売りや売春をさせることになるかもしれないが
子供たちが自分で決める
有害無益な婚約よりはずっとよい
自分勝手にやるときには
子供がずっとひどい不利益を選ぶのですから

これら全ては正しいのです　しかし
あなたが結婚のためにとる手段は
詐欺あるいは腕力によるもので
あまりに馬鹿げているので　言い出すや
とんでもない　ということになります
詐欺師のおとり役[8]と同様
やろうとしている策略を洩らしているからです
結婚はせいぜい誓いにすぎなくて
男は誰でも破るかあるいは服従するものです
でも　求婚するときにさえ偽証をするような人は
どんな酷いこともするでしょう
前もって誓言し　嘘をつく人です
自分の裏切りには忠実なのです

（5）原文はLadys of the Post. 女性の偽証者を指す。

（6）〈古英法〉贖罪奉納物：誤って人命の直接死因となったため官に没収された信仰・慈善などの用に供された物品［動物］。

（7）オウィディウスの『変身物語』第一巻四六八―七一参照。

（8）原文はsetters. 詐欺師の共犯者、相棒を意味する。

そして罪を告白するよりも
罪を軽くすることに力を注ぐ
判決が下ったあとも
無実を最後まで主張する盗人のよう
何人もの目撃者が証言できるほど
彼の罪が明らかだというのに
卑劣なものたちは死ぬときも
自分が死ぬ時にも嘘を言うでしょう
あなたが聴罪司祭に告白した美徳は
臆面もなく否認することによって
正当化されるとお考えになるほど　軽いものでは
　ないのです
もしもあなたの言葉が真実として
事柄の両方において　即座に受け取られたり
または　信頼は失われないとお考えなら
勇を鼓して偽証を行う遍歴の騎士になるがよいで
　しょう
それで裏切りにあい嘘がばれて　罰として
二インチの厚みの板に耳を釘づけされればよいで
　しょう

同じことを承認して否定して
利益のために賛成反対の偽証をすればよいでしょ
　う
福音を自分に役立たせることができ
それを使って偽証をすることもでき
キリストに対してしたように[9]
福音書のうえに両手を置きキスし
裏切り売り渡すことができるのです

これがあなたの言う美徳で　それ故に
あなたは全世界に対する権利を主張し
全女性を支配しようと
大胆にも挑戦するのです
あなたの暴力的行為はすべての男性同様
どんな女性をも満足させることはありません
あなたの狡猾な欺瞞の全てと策略をもってしても
そんなに沢山の女性を統率することは
難しい職能だと気づくでしょう
彼女たちは一人一人があなたを治めています
もしもあなた方全員がソロモンで

かつての彼のように賢く偉大であっても
（彼女たちが彼にしたように）[10] 彼女たちがあなた
を
押さえ辱めることができると気づくでしょう

そしてもしあなたが押さえられたとしても
それはあなた自身が誘惑したせい
あなたとあなたの無知が招いたものであり
私たちがその仕打ちにどう処すべきかを教えます
私たちは　あなたが相変わらず
私たちの作り出した誤った魅力にとりつかれ
くどくどと話つづけ　やたらと煽《おだ》てる飲兵衛のよ
うに
女性を薔薇や宝石のようだと誓い
そして私たちが殆ど誉めないものを
いかにも馬鹿らしく歌で誉めていると気づくと
あなたは　私たちに自分自身を守らせるため
光線や星の影響力を模倣させ
完全さと優美さを備えさせ
顔には魅惑の化粧を凝らし
あなたの殿方のおつむに応じて
殿方が作りあげた偽の宝石を装います
これらの技巧を実践して
私たちは男たちの心の大半を占めるのです
それも道理に適った最も相応しい殿方の心をです
これには大きな苦労と研究が必要です
完璧な人物は天国のように
ただ贈られるにはあまりに貴重であって[11]
幸い義務なしには美の神技も
成し遂げられることはなく
それらが優美に見事になされるなら
素朴な自然より優れているのです

生垣で咲く手植の薔薇は

（9）バトラーの『性格描写及び覚書抜粋』一五四頁に「ユダがキリストを裏切った時にキリストにしたように、彼は福音書に接吻してお金をとる」とある。
（10）『列王記』上一一章四～九節参照。
（11）『マルコによる福音書』一〇章三八節参照。

野生の薔薇よりずっと美しく芳しい
技術がなければ最も高貴な
花の種も雑草に戻ってしまうのですから
研ぐまでは汚くごつごつしていても
磨けばダイアモンドのように見えるのです
かつてはとても美しかった「楽園」も
手入れをしなければ　美しくなくなります
技術と装いがない全世界は
ひとつの大きな荒野に過ぎないでしょう
自然の女神が参照されたとしても
人類は野蛮人の群れに過ぎないでしょう
自然の女神は世界の粗造と設計だけをして
技術に研磨と精錬を任せるのです

初め女は男のために作られたけれど
しかしすぐにまた男は女のために作り直された
だから男が（女の甘言に欺かれて）
一生涯の間だけ　この世の借地人になった時
もしも女の介添えがなかったら
男はとっくに終わりを遂げていたでしょう
だから男は女に借りがあるということは
今でも変わらないのです
だからあなたに選ぶ自由など　どこにあるというのでしょう
だから女に発言権がないのは不自然極まりないのです
というのも　あなたが詐欺で奪って自慢して
その後　空しく失った特権すべては
今は女の権利となり　女が作られたがために
男に幸せが回復されたのです
それに　私たちが立法の現場に
姿を現すことがないからといって
あなた方の誤魔化しや
浅はかで形式ばった策略には騙されず
譲っているように（外見上は）見せてはいても
男を従わせているのは　私たちなのです
だから要するにこうなのです
あなた方は高い特権を拡大すべく
奮闘し努力しておられますが無駄なこと
勇敢そうに虚勢を広げてみたところで

結局は降参し私たちの奴隷となるのです
私たちはそんな内情は教えないし
また私たちの得失を公にはしないから
あなた達は酔っ払いも同然に
あなたを操っているのが女とは思わないのです
あなた方の帝国と版図は
私たちが払い下げてあげたもの
平の乗組員のように
海図も星座のこともなんにも理解できないで
軍艦の操船もできないように見えながら
騒ぎ立てず騒動も起こさず　静かに座って
舵を取っているのは　実は女なのです
また枢密院会議に出席しないからといって
女たちが君臨していないということはないのです
注意深く隠れていて
野卑な連中の視線からは守られて
そのご尊顔を拝することは出来ない
力強きプレスター・ジョン(12)のように
密やかに強大な力を楽しんでいるのは
私たち女なのです
それに、法王ジョーン(13)の時のように
皇帝をも私たちの足下に跪かせるのです
また少女ジャンヌ(14)の猛き名前は
武器をとり軍を指揮することを求めるのです
一人娘ではあっても大侍従長になり代り
フランスのために仕えることができたのです

私たちは全ての法を作り執行するのです
そして判事や訴訟事件に判決を下すのです
善悪の規則の全てを　長い法服を着ている
長弁舌の者たちに指図するのです
その規則に対しては　私たちは
最強の弁舌以外には刃向かえるものはありません
私たちは全世界の政治問題の

(12) エチオピアの皇帝。その習慣はエリザベス朝の旅行者や大使によって記されている。サミュエル・パーチャス『諸国行脚』二・七・五・一〇七九参照。
(13) 第一部三篇一二四九行の注参照。
(14) ジャンヌ・ダルクを指す。

最重要問題を裁決するのです
私たちは戦争と平和の大臣であり
望むがままに全ての国民を支配するのです
私たちは全教会とその信者を
異端であれ正統であれ　支配するのです
そして礼拝集会においては私たちは
天から遣わされた霊の媒介者なのです
私たちにより商業も交易も
興隆し繁栄し　そしてまた廃れもするのです
それも　私たちが売るものほど
値打ちがあるものはないのです
人の集まるあらゆる集会では
私たちは男を思うがままに操っており
大きな都市では私たち女が市長であって
男はただ法衣を着ている人形に過ぎません
私たちは軍艦の帆を下ろさせて
こちら側へ駆けつけさせるのです
そして敵を追走したときには
戦利品を　膝を屈して　供出させるのです
女性に対して傲慢で危険至極であるような
判事や国の役人が　時ならずして
昇進したことがあるでしょうか
男は女にとっては職人同然で
叩き出すのも留め置くのも
僅かな理由で出来るのです

女は男の後見人で
財産を増やすも減らすも思うがまま
そして私たちの気分に応じて　男の問題を
良かれ悪しかれ　処分するのです

あなたの子供の誠実さを疑う声があろうとも
相続人として信じて託す以外に路はない
私たちは丁度　そのようなあなたの相続人で
かつ私たち女こそが支配者で
それであなたが海を越えて旅をしなくても[15]
好きなようにあなたに相続人をあてがうのです
そしてフランス人の近従やアイルランド人の従僕
　との
間にできた子供でもあなたの子供とするのです

男が女に厳しい策をとったなら
女は以前にまして邪険となるのです
私たちはいつも邪険に扱われても
絶対に恐れ入ったりしないので
それが　心にさわる些細な事柄に過ぎなくても
危害に対しては絶対に泣き寝入りはしないのです
やられた時には　女が生来もっている
姦計と知恵とを絞って　やり返すだけ
男がどんなに策に長けていても
その姦計を打ち破った人はおりません
あなたは色々な遣り口をとったけれど
私たちはいつもあなたを嗤いものにしたのです
私たちが男に好意を示すのは
あなたに武器を付けさせて
私たちに成り代って戦ってもらうため
そして勝手に頭を割ってもらうため
自然の驚異をものともせず
また　水も火も厭わずに
海賊や岩礁や嵐や海に遭遇しわれわれの自負と虚
　栄心を宥めてもらうため
互いに殺し合い　殺戮してもらうため
私たちの自負心や虚栄心を宥めてもらうため
女の恩寵や好意を得たいという望みを餌に
男には名誉の行動をしてもらうのです
そして勝手に頭を割ってもらったり
未だ人には知られぬ問題で
学者めかしての高説の自慢も許すのです
あなたの着想が法外であればあるほど
あなたは勤勉だと喝采するのです
あなたは芸術という丸い円を四角に算じてみたり
才能を示すあまりに狂人のようにも見えたり
また法の託宣を論じるけれど
それは私たちが好む方へと操っているのです
だから私たちの弁護士とも代理人ともなって
私たちに成り代り　戦ってくださいませ

というわけで　あなた方よりも優っていると

（15）第三部第一篇五七九行の注参照。

豪語なさるつよい力の内実は　お寒いものなので
す
中身の価値のないのを
空威張りや罵声で補っているだけなのです
あなたは怯えているからこそ
互いの自慢話に耳を傾けるのです
また　女は知恵がないから出し抜かれ
所詮屈しなければならないというのです
あなたの調子に倣っていえば　女は
戦いでの勝利を交渉で失うというのでしょう
全く怯えているからこそ
女に相続除外法《サリーク・ロー》(16)などを押しつけるのです
またある国民の例があるように　無理やりに
女を男という力は強い人種にへつらわせるのです
されば男には　女主人でもあるかのように
いわば簒奪した支配権を揮わせておきましょう

(16) サリーク法はフランスにおいて女性の王位継承を妨げた法律。シェイクスピア『ヘンリー五世』第一幕第二場三三行以下参照。

『ヒューディブラス』における諷刺と喜劇

大日向　幻

一

『ヒューディブラス』の作者サミュエル・バトラーは一六一三年ウスターシャーの農家に生まれ、同地のキングス・スクールで教育を受けた。[1] 大学に入学したという記録は残っていない。十代後半から秘書として様々な貴族や有力者に仕えた。『ヒューディブラス』に現われる哲学、神学、科学、占星術、魔術、錬金術、医学、古典、歴史、外国旅行などに関する豊富な知識は、これら貴族たちの蔵書から得られたにちがいない。この作品を好意的に評した人の一人であるサミュエル・ジョンソンはこの詩の面白さを「『ヒューディブラス』という詩は国民がまさしく誇りに思ってよい作品の一つである。詩が示すイメージはイギリス的で、感情は借りものでなく、思いがけない感情であり、語法は独創的、独特である」と表現している。[2]

この作品は三部から成っているが、その第一部が出版されたのは一六六二年十二月、すなわち王政復古二年後のことである。それはただちにロンドンで最も人気ある詩となり、チャールズ二世をはじめ、宮廷人、王党派学者、ジェントルマンたちによって大歓迎のうちに読まれたのである。一年以内にこの詩は九版を重ねたが、そのうちの四版は海賊版であった。また匿名の著者による贋作の第二部が出版され、それも三版まで版を重ねた。これほど人気がある作品であり、国王自身にも読まれたのに、バトラーが年金受給に浴したのは十五年後のことであった。

第二部は第一部のちょうど一年後に出版され、これも好評であった。第三部が出版されたのは一六七七年であるが、第一・二部ほど好評ではなかった。バトラーは一六八〇年に他界したが、貧困のうちに亡くなったと言ってよい状態であった。

さて以上がバトラーの略歴であるが、この作品が書かれ、出版されたのはどのような時代であったのか。周知のごとく一六四二年から一六六〇年王政復古までは、クロムウェルによって共和制が敷かれた時代であった。ひとくちにピューリタンといっても、その内容は様々である。この詩の主人公ヒューディブラスは当初議会の多数派であった長老派を代表しており、従者ラルフォーは、内戦の途中から主導権を握るに至った独立派を代表している。それぞれバトラーの諷刺の対象となっているが、バトラーはこの二人を主人公とすることにより、ピューリタンの多様性自体を諷刺しているようである。

しかしピューリタンの多様性はこの二派にとどまらず、シーカーズ、ランターズ、バプテスト、クェーカーズ、レベラーズ、ディガーズ、第五王国派といったセクトが次から次へと登場したのである。ここで注意すべきはそれほどではないにしても、王党派側にも多様性があったという点である。これは例えば世代間のギャップとして現われていたことが指摘されている。すなわち、『憂うつの解毒剤』*An Antidote against Melancholy*（一六六一）は特に風習の革新に関心を示しているが、「それは年老いた王党派が、新政権は自分たちが目指して戦ったものとは異なると感じはじめていたから」である。(3)

さてこのように激しく価値観が変動する時代、まさに「転倒した世界」においては、喜劇と諷刺詩が適切な文学の表現形態となることは、容易に理解されるところである。(4) 事実この時代にはすぐれた諷刺詩として『ヒューディブラス』の他に、ドライデンの『マック・フレクノー』、『アブサロムとアキトフェル』、マーヴェルの『画家への最後の指示』を見たのであった。

ではヒューディブラスはどのような作品であるのか。一般に諷刺詩と言われている。私もそう思う。しかしもし諷刺がバトラー自身が言う如く、悪意にもとづいているとすれば、(5) この詩には諷刺のみならず、単に滑稽な部分、あるいは滑稽の要素が勝った部分があると思う。つまりこれは諷刺が中心でありつつ、それに悪意がない喜劇が加わった詩であると考える。(6)

バトラーはピューリタンを徹底的に諷刺罵倒しているのであるが、それは単に王党派の立場からというのではない。まして『ヒューディブラス』は王党派のプロパガンダとして書かれたものではない。バトラーにはワイルダーズが言う経験にもとづくコモンセンスがあった。(7) そのコモンセンスに照らして考えると、世の中にはおかしいことがいろいろある。その典型はピューリタンである。が、ローマ・カトリック教会もおかしい。王立協会も健全とはいえない。だからそれらもそれぞれ諷刺されている。このいわば中庸を旨とする保守的なイギリス精神――コモンセンス――が諷刺の根底に作用している。この精神の故に、この作品がまさに時代の産物でありながら、時代を越えてわれわれに訴えてくるのではないだろうか。このような観点から小論においては第一部第一篇を中心としてこの作品を吟味したいと思う。

二

『ヒューディブラス』は一般にあまり読まれない作品であるから、ここでマイナーに倣って要約を試みよう。(8)この作品は三部（Parts）に分かれ、それぞれが三篇（Cantos）に分かれている。第二部第三篇の後にヒューディブラスからシドロフェルへの書簡があり、第三部第三篇の後にはヒューディブラスから未亡人である貴婦人への書簡と、貴婦人から彼への返書がついている。ワイルダーズ版によって行数を示せば、第一部が三、四八〇行、第二部が三、一三二行、第三部は四、八二六行、計一一、四三八行となり、『失楽園』よりすこし長いことになる。

第一日

第一部

第一篇　ヒューディブラスとラルフォーの紹介。風采と気質の叙述。二人は最初の議論を始める。出発。

第二篇　ヒューディブラスとラルフォーは熊いじめに遭遇。熊いじめについて一席ぶってから二人は熊いじめ関係者たちを攻撃。偶然に勝利を治め、義足をはめたヴァイオリン弾きクロウデロを晒し台につける。

第三篇　一度逃げた熊いじめ関係者たちが逆襲。女傑トララとサードンが熊を救済。トララはヒューディブラスを征服。ヒューディブラスとラルフォーの二人を晒し台につける。そこで二人はまた議論を始める。

第二部

第一篇　その財産をヒューディブラスが狙っている未亡人なる貴婦人はヒューディブラスの敗北を滑稽に思い、彼を訪問。ヒューディブラスは巧みに言い寄るが、彼女は取り合わない。だが、恭順宣誓をした上で、ヒューディブラスは救いだされる。

第二日

第二篇　ヒューディブラスとラルフォーは釈放されてしまうと、自分を笞打つという宣誓を守らなくてよい口実を見つける。二人は再び出発。スキミントン行列の連中に出くわす。二人は彼らに対抗して熱弁をふるうが、うまく逃れる。

第三篇　ヒューディブラスは自分の将来、特に貴婦人への求愛について将来が不安になり、ラルフォーと共に占い師シドロフェルの許を訪れる。ヒューディブラスははじめシドロフェルに感心するが、やがて理屈の言い合いになる。そのうちに暴力沙汰となり、ラルフォーは逃亡。ヒューディブラスはシドロフェルを打ちすえ、死んだものと思って、置き去りにする。

シドロフェル宛ヒューディブラスの英雄的書簡　この中傷的書簡においてシドロフェルは、占星術師から王立協会の大家ということになる。つまりヒューディブラスは王立協会を諷刺する。

第三部

第一篇　従者ラルフォーは一足先に貴婦人の許へ行って、彼女の財産を狙うヒューディブラスの真意を通報する。それと知らず貴婦人の許へ来たヒューディブラスは彼女に求愛する。貴婦人は変装した悪鬼を使って、ヒューディブラスにその姦計を告白させる。

第二篇　この部分は本題からの逸脱であり、護国卿時代から王政復古までの推移を述べる。

第三日（三、三、四三～七四）

第三篇　ヒューディブラスとラルフォーは再会、法律によって貴婦人の心をとらえることに決め、弁護士の許を訪れる。

貴婦人宛ヒューディブラスの英雄的書簡　論理を乱用してヒューディブラスは自分の虚言による罪科の言いわけをする。愛について熱弁をふるい、貴婦人が自分を愛さねばならぬと言う。
騎士宛貴婦人の返書　貴婦人はヒューディブラスを拒否する。彼はペテン師であると言う。さらに女性が男性と国家を支配すべきであり、また事実支配していると言い、これで詩は終る。

さてこのように要約を書いてみると、いかにもドタバタ喜劇であるという印象を受ける。一つの出来事と次の出来事の因果関係はそれほど重要ではなく、読者はひとつひとつのエピソードを、鑑賞すればよいのであると思う。詩行が多い割には行為が少ないのも特徴である。つまりそれだけせりふが長いのである。これは三日間の出来事ということになっているが、これもそれほど重要であるとは思えない。よほど注意して読んでいないと気づかないことである。

ヒューディブラスとラルフォーにドン・キホーテとサンチョ・パンサの姿が重なっていることは容易にわかる。また詩全体が卑小な人間の行為を英雄的に描いている点で、また構成において部と篇に分け、さらに各篇に梗概をつけている点で、この詩が擬似英雄詩（モック・ヒロイック）と呼ばれてよいことも明らかである。内容と形式においてバトラーはロマンスを諷刺しているのである。さらに詩形は弱強四歩格で二行ずつ韻をふんでいるが、その韻のふみ方は、ヒロイック・カプレットをもじるが如く、生硬《ぎこ》ちないのである。

さて『妖精の女王』第二巻は「節制」を具現するガイアン卿の冒険を語るが、その第二篇十七にヒューディブラス卿が登場する。バトラーのヒューディブラスはこれに基づいている。ガイアン卿は三人姉妹が住む城にやってくる。三人は平等にこの城を受け継いでいるが、それぞれ気質がまるで異なっている。お互いを敵視し日々不和が続いている。最年長の姉と最年少の妹が争い、同時に二人は真ん中を敵視している。

さてガイアン卿を迎えるのは真ん中の娘メディーナ（Medina）であり、これはラテン語 medium に由来する語である。“A sober sad, and comely curteous Dame”（真面目で礼儀正しい、しとやかな乙女）（十四第五行）と書いてある。最年長の姉エリッサ（Elissa）はその名がギリシャ語 elásson（欠乏）から来ていることでもわかるように、すべての楽しみを嫌う。(9) ヒューディブラスが求愛するのはこの女性である。最年少のペリッサ（Perissa）は、逆に楽しみを求める女性であり、これに求愛するのが、同じ性格の騎士「法無き者」である。

イアン・ジャック（Ian Jack）は「バトラーのヒューディブラスは、実際に値する以上に有名であり、智恵よりもむしろ力があり、真の勇気よりも憂うつ（この文脈では狂気）によって鼓舞されている点でスペンサーのヒューディブラスに似ている」と言っている。(10) これはその通りであると思う。さらにスペンサーのヒューディブラスは「輝く甲冑」を身につけていたとある（十七第九行）。それを身につけているのはヒューディブラスだけであることと、それが“endurance”あるいは“hardness”を表わしていることが指摘されている。(11) とすればそれも、バトラーのヒューディブラスが体現する独特の粘り強さ（無知から生ずるものであれ）と結びついているように思えるのである。

イアン・ジャックはさらにすすんで、王党派は最も若いペリッサと求愛者「法無き者」に似ており、ピューリタンである議会派はエリッサとその相手ヒューディブラスに例えられ、そして詩人自身は「節制」の立場を守っていると言っている。(12) わたしはこれをおおむね受け入れることができるが、ただ王党派とペリッサおよび求愛者の立場はどうであろうか。もしその関係が明らかになれば、バトラーは王党派の立場からのみこの作品を書いたのではない、というわたしの立場を支持することになり、その点では興味深い。だが、このように三方が明確に三姉妹に代表されている、というのは、あまりにきれいな解釈に過ぎると思う。現実はもっと複雑だったのであり、その複雑さが詩に反映されていると考える。

三

ここで具体的詩行をみてみよう。まず第一部第一篇の冒頭である。

WHEN *civil* Fury first grew high,
And men fell out they knew not why;
When hard words, *Jealousies* and *Fears*,
Set Folks together by the ears,
And made them fight, like mad or drunk,
For Dame *Religion* as for Punk,
Whose honesty they all durst swear for,
Though not a man of them knew wherefore:
When *Gospel-trumpeter*, surrounded
With long-ear'd rout, to Battel sounded,
And Pulpit, Drum Ecclesiastick,
Was beat with fist, instead of a stick:
Then did Sir *Knight* abandon dwelling,
And out he rode a Colonelling. (I, i, 1-14)

(内乱の嵐が初めて吹き荒れて／訳も分からぬいがみ合い／流行文句の疑惑と恐怖で／皆争いに駆り立てられ／酔っ払いや気違いに似て／何も分からず喧嘩して／女郎の身持ちや貞女めかした／「宗教」の操まで保証した時／耳長族に囲まれて福音吹聴する者が／戦闘合図のラッパを吹いて／太鼓の代わりに説教壇を／撥ではなくて拳で叩けば／我らが騎士は故郷を後にし／連隊長としていざ出陣)

第一行からバトラーはこの詩がピューリタン革命に関する詩であることをはっきり指摘している。第二行 "they knew not why" に関しては、後に革命当時の市民の姿が描写される箇所（一、二、五二一～五五三）で具体的にされるが、「訳も分からぬ」ままに争っているというのが実状だったと思われる。第六行では "Dame Religion" がたちまち売春婦と同等に扱われている。「操云々」と言っているのは、ピューリタンが国教会を「浄化する」(purify) と主張したことに言及している。ピューリタンが主張する宗教の純潔は売春婦の純潔と同様であり、ピューリタニズムの実態は、純潔とは正反対だ、と語り手は言っている。ただ "Punk" (6) は露骨な感じがする。バトラーの諷刺がすべて露骨なのではないが、ここはきびしすぎてユーモアが感じられない。それほど詩人の敵意が強いということであろうか。第九～十二行は説教者が説教する熱意がそのまま人々を戦いに駆り立てるさまである。

このように冒頭からピューリタンに対するきびしい諷刺が見られるが、この場合バトラーにとってピューリタンはすでに過去の存在であることを、認識しておく必要があると思う。この詩第一部の執筆は一六五八年頃から一六六〇年にかけてと考えられている。[13] すなわち、クロムウェルが護国卿になったのが一六五三年、他界したのが一六五八年であるから、長老派と独立派が勢力争いをしたのは『ヒューディブラス』執筆当時から見れば、過去の出来事である。バトラーは過去のメモをもとにしてこの詩を書いている。書いている目の前にはもう長老派も独立派もいない。[14] このことは詩の調子と関わってくる。すなわち、人間の過去の愚行を、諷刺として表現できるときが来たから表現している、という姿勢が感じられる。詩人の姿勢は後向きである。決して前向きではない。

さて序言に続いてヒューディブラスの紹介があるが、これが内面と外観に分かれている。一般的紹介（一五～六四）の後、論理学について（六五～八〇）、修辞学について（八一～一一八）、数学（一一九～一二六）、哲学者として（一二七～一八六）、宗教について（一八七～二三四）、それぞれ紹介があるが、これが内面に関する紹介である。言うまでもなく論理学、修辞学、数学、哲学はヒューディブラスの学識に属することであり、同じ内面とはいっても、最後の宗教とは異なっている。

次に外観であるが、まず顎髭について（二三九～二八四）、背中について（二八五～三〇二）、胴着（三〇三～三〇六）、半ズボン（三〇七～三四八）、剣と短剣（三四九～三八八）、拳銃について（三八九～三九六）となっている。

さて以上の内面と外観の列挙をみても、このような主人公を中心とする詩を書く難しさがよくわかる。すなわちヒューディブラスは長老派の連隊長であり、モック・ヒロイックの主人公でなければならない。ジョンソンも言っているごとく、[15] 詩人はまるで関係がないこれら二つの要素を、ひとりの人間の中に持たせなければならない。細かいことに理屈をつけ知識をひけらかす長老派と、およそ騎士らしくない騎士としての滑稽な姿が、ひとつになっている。ただし、長老派がみなヒューディブラスほど多方面の知識に通じていたかという疑問は残る。だが強調点は何でもないことを誇張したり、白を黒と言ったりして自分の主張を通そうとする長老派ピューリタンの偽善を暴露するところにある。

さて、先に長老派がみなヒューディブラスほど多方面の知識に通じていたかという疑問は残ると言ったが、ワイルダーズは初期長老派の多くは大学人であり、ヒューディブラスはその典型であることを指摘している。[16] さらにワイルダーズは、論理学、修辞学、数学、哲学が、当時の大学教育の基礎である三学（文法、論理学、修辞学）、四科（算数、幾何、天文、音楽）、哲学におおむね該当するとしている。

ここでバトラーは学識自体を諷刺しているのかという問題がでてくる。バトラーの立場が経験論の立場であってみれば、彼が抽象的な学問を批判するのはわかる。その批判精神はあるけれども、さらに抽象的学識を用いて都合よく自己を正当化するところが、バトラーには鼻もちならないのである。

He was in *Logick* a great Critick,
Profoundly skill'd in Analytick.
He could distiguish, and divide
A hair 'twixt South and South-west side:
On either which he would dispute,
Confute, change hands, and still confute. (I, i, 65-70)

（論理学の批評にかけては名うての達人／特に分析論理の名人だった／南西と南の間に横たわる髪の毛一本に／至るまで　識別分割はお手のもの／ある立場に立って論じて反駁／立場を替えてまた反駁）

ここで "change hands" と言っているのは、後で宗教を論じて "The self-same thing they will abhor/One way, and long another for./Free-will they one way disavow,/Another, nothing else allow," (I, i, 217-20)（同じことでも憎んでみたり／別のときには欲しがったりで／自由意志を否定はするが／それしか認めぬこともある）という箇所にその具体例がみ

られる。

修辞学に関する諷刺のうち、第九三〜一〇六行は国教会聖職者に対する諷刺であり、第一〇九〜一一四行はピューリタンに対する諷刺である。[17] すなわち国教会牧師は形式的、学問的であり、ギリシャ語、ラテン語、ヘブライ語の引用が多かった。一部を引用すると「バベルの乱れたピジン英語で／知ったか振りの好むもの……ギリシア語　ラテン語を裁断し　仕立て上がったエゲレス語……こいつの戯言三人の／バベルの土方のがなり合い／あるいはケルベロスの三つの頭が／一斉に三つの言葉を喋るよう」（九三〜一〇四）（A *Babylonish* dialect,/Which learned Pedants much affect... 'Twas *English* cut on *Greek* and *Latin*... Which made some think, when he did gabble, /Th' had heard three Labourers of *Babel*; /Or *Cerberus* himself pronounce/A Leash of Languages at once.）、"Babylonish", "Babel", "Cerberus" と堕落を暗示する語が並んでいる。Babylon はラテン語であり、ヘブライ語で Babel となる。堕落のイメージと言語の乱れのイメージが重なることになる。三つの言語から言語の乱れへ、さらにバベルへと連想することは容易である。それを三つの頭をもつケルベロスと結びつけるのは、鋭い機知であると思う。

さてワイルダーズの言う如く、ここで国教会聖職者が諷刺されているとすれば、まさにそれはバトラーが党派心からピューリタンのみを、諷刺しているのではないことを証明する。またヒューディブラスはあくまで長老派であるから、形式は長老派であるヒューディブラスを対象にして、実際は国教会を諷刺していることになる。さらに Babylon にはローマ法王職という意味もあり、またローマ・カトリック教会の神父たちが知識をひけらかせたことは十分考えられるので、ローマ・カトリック教会もついでに諷刺されているとも考えられる。

バトラーに信仰心がなかったのではない。宗教に対する彼の態度が完全に懐疑的であったのではないことを、ワイルダーズは指摘しているし、[18] E・A・リチャーズは、バトラーが一部不可知論的、一部理神論的な信仰を有していたと言っている。[19] だが人間の信仰は不安定であるし、容易に神を知ることはできない。いろいろな言語を振りまわして、不確かなことを確かであるかの如く語ることをバトラーは嫌悪したのであろう。

こうして学問を振りかざす国教会聖職者を諷刺した詩人は、「蓄えた有象無象のボキャブラリー／ポンポンポンと打ちまくる／言葉の突撃支援のための／補給は莫大無尽蔵」（一〇六～一〇九）と続け、さらに「なぜならほとんど頭を使わず／新語を次々偽造するから／あれほど下品で耳障りな語は／口にする者まずあるまい／大きな声でまくしたてると／無知蒙昧なる者は慣用語でも聞く思い」（一〇九～一一四）"For he could coyn or counterfeit/New words, with little or no wit:/Words so debas'd and hard, no stone/Was hard enough to touch them on./And when with hasty noise he spoke 'em, /The ignorant for currant took 'em." と言う。ここではピューリタンの語法が諷刺の対象である。国教会聖職者ほど学問的ではないが、ピューリタンは、英語の複合語からなる特徴的なわけのわからぬ語を用いた。[20]

英語がギリシヤ語やラテン語と混合になっているにしろ、ひとりよがりの新語にしろ、言語の混乱という点では共通している。常識という立場からみると、どちらもおかしい。ここで"The ignorant"（114）という語が見えるが、これも感情を露骨に表現している例である。

さてこの後は、数学、哲学と続くのであるが、こうして大学人である長老派を諷刺しつつ、バトラーは自分自身の学識を示しているのだと思う。では読者はそのことに不快感を覚えるかというと、そうではない。かえって興味をそそられる。それは何故か。それはバトラーに野心がないからである。この作品においては作者バトラーと主人公の間にほとんど距離がない。[21] また作者と語り手の間にもあまり距離がない。これまでにいくつか表現の露骨な部分を指摘したが、それは多くはない。そして露骨なのは敵意あるいは悪意であって、野心ではない。この詩全体に、野心がなく幻滅した者の知恵が脈々と流れていることが指摘されている。[22]

たとえば諷刺詩ではないが、グレイの「田舎の墓地で詠んだ挽歌」のような詩では、主人公である語り手と作者が異なることはよくわかるし、また読者にそれをわからせる工夫がある。そしてそれにもかかわらず作者グレイの気持ちが何となくわかってしまうことがある。バトラーの詩にはそのような工夫がない。語りの部分はバトラーがそのまま語っているようである。それなのに、あまり不快感を覚えないのは、ひとつには作者に不朽の名作を残すといった野心がないためであろう。作者に野心がないことが好結果をもたらしていると考える。

四

バトラーがヒューディブラスに関して最も諷刺したいのは、彼の宗教であろう。これは四八行に及んでいる（一八七〜二三四）。

For his *Religion* it was fit
To match his Learning and his Wit:
'Twas *Presbyterian* true blew,
For he was of that stubborn Crew
Of Errant Saints, whom all men grant
To be the true Church *Militant*: (I, i, 187-92)

（宗教とても／学問才知にお似合いの／純正至極の長老派／教会の戦士と誰もが認める放浪の／激越な騎士たちの屈強な群れ／その一員が彼だった）

“The Church Militant” は「地上におけるキリスト者たち」の意味である。“Militant” という語が用いられているのは、団結してこの世の悪と戦うという意味が含まれているのであろう。同時にバトラーはここで福音書の観点から、教理と教会政治においてどちらが正しいかに関する国教会と長老派の論争に言及している。[23] それがついに武力衝突に至ったことも、“Militant” の中に含まれている。『失楽園』第二巻第四九六～五〇二行に、“O shame to men! Devil with Devil damnd/Firm concord holds: men onely disagree/Of Creatures rational, though under hope/Of heav'nly Grace; and God proclaiming peace,/Yet live in hatred, enmitie, and strife/Among themselves, and levie cruel warres,/Wasting the Earth, each other to destroy:”（おお恥ずべき人間よ。呪われし悪鬼は悪鬼と固く団結している。理性的被造物の中で人間のみが不和である。天来の恩寵が与えられる希望はあり、神は平和を宣言しておられるのだが。だが、人間はたがいに、憎しみと敵意と争いの中に生き、残酷な戦争をおこして地球を荒廃させ、相互に殺し合っている。）という一節がある。バトラーもミルトンも同じ思いであった。

上記の続きを引用しよう。

Such as do build their Faith upon
The holy Text of *Pike* and *Gun*;
Decide all Controversies by
Infallible *Artillery*;
And prove their Doctrine Orthodox
By Apostolick *Blows* and *Knocks*;

Call Fire and Sword and Desolation,
A *godly-thorough-Reformation*, (I, i, 193-200)

（連中は矛槍と銃という聖句の上に／信仰打ち立て／議論なら何であろうと／無謬の砲列で片付ける／おのが教義こそ正統と示すには／いかにも使徒らしく叩く殴るでやってのけ／炎と剣と荒廃とを　神の御旨に叶う／徹底した改革と呼称する）

いうまでもなく、戦争のイメージが並んでいる。主義の相違を武力で解決するとは何事かと言わぬばかりである。

この後はヒューディブラスの外観（二三九～三九六）、乗馬の様子（三九七～四一二）、ヒューディブラスの馬（四一三～四五〇）と続くが、ヒューディブラスとの対照の意味でそれに続く従者ラルフォーの様子を、先に見てみよう。彼は独立派である。最も大きな特徴は「新しい光」とか「賜物」と呼ぶ神の啓示を強調することである。

His *Knowledge* was not far behind
The Knight's, but of another kind,
And he another way came by't:
Some call it *Gifts*, and some *New light*;
A Liberal Art, that costs no pains
Of Study, Industry, or Brains. (I, i, 473-78)

（知識は我らが騎士に遅れをとらず／ただその種類が異なった／他人と違うやり方で手に入れたこの「贈り物」／「新しい光」と呼ぶ人もある／それは自由な学問で／勤勉も努力も頭脳も不必要）

「賜物」あるいは「新しい光」は個人に対する神の啓示であるから、他人が入りこめない領域である。が、バトラーは『人物評』において、「狂信者」（A Fanatic）の項目の下に、「狂信者は自分の能力と仮定するものを賜物と呼ぶ。そして、信心深い用途のために造られた土台にふさわしく、自分の身の振り方を決める。もっとも同類である他の能力同様、それらは常に他の目的の方に転じられるのだが。乞食が貧困のおかげで施し物を得るごとく、狂信者は無知のおかげで賜物すべてを得るのである」と言っている。[24] 要するにバトラーは「賜物」や「新しい光」を頭から信用していない。無知、無教養であるから普通あるいは普通以下の能力を大げさに言い立てているだけだ、と独立派を諷刺する。“Supposed Abilities” であるからまともに能力とも言えないような代物だという感じである。

そもそもバトラーは信仰の上に理性が位すると考えている。信仰と理性の関係について彼はこう言っている。[25]「信仰は理性について何も決定できないが、理性は信仰について決定できる。したがって（そう考える者たちがいるように）信仰が理性の上位にあるならば、そのように外観を見せかけさせるのは、理性のみに相違ない」。この後半の論理は面白い。説得力もある。だが、万一信仰が理性の上にあるとしても、その差異は小さい方がよい。「さもなければ、すべての時代の神学者とスコラ哲学者ができるだけ信仰を理性に近づけようとして、あれほど苦労しなかっただろう。信仰の存在自体が理性に依存している。なぜなら非理性的生物は信仰を持てないから」。この最後の文も説得力がある。続けてバトラーはこのように言っている。「もしこれを認めないならば、信仰が無知によることを認めざるを得なくなる。その方が具合が悪い。誰も無知であるという理由以外では信じないから。

が、信仰は個人によって異なる。ある人の信仰は別の人の知識かもしれない。したがって、誰しも無知であればあるほど、信じなければならなくなる」。

このような文を読むと、バトラーが一部理神論的で一部不可知論的であると言われる理由がわかってくる。このように考えるから、神の啓示として「自分の能力と仮定するもの」を「新しい光」とか「賜物」とかいっても、バトラーは信用しない。要するにそれは無知、無教養を表現しているにすぎないと考えるのである。

さて第五二三行に始まって第五六四行までラルフォーの錬金術嗜癖が諷刺されている。

For mystick Learning, wondrous able
In Magick, *Talisman*, and *Cabal*,
Whose primitive tradition reaches
As far as *Adam's* first green breeches:
Deep-sighted in Intelligences,
Idea's, Atomes, Influences;
And much of *Terra Incognita*,
Th' Intelligible world could say:（I, i, 523-30）

（神秘学　魔法に呪い札にカバラにと／深く精しく通じていた／その古来の伝統は／アダムの最初の緑のズボンにまでも遡る／霊やイデアやアトムなど／また星の影響についても炯眼の士／「未知の分野」も／まるで既知の世界のように語り得た）

この箇所はトマス・ヴォーンを中心とする錬金術師たちに対する諷刺と考えられる。[26] 神秘思想はルネサンス期にかなりの流行をみたのであり、イギリスではロバート・フラッドとトマス・ヴォーンが代表的唱道者であった。だから錬金術に関心を示したり、信じたりする者は珍しくなかった。事実ニュートンの手稿のかなりの部分が錬金術関係であったと言われている。だが、バトラーはそれをまったく信用しなかったのである。

ここで疑問は独立派と錬金術はどう関わるかである。結論からいえば、あまり関係はないだろう。バトラーは信用しなかったにせよ、錬金術は学問であり、独立派は大部分無教養の人たちであった。ここでは便宜上ラルフォーの中に錬金術信奉者を見たてて、それを諷刺している。先にヒューディブラスに国教会聖職者の特徴を持たせて、それを諷刺したのと同様である。『人物評』の中の「錬金術者」の内容とこの詩の部分とに重複が多いのであるが、[27] 錬金術と分派主義のつながりを示す表現はほとんどない。「錬金術者」に次の一文がある。[28]「彼ら（錬金術者たち）は悪鬼たちと直接文通している。そして悪鬼たちの教会、市民、軍事規律を完全に説明することができる。彼らの忠告によって悪鬼たちは最近政府の改革を試みた。つまりすべてを混乱に陥れることだが、それこそ彼らの間では最大の秩序なのだ」と。ここでは錬金術者たちのオカルティズム、すなわち霊界の悪しき存在との関係を諷刺し、ピューリタンを諷刺するためにピューリタンを悪鬼に見たてている。つまり、錬金術者とピューリタンを同一視する表現はないのである。

錬金術者と独立派を関係づける表現は「錬金術者」の最後に出てくる「神の啓示」という表現であろう。[29]「だが最大の自信と確信に満ちた推定によって多くの規則、きまりを与えた後で彼ら（錬金術者たち）はあなたに言うだろう。この技術は神の啓示による以外は獲得できないのである、と」。ここでいう技術はあくまで錬金術であり、分派主義者たちの言う「賜物」や「新しい光」ではない。が、バトラーはいずれも信用しなかった。つまりここにも、対象がピューリタンであろうと、錬金術であろうと、信用しないものは信用しない、というバトラーの公平な思考が見られると考える。

五

ここですこし目先を変えて、諷刺というよりも滑稽あるいは喜劇の要素が勝っていると思われる箇所に、目を向けてみよう。

まず最初はヒューディブラスが愛馬にまたがるところである。

Thus clad and fortify'd, Sir Knight
From peaceful home set forth to fight.
But first with nimble active force
He got on th' outside of his *Horse*.
For having but one stirrup ty'd
T'his saddle, on the further side,
It was so short, h' had much ado
To reach it with his desperate toe.
But after many strains and heaves,

He got up to the saddle eaves.
From whence he vaulted into th' seat
With so much vigour, strength, and heat,
That he had almost tumbled over
With his own weight, but did recover,
By laying hold on tail and mane,
Which oft he us'd instead of Reyn.（I, i, 397-412）

（かく防備を固めた騎士殿は／平和な故郷からいざ出陣／だがまずは敏捷にきびきびと／またがったり愛馬の馬上／ついている鐙は一つだけ／向こう側の短いやつで／必死に足指かけようと／ひどい骨折り大騒ぎ／何度も身体を持ち上げて／やっと届いた鞍の端／そこから鞍に飛び乗ると／精力　体力　熱意をこめすぎ／危うく向こうへ落ちかかる／しかし尻尾とたてがみを／手綱代りにしっかと摑み／やっとのことで身を立て直す）

"ado, toe"（403-4）や "over, recover"（409-10）といったややぎこちない韻のふみ方は、ヒューディブラスの動作を暗示しているようである。ピューリタンである騎士を戯画化しているのであるが、ここにはピューリタンに対する敵意云々というよりも、むしろ滑稽が強く感じられる。ここで注意すべきは、馬鹿々々しくはあるが無視できない、主人公ヒューディブラスの独特の真面目さである。妙に真面目でわけがわからぬところが笑いの対象となっていると言える。

この続きにヒューディブラスの馬の話が出ているがこれにも滑稽が多く感じられるので、引用してみよう。

But now we talk of mounting Steed,
Before we further do proceed,
It doth behove us to say something,
Of that which bore our valiant *Bumkin*.
The Beast was sturdy, large and tall,
With mouth of meal and eyes of wall:
I would say eye, for h'had but one,
As most agree, though some say none.
He was well stay'd, and in his Gate
Preserv'd a grave, majestick state.
At Spur or Switch no more he skipt,
Or mended pace, then *Spaniard* whipt: (I, i, 413-24)

（乗馬の話をするからは／先に話を進める前に／われらが間抜けな武人の馬のこと／当然ながら言っておこう
／大きな奴で頑丈で／口に挽き割り　両眼に角膜斑／いや大抵の人が言うごとく／一つ眼としよう　眼は無い
という説もあるのだが／耐久力のある馬で／歩の進め方は威風堂々／拍車かけられ鞭打たれても　笞刑をうけ
る／スペイン人同様跳んだり走ったりしなかった）

この主人にしてこの馬ありと言ったところである。ここにも特に悪意、敵意は感じられない。バトラーの諷刺が敵意にもとづいている以上、それは時にしつこい感じを与えて、読者を疲れさせることがある。諷刺とはそういうものだとも言える。だがそのようにしつこい諷刺が続くなかで、このように滑稽な状態の描写は解放である。読者は底意地が悪いようなものを感じないで、ただ笑ってすますことができる。

言うまでもなく、この馬は主人公そっくりである。図体は大きく外観は魅力なく、「耐久力のある」つまり、妙に強情で粘り強く、鈍感だから拍車も鞭も役に立たない。この作品において「諷刺と楽しい喜劇は、主人公の扱い方に見られるごとく、不安定に共存しつつ交替する傾向にある」ことをファーリ・ヒルズは指摘している。[30] それらが交替するかどうかは私には確信はない。だが、悪意のない喜劇がこの詩にあることは確かである。それは基本的に主人公の真面目さと結びついている。それは第一部第二篇における熊いじめ関係者たちの対決、第三篇における女傑トララとの対決にも見られる。バトラーが意識して憎めない一面を主人公の中に持たせたのか、あるいはバトラー自身の性格にそのように善良な一面があって、それが無意識のうちに主人公に反映されているのか。私には後者のように思えるのである。

注

（1）以下、バトラーの略歴に関して、John Wilders (ed.), *Samuel Butler: Hudibras* (London: Oxford University Press, 1967)（本論のテキスト）の Introduction pp.xiii-xxi による。

（2）Peter Cunningham (ed.), *Samuel Johnson: Lives of the Most Eminent English Poets* Vol. I. (London: John Murray, 1854), p.178.

（3）David Farley-Hills, *The Benevolence of Laughter* (Totowa, N.J.: Rowman & Littlefield, 1974), p.43.

(4) *Ibid.*, "Preface" vii.
(5) Hugh de Quehen (ed.), *Samuel Butler: Prose Observations* (London: Oxford University Press, 1979), pp.59-60.
(6) この考えは多く前述のファーリ・ヒルズの著書に啓発されたものである。ただしファーリ・ヒルズが言うほど、笑いあるいは喜劇の有難みがあるとは考えない。
(7) Wilders, *op. cit.*, Introduction xxix.
(8) Earl Miner, *The Restoration Mode from Milton to Dryden* (Princeton: Princeton University Press, 1974), pp.163-65.
(9) A.C. Hamilton (ed.), *Spencer: The Faerie Queen* (London & New York: Longman, 1990, first published in 1977), p.189.
(10) Ian Jack, *Augustan Satire* (London: Oxford University Press, 1965, first published in 1942), p.15.
(11) Hamilton, *op. cit.*, p.186.
(12) Jack, *op. cit.*, p.16.
(13) Wilders, *op. cit.*, Introduction xlvi.
(14) C.W. Previté-Orton, *Political Satire in English Poetry* (New York: Russell & Russell, 1968, first published in 1910), p.85.
(15) Cunningham, *op. cit.*, pp.182-84.
(16) Wilders, *op. cit.*, p.323.
(17) *Ibid.*, p.324.
(18) *Ibid.*, Introduction xxv.
(19) Edward A. Richards, *Hudibras in the Burlesque Tradition* (New York: Octagon, 1972, first published by the Columbia University Press,1937), p.5.
(20) Wilders, *op. cit.*, p.324.
(21) Farley-Hills, *The Benevolence of Laughter*, pp.64-65.
(22) Previté-Orton, *Political Satire in English Poetry*, p.87.
(23) Wilders, *op. cit.*, p.327.
(24) A.R. Waller (ed.), *Samuel Butler: Characters and Passages from Note-Books* (Cambridge: Cambridge University Press, 1908), p.85.

(25) de Quehen, *Samuel Butler: Prose Observations*, p.67.
(26) Wilders, *op. cit.*, p.332.
(27) *Loc. cit.*
(28) Waller, *Samuel Butler: Characters and Passages from Note-Books*, p.102.
(29) *Ibid.*, p.198.
(30) Farley-Hills, *The Benevolence of Laughter*, p.65.
『ヒューディブラス』の訳文は大部分バトラー研究会による本翻訳を用い、『妖精の女王』の訳文は、熊本大学スペンサー研究会訳を用いた。

『失楽園』のテキストは、Helen Darbishire (ed.), *The Poetical Works of John Milton* Vol.I (London: Oxford University Press, 1952) を用いた。

主要参考文献

バトラーの著作

『ヒューディブラス』

Hudibras. The First Part. Written in the Time of the Late Wars. London, Printed by J. G. for Richard Marriot, under Saint Dunstan's Church in Fleet-street. 1663 [1662]. [Published anonymously.]

——. The Second Part. By the Authour of the First. London, Printed by T. R. for John Martyn, and James Allestry at the Bell in St. Paul's Churchyard. 1664 [1663]. 初版には註と「ヒューディブラスからシドロフェルへの英雄的書簡」は含まれていない。

——. The First and Second Parts. Written in the Time of the Late Wars. Corrected & Amended, with Several Additions and Annotations. London, Printed by T. N. for John Martyn, and Henry Herringman, at the Bell in St. Paul's Churchyard, and the Anchor in the Lowen Walk of the New Exchange, 1674.

——. The Third and last Part. Written by the author of the First and Second Parts. Printed for Simon Miller, at the sign of the Star at the West end of St. Paul's. 1678 [1677].

——. Ed. Zachary Grey. 2 vols. Cambridge, 1744.

——. E d. T. R. Nash. 3 vols. 1793. 2 vols. 1835, 1847.

——. Ed. R. B. Johnson. 2 vols. 1893.

——. Ed. A. Milnes. 1881-3, 1895.

——. Ed. with an introduction and commentary John Wilders. Oxford: Clarendon Press, 1967.

その他主要な作品

The Genuine Remains in Verse and Prose of Mr. Samuel Butler…. Published from the original Manuscripts, formerly in the possession of W. Longueville…. Ed. R. Thyer, 2 vols. 1759.

Poetical Works of Samuel Butler. 3 vols. Ed. Robert Bell. London: John W. Parker and Son. 1855.

Works. Ed. A.R. Waller and R. Lamar. 3 vols. Cambridge. 1905-28.

Satires and Miscellaneous Poetry and Prose. Ed. René Lamar. Cambridge University Press. 1928.

Characters. Ed. Charles W. Daves. Case Western Reserve University Press, 1970.

Prose Observations. Ed. with an Introduction and Commentary Hugh De Quehe. Oxford: Clarendon Press, 1979.

バトラーの伝記

Aubrey, John. *Brief Lives, Chiefly of Contemporaries.* Ed. Andrew Clark. Oxford: Clarendon Press 1898.

Johnson, Samuel. 'Life of Butler,' *The Lives of the English Poets.* Ed. G. B. Hill. 3 vols. Oxford: Oxford University Press. 1905.

Raby, Peter. *Samuel Butler: A Biography.* Iowa City: University of Iowa Press, 1991.

Wasserman, George. *Samuel "Hidibras" Butler.* Twayne Publishers, 1976.146pp. Second Edition, 1989. 163pp.

Wood, Anthony À. *Athenae Oxonienses.* Ed. Philip Bliss. 5 vols. London. F. G. & J. Rivington. 1813-20.

研究書、論文

Bentley, Norma E. “A Grant to ‘Hudibras’ Butler”. *Modern Language Notes*. Vol. 59, No.4, April 1944, p. 281.

Baldwin, Edward Chauncey. “A Suggestion for a New Edition of Butler’s *Hudibras*”. *Publications of the Modern Language Association*. XXVI, 1911. 528-48.

——. “‘Hudibras’ Butler Abroad”. *Modern Language Notes*, Vol. 60, No. 4, April 1945, pp.254-59.

——. “Another Butler Manuscript”. *Modern Philology,* XLIV. 1948.

Bauer, Josephine. “Some Verse Fragments and Prose *Characters* by Samuel Butler Not Included in the Complete Works”. *Modern Philology.* XVI, 1948. 160-68.

Blunden, Edmund. “Some Remarks on *Hudibras*”. *London Mercury,* XVIII, 1928. 172-77.

Bond, Richard P. *English Burlesque Poetry: 1700-1750.* Cambridge, Mass.: Harvard University Press. 1932.

Brooks, H. F. “Gift to Samuel Butler”. *Times Literary Supplement*. July 6, 1940. P. 327.

Brown, L. F. *Baptists and Fifth Monarchy Men*. Washington, 1912.

Craig, Hardin. “*Hudibras*, Part 1. and the Politics of 1647”. *The Manly Anniversary Studies in Language and Literature*. Chicago. 1923.

Cunningham, Peter. “The Author of Hudibras at Ludlow Castle”. *Notes and Queries.* 1st. Series. V. 1852. Pp. 5~6.

Curtiss, Joseph T. “Butler’s Sidrophel.” *Publications of the Modern Language Association*, XLIV. 1929. 1066-78.

Davies, Paul C. “*Hudibras* and the ‘Proper Sphere of Wit’”. *Trivium*. V. 1970. 104-15.

De Beer, E. S. “The Later Life of Samuel Butler”, *RES*, iv, 1928.

De Quehen, A. H. “Editing Butler’s Manuscripts”. *Editing Seventeenth-Century Prose*. Ed. D.I.B. Smith. Toronto. 1972. Pp. 71-93.

Duffett, G. W. “The Name ‘Hudibras’”. *Notes and Queries*. IX. 1935.

Erskine-Hill, Howard. “Edmund Waller and Samuel Butler: Two Poetic Debts to Hall’s Occasional Meditations”. *Notes and Queries*, XII.

1965. 133-34.

Gibson, Dan."Samuel Butler", *The Seventeenth Century Studies.* Ed. Robert Shafer. Princeton: Princeton University Press. 1933. Pp. 279-336.

Grey, Zachary. *Critical, Historical, and Explanatory Notes upon Hudibras* . London, 1752,

Henderson, Philip. *Samuel Butler: the Incarnate Bachelor.* Bloomington: Indiana University Press, 1954.

Hill, Christopher, "Samuel Butler, (1613-80)". *The Collected Essays,* 3vols. I: 277-97.

Horne, William C. "Butler's Use of the Rump in *Hudibras*." *Library Chronicle*. XXXVII.1971. 126-35.

Jack, Ian. *Augustan Satire, Intention and Idiom in English Poetry: 1660-1750.* Oxford: Clarendon Press, 1952.

——. "Samuel Butler and *Hudibras*". Boris Ford, ed. *The Pelican Guide to English Literature.* Vol. 4. "From Dryden to Johnson". Penguin, 1966. 114- 24.

Kennan, Hugh T. "Another 'Hudibras' Allusion in Byron's 'Don Juan'". *Notes and Queries*, XIV. 1967. 301-02.

Kulisheck, C. L."Hudibrastic Echoes in Swift". *Notes and Queries*, CXCVI, 1951. 339.

Lamar, René. "Samuel Butler et la Justice de son Temps". *Études Anglaises*. VII. 1954. Pp. 271-79.

Leyburn, Ellen Douglass. "*Hudibras* Considered as Satiric Allegory". *Huntington Library Quarterly,* XVI, 1953.

Miller, W. S. "The Allegory in Part I of *Hudibras*". *Huntington Library Quarterly.* XXI, 1958. 323-43.

Miner, Earl. "Butler: Hating Our Physician". *The Restoration Mode from Milton to Dryden.* Princeton: Princeton University Press. 1974. Pp. 158-97.

Parker, Blanford. *The Triumph of Augustan Poetics: English Literary Culture from Butler to Johnson*. New York: Cambridge University Press, 1998.

Paulson, Ronald. *Hogarth: His Life, Art, and Times.* London: Yale University Press, 1971.

Quintana, Richard. "Samuel Butler, a Restoration Figure in a Modern Light", *ELH* XVIII. 1951. 7-31.

——. "The Butler-Oxenden Correspondance". *Modern Language Notes*, XLVIII, 1933. 1-11.

——. "John Hall of Durham and Samuel Butler: A Note". *Modern Language Notes*, XLIV, 1929. 176-79.

Richards, E A. *Hudibras in the Burlesque Tradition*. New York: Columbia University Press. 1937. 194pp. Rep. Octagon Books, 1972.

Rothman, David J. "'*Hudibras*' and Menippean Satire". *The Eighteenth Century: Theory and Interpreation,* 34, 1993, 23-44.

Seidel, Michael A. "Patterns of Anarchy and Oppression in Samuel Butler's *Hudibras*". *Eighteenth-Century Studies*, V, 1971. 294-314.

Snider, Alvin Martin. "A Babylonish Dialect: Samuel Butler's Polemics of Discourse", *PQ*. Vol. 69. 1990, No 3. Pp. 299-317.

——. "By Equivocation Swear: *Hudibras* and the Politics of Interpretation". *The Seventeenth Century*, 1990. 157-72.

——. "Hudibrastic", *Restoration*, 12, 1988, 1-9.

——. *Origin and Authority in Seventeenth Century England: Bacon, Milton, Butler.* Toronto, Ont.: University of Toronto Press, 1994.

Sutherland, W. O. S., Jr. *The Art of the Satirist: Essays on the Satire of Augustan England*. Austin: University of Texas. 1965.

Swartchild, William G. *The Character of a Roundhead: Theme and Rhetoric in Anti-Puritan Verse Satire, from 1639 through "Hudibras"*. New York: Russell and Russell, 1966.

Thorson, James L. "The Publication of *Hudibras*". *Papers of the Bibliographical Society of America.* LX, 1966. 423, 432-34.

——. "Samuel Butler (1612-1680): A Bibliography". *Bulletin of Bibliography,* XXX. 1973. 34-39.

Trickett, Rachel. "Samuel Butler and the Minor Restoration Poets", *English Poetry and Prose 1540-1674*. Ed. Christopher Ricks. The Penguin History of Literature, vol. 2. Penguin Books, London. 1993. 311-27.

Veldkamp, Van. *Samuel Butler: the Author of "Hudibras"*. Hilversum, Netherlands: De Atlas. 1923. 239pp. Reprint. Folcroft, Pa.: Folcroft Library Editions, 1977.

Wasserman, George R. "Samuel Butler and the Problem of Unnatural Man", *MLQ*, 31 1970.

——. "A Strange Chimaera of Beasts and Men". *Studies in English Literature*, XIII. 1973. 405-21.
Webster, C. M. "*Hudibras* and Swift". *Modern Language Notes*, XLVII, 1932. 245-46.
Wilding, R. M. "The Date of Samuel Butler's Baptism". *RES*, XVII, 1966. 174-77.
Wilding, Michael. "The Last of the Epics: the Rejection of the Heroic in *Paradise Lost* and *Hudibras*". *Restoration Literature: Critical Approaches*. Ed. Harold Love. London. 1972. Pp. 91-120.
——. "Samuel Butler at Barbourne". *Notes and Queries*. XIII. 1966. 15-19.
Williamson, G.*The Seventeenth Century Contexts*. London, 1960.

日本語文献

大木英夫　『ピューリタン』中公新書、昭和五六年。
山村武雄「バトラーとドライデン（諷刺詩の発展の一段階）」『英文学評論』第一輯、一九五四年、一五〜二八頁。

あとがき

飯沼　万里子

サミュエル・バトラーの『ヒューディブラス』を読もうということになり、研究会を結成して、読み始めたのは一九八二年の一月のことである。そもそもは東中稜代、飯沼万里子、高谷修が、一九八〇年から一九八一年にかけて同時期に英国に一年間いたということから始まったのである。東中稜代と飯沼万里子はケンブリッジで、高谷修はロンドンで研修中であったが、お互いに知り合いになる機会があった。帰国したら読書会をやろうといった話があって、すっかりその気になった飯沼が音頭をとって、メンバーになってくださりそうな方々を誘って、読書会を始めたのである。

どのようなものを読むかということになって、『ヒューディブラス』をご提案くださったのは、東中氏である。そして読みっぱなしではなく、きちんと翻訳して、印刷物にしようといわれたのも東中氏であった。目的を持てば、さらに深い研究となるだろうというご趣旨に異存はなかった。そこで改めてメンバーを募り、月に一回研究会を開くことになった。場所は龍谷大学の大宮学舎の会議室を東中氏が提供してくださった。出発時のメンバーは以下のとおりである。五十音順に紹介する。勤務校も書いたが、現在は定年を迎えている者が殆どである。飯沼万里子（京都光華女子大）、圓月勝博（同志社大）、大日向幻（関西学院大）、柴田竹夫（神戸親和女子大）、高谷修（京都大）、中村博文（千里金蘭大）、東中稜代（龍谷大）、三浦伊都代（四天王寺国際仏教大）、吉村伸夫（鳥取大）の九名である。このうちから、お忙しさのため中村氏と柴田氏が抜けられ、圓月氏もお忙しくなられて最後まではおられなかった。かわりに久野幸子（名古屋淑徳短大）と近藤久雄（龍谷大）が加わったので、最終的なメンバーは八名である。

きちんとした翻訳にして、印刷物にするということも、東中氏がちゃんと用意してくださった。龍谷大学の外国語を担当する方々を中心に、『EURO』という外国文学の翻訳を載せる雑誌を作っておられて、そこに我々の翻訳を掲載させていただくことになったのである。一九八五年に『EURO』第九号が出版され、『ヒューディブラス』第一部第一篇の一行から六一六行までを載せていただいた。このとき『EURO』の同人の方々が、我々の翻訳を点検してくださり、草稿が真っ赤になるほど朱を入れてくださった。我々は翻訳ということがいかに難しいかを否応なく悟ることとなった。

一九八七年に出版された『EURO』第十号には、『ヒューディブラス』第一部第一篇の六一七行から九二〇行、第一部第二篇の一行から一一七八行全篇を掲載していただいた。『EURO』の同人の方々の徹底的な朱を入れる作業がまた行われたことはいうまでもない。ところで『EURO』は第十号を一区切りとして休刊するということになり、我々は翻訳を発表する場を失ってしまった。我々の力で何とかするしか方法はない。そこで小冊子を作って、それを翻訳の発表の場とすることにした。そういうわけで、『ヒューディブラス 三』という小冊子を一九九〇年に出版したのである。このときは『EURO』の同人の方々の厳しいチェックが入らした。

ない。我々は心細い気持ちで、しかしお互いにお互いのものを読み合って知恵を出し合い、力の及ぶかぎり頑張った。ここには第一部第三篇の一行から一三八二行全篇、第二部第一篇の一行から九二四行全篇を掲載

次に『ヒューディブラス 四』をまた小冊子の形式で一九九二年に出版した。『ヒューディブラス 三』の場合と同様、我々がお互いの草稿に真剣に朱を入れて、恥ずかしくないものにしたつもりである。ここには第二部第二篇の一行から八八八行全篇、第二部第三篇の一行から一一九〇行全篇を掲載した。さらに『ヒューディブラス五』を小冊子形式で一九九五年に出版した。ここには「ヒューディブラスからシドロフェルへの英雄的書簡」の一行から一三〇行全篇、第三部第一篇の一行から一六〇六行全篇、第三部第二篇の一行から一六九〇行全篇が掲載されている。この作品はどの部分も難しいが、共和制の終焉期を扱った第三部第二篇は特に難解で、ずいぶん時間をとられてしまった。言葉どおりに訳せば意味をなさず、意味が取れるようにすれば、原文の微妙さを犠牲にせねばならず、折り合いをつけることがほとんど不可能であった。内容が理解できて、何とかリズミカルに読み進められる訳を目指したが、そうなっているか、心もとない。

未刊行のまま残っているのは第三部第三篇の全七八八行、「ヒューディブラスから貴婦人への英雄的書簡」の三六〇行、「貴婦人の騎士への返書」の三八二行ということになる。この部分もお互いに原稿を回して、丁寧に読み朱を入れた。あとは出版すればよいところにまで達していたのである。ところが、メンバーたちはそれぞれの勤務先で仕事は増え、忙しくなっていくばかりである。ついにどうしても出版にこぎつけられないまま、草稿はしまわれたままになって、長い時間が経ったというわけである。このたび松籟社から出版の運びとなったことはほんとうに嬉しい限りである。それも全巻の訳を出版していただくことになったのは、かつてのメンバー全員の喜びである。主人公ヒューディブラスがさぞや喜んでいると思う。彼になり代わっ

て、心からの感謝をささげたい。

最後に、この読書会はどうなったかというと、一つの作品を読み終えると次の作品を選び、ずっと存続していた。新しいメンバーも加わり、月に一度、龍谷大学の大宮学舎へ通っていたのであるが、どうしても、始まりがあれば、終わりはある。二十一世紀に入って五年後には、ついに読書会そのものの幕を引くことになった。それでもあのように熱心にそして丁寧に作品を読むことができたことをうれしく思っている。ただ、残念なことに大日向幻氏が二〇一三年に、吉村伸夫氏が二〇一四年に他界された。まだまだ生きて活躍なさるはずであったのにと、悔しい気持ちでいっぱいである。お二人がご存命であったならきっと喜んでくださったであろう。こればかりは残念でならない。

なお、最後に一言付言すれば、誰がどの部分の訳を担当したかという分担表も作成したが、各分担者が作成した翻訳原稿はその後、かなりの訂正を経ており、当初の分担を掲げることにはあまり意味がないように思われる。『ヒューディブラス 五』を小冊子形式で一九九五年に出版してからもう二十年が経過している。二十年前にはお互いに訳したものを読みあい、よりよいものにするために適切な表現を目指して朱を入れあった経験から、全体を全員で訳をしたと考えようということになり、担当表は付けないことにした。

最後に、本書の出版については松籟社の木村浩之氏に大変お世話になった。厚くお礼を申し上げたい。

平成二十七年十二月六日

人名・地名・事項　索引

あ 行

か　行

さ　行

た　行

な　行

は　行

ま　行

や　行

ら　行

わ　行

編集、解説者略歴

編集

飯沼万里子（いいぬま　まりこ）
神戸大学文学部卒、京都大学大学院文学研究科修士課程修了。元京都光華女子大学教授。

三浦伊都枝（みうら　いつえ）
大阪外国語大学英語学科卒、京都大学大学院文学研究科博士後期課程中途退学。四天王寺国際仏教大学教授を経て、現在四天王寺国際仏教大学名誉教授

高谷修（たかや　おさむ）
京都大学文学部卒、京都大学大学院文学研究科修士課程修了。大阪市立大学文学部講師、京都大学教養部助教授を経て、現在京都大学大学院人間・環境学研究科教授、博士（文学）

解説

東中稜代（ひがしなか　いつよ）
大阪大学文学部卒、アルバータ大学大学院博士課程単位取得退学。龍谷大学文学部教授を経て、現在龍谷大学名誉教授、博士（文学）

ヒューディブラス

2018年9月25日　初版発行　　定価はカバーに表示しています

著　者　サミュエル・バトラー
編　集　飯沼万里子・三浦伊都枝・高谷修
解　説　東中稜代
訳　者　バトラー研究会

発行者　相坂　一

発行所　松籟社(しょうらいしゃ)
〒612-0801　京都市伏見区深草正覚町1-34
電話　075-531-2878　振替　01040-3-13030
url　http://shoraisha.com/

印刷・製本　亜細亜印刷株式会社
カバーデザイン　安藤紫野（こゆるぎデザイン）
Printed in Japan

 ISBN978-4-87984-368-5 C0098